ullstein

Das Buch

Als Allegras Großvater einen Schlaganfall erleidet, zögert sie nicht lange und fliegt zu ihm in die Toskana, wo er schon sein Leben lang als Gärtner auf einem romantischen Gut arbeitet. In Italien angekommen, erkennt Allegra ihren sonst so liebevollen Großvater kaum wieder, er ist kurz angebunden und schlecht gelaunt. Und auch Massimo, der gut aussehende Neffe des Gutsbesitzers, der seinen Onkel auf dem Gut unterstützt, empfängt Allegra nicht mit offenen Armen, sondern benimmt sich ihr gegenüber sehr herablassend. Temperamentvoll wie Allegra ist, lässt sie sich so eine Behandlung nicht gefallen, und schon bald fliegen die Fetzen zwischen ihr und Massimo. Doch dann entdeckt Massimo, dass sein Onkel in Schwierigkeiten steckt, und bittet Allegra um Hilfe. Können sie gemeinsam das Gut vor dem Verkauf bewahren?

Die Autorin

Margot S. Baumann schreibt klassische Lyrik, Psychothriller und Romane über Liebe, Verrat, Geheimnisse und Sehnsuchtsorte. Für ihre Werke erhielt sie nationale und internationale Preise. Sie lebt und arbeitet im Kanton Bern (Schweiz).

Von Margot S. Baumann sind in unserem Hause bereits erschienen:

Lavendelstürme
Im Licht der Normandie
Das Erbe der Bretagne

MARGOT S.
BAUMANN

Das Gut in der Toskana

ROMAN

Ullstein

Besuchen Sie uns im Internet:
www.ullstein-buchverlage.de

Diese Ausgabe wurde durch eine Lizenzvereinbarung
mit Amazon Publishing ermöglicht, www.apub.com.

Lizenzausgabe im Ullstein Taschenbuch
1. Auflage September 2019
2. Auflage 2019

Die Erstausgabe erschien 2017 im Selbstverlag.
Veröffentlicht bei Tinte & Feder, Amazon Media EU S. à. r. l.,
Luxemburg 2017
Umschlaggestaltung: bürosüd° GmbH, München
Titelabbildung: © www.buerosued.de (Landschaft); © Gary Yeowell / Getty
Images (Haus)
Druck und Bindearbeiten: CPI books GmbH, Leck
ISBN 978-3-548-06092-7

Für Michelle

1

»Bestattungsunternehmen Becker, was kann ich für Sie tun?« Allegra lauschte mit gerunzelter Stirn dem Anliegen des Anrufers und nickte dann. »Das ist kein Problem, Herr Söders. Die Blumen werden erst am Tag der Trauerfeier geliefert. Sie sind ganz frisch, versprochen. Und ja, Sie können die Farbe der Gerbera noch wechseln. Geben Sie uns einfach zwei Tage vorher Bescheid.« Sie notierte sich auf einem karierten Block den möglichen Farbwechsel der Trauergestecke und verabschiedete sich vom Kunden.

Es war Montagmorgen Ende Juni. Vom Sommer war in Frankfurt an diesem Tag nichts zu spüren. Seit dem frühen Morgen ging aus dicken Regenwolken ein steter Nieselregen nieder.

Allegra strich sich eine Haarsträhne aus dem Gesicht, unterdrückte ein Gähnen und widmete sich weiter der Buchhaltung: Bank- und Postüberweisungen verbuchen, Rechnungen tippen, ausdrucken und verschicken. Das Kassenbuch führen, Quittungen in die richtigen Ordner ablegen. Der übliche öde Kleinkram eben, der erledigt werden musste.

»Allegra, Liebes, wie lautet noch mal der Spruch, den Familie Helbling auf der Trauerkarte wünscht? Ich weiß, dass ich ihn mir notiert habe. Aber der Zettel ist verschwunden.«

Gerda di Rossi stand in der Tür und sah ihre Tochter fragend an. Allegras Mutter, die das Bestattungsunternehmen von ihrem Vater geerbt hatte, war auch mit Mitte fünfzig noch eine attraktive Frau. Sie trickste zwar ein wenig mit ihrer hellblonden Haarfarbe, und die wenigen Falten bezeichnete sie als Tribut an ihr fröhliches Wesen, doch Lachfältchen durfte man ihrer Meinung nach nicht als Alterserscheinung anprangern.

»Jesaia 43,1«, erwiderte Allegra.

»Richtig!« Ihre Mutter nickte. »Danke, Liebes. Wo ist eigentlich dein Vater?«

Allegra kam mehr nach ihrem italienischen Vater, was das Naturell wie auch die äußere Erscheinung betraf. Beide hatten dunkle Augen, einen olivfarbenen Teint und dickes, dunkelbraunes Haar. Wobei Franco di Rossis Haarpracht mittlerweile nur noch aus einem halbkreisförmigen Restbewuchs bestand, ähnlich der Tonsur eines Benediktinermönchs, aber eben nur zur Hälfte. Allegra nannte ihn daher oft zärtlich *mio monaco*, was ›mein Mönch‹ bedeutete. Vater und Tochter hatten beide ein aufbrausendes Temperament und einen gewissen Hang zur Melancholie, was sie ihren italienischen Wurzeln zuschrieben, auch wenn Franco di Rossi bereits seit über dreißig Jahren in Deutschland lebte und Allegra hier geboren war.

»Wollte er nicht zum Steinmetz?«

»Schon wieder?« Gerda schüttelte den Kopf. »Die zwei hocken ja ständig zusammen. Wie ein altes Ehepaar.«

Allegra schmunzelte. Sie beide wussten, dass Franco di Rossi gern gegen Mittag für kurze Zeit verschwand, um sich bei Klaus Oehler einen Aperitif zu genehmigen.

Gerda drehte sich um und ging die Treppe hinunter in den Ausstellungsraum, wo die Mustersärge standen.

Allegra lehnte sich im Bürostuhl zurück und atmete tief durch. In einer Woche würde sie ihren siebenundzwanzigsten Geburtstag feiern. Für ihre Freunde wollte sie in einer Pizzeria eine kleine Feier ausrichten und mit ihren Eltern schon am Mittag anstoßen. Siebenundzwanzig! Wie die Zeit verging.

In den letzten Monaten war sie eher unfreiwillig vom elterlichen Betrieb vereinnahmt worden. Sie hatte sich zur Touristikfachfrau ausbilden lassen und ein paar Jahre in einem Reisebüro gearbeitet, doch nach dem Tod ihres Großvaters fehlte im Bestattungsunternehmen jemand, der sich mit der Buchhaltung auskannte. Natürlich war sie kurzfristig eingesprungen, und jetzt gingen auf einmal alle davon aus, dass sie den Betrieb weiterführte. Ihre Mutter hatte ihr erst kürzlich eine Informationsbroschüre über die Ausbildung zur Bestattungsfachkraft auf den Schreibtisch gelegt. Im Grunde eine logische Folgerung, denn sie war ein Einzelkind, das Geschäft lief hervorragend, und daher schien es nur konsequent, dass sie es einmal übernahm. Gestorben wurde schließlich immer.

Doch wer fragte nach Allegras Träumen? Sie wollte reisen, sich die Welt ansehen, solange sie jung war, und nicht über Trauerkarten, mit Satin ausgepolsterte Särge und Blumenarrangements diskutieren. Irgendwann musste sie mit ihren Eltern darüber sprechen, denn so stellte sie sich ihre Zukunft nicht vor.

Mit den Männern hatte sie bis jetzt ebenfalls kein Glück gehabt. Wer wollte schon eine Freundin, die ständig mit dem Tod konfrontiert war? Ihre Dates endeten meist an dem Punkt, an dem sie damit herausrückte, was sie beruflich gerade machte. *Was, du arbeitest als Bestatterin? Das ist ja wohl ein Scherz!*

Sie stand auf und sah zum Fenster hinaus. In der Ferne erblickte sie die Frankfurter Skyline, die Hochhäuser waren nur als vage Schemen zu erkennen. Eine plötzliche Sehnsucht nach Wärme und südlicher Sonne überfiel sie. Sie seufzte, schlang die Arme um ihren Oberkörper und drehte sich um. Der Computerbildschirm warf bläuliches Licht auf den mit Papieren übersäten Schreibtisch. Die Pflicht rief! Träumereien gehörten nicht in den Alltag.

»Zum Geburtstag viel Glück! Zum Geburtstag viel Glück! Zum Geburtstag, liebe Allegra, zum Geburtstag viel Glück!«

Ihre Eltern hoben das Glas.

»Tanti auguri a te! Tanti auguri …«

»Ist schon gut, Paps!« Allegra winkte lachend ab. »Ich hab's verstanden.«

»Alles Gute, meine Kleine.« Ihr Vater drückte ihr einen Kuss auf die Wange. »Obwohl ich mich langsam daran gewöhnen muss, dass aus der Kleinen eine Große geworden ist.«

»Langsam?« Allegra schmunzelte. Sie überragte ihren Vater schon seit der Pubertät um gut zehn Zentimeter, aber womöglich meinte er nicht die Körpergröße, sondern ihr Alter. In drei Jahren stand bereits die große Drei vorne dran.

»Hier, mein Schatz.« Ihre Mutter reichte ihr ein Päckchen, das verdächtig nach einem Buch aussah. »Ich hoffe, es gefällt dir. Wir wissen ja, wie sehr du das Heimatland deines Vaters liebst.«

Allegra entfernte das Geschenkpapier. Auf dem Einband sah man hügeliges, grünes Land, eine gewundene Straße, gesäumt von schlanken Zypressen, die zu einem Landsitz in Terrakottafarben führten.

»Die Toskana! Wie schön, vielen Dank!« Sie legte den Bildband auf den Tisch und umarmte ihre Mutter. Diese lächelte flüchtig und warf dann ihrem Ehemann einen auffordernden Blick zu.

Ihr Vater räusperte sich. »Cara, wir sind dir wirklich sehr dankbar, dass du uns so tatkräftig unterstützt, seit dein Opa gestorben ist. Du weißt ja, dass weder deine Mutter noch ich mit der Buchhaltung viel am Hut haben.« Er rollte mit den Augen. »Lange Rede, kurzer Sinn: Hier, als Dankeschön!«

Er griff in die Tasche seines Sakkos, das er zur Feier des Tages trug, holte einen grünen Briefumschlag hervor und überreichte ihn ihr mit einem strahlenden Lächeln.

Allegra öffnete ihn und zog eine farbige Karte heraus.

»Einen Fluggutschein?« Sie schaute verblüfft von einem zum andern.

Ihre Mutter nickte. »Du reist doch so gern. Also dachten wir …«

In dem Moment klingelte das Handy ihres Vaters.

»Pronto?«

Sein eben noch lächelndes Gesicht verdüsterte sich. Er wurde bleich und schluckte schwer.

»Come?« Seine Stimme war leiser geworden und klang plötzlich seltsam hoch.

»Paps?« Allegra sah ihre Mutter fragend an, diese hob die Achseln.

»Sì, certo. Vengo immediatamente!«

Er beendete das Gespräch und legte das Telefon auf den Tisch.

»Die Notaufnahme von Montalcino hat angerufen, mein Vater hatte einen Schlaganfall.«

2

Massimo zog sein verschwitztes T-Shirt aus, holte sich ein Bier aus dem Kühlschrank und ging auf die Terrasse des Rusticos, wo er sich aufatmend auf einem der Stühle niederließ. Er wischte sich mit der bloßen Hand den Schweiß von der Stirn und nahm einen großen Schluck direkt aus der Flasche. Dann lehnte er sich zurück und genoss die Aussicht ins weite Land, die das ockerfarbene kleine Steinhaus bot.

Es war später Vormittag. Die Hügel in der Ferne lagen noch im Dunst, darüber wölbte sich ein wolkenloser Himmel. Das Gewitter der letzten Nacht hatte nur kurzfristig etwas Abkühlung gebracht, die Hitze waberte bereits wieder über den Steinplatten, die zum Haupthaus des Gutes führten. In den Büschen ringsum zirpten die Grillen um die Wette. Eine Eidechse sonnte sich auf der hässlichen Granitskulptur, die ein ehemaliger Gast angefertigt und die man auf der Naturwiese vor dem Rustico aufgestellt hatte. Massimo streifte seine Sandalen ab, legte die nackten Füße auf den Holztisch, und das Tier huschte flink davon.

Er nahm noch einen Schluck. Heute war Samstag: An- und Abreisetag auf dem Gut. Bald musste er aufbrechen, um eine Fuhre Gäste zur Busstation zu bringen und die neuen Kursteilnehmer abzuholen. Das Landgut mit dem klingenden Namen *Castelvecchio di Montalcino* hatte seine Tante Fulvia in die Ehe mit seinem Onkel Lorenzo gebracht. Doch von Anfang an führte Massimos Onkel die Geschäfte allein, denn seine Tante litt an Herzinsuffizienz und musste die meiste Zeit liegen. Lorenzo bot auf dem toskanischen Landgut alljährlich von Ostern bis Ende Oktober Weinseminare an. Zudem Töpfer- und Malkurse, Fotografie-Workshops und seit Kurzem auch Einführungen in die Bildhauerei. Weil Massimo zurzeit hier logierte, hatte er sich dazu bereit erklärt, sich nützlich zu machen und seinem Onkel etwas zur Hand zu gehen.

Was für ein Unterschied zu seinem Leben in Florenz! Dort trug er Hemd und Anzug bei seiner Arbeit im Architekturbüro, und wenn er Gras sah, dann handelte es sich um einen sauber gestutzten Golfrasen. Er trank dort auch kein Bier, sondern Wein, den ihm ein Kellner in den Gault-Millau-Restaurants servierte. Der wichtigste Unterschied war jedoch: Hier auf dem Gut gab es keine Carla.

Massimo stieß ärgerlich die Luft aus.

Er wollte jetzt nicht an seine Verlobte denken! Seine Flucht aus Florenz hing wesentlich mit ihr zusammen. Doch der Urlaub ging langsam zu Ende, und er musste sich bald entscheiden, wie sein zukünftiges Leben aussehen sollte.

Er schaute auf seine Uhr. Den Rasen zu mähen hatte mehr Zeit gekostet als geplant. Er stand auf, zog auch noch seine restlichen Kleidungsstücke aus und stellte sich unter die Dusche.

»Und du lässt es mich wissen, wenn du nach Berlin kommst, versprochen? Meine Handynummer hast du ja.«

Claudias Augen schimmerten verdächtig, und Massimo nickte daher ernsthaft. Die zierliche Deutsche mit dem leichten Überbiss stellte sich auf die Fußspitzen und hauchte ihm einen Kuss auf die Wange. Dann drehte sie sich um, breitete die Arme aus und rief: »Arrivederci, Toscana! Bis bald!«

»Claudia, komm jetzt! Wir verpassen sonst noch den Bus.«

Ihre Mutter verdrehte die Augen, nickte Massimo lächelnd zu und schob ihre Tochter samt Gepäck Richtung Linienbus, der die Reisenden von Montalcino nach Siena brachte. Von dort aus fuhren die Gäste mit dem Zug nach Pisa, um den Heimflug anzutreten.

Peter Fuchs, der untersetzte Banker aus der Schweiz, der immer ein wenig nach Pfefferminz roch und auf dem Gut an einem Weinseminar teilgenommen hatte, drückte Massimo einen Zehn-Euro-Schein in die Hand. »Hier, als kleines Dankeschön, dass du uns jedes Mal sicher wieder ablieferst. Ich würde bei diesem Verkehr die Krise kriegen!« Er wischte sich mit einem Taschentuch den Schweiß von der Stirn und watschelte über die Piazza Camillo Benso Conte di Cavour den beiden Frauen hinterher.

Massimo betrachtete schmunzelnd den Geldschein und steckte ihn ein.

Er lebte erst seit drei Wochen auf dem Gut, und schon war er quasi Mädchen für alles. Er half im Garten, reparierte defekte Geräte und erledigte Einkäufe für die Küche. Seine Hauptaufgabe bestand jedoch darin, die Gäste mit dem Kleinbus zu ihren verschiedenen Aktivitäten zu fahren, die nicht auf dem Gut abgehalten werden konnten. Sei es zu den Museen in Florenz und Siena, oder ans Meer zum Baden und Fotografieren. Für die kommende Woche war sogar eine Exkursion nach Carrara geplant, um die berühmten Marmorsteinbrüche zu besichtigen.

Die Rolle des Chauffeurs war ihm aus zwei Gründen zugefallen: Erstens sprach er fließend Englisch und leidlich gut Deutsch – ein Souvenir aus Studententagen, als er ein sechsmonatiges Praktikum in einer Hamburger Firma absolviert hatte –, und zweitens wirkte er auf die weiblichen Kursteilnehmer wie ein Magnet. Sein Onkel war ein gewitzter Mann, kein Wunder also, dass er Massimo zum Fahrer verdonnert hatte. Doch eigentlich gefiel es Massimo, die Touristen in der Gegend herumzukutschieren, und er mochte auch die körperliche Arbeit auf dem weitläufigen Anwesen. Beides verhinderte, dass er ins Grübeln verfiel. Je mehr Trubel, desto besser! Nur leider waren die weiblichen Gäste meist an mehr interessiert als nur den landschaftlichen Schönheiten der Toskana oder den Fertigkeiten, die sie auf dem Gut erwerben konnten. Es war schon zweimal vorgekommen, dass er eine kontaktfreudige Kursteilnehmerin auf der Terrasse seines Rusticos gefunden hatte. Leicht angesäuselt und mit der festen Absicht, ihren Urlaubserinnerungen die Eroberung eines feurigen Italieners hinzuzufügen. Doch er interessierte sich nicht für ein Techtelmechtel mit Touristinnen und hatte beide Male sanft, aber unmissverständlich die Avance ausgeschlagen. Der Kunde war zwar König, er jedoch kein Traumprinz.

Der Linienbus fuhr ab, und Claudia winkte ihm hinter der Scheibe euphorisch zu. Er hob die Hand und brachte sogar ein Lächeln zustande, stieß dann aber erleichtert die Luft aus, als der Bus um die nächste Hausecke verschwand. Das war ja noch mal glimpflich abgelaufen. Es hatte auch schon Tränen gegeben.

3

»Scusi, können Sie mir helfen? Ich finde meinen Koffer nicht.«

Allegra strich sich müde über die Stirn. Ein pochender Schmerz machte sich dahinter bemerkbar. Wunderbar!

Der Tag hatte wie geplant begonnen. Ihr Vater hatte sie zum Flughafen gefahren und ihr eine Menge guter Ratschläge mit auf den Weg gegeben; der Flieger war pünktlich in Pisa gelandet – strahlender Sonnenschein und sommerliche Temperaturen hatten sie auf dem Rollfeld begrüßt. Doch dann begannen die Ärgernisse. Offensichtlich war ihr Koffer nicht mitgeflogen, denn sie hatte am Kofferband ausgeharrt, bis es irgendwann ausgeschaltet wurde. Nichts.

Die Angestellte hinter dem »Informazioni«-Schalter des Flughafens Galileo Galilei in Pisa hob den Blick von der Computertastatur und lächelte sie freundlich an.

Allegra reichte ihr den Flugschein samt dem daran angeklebten Gepäckschein.

»Dann sehen wir mal, wo Ihr Gepäck geblieben ist«, erwiderte die Angestellte in aller Seelenruhe.

Während sie die Daten in den Computer eingab, schrieb Allegra ihrem Vater eine SMS, dass sie gut angekommen war. Natürlich hatte er nach dem gestrigen Telefonat sofort selbst nach Montalcino fahren wollen, um seinem kranken Vater beizustehen. Die Auskünfte von dessen Hausarzt hatten die ganze Familie jedoch ein wenig beruhigt. Angeblich handelte es sich nur um einen leichten Schlaganfall, und es mussten lediglich ein paar Vorkehrungen getroffen werden, damit sich der ältere Mann in Zukunft mehr schonte. Da im Moment im Betrieb viel zu tun war, die Büroarbeiten hingegen warten konnten, hatte sich Allegra bereit erklärt, bei ihrem Großvater nach dem Rechten zu sehen.

Ihren Eltern wäre es lieb gewesen, wenn der alte Mann zukünftig bei ihnen in Frankfurt gelebt hätte. Auch dahin gehend sollte Allegra ihm auf den Zahn fühlen. Doch wie sie Giovanni di Rossi kannte, wäre es kein leichtes Unterfangen, ihn zu einem Umzug nach Deutschland zu bewegen. Er arbeitete schon sein ganzes Leben lang als Gärtner auf einem weitläufigen Landgut nahe Montalcino, das seinem Freund aus Kindertagen, Lorenzo Ferretti, gehörte. Eigentlich war ihr Großvater längst im Ruhestand und hätte sich einem ruhigen Leben hingeben können. Aber das war nicht Giovannis Art. Er wohnte mietfrei in einem Häuschen auf dem Landgut und hielt es anscheinend für seine Pflicht, sich dafür bei seinem Freund zu revanchieren, indem er ein Auge auf die Angestellten warf, die jetzt für den Park und die Gärten zuständig waren. Im Grunde freuten sich ihre Eltern natürlich darüber, dass der Siebenundsiebzigjährige nach dem Tod seiner Ehefrau weiterhin der Beschäftigung nachgehen konnte, die ihn so glücklich machte, doch sie hätten ihn lieber in ihrer Nähe gehabt.

Auf Allegras Reiseplan, den sie sich aus dem Internet ausgedruckt hatte, war die Anreise nach Montalcino akribisch aufgeführt. Normalerweise fuhr ihre Familie, wenn sie ihren Großvater besuchten, mit dem Auto. Doch Allegra wollte eine so weite Fahrt nicht allein unternehmen und hatte sich für die öffentlichen Verkehrsmittel entschieden. Vom Flughafen fuhr ein Direktzug bis Siena. Dort musste sie in den Überlandbus nach Montalcino umsteigen. Und im Dorf würde der Shuttle-Bus des Gutes, auf dem ihr Großvater lebte, sie abholen. Alles perfekt organisiert. Doch wenn der blöde Koffer nicht bald auftauchte, verpasste sie alle Anschlüsse.

»Es tut mir leid, Signora di Rossi. Wie es aussieht, ist Ihr Gepäck in Dublin gestrandet.«

»Bitte was?«

»Wir werden es natürlich sofort wieder zurückfordern.«

Allegra schluckte. »Sind Sie sicher?«

Die Mitarbeiterin nickte. »Das passiert leider manchmal. Wir entschuldigen uns natürlich für die Unannehmlichkeiten. Sie können den Koffer«, sie gab einen weiteren Befehl in ihren Computer ein, »morgen Nachmittag hier abholen.«

»Aber ich werde in Montalcino erwartet und bleibe nicht in Pisa«, erklärte Allegra ungehalten. Die Aussicht, nochmals nach Pisa fahren oder hier übernachten zu müssen, ging ihr gerade gehörig gegen den Strich.

»Verstehe«, sagte die Angestellte milde, als wäre ein fehlgeleiteter Koffer das Natürlichste auf der Welt. »Dann liefern wir Ihnen den Koffer selbstverständlich kostenfrei an Ihren Wohnort. Wie lautet die Adresse?«

Allegra hetzte durch die Flughafenhalle auf der Suche nach einem Laden, der Toilettenartikel anbot. Sie kaufte sich in aller Eile eine Zahnbürste und eine Hautcreme, hastete dann weiter in ein Bekleidungsgeschäft und erstand ein grässliches geblümtes Schlafshirt und ein paar überteuerte Tangas. Als sie auf dem Bahnsteig eintraf, von dem der Zug nach Siena abfuhr, sah sie gerade noch dessen Rücklichter. Zwar fuhr der nächste schon in einer halben Stunde, doch in Siena verpasste sie dadurch den Bus nach Montalcino. Ob danach überhaupt noch einer verkehrte? Sie hatte keine Ahnung.

Die Kopfschmerzen wurden heftiger, und erschöpft suchte

Allegra eine ruhige Ecke, um die Fahrpläne der Buslinie zu prüfen. Sie loggte sich mit ihrem Smartphone am Flughafen-Hotspot ein und fand wenig später die gewünschten Informationen auf einem Online-Fahrplan. Sofern es nicht zu weiteren Pannen käme, würde sie den letzten Überlandbus nach Montalcino erwischen. Gott sei Dank! Sie rief ihren Großvater an, um ihm ihre Verspätung mitzuteilen, doch er ging nicht ans Telefon. Dann würde sie halt zuerst auf dem Gut Bescheid geben. Himmel, was mussten die von ihr denken! Egal, schließlich war es nicht ihr Fehler, dass man ihren Koffer verschlampt hatte.

Eine Hausangestellte namens Elena meldete sich und versicherte ihr mit piepsiger Stimme, sowohl den Chauffeur wie auch Giovanni über ihre Verspätung zu informieren. Allegra atmete erleichtert auf. Dann sah sie sich prüfend um und schritt entschlossen zur nächsten Apotheke, um ein starkes Kopfschmerzmittel zu kaufen.

Allegra schwitzte, zudem hatte sie Hunger und Durst. Die Kopfschmerzen waren durch die Tabletten erträglicher geworden, aber eine erholsame Anreise sah anders aus.

Sie warf einen Blick aus dem Busfenster. Die Straße nach Montalcino schlängelte sich durch belaubte Weinberge und Olivenhaine einen Hügel hinauf. Ein Mosaik aus verschiedenen Grün- und Brauntönen erstreckte sich bis zum dunstigen Horizont, hinter dem die Sonne langsam unterging und die Landschaft in goldenes Licht tauchte. So hinreißend die Aussicht auch war, konnte sie diese doch nicht wie üblich genießen und wünschte sich nur noch eine Dusche und etwas zwischen die Zähne. Der Bus hielt mit einem Ruck, und Allegra schreckte hoch, sie wäre beinahe eingeschlafen.

»Siamo arrivati«, nuschelte der Busfahrer, erhob sich von seinem Sitz, griff unter das Armaturenbrett und holte eine abgewetzte Ledertasche hervor. Dann öffnete er die pneumatischen

Türen, tippte sich an die Stirn und verließ mit einem gemurmelten »arrivederci« den Bus.

Allegra dehnte ihren steifen Nacken und gähnte ungeniert. Endlich angekommen! Sie raffte ihre Sachen zusammen und stieg aus. Milde, warme Luft, die nach trockenem Gras, Staub und Küchendünsten duftete, umschmeichelte sie. Prompt fing ihr Magen wieder an zu knurren.

Die Buslinie endete mitten in Montalcino an der Piazza Camillo Benso Conte di Cavour. Sie sah sich suchend nach dem Shuttle-Bus des Gutes um, konnte ihn aber nirgends entdecken. Gegenüber lag ein kleiner Park mit hohen Bäumen und ein paar Bänken, eingerahmt von sandfarbenen Häusern. Luftig gekleidete Touristen in Sandalen flanierten an ihr vorbei. Sie beneidete sie um ihre gute Laune. Ihre Jeans klebten wie eine zweite Haut an den Beinen, das T-Shirt muffelte nach Schweiß, und in ihren Turnschuhen hätte man eine Champignon-Kultur anlegen können.

»Wenn die mich vergessen haben, drehe ich durch!«, murmelte sie verdrossen vor sich hin, überquerte den Platz und wollte sich auf eine Parkbank setzen.

»Allegra?«

Sie wandte den Kopf. Mitten auf der Kreuzung stand ein verstaubter Jeep. Aus dem offenen Wagenfenster winkte ihr ein älterer Herr mit Bart zu. Hinter ihm hupte genervt ein anderer Autofahrer und fuchtelte mit den Händen.

»Kommen Sie!«

Allegra runzelte die Stirn. Offensichtlich sprach der ältere Mann mit ihr. Aber der Jeep sah so gar nicht nach dem Shuttle-Bus des Landgutes aus. Egal, Hauptsache, sie kam endlich zu ihrem Großvater, einem kalten Getränk und einem großen Stück Pizza!

Sie eilte auf den Wagen zu, öffnete die Beifahrertür und ließ sich aufatmend auf den Sitz fallen.

»Willkommen«, wandte sich der Herr mit den grauen Schläfen, dem gepflegten Bart und dem sympathischen Lächeln an sie. »Erinnern Sie sich an mich?«

Allegra wusste, dass sie ihn hätte kennen müssen, aber sie kam nicht drauf und schüttelte den Kopf.

»Ich bin Lorenzo, Lorenzo Ferretti! Mir gehört das Gut, Ihr Großvater und ich sind alte Freunde.«

4

»Mistding!«

Die Metallplastik am Rand des künstlich angelegten Teiches im hintersten Winkel des Parks neigte sich gefährlich nach links und wollte partout nicht mehr in ihre Ursprungsposition zurück, egal, wie sehr Massimo schob und zerrte.

Es herrschten gewiss noch an die dreißig Grad. Die Schwüle des Sommerabends fühlte sich an wie eine erdrückende Daunendecke, und Massimo vermisste plötzlich seine klimatisierte Dreizimmerwohnung in der Altstadt von Florenz, die direkt am Arno zwischen dem Ponte Vecchio und der Porta San Niccolò lag. Ein Schweißtropfen rann in sein Auge. Er blinzelte und wischte sich mit dem Zipfel seines T-Shirts übers Gesicht. Das darauffolgende Brennen ließ ihn erneut innehalten. Einen Augenblick zögerte er, dann zerrte er das verschwitzte T-Shirt über den Kopf und warf es ärgerlich auf den Boden.

Er schüttelte den Kopf. Wie konnte sein Onkel nur so ein Monstrum hier stehen lassen? Er an seiner Stelle hätte das Konstrukt aus schlecht gelöteten Metallstangen schon längst entsorgt. Aber es war Tradition auf dem Gut, die besten Arbeiten der Kursteilnehmer im weitläufigen Park auszustellen. Was auch immer man unter ›besten Arbeiten‹ verstand. Dieses Ding war einfach nur hässlich, genau wie die Plastik vor seinem Rustico. Doch bekanntlich ließ sich über Kunst nicht streiten, und da im Sommer ab und zu Gäste im Teich badeten, durfte man das krumme Ding nicht so stehen lassen. Schließlich wollten sie nicht, dass sich jemand daran verletzte. Aber mit reiner Muskelkraft kam man dem Teil nicht bei, und Massimo überlegte, wo er um diese Zeit einen Bagger herbekommen sollte. Oder wenigstens eine Seilwinde.

Die Dämmerung schlich heran wie eine Katze und tauchte den Park in diffuses Licht. Noch eine halbe Stunde Tageslicht, das würde kaum reichen, um das Konstrukt ordentlich festzumachen. Toll, schon wieder etwas, das er nicht wie geplant zu Ende bringen konnte. Langsam hatte er wirklich die Nase voll! Wie einen Balljungen hetzte ihn sein Onkel von Ecke zu Ecke: Tu dies, mach das, und am besten sofort! Gerade heute Abend war er vom Marktplatz zurückgekommen, wo er Giovannis Enkelin hätte abholen sollen. Angeblich war sie Bestattungsunternehmerin. Er hatte Schwierigkeiten, sich eine junge Frau als Totengräberin vorzustellen. Was trieb jemanden dazu, sich täglich mit dem Tod zu befassen? So jemand musste doch recht abgebrüht sein. Die Dame jedenfalls war erst gar nicht aufgetaucht, und er hatte eine ganze Stunde sinnlos verplempert. Schön, wenn man es sich leisten konnte, anderen die Zeit zu stehlen.

In diesem Teil des Anwesens gab es keine Beleuchtung, also musste Massimo sein Vorhaben auf morgen verschieben, hoffend, dass sich nicht gerade in dieser Nacht irgendwelche Gäste zu einem spontanen Mitternachtsbad entschlossen.

Er bückte sich nach seinem T-Shirt, als ihm ein Gedanke durch den Kopf schoss. Ob er vom Wasser aus besser an die Metallplastik herankam? Ein Versuch konnte nicht schaden.

Massimo schaute sich um. Außer einer Million sirrender Zikaden und ein paar nachtaktiven Vögeln trieb sich niemand hier herum. Vermutlich saßen die meisten Gäste noch beim gemeinsamen Abendessen und ließen sich den Hauswein munden. Also schlüpfte er aus der Jeans, warf sie zu seinem T-Shirt und watete nur noch mit Shorts bekleidet in den Teich. Das Wasser prickelte auf seiner verschwitzten Haut, und in einem Anflug von Übermut tauchte er unter und genoss die angenehme Kühle. Prustend kam er wieder an die Oberfläche und schüttelte sich die Wassertropfen aus den Haaren.

5

Während der Fahrt zum Gut fielen Allegra vor Müdigkeit immer wieder die Augen zu, und sie hörte nur mit halbem Ohr, was Signor Ferretti ihr berichtete. Er erzählte von den neuen Aktivitäten, die das Castelvecchio di Montalcino anbot, von weiteren geplanten Umstrukturierungen, von seiner Frau und ihrem Gesundheitszustand und von einem Neffen, der ihm zurzeit zur Hand ging. Als der Namen ihres Großvaters fiel, horchte Allegra auf.

»Was meinen Sie damit, dass er sich verändert hat?«

Ferretti seufzte. »Nun, Sie kennen Ihren Großvater, er ist ein stolzer Mann und lässt sich ungern helfen. Un uomo testardo, ein Dickkopf.«

Ferretti warf ihr einen schnellen Blick zu und schmunzelte dabei. Allegra nickte lächelnd. Allen di Rossis war dieser Charakterzug eigen, und ihre Mutter wurde nicht müde, sich darüber zu beschweren.

»Verstehe, aber sicher will er nur niemandem zur Last fallen, der nicht zur Familie gehört. Und darum bin ich ja jetzt da.«

Unterdessen hatten sie das Landgut erreicht. Etwas abrupt stoppte der Gutsbesitzer vor dem Häuschen ihres Großvaters und hupte kurz.

»Lassen Sie ihm einfach etwas Zeit, einverstanden?«

Sie nickte verwirrt. Zwar waren Ferretti und ihr Großvater alte Freunde und kannten sich gut, aber das wog die Familienbande nicht auf. Sie, als seine Enkelin, wusste besser, wie sie mit ihrem Großvater umzugehen hatte. Er war schließlich der liebevollste Mann, den sie kannte, und die Familie ging ihm über alles.

Ferretti wollte ihr mit den Tüten helfen, doch sie winkte ab, bedankte sich für den Transfer und ging schnell auf die Haustür zu, die sich in diesem Moment öffnete.

»Nonno, ich bin da!«, rief sie glücklich.

Die Pizza Margherita duftete herrlich nach Mozzarella, Tomaten und Basilikum, doch Allegra war der Appetit vergangen. Sie saßen in der Küche im Häuschen ihres Großvaters und schwiegen sich an. Aus der Gutsküche hatte ihnen vorhin ein junger Angestellter eine frische Pizza gebracht, die Allegra nur noch im Backofen aufwärmen musste. Doch wie der Mozzarella auf der Pizza dahinschmolz, war auch ihre anfängliche Freude, den Großvater wiederzusehen, dahingeschmolzen. Bereits an der Haustür, als sie ihm gegenüberstand, wusste sie, dass Ferretti recht gehabt hatte: Giovanni di Rossi hatte sich verändert. Auf ihren stürmischen Begrüßungskuss hatte er abweisend reagiert, etwas Unverständliches gemurmelt und sich dann sofort umgedreht und ins Wohnzimmer verzogen. Allegra hatte ihm nur fassungslos hinterhergestarrt, war ihm dann nachgelaufen, um zu fragen, wie es ihm ging. Die Reaktion bestand aus einem Schulterzucken.

»Möchtest du noch ein Stück Pizza?«, fragte sie bemüht aufgekratzt. Sie wollte ihm nicht zeigen, wie tief seine Veränderung sie erschütterte. Giovanni schüttelte den Kopf. »Lieber noch ein Glas Wasser?«

Wieder nur ein Kopfschütteln. Himmel noch mal, als würde man mit einem Baum reden! Langsam wurde sie ärgerlich, doch sie biss sich auf die Lippen und schluckte eine scharfe Erwiderung hinunter.

»Dann vielleicht einen Espresso?«

Ein leichtes Nicken – immerhin.

Allegra stand auf und trug die Teller zur Spüle. Das Essen darauf war von beiden kaum angerührt worden. Da ihr Großvater seit dem Schlaganfall seinen linken Arm nur noch rudimentär bewegen konnte – er hing wie ein schlecht angenähter Puppenarm an ihm hinunter, deshalb trug er ihn meist in einer Schlinge –, hatte sie ihm angeboten, sein Pizzastück klein zu schneiden, worauf er ihr fast an die Gurgel gesprungen war.

»Pizza isst man von Hand, mannaggia, nicht mit Gabel und Messer, wie diese einfältigen Touristen!«, hatte er sie angeschnauzt.

Allegra schwankte nach diesem Anschiss zwischen einem Tränenausbruch und einer Wutattacke, und nur mit Mühe hatte sie beides unterdrücken können. Immer mehr beschlich sie das Gefühl, dass sie einem Fremden gegenübersaß und nicht mehr ihrem geliebten Nonno. Der liebenswürdige Mann, der sie in den vergangenen Jahren stets wie eine Prinzessin verwöhnt hatte, war verschwunden. An seine Stelle war ein griesgrämiger, alter Mann getreten, der sie mit bissigen Kommentaren überhäufte, wenn er denn überhaupt sprach. Wenigstens hatte sein Hausarzt prognostiziert, dass Giovanni mit viel Ausdauer und Training die Funktionstüchtigkeit seines Arms wiederherstellen könne und vermutlich auch sonst keine bleibenden Schäden entstanden waren. Hoffentlich galt das auch für seine Laune.

Natürlich konnte Allegra nicht so lange in der Toskana bleiben, bis Giovanni wieder zu hundert Prozent hergestellt war, deshalb hatte sie das Thema ›Umzug nach Deutschland‹ auch sofort nach ihrer Ankunft angesprochen. Das hätte sie jedoch besser unterlassen. Denn ab diesem Moment sprach er kein Wort mehr mit ihr. Zumindest bis zu seinem Ausbruch, wie man korrekt Pizza aß.

Das Polohemd ihres Großvaters, das er ihr freundlicherweise geborgt hatte, reichte Allegra fast bis zu den Knien. Hosen in ihrer Größe hatte er jedoch keine, deshalb schlüpfte sie wieder in ihre verschwitzte Jeans und verzog dabei den Mund. Hoffentlich hielt die Flughafenangestellte ihr Versprechen und lieferte den Koffer morgen nach.

Allegra trat vor den Spiegel im Bad und kämmte ihre nassen Haare. Nach dem unerfreulichen Abendessen war sie ins Bad geflüchtet, um endlich die ersehnte Dusche zu nehmen. Sie war über Giovannis Benehmen zu entsetzt, um einen klaren Gedanken fassen zu können, deshalb rief sie auch nicht ihre Eltern an. Sie würden sich nur unnötig sorgen, und vielleicht war morgen schon alles anders.

Natürlich verstand sie, dass der Schlaganfall das Leben ihres Großvaters komplett durcheinanderbrachte. Und bestimmt hatte er deswegen auch Angst. Aber sie war schließlich nicht seine Feindin, sondern hier, um ihm zu helfen. Vermutlich brauchte er, wie Ferretti schon angemerkt hatte, wirklich einfach Zeit, bis er sich an die neue Situation gewöhnt hatte.

Allegra sah aus dem Badezimmerfenster. Die Dämmerung verschluckte langsam die grellen Farben des Tages. Über den Hügeln malte die untergehende Sonne einen orangefarbenen Lichtstreifen an den Himmel. Und obwohl sie die Anreise und das unerquickliche Abendessen erschöpft hatten, war sie nach der erfrischenden Dusche wieder hellwach und beschloss, sich vor dem Schlafengehen noch ein wenig die Beine zu vertreten. Sie ging ins Wohnzimmer, wo ihr Großvater vor dem Fernseher saß und eine farbenfrohe, mit künstlichem Gelächter unterlegte Sitcom ansah.

»Ich mache noch einen Spaziergang im Park, Nonno. Bin aber bald zurück«, erklärte sie und wartete auf eine Erwiderung. Als keine kam, schüttelte sie resigniert den Kopf und verließ das Häuschen.

Die Gerüche der sommerlichen Toskana schlugen ihr entgegen. Es duftete nach sonnenwarmer Erde, Rosmarin, wildem Thymian und nach Macchia, dem immergrünen Buschwald, der weite Teile des Parks überwucherte. Vom nahen Speisesaal drangen durch die geöffneten Fenster Gesprächsfetzen und Lachen an ihr Ohr, das vom Zirpen der Zikaden jedoch nahezu übertönt wurde. Sie hatte keine Lust, sich zu Ferrettis fröhlichen Gästen zu gesellen, und schlug den Weg in den hinteren Teil des Parks ein. Solarleuchten säumten die mit flachen Steinplatten ausgelegten Gehwege. Ein kleiner schwarzer Schatten hüpfte vor ihr über die Platten, und sie zuckte im ersten Moment zusammen, bis sie sich daran erinnerte, dass in der äußersten Ecke des weitläufigen Geländes ein Teich lag. Die Kröte musste auf dem Weg dorthin sein. Eine gute Idee! Als sich der Weg gabelte, verließ Allegra den beleuchteten Spazierweg und folgte einem schmalen Pfad. Hier, unter einem Gewirr eng stehender Zypressen, Pinien, Eichen und Kastanien, war es beinahe schon dunkel, doch sie kannte das Gelände. Während ihrer Kindheit waren sie jeden Sommer hierhergefahren, um den Urlaub bei ihren Großeltern zu verbringen. Und jetzt lebte nur noch Nonno.

Sie seufzte. Wie sollte sie ihn dazu bringen, aus dieser wunderbaren Gegend wegzugehen? Er musste doch einsehen, dass er bald nicht mehr allein zurechtkommen würde. Der Schlaganfall war womöglich nur der Anfang, der Umzug daher zu seinem eigenen Schutz. Doch konnte man einen alten Baum wirklich noch verpflanzen? Oder würde er daran erst recht zugrunde gehen? Am liebsten hätte sie ihrem Großvater gesagt, dass sie zu ihm ziehe, um sich um ihn zu kümmern. In Italien zu leben war ein lang gehegter Wunsch, den sie sich aber kaum selbst eingestand. Wenn sie tatsächlich in die Toskana übersiedelte, blieben ihre Eltern mit dem Bestattungsunternehmen allein.

»Ach, verdammt!«, stieß sie ärgerlich hervor und schlug

nach einem Insekt, das ihren nackten Arm mit einer Landepiste verwechselt hatte. Wie sie sich auch entschied, irgendjemanden würde sie damit unglücklich machen.

Mittlerweile hatte sie den Teich erreicht, auf dessen Wasserspiegel sich die untergehende Sonne wie ein Feuerball spiegelte. Sie hörte ein lautes Platschen. Das musste ja eine Monsterkröte sein!

Doch aus dem Wasser erhob sich keine glitschige Amphibie, sondern ein gut gewachsener, halb nackter Mann.

6

»Das ist Privatbesitz!«, rief Massimo auf Italienisch und kniff die Augen zusammen.

Die Gestalt zwischen den Bäumen bewegte sich nicht. Ob es sich um einen Gast handelte? Der größte Teil der Touristen, die heute angekommen waren, stammte aus Deutschland. Die saßen aber bestimmt noch beim Abendessen. Trotzdem wiederholte er seine Aufforderung auf Deutsch und versuchte diesmal, weniger harsch zu klingen. Sein Onkel würde ihm gehörig die Meinung geigen, wenn er die zahlenden Gäste verprellte.

»Ich hab's schon beim ersten Mal verstanden, danke.«

Also eine Deutsche, die anscheinend auch Italienisch sprach.

»Umso besser. Ach ja, und baden dürfen Sie hier auch nicht.«

»Aber Sie schon?«

Massimo runzelte die Stirn. Was ging es diese Frau an, was er durfte und was nicht?

»Ich arbeite hier«, erklärte er knapp und watete ans Ufer. Plötzlich wurde er sich seiner nassen Shorts bewusst, die wie eine zweite Haut an ihm klebten. Zum Glück war es schon beinahe dunkel.

»Ach, arbeiten nennt man das?«

Die Frau stieß ein belustigtes Schnauben aus. Frechheit! Für wen hielt die sich denn?

»Wenn es Sie nicht stört, ich versuche, die Metallskulptur vor dem Untergang zu retten.«

»Das stört mich nicht im Geringsten«, erwiderte die Frau mit einem ironischen Unterton. Hoffentlich trollte sie sich bald wieder. Sie ging ihm gehörig auf die Nerven.

Mittlerweile stand er vor seinem Häufchen Kleider. Normalerweise hätte er seine nassen Shorts einfach ausgezogen. Aber er hatte der Fremden schon zu viel nackte Haut gezeigt, deshalb zog er die Jeans über das klatschnasse Kleidungsstück und verzog den Mund.

»Müssen Sie nicht zu Ihrer Gruppe zurück?«, fragte er und zog das T-Shirt über den Kopf. »Am ersten Abend gibt's immer eine Kennenlern-Party.«

»Wer sagt denn, dass ich eine Touristin bin?«

Die Frau trat ans Ufer und setzte sich auf einen Felsen. Obwohl er ihr Gesicht im Dämmerlicht nicht richtig erkennen konnte, schätzte er sie auf Mitte zwanzig. Sie hatte langes Haar, das ihr in Locken über die Schultern fiel.

Er räusperte sich. »Wie gesagt, das hier ist Privatbesitz und …«

»Erweisen Sie der Natur einen Dienst und lassen Sie diese potthässliche Skulptur im Teich untergehen«, unterbrach sie ihn. »Sie würden dafür bestimmt einen Orden bekommen.«

Massimo lachte. »Der Erbauer wäre darüber aber vermutlich weniger glücklich.«

Er registrierte, wie sie mit den Schultern zuckte.

»Ich verstehe nicht, weshalb Signor Ferretti dieses dilettantische Zeugs in seinem wunderbaren Park aufstellt. Wie dem auch sei«, sie klopfte sich auf die Schenkel und erhob sich: »Buona notte!«

Sie ging an ihm vorbei und verschwand zwischen den Stämmen der Bäume, die im Dunkeln wie eine Schattenarmee aussahen. Zurück blieb der Duft eines herben Parfüms, das ihn ein wenig an das Rasierwasser seines Onkels erinnerte.

Als Massimo wenig später das Haus seines Onkels betrat, schlug ihm Küchenduft entgegen, und sein Magen knurrte vernehmlich.

»Zio? Bist du da?«

Er durchquerte die Eingangshalle und ging auf die mit aufwendigen Intarsien gefertigte Anrichte zu, auf der sein Onkel immer die Post deponierte, die Massimo sich aus Florenz nachschicken ließ. Neben einem silbernen Kerzenleuchter lagen ein paar Briefe. Er blätterte sie durch. Nichts Wichtiges. Er wollte sich schon umdrehen, als er mit gerunzelter Stirn den einen Leuchter betrachtete. Einer? Normalerweise standen hier doch zwei. Fulvia liebte diese Silberdinger und hatte über drei Jahre gebraucht, um zwei identische für die Eingangshalle aufzutreiben. Sie war mächtig stolz auf diesen Fang und hätte ihn einmal beinahe gelyncht, als ihm einer hinuntergefallen war und dabei eine Delle am Fuß bekam. Auf seine Bemerkung hin, dass das Teil dadurch authentischer wirke, hatte sie ihn nur böse angefunkelt. Aber genau dieser Leuchter mit der Delle fehlte jetzt.

»In der Küche!«, rief sein Onkel aus dem hinteren Teil des Hauses. »Auch eine Portion Gnudi?«

»Aber immer!«

Die Küche war eigentlich Maria Rustis Reich. Die stets lächelnde Köchin, die schon seit ewigen Zeiten für seinen Onkel arbeitete, duldete normalerweise keine Männer in ihrem Heiligtum. Doch die Uhr schlug gerade neun, und die gute Seele genoss sicher schon ihren wohlverdienten Feierabend. Maria leitete die Gutsküche. Das Essen der Gäste bereitete eine speziell für die Saison engagierte Küchencrew zu, auf die Mamma Rusti mit gebotener Würde herabsah.

Massimo betrat die Küche und sah, wie sein Onkel am Herd stand und die vom Abendessen übrig gebliebenen Gnudi aufwärmte. Die Klößchen in Butter und Salbei waren Marias Spezialität und die Leibspeise seiner Tante Fulvia.

»Sie hat erst jetzt Hunger«, erklärte sein Onkel und seufzte tief.

Fulvia Ferretti musste sich wegen ihrer Herzinsuffizienz schonen. Massimo erinnerte sich nur an wenige Gelegenheiten, zu denen seine Tante ihr Bett für längere Zeit hatte verlassen können. Trotz ihres Leidens bezauberte sie aber alle mit ihrem feinen Sinn für Humor und einer Lebensfreude, die manch Gesundem gut zu Gesicht gestanden hätte. Es gab nur eine Sache, mit der seine Tante haderte: dass sie ihrem Gatten wegen ihrer Krankheit keine Kinder hatte schenken können. Und so betrachtete sie Massimo ein wenig als den Sohn, der ihr verwehrt geblieben war. Ihrer Kinderlosigkeit war es auch zu verdanken, dass er einmal das Gut erben würde. Das hatte sie ihm schon im Teenageralter mitgeteilt. Doch an dieses Erbe wollte er nicht denken und hoffte, dass sie, wie auch sein Onkel, noch lange auf diesem wundervollen Besitz im Herzen der Toskana glücklich zusammen leben konnten.

»Nimm dir einen Teller«, wies ihn sein Onkel an. »Es ist reichlich da. Maria hat wieder für eine ganze Kompanie gekocht.« Er lachte. »Ich bringe das schnell zu Fulvia, und dann trinken wir noch ein Glas zusammen, einverstanden?«

»Gern. Dann kann ich dich auch gleich über die Schieflage der Teichskulptur informieren. Wir können damit Pisa Konkurrenz machen.« Massimo trat an den hölzernen Küchenschrank und holte Geschirr und Besteck hervor. »Ach, übrigens. Auf der Anrichte steht nur noch ein Kerzenleuchter. Schon gesehen?«

Sein Onkel, der im Begriff war, die Küche mit einem gefüllten Teller zu verlassen, stockte in der Bewegung und drehte sich dann zögerlich um.

»Einer fehlt?«, fragte er gedehnt.

Massimo nickte.

»Ach, den hat vermutlich die Putzhilfe woanders hingestellt. Ich habe vorhin gesehen, wie sie das Silber poliert hat.«

7

Allegra deckte gerade den Tisch für das Sonntagsfrühstück auf der kleinen Veranda hinter dem Haus ihres Großvaters, als dieser ins Freie trat. Er trug einen schwarzen Anzug und eine Krawatte. Sie runzelte die Stirn. Hatte er etwas vor?

»Du musst mich zur Messe fahren!«, befahl er und beäugte dabei kritisch ihren Aufzug.

»Jetzt?« Allegra trug immer noch das geblümte Schlafshirt, das sie sich am Flughafen in Pisa gekauft hatte.

»Die Messe in der Abteikirche Abbazia Sant'Antimo beginnt in einer Stunde. Zieh dich an, ich warte im Auto.«

Mit diesen Worten drehte er sich um und ging zurück ins Haus.

Allegra sah ihm sprachlos hinterher. Weder hatte er ihr einen guten Morgen gewünscht noch etwas gegessen oder einen Kaffee getrunken. Plötzlich wurde sie wütend. Sie wusste, dass er morgens gern einen starken Espresso trank, also hatte sie dreißig Minuten damit zugebracht, seine altertümliche Kaffeemaschine zum Laufen zu bringen. Und was war der Dank dafür? Verdammt, sie wollte ihren liebenswürdigen Großvater zurück und nicht diesen mürrischen Miesepeter!

Eine halbe Stunde später hatte Allegra geduscht, widerwillig ihre stinkige Jeans angezogen und war abmarschbereit. Da Giovanni im Moment nicht Auto fahren durfte, setzte sie sich auf die Fahrerseite seines alten Fiats und fuhr mit ihm Richtung Süden. Auf dem Weg nach Castelnuovo dell'Abate schwiegen sie sich kontinuierlich an.

Der morgendliche Dunst in den Tälern wich gerade strahlendem Sonnenschein. Lediglich ein paar weiße Schönwetterwolken unterbrachen das Azurblau des Himmels. Allegra schwitzte. Die Klapperkiste ihres Großvaters verfügte über keine Klimaanlage, und sie kurbelte daher das Fenster einen Spalt hinunter.

»Mach das zu, es zieht!«, schnauzte ihr Großvater.

Sie hatte schon eine scharfe Erwiderung auf der Zunge, registrierte aber nach einem kurzen Seitenblick, dass seine Augen verdächtig glänzten. Weinte er etwa? Allegra erschrak. Sie hatte ihren Großvater noch nie weinen sehen. Selbst beim Begräbnis ihrer Großmutter nicht. Vor Mitleid zog sich ihr Magen schmerzhaft zusammen. Hätte sie doch ihren Vater in die Toskana reisen lassen. Aber sie hatte sich ja vordrängeln müssen. Und jetzt fühlte sie sich mit der Situation überfordert.

Sie betätigte den Blinker und fuhr einen sanften Hügel hinauf. Die imposante Abteikirche lag gut zehn Kilometer südlich von Montalcino inmitten von Olivenhainen, Rebbergen und Hängen voller Ginster. Das gelbbraune Alabastergestein des Bauwerks fügte sich perfekt in die Umgebung ein, als wäre es irgendwann wie von Geisterhand aus dem Boden emporgestiegen. Zypressen und Ölbäume flankierten den Glockenturm und die Apsis. Im Mittelalter hatte die Abtei zu den wohlhabendsten Klöstern in der Toskana gehört, bis sie gegen Ende des 15. Jahrhunderts zerfiel und der Konvent aufgehoben wurde. Heute lebte aber wieder eine kleine Gemeinschaft von Augustinermönchen in dem Gemäuer, und ihre Messen waren weithin für ihre wundervollen gregorianischen Gesänge bekannt. Als sie auf den Parkplatz vor dem Anwesen fuhr, befand sich schon eine stattliche Anzahl Autos darauf.

Allegra parkte den Fiat am Rand der Zufahrtsstraße, und sie stiegen aus. Über einen kurzen, staubigen Schotterweg erreichten sie die Abtei, vor der sich Einheimische und Touristen im Schatten des Gemäuers die Zeit bis zur Messe mit Gesprächen oder ausgiebigem Fotografieren der Kirche vertrieben.

Allegra tropfte bereits der Schweiß von der Stirn, und sie wischte sich verstohlen mit einem Taschentuch übers Gesicht. Sie sehnte sich mehr denn je nach ihren luftigen Sommerkleidern und hoffte inständig, dass ihr Koffer im Lauf des Tages nachgeliefert wurde. Ihrem Großvater schien die Hitze nichts auszumachen. In seinem Anzug wirkte er taufrisch, wenn auch etwas blass um die Nase. Die Armschlinge hatte er zu Hause gelassen. Womöglich aus Eitelkeit. Er brütete wieder schweigend vor sich hin, schnaubte aber empört, als er eine Touristin in knappen Shorts und Tanktop erblickte. Er hätte Allegra nie erlaubt, die heilige Messe in solch einer Aufmachung zu besuchen. Schon ihre Jeans hatte er mit finsterer Miene gemustert. Vermutlich waren die Mönche dahingehend etwas aufgeschlossener, denn eben öffnete einer von ihnen das große hölzerne Eingangstor der Basilika und ließ sowohl die leicht bekleidete Besucherin wie auch Allegra mit einem Kopfnicken passieren.

Im Innern der Kirche war es angenehm kühl. Schlanke Säulen und Kreuzpfeiler zogen den Blick in die Höhe bis zum hölzernen Deckengewölbe. Allegra kannte das Bauwerk von früheren Besuchen. Auf den ersten Blick wirkte es recht schmucklos, bis man registrierte, dass die Kapitelle beinahe ausschließlich aus Alabaster bestanden und kunstvolle Darstellungen von Tierschädeln, Pflanzen und verschiedene

Muster zeigten. Sie traten zwischen die Bankreihen, schlugen das Kreuz und setzten sich.

Die Kirche begann sich zu füllen. Vom Eingang her hörte Allegra Gelächter, und sie sah sich um. Ein Schwarm Touristen betrat, geführt von einem groß gewachsenen Mann, die Basilika. Die Gruppe bestand vorwiegend aus Urlauberinnen, die sich um ihn scharten wie eine Herde Schafe um ihren Bock. Höchstwahrscheinlich ein Reiseleiter mit seiner Truppe. Er deutete auf zwei Bankreihen im vorderen Teil der Kirche, und die Gesellschaft setzte sich brav auf die zugewiesenen Plätze. Als es darum ging, wer direkt neben ihm sitzen durfte, gab es ein kleines Gerangel. Offenbar beanspruchte jede Frau diesen Platz für sich. Allegra rollte amüsiert mit den Augen.

Wie konnte man sich nur so albern benehmen? Zugegeben, der Mann war überaus attraktiv: groß, gut gebaut, schwarzes Haar mit dem obligaten Dreitagebart und einer angeborenen Lässigkeit in seinen Bewegungen. Trotzdem, sie schämte sich beinahe für ihre Geschlechtsgenossinnen, die ihr Interesse an dem Schönling so ungeniert bekundeten.

Bevor er sich setzte, zählte er seine Schar durch, stutzte dann einen Augenblick und sah zum Eingang zurück. Offenbar fehlte ein Schäfchen. Allegra unterdrückte ein Grinsen. Er wandte sich an seine Gruppe, sagte etwas und marschierte dann das Mittelschiff entlang. Als er an der Bankreihe vorbeikam, in der Allegra mit ihrem Großvater saß, fiel sein Blick auf sie, und er runzelte die Stirn.

Sein eindringlicher Blick ging ihr durch Mark und Bein. Hatte sie sich etwa bekleckert? Zahnpasta am Mund? Oder Taubendreck auf den Haaren? Unwillkürlich fuhr ihre Hand zu ihren Locken, und mit einer nervösen Geste strich sie sich eine Strähne hinters Ohr.

Ihr Großvater hatte die vergangenen Minuten mit gesenktem Kopf dagesessen, als sei er ins Gebet vertieft. Nun sah er hoch, und als er den Mann vor ihrer Bankreihe registrierte, schenkte er ihm ein leichtes Lächeln. Der Reiseleiter löste endlich den Blick von Allegra, nickte Giovanni kurz zu und strebte dann zum Ausgang.

Sie räusperte sich. »Wer war das denn?«, wandte sie sich leise an ihren Großvater. Doch in diesem Moment setzte die Orgel ein und enthob ihn einer Antwort.

8

»Danke, Ulrike, aber nein.«

Die Mittvierzigerin mit dem Sonnenbrand auf der Nase zog eine Schnute und marschierte dann schmollend Richtung Speisesaal davon.

Massimo sog tief die Luft ein. So kurz vor eins knurrte ihm zwar der Magen, aber er war am Rand seiner Toleranz angekommen. Noch weitere zehn Minuten in der Gesellschaft dieser liebestollen Urlauberinnen, und er würde schreiend zusammenbrechen. Die Messe hatte das übermütige Gegacker der »Damenriege Elfenberg« Gott sei Dank für gewisse Zeit unterbrochen, doch kaum waren sie alle wieder in den Bus gestiegen, hatte es von vorn begonnen. Selbst die wenigen männlichen Gäste, die sie in die Messe in der Abteikirche begleitet hatten, rollten mit den Augen. Einer hatte sich sogar in einer unbewachten Minute abgeseilt, war aber zum Glück wohlbehalten, wenn auch etwas beschwipst, mit dem Taxi zum Gut zurückgekommen.

»Setzt du dich beim Mittagessen zu mir, Massimo?«

»Kannst du mir am Nachmittag den Teich zeigen?«

»Begleitest du mich zur Apotheke? Du weißt ja, dass ich kein Italienisch spreche.«

»Kann man dich auch für eine private Stadtführung buchen?«

Massimo hier, Massimo da, es war zum Verrücktwerden! Und zu allen musste er nett sein, schließlich waren sie zahlende Gäste. Wie machten die anderen Reiseleiter das bloß? Sie genossen seinen größten Respekt. Er würde in diesem Job durchdrehen!

Obwohl es vom Speisesaal her verführerisch nach Spaghetti al Pesto duftete, schlug er den Weg zu seinem Rustico ein. Wenn er Glück hatte, fänden sich in seinem Kühlschrank noch ein paar Eier. Jede Möglichkeit, dem aufgekratzten Damenkränzchen zu entrinnen, musste ergriffen werden. Und mit Schrecken dachte er an den späten Nachmittag, an dem eine Besichtigung der Fortezza, der mächtigen Burganlage, die inmitten des Dorfkerns von Montalcino weit sichtbar über dem Tal thronte, anstand. Danach gab es in der Enoteca eine Verkostung der berühmten Brunello-Weine. Jeweils ein Höhepunkt für die Touristen. Aber wenn er sich vorstellte, dass er anschließend die angesäuselten Damen wieder zurückfahren musste, schauderte ihn.

Er griff nach der Umhängetasche, in der er alle Unterlagen für seinen Aushilfsjob als Reiseleiter verstaute, setzte die Sonnenbrille auf und ging durch den Park Richtung Rustico. Dabei dachte er an die Messe zurück und die Frau, die neben Giovanni di Rossi gesessen hatte. Etwas an ihr kam ihm bekannt vor, obwohl er sich ziemlich sicher war, dass er sie noch nie zuvor getroffen hatte. Sie hatte ihn fast spöttisch gemustert, so, als wolle sie ihm vermitteln, dass sie ihn verachtete. Doch weshalb? Normalerweise rief er beim weiblichen Geschlecht doch ganz andere Emotionen hervor. Die Damenriege war der lebende Beweis dafür. Er war sich seiner Attraktivität bewusst und gab sich Mühe, seinen Körper in Form zu halten. Da sie sich nicht kannten, hatte die hübsche Dunkelhaarige keinen Grund, ihn in irgendeiner Weise zu kritisieren. Aber bevor er jetzt an seiner männlichen Ausstrahlung zu zweifeln begann, sollte er sich lieber nach etwas Essbarem umsehen. Schließlich hatte er von Frauen die Nase doch gestrichen voll – hübsche Fremde, die er nicht herumkutschieren musste, eingeschlossen.

Auf halbem Weg zum Rustico piepste sein Handy. Er zog es aus der Hosentasche. *Ich muss dich unbedingt sprechen, ruf mich an. Bitte!*

Carla, verdammt! Was wollte sie noch? Er löschte die Kurzmitteilung. Es gab nichts mehr zu besprechen. Sie hatte sich mit einem anderen eingelassen und somit ihre Wahl getroffen.

Der Appetit war Massimo gerade gründlich vergangen, und statt zum Rustico zu gehen, schlug er den Weg zum Teich ein, seinem bevorzugten Platz auf dem Gut, wenn er etwas Ruhe bedurfte. Um die Mittagszeit lief er selten Gefahr, dort jemandem zu begegnen, denn bis vierzehn Uhr beschäftigten sich die Gäste lieber mit dem Mittagessen.

Durch den ganzen Park verlief ein ausgeklügeltes Bewässerungssystem. Aus dünnen, gut versteckten Plastikschläuchen tröpfelte durch kleine Löcher Wasser ins Erdreich und hielt die Vegetation am Leben. Wo diese perforierten Leitungen nicht hinkamen, verdorrte das Gras, wurden die Büsche struppig, und die Blumen verwelkten. Jede unachtsam weggeworfene Zigarette konnte in diesen Teilen des Parks eine Katastrophe auslösen. Zum Glück war das Gut bis jetzt verschont geblieben. Ein Brand hätte vermutlich das Ende des Castelvecchio di Montalcino bedeutet.

Als er wenige Minuten später durch die Büsche ans Ufer trat, saß schon jemand auf dem Felsen am Teich. Super, noch eine liebestolle Touristin! Er wollte sich schon umdrehen, als er stutzte. Diese wilde Lockenpracht kannte er doch. Im selben Moment trat er auf einen dürren Ast. Die Frau zuckte zusammen und drehte sich um.

Massimo starrte verblüfft auf die Fremde aus der Kirche.

Was machte die denn hier? Wie schon in der Abtei, kräuselten sich ihre Lippen zu einem spöttischen Schmunzeln.

»Na, alle Hühner wieder im Stall?«

Sie stand auf, wischte sich mit den Händen den Staub vom Hosenboden und zupfte ihr viel zu großes Polohemd zurecht. Dann sah sie ihn abwartend an.

Massimo runzelte die Stirn. Diese Stimme kannte er ebenfalls! Genau, das war die Fremde von letzter Nacht, die ihn beim Baden überrascht hatte.

»Das ist immer noch Privatbesitz«, sagte er ungehalten.

Was bildete sich diese Tussi eigentlich ein? Sie war keine Kursteilnehmerin, hatte auf dem Gut also nichts zu suchen, und doch trieb sie sich die ganze Zeit hier herum. Zudem ging ihm ihre Überheblichkeit auf die Nerven. Ihre ganze Art erinnerte ihn an Carla, was ihn noch wütender machte. »Ich darf Sie also bitten, das Grundstück zu verlassen.«

»Dürfen Sie, wird aber nichts nützen.« Sie lachte und warf ihr Haar zurück, dabei blitzten ihre Augen kämpferisch.

Massimo sah sie sprachlos an. So eine impertinente Person! Wie sollte er jetzt reagieren? Er konnte sie schließlich nicht mit Gewalt vom Gut jagen.

»Fein, dann werden Sie vielleicht die Carabinieri überzeugen.«

Er holte sein Handy hervor und tat, als würde er die Polizei anrufen. Was er natürlich nicht vorhatte, er wollte ihr bloß einen Schrecken einjagen.

»Schon gut«, rief sie und hielt beide Hände in die Höhe, als hätte er ihr eine Pistole vor die Brust gehalten. »Sie haben gewonnen.«

Massimo verstaute das Handy wieder in der Hosentasche und verschränkte triumphierend die Arme vor der Brust.

»Dann werde ich mal gehen und Sie Ihren Aktivitäten überlassen, wie immer die auch aussehen mögen.«

Sie schnaubte belustigt und machte Anstalten, den Weg

zurück zum Haupthaus einzuschlagen.

Er fühlte sich in die Defensive gedrängt. Was meinte sie damit? Nahm sie vielleicht an, dass er hier so etwas wie der Gigolo vom Dienst war?

»Hören Sie, ich bin hier bloß der Fahrer und habe kein Bedürfnis, mich mit …«

»Sie müssen sich vor mir nicht rechtfertigen«, unterbrach sie ihn vergnügt. »Ich bin sicher, Sie wissen ganz genau … nun ja, was zu tun ist.«

Das schlug dem Fass den Boden aus! Er straffte die Schultern und ging drohend einen Schritt auf die Frau zu. Sie taumelte rückwärts, stolperte über einen herumliegenden Ast und fiel unsanft auf den Allerwertesten. Überrascht stieß sie die Luft aus, und in ihre mandelförmigen Augen trat ein Ausdruck, der plötzlich nicht mehr so selbstsicher wirkte. Gut, sollte sie sich nur vor ihm fürchten. Schließlich war sie ein Eindringling, wenn auch ein verdammt attraktiver.

»Ich sage es jetzt noch einmal, Lady. Das ist Privatbesitz, und Sie würden gut daran tun, dies zu respektieren. Wenn ich Sie nochmals hier erwische, lasse ich Sie von der Polizei abführen. Verstanden?«

Er streckte ihr die Hand hin, doch sie ignorierte sie und rappelte sich hoch. Dann rieb sie sich den Schmutz von der Jeans und funkelte ihn dabei wütend an.

»Ich bin die Enkelin von Giovanni di Rossi, Sie Armleuchter, und ich wohne eine Weile bei ihm. Und ich bin gespannt, was Signor Ferretti dazu sagt, wenn ich ihm mitteile, dass seine Angestellten Leute bedrohen. Hoffentlich entlässt er Sie dann. Auch wenn die Hühner darüber bestimmt untröstlich sind.«

Sie drehte sich um und verschwand zwischen den Macchiabüschen.

Massimo sah ihr entgeistert hinterher. Verdammt, die Totengräberin!

9

»So ein Idiot!«, murmelte Allegra und stapfte wütend durch den Park. Wie hatte sie diesen blöden Kerl nur attraktiv finden können? Wie schnell doch ein hübsches Äußeres belanglos wurde, wenn sich der Träger als ein unsympathisches Individuum entpuppte. Ein italienischer Macho, wie er im Buche stand, der seinen Beruf höchstwahrscheinlich dazu nutzte, sich wechselnde Betthäschen zu organisieren. Ein Gigolo! Was für ein Klischee! Doch sie ließ sich das nicht bieten. Signor Ferretti feuerte ihn gewiss, wenn sie ihm von diesem Zusammentreffen erzählte. Ein aggressiver Mitarbeiter? Das ging ja gar nicht!

Sie betastete ihren Hintern und verzog das Gesicht. Das würde einen blauen Fleck geben. Mistkerl! Zugegeben, sie hatte ihn absichtlich ein bisschen gereizt und vielleicht zu lange damit gewartet, ihre Identität aufzudecken. Aber das entschuldigte sein Verhalten gewiss nicht.

Als sie vor dem Häuschen ihres Großvaters ankam, stand ein weißer Kleinbus mit dem Logo eines Lieferdienstes davor. Eben trat ein Mann in einer blauen Uniform aus dem Haus, tippte sich an die Stirn und fuhr dann rasant davon. Zurück blieb eine hellbraune Staubwolke.

Ihr Gepäck? Allegra lief ins Wohnzimmer. Tatsächlich, da

stand ihr Koffer. Sie stieß erleichtert die Luft aus. Endlich frische Kleider, ihre Toilettenartikel und ein bequemer Schlafanzug!

Aus dem hinteren Teil des Häuschens hörte sie ein Klirren, darauf einen deftigen italienischen Fluch. Alarmiert spurtete sie in die Küche. Ihr Großvater stützte sich auf den Herd und betrachtete mit verkniffenem Mund den roten Ziegelboden. Der sah aus, als hätte es geschneit, und in dem Weiß lag zerbrochenes Glas. Offensichtlich war ihm der Behälter mit dem Mehl aus der Hand gefallen.

»Warte«, sagte Allegra, als sie bemerkte, dass er die Scherben aufheben wollte. »Ich mache das schon.«

Sie holte einen Besen aus der Abstellkammer und begann das Mehl samt Scherben zusammenzukehren.

»Hättest du mich doch gerufen, Nonno. Dafür bin ich doch gekommen, weil ...«

»Ach, lass mich doch in Ruhe!«, knurrte ihr Großvater und schlurfte ins Wohnzimmer, wo er sich schwer in einen Sessel fallen ließ.

Allegra biss sich auf die Lippen. Sie hatte ja viel Geduld, aber irgendwann war es einfach genug.

Entschlossen stellte sie den Besen in eine Ecke, trat ins Wohnzimmer und setzte sich ihrem Großvater gegenüber.

»So, jetzt reden wir einmal Klartext! Ich weiß, dass es für dich schwer ist, nicht mehr alles machen zu können.« Giovanni öffnete den Mund, doch mit einer Handbewegung brachte sie ihn zum Schweigen. »Aber so geht es einfach nicht. Ich bin hier, um dir zu helfen, bis du wieder vollkommen hergestellt bist. Der Arzt meint, das sei durchaus möglich. Also werden wir miteinander auskommen müssen, bis ich abreise.« Allegra suchte nach den richtigen Worten, bevor sie weitersprach. »Wir lieben dich alle, Nonno, und wollen, dass du glücklich bist. Entweder hier oder dann bei uns in Deutschland. Aber das ist unmöglich, wenn du dich wie ein angeketteter Bär benimmst. Ich bin auf deiner Seite und nicht dein Feind. Also reiß dich bitte zusammen und behandle mich nicht wie ein dummes Kind!«

Allegra schwieg, ein bisschen erschrocken über sich selbst. So hatte sie noch nie mit ihrem Großvater geredet, und beinahe bereute sie ihre harschen Worte. Unwillkürlich hielt sie die Luft an.

Eine Weile sagte keiner ein Wort. Giovanni hielt den Blick gesenkt, dann ging plötzlich ein Ruck durch seinen Körper, und er hob den Kopf. In seinen Augen lag so viel Schmerz, dass sie schlucken musste.

»Du hast recht«, begann er und seufzte. »Es tut mir leid. Verzeihst du mir?«

Sie atmete auf, kniete sich vor ihn hin und griff nach seiner gesunden Hand.

»Da gibt es nichts zu verzeihen.« Sie legte seine Hand an ihre Wange. »Wir beide schaffen das!«

»Ich hab mir immer so viel auf meine Unabhängigkeit eingebildet, weißt du? Und jetzt komme ich einfach nicht damit klar, dass ich auf andere angewiesen bin. Vielleicht für immer. Ich …« Er brach ab und hob die Achseln. »Dieses Gewitter im Kopf hat mir gezeigt, dass es jederzeit vorbei sein kann. Mit allem. Das macht mir Angst.«

Allegra stiegen die Tränen in die Augen.

»Verstehe«, meinte sie leise. »Doch es war nur ein Warnschuss vor den Bug. Ich bin sicher, du hast noch viele gute Jahre vor dir und reichlich Zeit, dich um den Park zu kümmern und uns zu ertragen, wenn wir dich überfallen.«

Giovanni lächelte schwach. »Bestimmt«, meinte er. »Wir lassen uns nicht so leicht unterkriegen, nicht wahr?«

Allegra schüttelte den Kopf. »Nein, tun wir nicht!« Sie stand auf und drückte ihm einen Kuss auf die Wange. »Und jetzt räume ich die Küche auf, dann gehe ich schnell duschen und wechsle endlich meine Kleider!«

»Allegra? Hättest du Lust, die Fortezza zu besuchen?«

Sie stand vor dem Spiegel im Bad und schüttelte ihre nassen Locken. Was für eine Wohltat, das eigene Shampoo benutzen zu können und nicht das ihres Großvaters, das so seltsam roch.

»Ja, sicher!«, rief sie, »es ist eine Ewigkeit her, dass ich auf der Burg gewesen bin. Wann wollen wir los?«

Sie wickelte das feuchte Duschtuch um ihren Körper und ging auf bloßen Füßen ins Wohnzimmer. Offenbar hatte ihre Gardinenpredigt gewirkt, wenn ihr Großvater Ausflugspläne machte.

Dieser legte gerade den Telefonhörer zurück auf die Gabel. Sie hatte es unter der Dusche gar nicht klingeln gehört.

»Um siebzehn Uhr in der Gutsauffahrt«, beantwortete er ihre Frage. »Lorenzo hat eben angerufen und gefragt, ob du Lust hättest. In seiner Touristengruppe sind noch Plätze frei.«

»Ich soll mit seinen Gästen hinfahren?«

Ihr Großvater nickte. »Warum nicht? Dadurch sparst du den Eintritt.«

»Wieso ich? Kommst du denn nicht mit?«

»Aber nein. Wieso sollte ich das machen? Ich kenne den Kasten doch in- und auswendig. Nach dem Rundgang wird auch noch eine Verkostung angeboten. Ihr könnt alle Brunello-Weine versuchen. Dazu gibt es Pecorino und Wildschweinschinken. Du kannst mir übrigens einen Liter Olivenöl mitbringen. In der Enoteca dort verkaufen sie eine ganz besondere Sorte. Dann musst du für uns heute Abend auch nicht kochen.«

Er zwinkerte ihr zu und sie errötete. Sie hatte gestern das gelieferte Essen aus der Gutsküche beim Aufwärmen anbrennen lassen.

»Lorenzo wird außerdem froh sein, wenn du als Dolmetscherin fungierst. Angeblich sind die Gäste hauptsächlich Deutsche. Na, was sagst du?«

Allegra krauste die Nase. Auf der einen Seite hatte sie große

Lust, die Burg zu besuchen, und sie wollte Ferretti auch nicht vor den Kopf stoßen, schließlich waren er und ihr Großvater alte Freunde. Zudem wohnte er mietfrei in diesem Häuschen auf dem Gut. Aber womöglich würde sie bei dem Ausflug auch den Blödmann vom Teich wiedersehen. Und darauf konnte sie wirklich verzichten.

Giovanni deutete ihr Zögern offensichtlich falsch, denn er fügte hinzu: »Mach dir um mich keine Sorgen. Ich werde bei Maria in der Gutsküche essen. Ich verhungere schon nicht.«

10

»Ja, wir haben genug Zeit. Die Tore schließen erst um zwanzig Uhr.«

Ulrike hatte ihm anscheinend die Abfuhr von heute Mittag verziehen, denn sie legte ihm verschwörerisch ihre Hand auf den Arm und bemerkte: »Wunderbar, Massi! Ich will unbedingt auf einen der Türme steigen und brauche jemanden, der mich dort oben fotografiert. Das machst du doch für mich, nicht wahr?«

Massimo biss die Zähne zusammen. Er hasste es, wenn man ihn Massi nannte. Dabei kam er sich wie ein Fünfjähriger vor. Und trotzdem taten es alle: seine Tante, Carla, sogar sein Onkel nannte ihn manchmal so!

»Natürlich, Ulrike. Wir werden alle zusammen hinaufsteigen, damit ihr eure Fotos machen könnt. Es findet sich bestimmt jemand, der dir seine Dienste anbietet.«

Sie runzelte die Stirn, und er drehte sich schnell um, damit sie sein Grinsen nicht bemerkte. Dann zählte er die Teilnehmer für die Besichtigungstour durch. Alle da! Das mochte er so an den Deutschen. Sie waren immer pünktlich.

»Einsteigen, bitte! Wir wollen fahren.«

Die schwatzende Gruppe setzte sich in Bewegung, bestieg den Kleinbus, und er schulterte seine Tasche.

»Warte!«

Massimo drehte sich um und sah seinen Onkel, der ihm vom Gutseingang her zuwinkte.

»Ich begleite euch. Und mein Gast wird wohl auch gleich da sein.« Lorenzo sah sich suchend um. Als er niemanden entdeckte, meinte er lachend: »Zu spät zu kommen ist seit jeher das Privileg der holden Weiblichkeit.«

Seit wann lud sein Onkel denn irgendwelche Frauen zu Ausflügen ein?

Noch ehe er sich weitere Gedanken darüber machen konnte, bog die Totengräberin um die Ecke. Sie atmete heftig, und eine leichte Röte lag auf ihren Wangen, was ihr ausnehmend gut stand. Ihre dunklen Haare schimmerten feucht, als hätte sie gerade die Dusche verlassen.

»Bin schon da! Scusi für die Verspätung.« Sie schenkte Lorenzo ein strahlendes Lächeln. Er hatte mittlerweile den Hof überquert und reichte ihr ebenso strahlend die Hand.

»Mädchen, Mädchen, was bist du hübsch geworden!« Er drehte sich zu Massimo um. »Findest du nicht auch?«

Dieser verzog spöttisch den Mund.

»Wenn man diesen Typ mag«, murmelte er so leise, dass nur sie es hören konnte.

Das Lächeln fiel wie eine Maske von ihrem Gesicht, und ihre Augen wurden schmal. Massimo sah es mit Genugtuung. Obwohl er normalerweise nicht so rüde mit Frauen umsprang, wollte er von vornherein klarstellen, dass er nicht an ihr interessiert war. Besser jetzt die Fronten klären, bevor sich auch diese Dame noch romantischen Urlaubsgefühlen hingab.

»Wir sollten jetzt los.«

Er drehte sich um und spürte die flammenden Blicke von Giovannis Enkelin im Rücken. Zum Glück kam es zu keiner spontanen Selbstentzündung, denn er trug heute sein Lieblingshemd.

Eine breite Rampe führte auf das Eingangstor der Festung zu. Kurz darauf standen sie im Schatten der mächtigen Türme, und Massimo erklärte der Gruppe, dass die Wehranlage im 14. Jahrhundert erbaut worden war.

»Als 1555 Karl der Fünfte Siena belagerte, flohen viele Bürger nach Montalcino und bildeten in dieser Festung für kurze Zeit eine Exil-Regierung.«

Während die Gruppe die mächtigen Mauern fotografierte, holte er aus seiner Tasche die Eintrittskarten für den Wehrgang und verteilte sie. Dann wischte er sich mit dem Handrücken den Schweiß von der Stirn. Auch um achtzehn Uhr war es noch drückend heiß. Auf dem Wehrgang vermutlich noch mehr. Hoffentlich bekam keiner der Gäste einen Hitzschlag.

»Rechts neben dem Eingang gibt es Erfrischungen zu kaufen«, schlug er ihnen vor. Er musste sie dazu anhalten, viel zu trinken.

»Ich warte lieber auf den Brunello«, sagte Robert Gerdes, der füllige Norddeutsche mit dem Strohhut. Die Bemerkung brachte ihm ein paar Lacher seitens seiner Mitreisenden ein.

»Ich meinte Wasser, Herr Gerdes«, sagte Massimo tadelnd und schüttelte amüsiert den Kopf. »Den Brunello gibt es erst am Ende der Tour. Quasi als Belohnung.«

Brummend ging der Mittfünfziger an ihm vorbei und verschwand durch das mächtige Eingangstor. Ganz zum Schluss nahmen sein Onkel und Allegra ihre Eintrittskarten entgegen. Die beiden hatten sich während seines Vortrages über die Burg angeregt unterhalten. Als er der Totengräberin jetzt das Ticket hinhielt, riss sie es ihm förmlich aus der Hand und warf ihm dabei einen giftigen Blick zu. Dann straffte sie die Schultern und marschierte mit erhobenem Kopf den anderen hinterher. Gut, von dieser Seite drohte also keine Gefahr.

»Sei ein bisschen netter zu Allegra«, raunte ihm sein Onkel zu und legte ihm dabei eine Hand auf den Arm. »Sie hat es mit Giovanni gerade nicht leicht.«

Massimo zuckte mit den Schultern. Sie war kein zahlender Gast, also musste er für sie nicht den Clown spielen. Und wie leicht oder schwer sie es mit ihrem Großvater hatte, interessierte ihn nicht. Zugegeben, er mochte den alten Mann. Als Schuljunge hatte er ihm während der Ferien oft im Park geholfen. Aber das war lange her. Seit er in Florenz lebte, hatte er den alten Gärtner kaum mehr gesehen. Carla wollte ihren Urlaub lieber in einem mondänen Badeort verbringen, wo sie sich im knappen Bikini am Meer sonnen konnte, und nicht auf dem Gut seines Onkels. Und obwohl er sich vorgenommen hatte, Giovanni zu besuchen, um sich zu erkundigen, wie es ihm nach dem Schlaganfall ging, scheute er sich vor dieser Begegnung. Er hatte kein Talent darin, jemanden, den ein Schicksalsschlag ereilt hatte, zu trösten. Vielleicht, weil ihn so etwas an den Tod seiner Eltern erinnerte. Sie waren bei einem Bootsunglück ums Leben gekommen, als er gerade fünfundzwanzig geworden war. Die Beileidsbekundungen von Leuten, die er noch nie im Leben gesehen hatte, waren ihm zuwider gewesen. Er hatte sie alle als heuchlerisch empfunden.

»Du hast ihr hoffentlich nicht gesagt, dass ich dein Neffe bin. Sie würde es bestimmt ausplaudern, und dann bekäme ich noch mehr unerwünschten Besuch im Rustico.«

Lorenzo zog amüsiert die Brauen in die Höhe und schüttelte den Kopf. »Du warst nicht unser Thema.«

Massimo stutzte. »Nicht?«

»So leid es mir tut, nein.« Dann ging er lachend an seinem Neffen vorbei in die Burg.

11

Allegra stützte sich mit verschränkten Armen auf das Geländer des steinernen Wehrgangs, der sich um die ganze Festung zog. Die Gruppe stieg gerade auf einen der Türme, und sie hörte das fröhliche Geplapper und die Verschlussgeräusche der Kameras.

Die Aussicht von hier oben machte sie sprachlos. Direkt unter der Burg schmiegten sich die Dächer der Häuser von Montalcino mit ihren winzigen Simsen und schiefen, ockerfarbenen Ziegeln aneinander. Dahinter lagen grüne und braune Felder. Dazwischen Äcker, und an den Hängen zogen sich Weinberge in die Höhe. Ein sanftes Auf und Ab, wie eine wallende Patchwork-Decke, das sich bis zum Horizont erstreckte. Im fernen Dunst der hereinbrechenden Dämmerung vermeinte sie fast, die Silhouette von Siena zu erblicken.

»Great, isn't it?«

Allegra drehte sich um. Hinter ihr stand ein braun gebrannter Mann, etwa in ihrem Alter. Sein blondes Haar war von der Sonne ausgebleicht, seine blauen Augen sahen mit einem träumerischen Ausdruck in die Ferne. Er trug Jeans, ein rotes T-Shirt mit dem Emblem einer amerikanischen Uni, und über seiner Schulter hing ein Rucksack, der schon bessere Tage gesehen hatte.

»Indeed«, bestätigte sie, »beautiful!«

Er grinste und zeigte dabei eine Reihe perfekter weißer Zähne.

»Logan«, sagte er und streckte ihr die Hand hin.

»Allegra«, erwiderte sie lächelnd. Er war ihr auf den ersten Blick sympathisch.

»Auch als Touristin unterwegs?«, fragte er in dem typischen breiten Akzent eines Südstaatlers. Dann stellte er seinen Rucksack auf den Boden, zog ein Handy aus der Hosentasche und fotografierte die Aussicht.

»Nein«, erwiderte sie und freute sich darüber, Englisch sprechen zu können. Bei ihrer Arbeit im Reisebüro hatte sie es ständig gebraucht, seit sie im elterlichen Betrieb arbeitete jedoch kaum mehr. Höchstens mal, wenn man einen Verstorbenen aus dem Ausland nach Deutschland überführen musste. »Mein Großvater lebt hier. Ich bin halb Deutsche, halb Italienerin.«

Er nickte beeindruckt, als wäre eine Doppelbürgerschaft eine persönliche Leistung.

»Und was machst du in Italien?«, fragte sie neugierig.

»Ich gönne mir sechs Monate in ›good old Europe‹, bevor der Ernst des Lebens anfängt. Im Herbst werde ich nach Austin an die Universität gehen, um Medizin zu studieren.« Er breitete die Arme aus und verneigte sich kurz. »Der zukünftige Dr. House steht vor dir.« Dann zwinkerte er ihr zu, und sie lachte.

»Wenn es der Dame nicht zu umständlich ist, würden wir jetzt gern mit der Degustation anfangen.«

Allegra und Logan drehten sich gleichzeitig um. Neben der Eingangstür zum Eckturm stand Massimo und betrachtete sie aus schmalen Augen.

»Redet der mit uns?«, fragte der Amerikaner, der anscheinend kein Italienisch verstand.

Allegra nickte. »Ja, leider. Sorry, aber ich muss los. Viel Spaß noch auf deiner Reise.«

»Gibst du mir deine Nummer?« Logan sah sie bittend an. »Vielleicht hast du ja mal Zeit, mit mir einen – wie sagt man? Latte zu trinken?«

Allegra schmunzelte. Was war schon dabei, ihm ihre Handynummer zu geben? Er schien ein netter Kerl zu sein, ganz im Gegensatz zu Massimo, der hinter ihnen genervt die Luft ausstieß. Und um den Reiseleiter zu ärgern, sagte sie gut gelaunt: »Sicher, gern.«

Sie griff nach Logans Handy, das er immer noch in der Hand hielt, und tippte ihre Nummer hinein. Dann gab sie es dem verblüfften Amerikaner zurück, drehte sich um und schritt mit abweisender Miene an Massimo vorbei.

Über der hohen, schmalen Eingangstür zur Enoteca baumelte ein rotes Schild mit der Ansicht der mittelalterlichen Burg. Von der Reisegruppe fehlte jede Spur. Vermutlich hatte Allegra den allgemeinen Aufbruch verpasst, und sie grinste jetzt in sich hinein, weil Massimo sich offensichtlich genötigt gesehen hatte, sie zu suchen. Er ging nur wenige Schritte hinter ihr, und seine grimmigen Blicke in ihrem Rücken verursachten ihr ein leichtes Kribbeln im Nacken. Sollte er sich doch ihretwegen ärgern. Geschah ihm ganz recht.

»Erstaunlich, wie schnell manche Leute Bekanntschaften schließen«, zischte er, als sie die Steintreppe hinabgingen, die zur Weinhandlung führte.

Allegra wirbelte herum. Was für ein überheblicher Blödmann! Da er zwei Stufen hinter ihr stand, überragte er sie wie die Türme der Fortezza das Dorf.

»In der Tat«, erwiderte sie spitz. »Noch erstaunlicher ist

jedoch, dass es hier sogar nette Leute gibt. Anwesende ausgeschlossen!«

Gott, der Kerl ging ihr wirklich auf den Senkel. Wofür hielt der sich? Etwa für ihren Babysitter?

Sie warf ihr Haar zurück, drehte sich um und stapfte wütend die Treppe hinunter. Hoffentlich erstickte der Reiseleiter irgendwann an seiner Arroganz!

Allegra kannte die Enoteca nicht und schaute sich interessiert um. Nach der Hitze auf dem Wehrgang empfing sie eine angenehme Kühle. Der Steinfußboden und die dicken Mauern wirkten wie ein natürlicher Kühlschrank. Aber wirklich beeindruckend fand sie die Menge der Regale, allesamt mit Weinflaschen gefüllt. Es mussten Tausende sein! Auf einem Holztisch lagen Körbe mit verschiedenen Salamisorten, Olivenöl, Honig und sonstigen Köstlichkeiten aus der Region. Von der Decke baumelten geräucherte Schinken. In einer Ecke stand eine altertümliche Registrierkasse auf einer Theke, dahinter lehnte ein junger Mann mit einer weißen Schürze lässig an der Wand.

»Ah, Massimo, bene! Die anderen sind schon hinten«, sagte er und wies mit dem Kopf auf einen Durchgang.

Allegra ging auf den gemauerten Rundbogen zu. Eine abgetrennte Kammer mit kleinen Tischen und Stühlen, auf denen sich die Reisegruppe niedergelassen hatte, empfing sie.

»Sie kommen reichlich spät, Fräuleinchen«, brummte der Norddeutsche, der immer noch seinen Hut trug, und hob mahnend den Zeigefinger. »Wir verdursten ja bald.«

Sie murmelte eine Entschuldigung und setzte sich dann an einen der Tische.

Massimo baute sich vor der Gruppe auf.

»Da jetzt auch das letzte Schäfchen wieder zur Herde zurückgefunden hat«, fing er an und warf ihr dabei einen vernichtenden Blick zu, »überlasse ich Sie nun Sergios kundiger

Führung.« Dabei wies er auf den jungen Mann in der weißen Schürze, der eben aus dem Verkaufsraum trat. »Er wird Ihnen alles über die Brunello-Weine, für die Montalcino in der ganzen Welt berühmt ist, erzählen. Und damit Sie nicht nur trockene Theorie vorgesetzt bekommen, können Sie natürlich reichlich probieren. Dazu serviert Ihnen Sergio verschiedene Spezialitäten aus der Region. Wenn Sie später gern ein paar Einkäufe tätigen möchten: Die Enoteca liefert Ihnen selbstverständlich alles nach Deutschland. Ich wünsche Ihnen viel Spaß. Alla Sua!«

12

Die Sonne stand schon tief und tauchte die Mauern der Fortezza in flammendes Rot, als Massimo nochmals zum Wehrgang hochstieg. Er lehnte sich mit verschränkten Armen an die dicken Quader, spürte deren Wärme an seinem Rücken und sah in die Weite. Nur noch wenige Touristen leisteten ihm dabei Gesellschaft: ein paar Japaner, die mit ihren Handysticks hantierten, und ein älteres Paar, das sich an den Händen hielt und stumm die Aussicht genoss.

Er betrachtete die beiden eine Weile. Sie mussten um die sechzig sein, sprachen kein Wort miteinander, und doch schienen sie sich zu verstehen. Der Mann ließ die Hand seiner Partnerin los, legte den Arm um ihre schmalen Schultern und küsste sie auf die Wange. Sie wandte den Kopf, lächelte ihn an und schmiegte sich an seine Brust.

Massimo sah schnell zur Seite. Die zärtlichen Gesten des Paares schienen ihm plötzlich zu intim, als dass sie ein Fremder dabei beobachten sollte.

Ob er je eine Partnerin fände, mit der er in diesem Alter noch solche Momente erleben würde? Er biss sich auf die Lippen. Verdammt, jetzt beneidete er schon Rentnerehepaare! Wie tief konnte er noch sinken? Doch insgeheim wusste er, weshalb ihm diese Gedanken durch den Kopf gingen. Er verglich jede seiner Beziehungen mit der seiner Eltern. Und leider schnitten seine eigenen dagegen wie ein Witz ab.

Rosa und Enrico Visconti waren das perfekte Paar gewesen. Schon als kleiner Junge hatte er mitbekommen, wie sehr sich seine Eltern geliebt hatten; wie sie sich ständig berührten und küssten; wie sie sich ansahen, mit denselben Blicken, wie sie auch die beiden vor ihm an der Mauer austauschten. Als Teenager waren Massimo ihre öffentlichen Liebesbekundungen zwar äußerst peinlich gewesen, und er hatte sich vor seinen Freunden dafür geschämt, doch später hatte er realisiert, was sie bedeuteten: das perfekte Miteinander – die perfekte Liebe.

Er schüttelte unwillig den Kopf. Wie groß war die Wahrscheinlichkeit, so jemanden zu treffen? Eins zu einer Million? Und selbst wenn man den vollkommenen Partner gefunden hatte, wer sagte, dass man ihn auch halten konnte? Nein, es gab keine Garantien, weder für das Finden noch für ein lebenslanges Glück. Vielleicht idealisierte er die Beziehung seiner Eltern auch nur deshalb, weil sie schon tot waren und keine Möglichkeit bestand, dass sie diese Illusion zerstörten.

Bald würde die Reisegruppe aus den Tiefen der Enoteca auftauchen. Gut gelaunt, weinselig und aufgedreht. Mit Taschen voller Brunello und lokalen Spezialitäten. Er musste sich zusammenreißen. Sie erwarteten einen vergnügten Chauffeur, der ihrer Reise in die Toskana einen zusätzlichen Kick verlieh, damit ihnen das Castelvecchio di Montalcino in guter Erinnerung blieb und sie ihren Freunden das Gut empfahlen. Mund-zu-Mund-Propaganda; unbezahlbar und die Lebensader des Betriebes. Und seit er hier aushalf, gelang es ihm auch meistens, den gut gelaunten Italiener zu spielen, weil er wusste, dass sein Onkel sich auf ihn verließ und es schließlich nur eine Auszeit von seinem wirklichen Leben bedeutete.

Doch langsam beschlich ihn das ungute Gefühl, dass sein

Leben in Florenz gar nicht der ›Wirklichkeit‹ entsprach. Er fühlte sich wie ein Zeitreisender, der irgendwo in einer Zwischenwelt schwebte und sich nicht entscheiden konnte, in welches Leben er denn nun tatsächlich gehörte. War Florenz die Zukunft für ihn? Oder war es vielleicht das Landgut? Und wenn er sich für einen Platz entschied, reiste er dann in die Zukunft oder die Vergangenheit?

Er seufzte, stieß sich von der Mauer ab und stieg in den Innenhof der Burg hinab. Schluss jetzt mit diesen absonderlichen Gedankengängen! Er hatte schließlich einen Job zu erledigen. Und solange er noch auf dem Gut lebte, würde er diesen auch so gut wie möglich ausführen.

»Huhu, Massimo, da sind wir wieder!«

Ulrikes gerötetes Gesicht glänzte. In jeder Hand hielt sie eine volle Plastiktüte, aus der es verdächtig klirrte, während sie über den Innenhof auf ihn zumarschierte.

Sergio war anscheinend mit den Weinproben nicht knauserig gewesen.

»Also, ich muss schon sagen«, begann Ulrike, und ihre Augen funkelten dabei: »So ein süffiger Wein! Ich stehe normalerweise ja mehr auf Riesling, aber … Hoppla!«

Massimo griff reflexartig nach ihrem Arm, als sie gefährlich schwankte. Sie kicherte wie ein Schulmädchen, und er nahm ihr die schweren Tüten ab.

»Ich trage sie für dich zum Bus, einverstanden?«

Sie nickte erfreut. »Wenn du Lust hast, können wir uns später noch einen Schluck von diesem Brunodingsbums genehmigen. Du bringst den Korkenzieher mit und …«

»Danke«, unterbrach er ihren Redeschwall lachend. »Aber das ist den Angestellten des Gutes leider untersagt.«

»Ach, tatsächlich? Darüber bist du bestimmt untröstlich, nicht?«

Massimo drehte sich langsam um und sah direkt in Allegras spöttische Augen. Gott, die Frau ging ihm gehörig auf den Wecker!

»Es dient lediglich zum Schutz«, erwiderte er bissig.

»Fragt sich nur, wer vor wem geschützt werden muss.«

»Meist die Angestellten vor den liebestollen Urlauberinnen«, konterte er von oben herab. »Aber es gibt auch welche, die sich lieber mit Collegeboys vergnügen.«

Allegra schnappte hörbar nach Luft, und er konnte sich eines Grinsens nicht erwehren. Das hatte gesessen!

Es war ihm wirklich zuwider, wie sich die Totengräberin an diesen blonden Muskelmann rangeschmissen hatte, da unterschied sie sich überhaupt nicht von den weiblichen Gästen auf dem Gut – oder Carla.

Ulrike sah während ihres verbalen Schlagabtausches mit gerunzelter Stirn von einem zum anderen, bis sie realisierte, was er gerade gesagt hatte.

»Hey, ich bin keine liebestolle Urlauberin!«, schnaubte sie entrüstet.

»Natürlich nicht«, entgegnete Massimo mit einem charmanten Lächeln. »Aber solche gibt es tatsächlich.«

Bei den Worten schaute er demonstrativ Allegra an, und Ulrike riss die Augen auf.

»Verstehe«, erwiderte sie langsam und musterte Giovannis Enkelin dabei finster.

Allegra drehte sich um und steuerte kopfschüttelnd auf den Ausgang zu.

»Es ist wirklich beschämend, wie sich diese jungen Dinger im Ausland benehmen, nicht wahr, Massi?«

Massimo nickte und blickte Allegra nach, wie sie die Fortezza verließ. Obwohl er einen Sieg errungen hatte, fühlte er sich gerade wie ein kompletter Idiot.

13

Auf dem Parkplatz vor der Fortezza lehnte Lorenzo Ferretti am Kleinbus. In einer Hand hielt er eine weiße Plastiktüte mit dem Emblem einer Apotheke. Er hatte die Gruppe nicht auf der Besichtigung begleitet und winkte Allegra jetzt zu, als sie auf ihn zusteuerte. Sie wusste, dass seine Frau krank war. Irgendwas am Herzen, anscheinend hatte er Medikamente für sie besorgt.

»War's schön?«, fragte er.

Sie nickte. »Signor Ferretti«, begann sie frei heraus und warf dabei einen Blick über die Schulter. Massimo und die Gruppe standen zwar noch beim Eingangstor oberhalb der Rampe, setzten sich aber gerade in Bewegung. Sie musste sich beeilen.

»Es ist mir etwas unangenehm, davon zu sprechen, aber sind Sie sicher, dass dieser Massimo … na ja, dass er ein geeigneter Reiseleiter ist?«

Lorenzo hob verblüfft die Augenbrauen. »Was meinst du damit?«

Sie räusperte sich. Petzen gehörte zwar nicht zu ihren Lieblingsbeschäftigungen, aber wenn sich ein Angestellter so danebenbenahm, musste sein Arbeitgeber ihrer Meinung nach davon wissen. Doch was wäre, wenn Lorenzo ihn daraufhin entließ? In diesem Teil Italiens waren die Arbeitsplätze dünn gesät. Was, wenn Massimo zu Hause eine Frau und vier Kinder erwarteten, für die er sorgen musste? Dieser Gedanke verursachte ihr einen kleinen Stich in der Brust, und sie hatte plötzlich Skrupel, ihn bei seinem Boss anzuschwärzen.

»Nun? Was hast du an Massimo auszusetzen?« Lorenzo sah sie auffordernd an.

Sie schüttelte den Kopf. »Ach, nichts. Vergessen Sie es, nicht so wichtig.«

»Hör zu, Allegra. Ich muss dir auch was über Massimo sagen. Etwas, das die andern Gäste aber nicht wissen dürfen.« In seiner Tasche begann das Handy zu klingeln. »Vor allem die weiblichen nicht.« Er zwinkerte ihr zu, zog das Gerät aus der Tasche. »Das musst du mir versprechen, ja?«

Allegra nickte, wider Willen neugierig.

Lorenzo blickte auf das Display, zog die Augenbrauen hoch und hob ab. »Pronto!«

Er lauschte, nickte und wandte sich dann an Allegra, dabei hielt er eine Hand über die Sprechmuschel. »Wir reden später weiter«, flüsterte er und entfernte sich dann einige Schritte. Er lachte kurz auf, erwiderte etwas und gestikulierte dabei wild mit der anderen Hand, sodass die weiße Plastiktüte wie eine Fahne in der lauen Abendluft wehte.

Auf der Rückfahrt saß Allegra neben einem netten Mittvierziger aus Franken, der ihr, mit vom Wein blau verfärbter Zunge, berichtete, wie seine Steinskulptur von Tag zu Tag mehr Form annahm. Ferretti saß leider ganz vorne bei Massimo, daher hatte sie keine Möglichkeit zu erfahren, was er ihr erzählen wollte. Die beiden unterhielten sich angeregt. Hoffentlich nicht über sie! Wenn ihm der Gutsbesitzer von ihrer kurzen Unterredung berichtete, würde Massimo ihr anschließend gewiss noch weitere Unannehmlichkeiten bereiten. Sie grübelte darüber nach, was Lorenzo ihr hatte sagen wollen, das sie nicht weitererzählen durfte, vor allem den weiblichen Gästen nicht. War Massimo etwa schwul? Und wollte Ferretti nicht, dass die Urlauberinnen davon wussten, damit sie sich weiterhin ihren amourösen Tagträumen mit dem attraktiven Italiener hingeben konnten? Nein, das war albern. Massimo konnte sein, was er wollte, aber homosexuell war er ganz bestimmt nicht, das hätte sie bemerkt. Hoffentlich fänden sie und Ferretti bei der Ankunft auf dem Gut noch eine Gelegenheit zu einem Gespräch.

Die Hoffnung zerschlug sich jedoch, als Massimo den Kleinbus bei einem fast zugewachsenen Pfad auf der Rückseite des Gutes stoppte und Lorenzo dort ausstieg. Mist! Jetzt musste sie sich gedulden, bis sich morgen vielleicht eine Gelegenheit ergab, mit ihm zu sprechen.

Kurz vor einundzwanzig Uhr erreichten sie den Innenhof. Einige aus der Gruppe sangen Seemannslieder, der andere Teil verabredete, später auf der beleuchteten Terrasse hinter dem Speisesaal zusammenzukommen, um Karten zu spielen. Allegra lehnte die Einladung dazu dankend ab. Sie hatte ihren Großvater schon lange genug allein gelassen, schließlich war sie wegen ihm nach Montalcino gekommen. Sie langte nach ihrer Plastiktüte mit der Flasche Olivenöl für ihn und kletterte aus dem Bus. Dabei warf sie Massimo einen kurzen Blick zu. Doch er beachtete sie gar nicht, sondern tippte auf seinem Handy herum. Gut! Offensichtlich hatte ihm sein Boss nichts von ihrem Gespräch gesagt.

Giovannis Häuschen lag im Dunkeln. Er ging früh schlafen, stand aber oft schon im Morgengrauen auf. Etwas, das ihm als ehemaligem Gärtner in Fleisch und Blut übergegangen war, denn in den kühlen Morgenstunden war die sommerliche Gartenarbeit um vieles erträglicher.

Noch immer grübelte Allegra über Massimos abfällige Haltung ihr gegenüber nach. Was hatte sie ihm bloß getan, dass er sie so behandelte? Die kleine Scharade mit ihrer Identität konnte ihn kaum dermaßen geärgert haben. Also woher kamen diese Antipathie und dieses ständige Sticheln? Während sie in der Handtasche nach dem Hausschlüssel kramte, gingen ihr tausend Ideen durch den Kopf: Hieß seine ältere Schwester vielleicht Allegra, und er hasste sie, weil sie ihm seinen Lieblingsteddy weggenommen hatte? Oder glich sie womöglich seiner Grundschullehrerin, die ihn immer hatte nachsitzen lassen? Vielleicht erinnerte sie ihn aber auch an seine erste Liebe, die ihm wegen eines älteren Jungen, der eine Vespa besaß, den Laufpass gegeben hatte. Nichts ergab wirklich einen Sinn, und am Ende dachte Allegra, dass sie ihm schlichtweg unsympathisch sei. Das kam schließlich vor und beruhte in diesem Fall auf Gegenseitigkeit. Sie würde dem Kerl einfach, solange sie auf dem Gut war, aus dem Weg gehen, und damit basta!

14

Massimo trat aus der Dusche und ging, lediglich ein Handtuch um die schmalen Hüften geschlungen, durch die offen stehende Terrassentür nach draußen. Er gähnte ungeniert, setzte sich auf einen der Holzstühle und verschränkte die Arme hinter dem Kopf. Montagmorgen, kurz vor neun Uhr, und sein freier Tag. Herrlich! Die neuen Gäste begannen heute mit den von ihnen gebuchten Kursen und benötigten daher keinen Chauffeur. Erst morgen hatte er wieder einen Termin: Rundgang durch Siena.

Ein Wassertropfen lief aus den noch feuchten Haaren seinen Hals hinab, und er rieb sich mit der Hand über den Nacken. Sein Blick schweifte in die Ferne. In den Senken zwischen den Hügeln lag immer noch leichter Dunst, der sich im Laufe des Tages aber verflüchtigen würde, sobald die Sonne höher stieg. Die von schlanken Zypressen umkränzten Gehöfte auf den Anhöhen ragten wie aus einem grünen Meer heraus.

In einer Woche endete sein Urlaub. Möglicherweise konnte er noch ein paar zusätzliche Tage herausschinden, weil sein Arbeitskonto eine beträchtliche Menge Überstunden aufwies, aber danach musste er wieder zurück nach Florenz in sein gewohntes Leben und sich einigen Fragen stellen. Und dazu gehörte auch Carla. In der angenehm warmen Luft fröstelte er plötzlich und rieb sich über die nackten Arme. Er wusste noch immer nicht, wie es jetzt mit ihnen weitergehen sollte. Ob es überhaupt mit ihnen weitergehen konnte. Carlas Vertrauensbruch hing wie eine große, dunkle Wolke über allem. Konnte er ihr verzeihen? Und: Wollte er ihr verzeihen?

Er stand auf, trat ins Rustico und holte eine Tasse aus dem Schrank. Als er den gemahlenen Kaffee in den Espressokocher füllte, erinnerte er sich an den Tag, an dem sein bisheriges Leben aus den Fugen geraten war.

Vom nahen Kirchturm hatte es zwölf Uhr geschlagen. Massimo drückte noch einmal auf die Hupe. Ein ausländisches Wohnmobil versperrte die schmale Via di San Niccolò im Herzen von Florenz. Offensichtlich kannte sich der Tourist in seinem ausladenden Vehikel nicht aus und ängstigte sich vor dem Weiterfahren. Hinter ihm bildete sich eine rasch anwachsende Schlange von Autos mit genervten Fahrern, die ebenfalls versuchten, das Hindernis mit wütendem Hupen zu bezwingen.

Er sah auf die Digitalanzeige am Armaturenbrett. In knapp einer Stunde musste er wieder im Büro sein. Sie erwarteten einen millionenschweren Kunden, der in Florenz mehrere Immobilien gekauft hatte und diese jetzt renovieren wollte. Massimo trommelte ungeduldig mit den Fingern aufs Lenkrad.

»Sbrigati!«, knirschte er, »beeil dich!«, und drückte nochmals auf die Hupe. Glücklicherweise hatte sich ein freundlicher Passant des überforderten Touristen erbarmt und versuchte, ihm den Weg zu erklären. Nach weiteren zehn Minuten war die Straße endlich frei, und Massimo gab Gas. Er bog rasant um die Ecke auf die Piazza de' Mozzi und fand erfreulicherweise gleich einen Parkplatz. Nachdem er den Motor abgestellt hatte, griff er nach dem Strauß weißer Rosen auf dem Beifahrersitz und stieg aus.

Er wollte Carla überraschen. Am Frühstückstisch hatte er

ihr erzählt, dass er den ganzen Tag auswärts auf einer Baustelle zu tun habe und erst zum Abendessen zurückkäme. Heute jährte sich der Tag, an dem sie sich kennengelernt hatten, und sie hatten verabredet, das bei einem feudalen Dinner im *Il Palagio* zu feiern. Carla kränkelte jedoch ein wenig. Sie arbeitete als Geschäftsführerin in der Modeboutique *Bianca* und hatte sich heute früh bei ihren Angestellten entschuldigt. Vermutlich eine aufkommende Migräne, worunter sie gelegentlich litt. Dann konnte sie keinen Lärm, kein grelles Licht und vor allem keine lauten Touristen ertragen, die auf der Suche nach modischen Schnäppchen in die Boutique einfielen. Höchstwahrscheinlich lag sie also im abgedunkelten Schlafzimmer und hoffte, dass die rasenden Kopfschmerzen und das Flimmern vor den Augen aufhörten. Bestimmt freute sie sich über die Rosen und später am Abend, wenn es ihr besser ging, auch über die goldene Halskette mit dem Rubinanhänger, die er ihr gekauft hatte. Es war ein wunderschönes Schmuckstück – wie es einer Braut gebührte.

Ihre gemeinsame Wohnung befand sich im dritten Obergeschoss eines herrschaftlichen Palazzo direkt am Arno. Die Fenster des Wohnbereichs gingen zur Altstadt, sodass der Straßenverkehr entlang des Lungarno nicht zu hören war. Vom Schlafzimmer aus sah man in einen begrünten Innenhof mit einer kleinen Pergola. Und vom Essbereich war sogar die Basilika di Santa Croce mit dem angrenzenden Park zu sehen. Alles in allem ein wunderbares Appartement, wenn auch etwas kostspielig. Aber da sie beide gut verdienten, immer noch erschwinglich. Sollten sie irgendwann einmal Kinder bekommen – und Massimo hoffte auf eine große Familie –, wäre die Wohnung allerdings zu klein. Doch das lag alles noch in der Zukunft, zuerst stand ihre Hochzeit bevor. In vier Monaten! Ein bedeutender Schritt, dem er erwartungsvoll entgegensah.

Der Eingangsbereich des Wohnhauses empfing ihn mit

einer angenehmen Kühle. Er warf einen schnellen Blick in den Briefkasten: leer. Also hatte Carla es immerhin drei Etagen hinunter geschafft. Demzufolge musste ihre Migräne bereits am Abklingen sein.

Er lief die lang gezogene Steintreppe hinauf, fröhlich vor sich hin pfeifend und mit einem Lächeln der Vorfreude im Gesicht. Dann schloss er die Wohnungstür auf. Die dunkel gebeizte Holztür mit den Messinggriffen war erst kürzlich von einem Schreiner restauriert worden und bewegte sich geräuschlos in den Angeln. Massimo streifte die Schuhe im Flur ab und schlich auf bloßen Füßen Richtung Schlafzimmer. Er hörte ein helles Lachen und stutzte. Offenbar schaute Carla vom Bett aus Fernsehen. Oder sie las ein amüsantes Buch. Beides Anzeichen dafür, dass der Migräneanfall nicht so stark gewesen sein konnte. Fein, ihrem Gourmetabendessen stand also nichts im Wege.

Er öffnete leise die Schlafzimmertür, steckte den Kopf durch den Spalt und flüsterte: »Überraschung, amore mio.«

15

»Und es ist wirklich in Ordnung?«

Giovanni wedelte mit seiner gesunden Hand. »Ja, mach dir bloß keine Gedanken. Geh aus und amüsier dich!«

Allegra sah ihren Großvater zweifelnd an. »Ich bin höchstens zwei Stunden weg und jederzeit auf meinem Handy erreichbar.«

Sie kontrollierte ihre Haare im Garderobenspiegel und befeuchtete sich dann mit der Zunge die Lippen. Giovanni stand hinter ihr und verdrehte die Augen, was sie zum Schmunzeln brachte.

»Spätestens um drei bin ich wieder hier und fahre dich anschließend zum Doktor, passt es dir so?«

Ihr Großvater nickte, gab ihr einen freundschaftlichen Klaps auf den Hintern und ging in die Küche.

Allegra hatte ihm einen Teller Penne all'arrabbiata zubereitet, die er einen Moment lang argwöhnisch beäugte, bevor er sich langsam an den Küchentisch setzte. Kochen war einfach nicht ihre Stärke, und fast bedauerte sie ihren Großvater.

»Du kannst mich auch begleiten«, schlug sie vor und griff nach ihrer Handtasche an der Garderobe.

»Kommt gar nicht in Frage, cara! Ich eigne mich nicht als fünftes Rad. Zudem verstehe ich kein Englisch.«

Es war kurz vor eins. Gegen zehn hatte sie eine SMS von Logan erhalten, in der er ihr vorschlug, sich mit ihm zum Mittagessen im Dorf zu treffen. Zuerst hatte sie ablehnen wollen. Aber dann hatte sie gedacht, wieso sie nicht ein paar Stunden mit jemandem verbringen sollte, der sympathisch war und sie nicht bei jeder Gelegenheit beleidigte? Eine willkommene Abwechslung zu Massimos abfälligem Getue. Zudem lenkte es sie ab. Sie hatte letzte Nacht sogar schlecht geschlafen, weil es sie so brennend interessierte, was Ferretti ihr über seinen Angestellten anvertrauen wollte. Doch als sie heute Morgen ins Gutshaus hinübergegangen war, war er nicht zu Hause gewesen. Also hatte sie ein wenig mit Maria, der Köchin, geplaudert. Diese hatte ihr auch ihr Rezept für die Penne all'arrabbiata verraten. Danach hatte sie sich mit Kochen von der großen Frage nach Massimos Geheimnis abzulenken versucht, und obwohl Allegra sich akribisch an Marias Kochrezept gehalten hatte, schmeckte die Soße irgendwie komisch.

Das schien auch ihr Großvater zu bemerken, denn bis jetzt hatte er noch keinen Bissen zu sich genommen, sondern schob die Pasta nur im Teller herum. Als er ihren prüfenden Blick bemerkte, lächelte er schief und meinte: »Noch zu heiß.«

Vom Gut bis in den Dorfkern brauchte Allegra mit dem Auto knapp eine Viertelstunde. Während sie in den engen Straßen von Montalcino nach einer Parklücke Ausschau hielt und sich über die vielen Einbahnstraßen ärgerte, wurde ihr bewusst, dass das Mittagessen mit Logan ihr erstes Date seit über vier Monaten war.

Sie überlegte. War es denn überhaupt ein Date? Wohl eher nicht. Trotzdem fühlte sie ein angenehmes Kribbeln der Vorfreude im Magen. Und als in der Viale della Libertà ein Parkplatz frei wurde, fuhr sie mit dem Fiat ihres Großvaters so rasant in die Lücke, dass das Getriebe des kleinen Autos empört aufjaulte. Sie benahm sich wirklich kindisch!

Im Rückspiegel kontrollierte sie ihr Make-up, zog die Lippen nochmals nach und stieg aus.

Die Sonne stand im Zenit, und die Temperatur hatte die Dreißig-Grad-Marke bestimmt schon überschritten. Zum Glück hatte Allegra sich für ein luftiges Sommerkleid und offene Sandaletten entschieden, obwohl sie sich noch einen Tick zu blass dafür fand. Im Vergleich mit dem braun gebrannten Logan schnitt aber jeder schlecht ab.

»Was soll's«, murmelte sie, eilte die Via Donoli hinauf Richtung Piazza del Popolo. Sie wollten sich am Regierungspalast treffen, und als sie um die Ecke bog, sah sie Logan auch schon im Schatten des Turms aus dem 13. Jahrhundert sitzen. Er blätterte in einem Reiseführer, zu seinen Füßen stand sein abgewetzter Rucksack. Das eng anliegende weiße T-Shirt brachte seine gut definierten Muskeln höchst vorteilhaft zur Geltung, dazu trug er Cargohosen und Turnschuhe. Massimo hatte unrecht, der Amerikaner sah nicht wie ein Collegeboy aus, eher wie ein kalifornischer Surfer. Auf alle Fälle war er überaus attraktiv!

»Hey!« Er hatte sie entdeckt und stand lächelnd auf. »Das ist ja ein Gedränge hier!«

Allegra nickte. »Hochsaison eben, da wird Montalcino regelrecht überflutet.«

Logan griff nach seinem Rucksack, verstaute den Reiseführer darin und hängte ihn sich über die Schulter.

»Also, welches Lokal empfiehlt die Einheimische?«

»Auf alle Fälle eins, das etwas abseits der Touristenströme liegt.« Sie runzelte für einen Augenblick die Stirn, drehte sich um die eigene Achse und deutete dann auf eine enge Gasse. »Wir müssen da lang.«

Vom Platz bis zum Restaurant, das Allegra mit Logan anstrebte, waren es bloß zehn Minuten zu Fuß. Das *Re di Macchia*, ein typisch toskanisches Ristorante, das lokale Spezialitäten anbot, lag etwas versteckt in einer engen Gasse. Die kulinarischen Genüsse von Alfonso und Roberta waren sowohl bei den Einheimischen wie auch bei den Touristen sehr beliebt, und ohne Platzreservierung bekam man hier keinen Tisch. Glücklicherweise hatte ihr Großvater seinen Charme spielen lassen und für seine Enkelin und deren Begleiter telefonisch einen Tisch ergattern können.

Auf dem Weg zum Ristorante erzählte ihr Logan von Texas und seiner Familie. Allegra mochte seine Offenheit. So wusste sie bald, dass er der Bruder zweier jüngerer Schwestern war, die ihm zwar oft auf die Nerven fielen, die er aber abgöttisch liebte. Der Familienhund hieß Sparky und fürchtete sich vor Hühnern. Und Logans Eltern betrieben einen gut gehenden Getränkemarkt in Houston. Als die obligate Frage nach ihrem Beruf aufkam, schluckte Allegra erst einmal und erzählte ihm dann vom elterlichen Bestattungsunternehmen in Frankfurt. Statt schreiend davonzulaufen wie ihre sonstigen Dates, sah Logan sie nur überrascht an, stellte dann aber eine Menge interessierter Fragen über diesen Beruf. Allegra atmete innerlich auf. Vermutlich besaß ein angehender Arzt ganz andere Präferenzen, was die beruflichen Werdegänge von Frauen anbelangte.

Als sie das Restaurant betraten, erzählte er ihr gerade, dass er sich als Junge von seinen Eltern einmal zu Weihnachten einen Sarg gewünscht habe. Auf die Idee hätte ihn ein Dracula-Film gebracht, in dem ein mit weißem Satin ausgelegter Ebenholzsarg vorkam, der ihn mächtig beeindruckt hatte.

Allegra lachte laut auf. Ihre Augen gewöhnten sich langsam an den dunkleren Innenraum. Als sie den Kopf wandte, sah sie direkt in Massimos spöttisch verzogenes Gesicht.

16

»Grazie, Maria, aber ich habe schon gegessen.«

Massimo fasste die korpulente Köchin um die Taille und drückte ihr einen Kuss auf die Wange. Sie kicherte mädchenhaft und schüttelte den Kopf.

»Hör sofort auf damit, du Schlingel!«

Er drehte sich um und ging in die Eingangshalle des Gutshauses. Ja, er hatte schon gegessen, und zwar einen Teller wunderbarer Spaghetti mit Meeresfrüchten im *Re di Macchia*, die ihm jetzt aber quer im Magen lagen.

Herrgott, musste er die Totengräberin eigentlich jeden Tag treffen? Und dann noch mit diesem aufgeblasenen Collegeboy! Die beiden schienen sich ja prächtig zu verstehen. Und das, obwohl sie sich erst gestern auf der Fortezza kennengelernt hatten. Nicht zum ersten Mal erinnerte ihn Allegra an Carla, und er stieß angewidert die Luft aus.

Auf der Anrichte lag wie üblich seine Post. Er griff danach und stutzte. Jetzt fehlte auch der zweite silberne Kerzenleuchter. Wie seltsam. Er wusste, dass sein Onkel letzten Monat eine neue Putzhilfe eingestellt hatte. Elena mit der Piepsstimme aus dem Ort. Die junge Frau würde sich doch hoffentlich nicht als Diebin entpuppen?

Kurz entschlossen ging er nochmals in die Küche, wo Maria in einem großen Topf rührte, aus dem es verführerisch nach Minestrone roch.

»Doch noch hungrig?«, fragte sie mit einem verschmitzten Lächeln.

Massimo schüttelte den Kopf. »Sag mal, Maria, wie ist diese Elena denn so?«

»Zu jung für dich!«, erwiderte die Köchin unwirsch.

»Nein, hör mal, was ich fragen will: Kann man ihr vertrauen?«

Maria legte den hölzernen Kochlöffel quer über den Topfrand, wischte sich die Hände an ihrer Schürze ab und pflanzte sich dann mit gerecktem Kinn vor ihm auf. Sie reichte ihm nur knapp bis zur Brust, trotzdem trat er einen Schritt zurück, als er das gefährliche Funkeln in ihren Augen registrierte.

»Elena ist mein Patenkind und die liebste Person, die es auf der Welt gibt. Ganz im Gegensatz zu dir!« Sie tippte ihm mit dem Finger schmerzhaft auf das Brustbein. »Ihr Charakter ist über alle Zweifel erhaben, dafür lege ich die Hand ins Feuer. Mannaggia! Warum fragst du eigentlich danach? Gibt es an ihrer Arbeit etwas auszusetzen?«

Er hob versöhnlich beide Hände. »Nein, absolut nicht, entschuldige. Ich wollte deinem Patenkind nicht zu nahe treten. Mir ist nur aufgefallen, dass zwei silberne Kerzenleuchter fehlen.«

Maria stieß einen genervten Laut aus. Dann drehte sie sich wieder zum Herd, griff nach dem Löffel und rührte jetzt etwas vehementer in der Suppe herum.

»Ich habe keine Zeit, mich auch noch um das Silber zu kümmern«, knurrte sie. »Es gibt hier schon genug zu tun!« Dabei fuchtelte sie mit dem Holzlöffel in der Luft herum, und ein paar Spritzer der heißen Brühe trafen Massimos nackten Arm, sodass er zusammenzuckte. »Jemand wird sie wohl anderswo hingestellt haben.«

Maria legte den Löffel wieder ab und watschelte ärgerlich vor sich hinmurmelnd zur Speisekammer. Anscheinend war das Thema für sie erledigt.

Massimo zuckte mit den Achseln und ging in die Eingangshalle zurück. Vermutlich hatte Maria recht. Er stopfte seine Post in die Gesäßtasche und eilte die Treppe hinauf in die erste Etage. Dort klopfte er an die erste Tür links und trat ein, nachdem er ein leises »sì« gehört hatte.

Das Zimmer seiner Tante war das komfortabelste des ganzen Gutshauses. Der Fußboden bestand aus ockerfarbenen Terrakottafliesen, deren Farbe mit der des Sofas und den gepolsterten Stühlen harmonierte. An der Längsseite des Raums stand ein geschwungenes Eisenbett mit einem luftigen Baldachin darüber. Ein antiker Kristalllüster hing von einem roh gezimmerten Sichtbalken an der Decke. Tante Fulvia hatte eine Vorliebe für sakrale Motive aus der Renaissance, deshalb prangten an den weiß verputzten Wänden allerlei farbige Kunstdrucke mit Engeln, Märtyrern und sonstigen biblischen Gestalten.

Massimo erinnerte sich daran, dass er sich als kleiner Junge vor den leidenden Gesichtern der Figuren auf diesen Gemälden gefürchtet hatte. Später dagegen waren es dann mehr die spärlich bekleideten Frauengestalten auf den Bildnissen gewesen, die seine Aufmerksamkeit angezogen hatten.

Seine Tante saß in einem bequemen Sessel am geöffneten Fenster, vor dem sich pastellfarbene Voilevorhänge in einem leichten Luftzug bauschten. Sie hatte anscheinend gelesen, denn in ihrem Schoß lag ein aufgeschlagenes Buch. Als sie ihn erblickte, ging ein Lächeln über ihr Gesicht, und sie streckte ihm beide Hände entgegen.

»Massimo, schön, dass du mich besuchst. Wie geht es dir?«

Fulvia Ferrettis Schönheit hatte durch ihre jahrelange Krankheit gelitten. Dunkle Augenringe ließen die haselnussbraunen Augen in dem bleichen Gesicht größer erscheinen. Ihre bläulichen Lippen zeugten davon, dass ihr krankes Herz immer weniger in der Lage war, seine Arbeit zu verrichten. Durch ihre vormals rabenschwarzen Haare zogen sich Silberfäden, und um ihre Mundwinkel hatten sich tiefe Falten eingegraben.

Massimo durchquerte den Raum mit ein paar Schritten, ergriff ihre eiskalten Hände und setzte sich zu ihr.

»Gut, danke. Und wie geht es dir? Du strahlst wie das blühende Leben.«

Sie lächelte ob dieser Lüge und neigte dabei kokett den Kopf.

»Danke, mein Lieber, ich komme zurecht. Und dein Onkel verwöhnt mich.« Sie wies auf einen Strauß farbenfroher Sommerblumen in einer rustikalen Vase auf dem Nachttisch. Dann wandte sie sich wieder ihm zu. »Und wann wirst du uns verlassen?«

Er kannte seine Tante als ehrlichen und direkten Menschen. Sie hielt oberflächliches Geplänkel für reine Zeitverschwendung. Vielleicht deshalb, weil ihre Krankheit ihr stets vor Augen führte, wie wertvoll das Leben war.

Er zuckte mit den Achseln. »Vermutlich Ende dieser Woche.«

»Und was hast du vor?«

»Ich weiß es nicht«, gab er zu und rieb dabei sanft ihre kalten Hände.

»Liebst du sie denn noch?«

Massimo seufzte tief. »Das weiß ich noch viel weniger.«

Er ließ ihre Hände los, stand auf und trat ans Fenster. Vom Zimmer seiner Tante sah man in den weitläufigen Park hinaus. In der Ferne glitzerte der Teich mit der hässlichen Skulptur.

»Wenn du sie wirklich liebst, kannst du ihr auch verzeihen«, hörte er seine Tante sagen.

»Und was, wenn Carla es wieder tut?« Er stützte sich auf den Fenstersims und atmete tief durch. »Würde *sie* mich wirklich lieben, wäre das nicht passiert, oder?«

Er drehte sich um.

Seine Tante sah ihn mit leicht geneigtem Kopf an. »Hast du ihr denn eine Möglichkeit gegeben, es dir zu erklären?«

Massimo schüttelte den Kopf. »Die Situation sprach für sich«, stieß er wütend hervor. »Was gibt es da noch zu erklären?«

»Du musst mit ihr sprechen«, meinte Fulvia eindringlich. »Entweder um ihr danach zu verzeihen, oder damit du einen Schlussstrich ziehen kannst. Ich kenne dich, das lässt dir sonst keine Ruhe. Und ehrlich gesagt ist es auch ein wenig feige, wenn du es nicht tust.«

»Schön, dass du auf meiner Seite bist.«

Fulvia lachte. »Das bin ich, in der Tat. Aber ich erkenne auch, wenn sich jemand im Selbstmitleid suhlt. Und das passt nicht zu dir.«

Er verzog den Mund. »Du hast natürlich – wie üblich – recht. Es ist nur … ach, verdammt! Meine Zukunft lag wie ein breiter Weg vor mir, und jetzt weiß ich nicht einmal mehr, in welche Richtung er überhaupt führt.«

17

»Und wo wohnst du?«, fragte Allegra und biss herzhaft in das geröstete Knoblauchbrot, das mit Tomatenstücken und frischem Basilikum belegt war.

Logan runzelte die Stirn. »Fungi irgendwas.«

Sie lachte. »Funghi heißt Pilze. Ich nehme kaum an, dass du bei deiner Größe darin Platz hättest.«

Er grinste, holte den Reiseführer aus seinem Rucksack und schlug ihn bei Montalcino auf.

»Hier!« Er tippte mit seinem Finger auf einen Eintrag der hiesigen *Bed & Breakfast*-Pensionen.

»*Il Rifugio d'Altri Tempi*«, erklärte sie schmunzelnd. »Gefällt's dir dort?«

»Ganz okay, Hauptsache preiswert. Mein Urlaubsbudget ist beschränkt.« Mit einem schelmischen Zwinkern schob er den Teller mit den Antipasti näher zu ihr.

»Magst du keine Bruschetta?«, fragte sie überrascht. Er hatte ihr die Bestellung überlassen, und sie hatte sich für diese typische italienische Vorspeise entschieden.

»Zu viel Knoblauch«, antwortete er. »Vielleicht will ich ja heute noch jemanden küssen, da wäre schlechter Atem etwas hinderlich.«

Dabei grinste er anzüglich, und sie errötete. Obwohl sie seit dem Treffen auf der Fortezza ab und zu daran gedacht hatte, wie es wohl wäre, diesen sportlichen, gut aussehenden Texaner zu küssen, fühlte sie sich jetzt doch etwas überrumpelt.

»Hey, das war ein Scherz!«, rief er lachend und legte seine gebräunte Hand auf die ihre.

Allegra atmete auf. Trotzdem war sie sich sicher, dass er mit ihr flirtete. Sie hatte zwar schon lange kein Date mehr gehabt, konnte die Anzeichen für männliches Interesse aber immer noch erkennen. Und wer würde sie verurteilen, wenn sie sich darauf einließ? Sie war Single, Logan auch, zwei junge Leute, die den Sommer genossen und etwas Spaß miteinander hatten. Unvermittelt tauchte Massimos abschätzige Miene vor ihrem geistigen Auge auf und wie spöttisch er sie angesehen hatte, als sie mit Logan ins Lokal gekommen war. Mist, weshalb musste sie denn jetzt an diesen Vollpfosten denken?

»Alles okay?«, fragte Logan und zog seine Hand zurück. »Du bist mir doch jetzt nicht böse, oder?«

Allegra schüttelte den Kopf und vertrieb Massimos Gesicht aus ihren Gedanken.

»Aber nein«, sagte sie lächelnd und griff nach der letzten Bruschetta.

Der Fiat war der reinste Backofen. Allegra kurbelte alle Fenster hinunter, und Logan öffnete die Türen für ein bisschen Durchzug.

»Vielen Dank für den netten Lunch«, sagte er. »Und dass du ein Essen für mich ausgesucht hast, das ich auch wirklich kenne.«

Sie lachte. Sie hatte für ihn Bistecca alla fiorentina geordert, was einem texanischen T-Bone-Steak sehr nahe kam.

»Dann sehen wir uns also morgen?«, fragte er. Sie nickte. Beim Essen war ihnen die Idee gekommen, am nächsten Tag zusammen Siena anzusehen. Schließlich konnte sie über den Wagen ihres Großvaters verfügen, und eine Stadtbesichtigung zu zweit war allemal lustiger.

»Ich schicke dir noch eine Nachricht, wann ich dich abholen komme, einverstanden?« Sie sah auf ihre Uhr. »Jetzt muss ich aber los. Mein Großvater wartet sicher schon. Du weißt ja, sein Arzttermin.«

»Alles klar. Ich haue mich jetzt irgendwo in den Schatten und verdaue das köstliche Essen.« Bei den Worten klopfte er sich auf seinen flachen Bauch. »Schade, dass Montalcino nicht am Meer liegt. Ich vermisse eine kühle Brise.«

Er zupfte an seinem T-Shirt und stieß dabei die Luft aus. Dann beugte er sich zu Allegra hinab und streifte mit seinen Lippen ihre Wange. Er roch nach Sonne, Rotwein und einem herben Rasierwasser.

»Bis morgen also.«

Er schulterte seinen Rucksack und ging Richtung Dorfkern davon. Bevor er um die Ecke bog, drehte er sich noch mal um und hob die Hand.

Allegra winkte lächelnd zurück. Sie warf ihre Handtasche auf den Beifahrersitz und setzte sich mit einem Seufzer hinters Steuer. Warum gab es in Frankfurt eigentlich keine solchen Männer!

Bevor sie losfuhr, rief sie zu Hause an. Ihre Mutter meldete sich, und nachdem sie darüber lamentiert hatte, dass es in Frankfurt dauernd schüttete, fragte sie nach Giovannis Befinden.

»Es geht ihm so weit ganz gut, Mama«, erklärte Allegra. »Die Lähmung seines Arms wird hoffentlich wieder verschwinden, aber es gibt noch andere Aspekte bei Schlaganfallpatienten, die mir Sorgen machen.«

»Was denn, Liebes?«, fragte Gerda alarmiert.

»Du weißt ja, wie Ärzte sind, die sagen einem auch nicht

alles, also habe ich im Internet ein wenig recherchiert. Viele Schlaganfallpatienten leiden später unter Persönlichkeitsveränderungen, sind teilnahmslos, resigniert oder bekommen eine Depression. Sogar plötzliche Wutausbrüche können auftreten.«

Ihre Mutter stieß die Luft aus. »Das klingt aber gar nicht gut. Merkst du denn etwas davon?«

Allegra überlegte, wie viel sie ihrer Mutter über Giovannis momentane psychische Verfassung erzählen sollte und ob sie mit ihren Erklärungen nicht schon Schaden angerichtet hatte. Gerda neigte ohnehin zu Übertreibungen, und sie wollte auf keinen Fall, dass sie ihrem Gatten gleich Dantes Inferno beschrieb.

Seit dem klärenden Gespräch mit Allegra bemühte Giovanni sich zwar um einen lockeren Ton, doch ab und zu blitzten immer noch Wut und Ärger in seinen Worten auf.

»Nein, er ist ganz der Alte«, log sie. »Die eben genannten Symptome sind bei ihm Gott sei Dank nicht aufgetreten. Vergiss das gleich wieder.«

»Fein, da bin ich aber beruhigt«, erwiderte ihre Mutter hörbar erleichtert. »Dann kommst du bald nach Hause, ja? Wir vermissen dich nämlich.«

»Ich euch auch. Gib Paps einen Kuss von mir. Bis bald, ciao.«

Wie vermutet stand Giovanni schon abfahrbereit vor dem Häuschen, als sie fünfzehn Minuten später auf den gekiesten Vorplatz einbog. Er hatte ein frisches Hemd angezogen, die Knöpfe aber nicht richtig schließen können.

Allegras Kehle wurde eng. Was, wenn ihr Großvater sein künftiges Leben nicht mehr allein meistern konnte? Oder vielleicht nochmals einen Schlaganfall erlitt, der ihn ans Bett fesselte. Was dann? Von einem Umzug nach Deutschland wollte er ja partout nichts wissen und verweigerte jede Unterhaltung darüber. So ein Dickschädel!

Auf einmal kam sie sich schäbig vor, weil sie mit Logan unbeschwerte Stunden verlebte und Pläne für eine Stadtbesichtigung machte, als wäre sie hier im Urlaub, während das normale Leben ihres Großvaters immer mehr in die Brüche ging. Sie atmete tief durch, damit sie nicht in Tränen ausbrach. Nein, so ging das nicht. Sie musste sich zusammenreißen! Ihr Großvater brauchte eine Stütze und kein flennendes Kind, das selbst Trost benötigte!

Sie setzte ein Lächeln auf, sprang aus dem Wagen und öffnete ihm die Beifahrertür.

»Alles klar, Nonno, bereit für den Dottore?«

Ihr Großvater nickte. »Tutto bene – alles in Ordnung.«

18

»Siena wurde auf drei Hügeln erbaut, deren Verbindungsstraßen ein Y bilden. Wir befinden uns hier an dem Punkt, an dem sie zusammentreffen: der Piazza del Campo. Dieser muschelförmige Platz mit seinem charakteristischen Ziegelsteinpflaster ist das Herzstück der Provinzhauptstadt und immer noch fast so erhalten, wie er im 14. Jahrhundert angelegt wurde. Wer nächste Woche noch hier ist, kann ein einmaliges Schauspiel erleben. Jeweils am 2. Juli und am 16. August wird hier nämlich der *Palio* ausgetragen. Vielleicht haben Sie schon davon gehört?« Massimo blickte in die Runde und sah einige aus seiner Truppe nicken.

Am frühen Morgen, als er das Bett verlassen hatte, um eine Runde durch den Park zu joggen, hatte es nach Regen ausgesehen, doch jetzt standen nur noch einzelne weiße Schönwetterwölkchen am blauen Himmel. Er war trotzdem froh, dass sie schon gegen zehn Uhr in Siena mit der Stadtführung begonnen hatten. Zum einen waren um diese Uhrzeit noch nicht so viele Touristen unterwegs, und zum anderen würde es vermutlich wieder so extrem heiß werden wie an den vergangenen Tagen.

»Seit dem Mittelalter findet an diesen Tagen der Einzug der rivalisierenden Stadtviertel Sienas, genannt *Contraden*, zum berühmten Pferderennen statt. Heutzutage gibt es noch siebzehn Stadtteile, früher waren es noch ein paar mehr. Wer also nächste Woche dem Spektakel beiwohnen möchte, achte bitte auf die Fahnen am Ende des Zuges. Ganz am Schluss des Korsos sieht man die Symbole Hahn, Bär, Löwe, Viper, Schwert und Eiche. Diese Stadtviertel dürfen seit einer Massenschlägerei im Jahr 1675 am *Palio* nicht mehr teilnehmen. Die Obrigkeit schloss sie für immer davon aus. So sind wir in der Toskana eben. Man verbietet uns etwas, aber wir laufen trotzdem mit.«

Ein paar Gäste lachten.

»Kommt das nicht mal in einem James-Bond-Film vor?«, fragte Herr Gerdes, der wie immer seinen Strohhut trug.

»Stimmt genau. Im Film ›Ein Quantum Trost‹ mit Daniel Craig. Wir gehen jetzt über den Platz, kehren aber später hierher zurück, damit Sie Fotos machen können. Zudem werden wir hier gemeinsam das Mittagessen einnehmen. Danach haben Sie Gelegenheit, Siena allein zu erkunden, bis wir uns um siebzehn Uhr wieder beim Kleinbus treffen. Sie haben alle meine Handynummer, sollte jemand verloren gehen.«

Er hob seinen Arm, und die Gruppe folgte ihm, angeregt darüber diskutierend, welcher Bond-Darsteller ihrer Meinung nach der bessere sei.

»Wir besuchen jetzt die Kathedrale, wohl das schönste Gotteshaus in der Toskana«, informierte er die Gruppe. »Es sind nur etwa vier Minuten zu Fuß, es geht aber ein bisschen bergauf. Der Dom wurde am höchsten Punkt von Siena gebaut.«

»Ist das dort, wo dieser Zebraturm steht?«, fragte eine Frau aus der Malgruppe, an deren Namen er sich nicht erinnerte.

Er schmunzelte. »Genau, der Glockenturm besteht aus schwarzen und weißen Marmorstreifen, den Farben Sienas. Wir werden im Innern diese Bauweise noch mal genauer betrachten.«

Während sie durch die engen Gassen von Siena Richtung

Dom gingen, begleitet vom Geschrei der vielen Schwalben, die pfeilschnell nach Insekten jagten, suchte Massimo in seiner Tasche nach den Eintrittskarten und den deutschsprachigen Prospekten. Der Ausflug nach Siena stand jede Woche auf dem Programm, und nach dem mittlerweile dritten Mal kannte er alle Informationen über die Sehenswürdigkeiten auswendig. Bei seiner ersten Stadtführung hatte er sie noch von einem Zettel ablesen müssen, was vermutlich nicht gerade professionell gewirkt hatte. Aber schließlich war er Architekt und kein Reiseleiter. Der Besuch der Kathedrale begeisterte ihn immer wieder, und er musste sich am Riemen reißen, um die Gäste nicht mit Informationen über dieses Meisterwerk gotischer Baukunst zu überschütten.

Der größte Teil von ihnen interessierte sich sowieso mehr für die zahlreichen Geschäfte und Lokale und weniger für die Architektur und Kunstschätze des Doms.

Sie kamen bei der Treppe vor der Kathedrale an, und er verteilte die Eintrittskarten und die Prospekte. Soeben wollte er zu einem Monolog über Giovanni Pisanos Skulpturen an der reich geschmückten Fassade ansetzen, als er Allegra mit ihrem Collegeboy entdeckte. Sie saßen zusammen auf der Treppe und blätterten in einem Reiseführer. Wussten sie denn nicht, dass es verboten war, sich auf die Stufen zu setzen? Wenn ein Polizist sie dabei erwischte, würden sie Strafe zahlen müssen. Ha! Das geschähe ihnen ganz recht.

Massimo runzelte ärgerlich die Stirn. Es war zum Verrücktwerden! Als ob es diese Frau darauf anlegte, ihm ständig über den Weg zu laufen. Wieso trieb sie sich überhaupt hier herum? Sollte sie sich nicht besser um ihren angeschlagenen Großvater kümmern? Das war so typisch für diesen Schlag Frauen: egoistisch, überheblich und nur auf ihr Vergnügen bedacht! Genau wie Carla, flüsterte eine leise Stimme in seinem Kopf. Ja, vielleicht stimmte diese Einschätzung ihres Charakters sogar, und er hatte es nur nie wahrhaben wollen. Er war sicher nicht perfekt, so wie auch Carla nicht perfekt war. Aber erst seit diesem Vorfall vor drei Wochen kamen ihm Zweifel, ob sie wirklich füreinander geschaffen waren. Ein gemeinsames Leben musste doch mehr zu bieten haben als schicke Klamotten, teure Restaurants und Wellness-Urlaube.

»Ach, verdammt!«, stieß er hervor und zog den Kopf ein, als seine Gruppe ihn besorgt musterte. Und sie hatten recht. Er war nicht hier, um über sein Leben zu resümieren, sondern um ihnen Siena zu zeigen. Also verbannte er die Totengräberin wie auch seine Beziehungsprobleme aus seinen Gedanken und ging den Gästen voran die Treppe zum Eingang der Kathedrale hoch. Hinter seinem Rücken hörte er Allegra über etwas lachen. Er wandte den Kopf und sah, wie der Amerikaner sie küsste. Massimo presste die Lippen aufeinander und trat in die dunkle Kühle des Doms.

19

»Und was machen wir jetzt?«

Logan sah sie mit seinen blauen Augen fragend an. Es lag nicht bloß Neugier in seinem Blick, sondern auch dieses gewisse Etwas, das einem die Knie weich macht und Herzklopfen beschert.

Allegra räusperte sich.

»Es gibt noch so einiges in Siena zu bewundern. Zum Beispiel den Palazzo Tolomei, der älteste Stadtpalast von Siena. Oder die Biblioteca Piccolomini, ein herrschaftlicher Prunksaal voller literarischer Schätze – die ist übrigens gleich dort drüben.« Sie wies auf die Nordwestseite der Kathedrale. »Wir könnten auch auf den Torre del Mangia steigen, den hohen, schlanken Turm, an dem wir schon vorbeigekommen sind. Von dort oben hat man einen atemberaubenden Blick über die Stadt und die umliegenden Täler und Hügel. Leider kann man nicht immer hinauf, manchmal herrscht dort so ein Gedränge, dass sie den Aufstieg schließen.« Sie lachte und hob entschuldigend die Schultern. »Oder …«

Zu weiteren Ausführungen kam sie nicht mehr, denn Logan beugte sich zu ihr herüber und küsste sie.

Im ersten Augenblick war sie so verblüfft, dass sie nicht

reagieren konnte. Doch als seine Zunge vorsichtig an ihre Lippen stieß, öffnete sie den Mund und ergab sich seinen Zärtlichkeiten. Obwohl sie sich eben noch vorgestellt hatte, wie dieser nette Texaner sie küsste, blieb sie jetzt dabei seltsam unbeteiligt. Als würde sie danebenstehen und sich selbst betrachten.

Sie löste sich aus Logans Umarmung und strich sich verlegen die Haare aus dem Gesicht. Dabei fiel ihr Blick auf das Eingangsportal des Doms. Sie sah gerade noch, wie Massimos hochgewachsene Gestalt darin verschwand. Auch das noch! Hoffentlich hatte er sie und Logan nicht bemerkt, ansonsten schüttete er bei ihrem nächsten Aufeinandertreffen sicher ein Füllhorn an bissigen Bemerkungen über ihr aus.

»Allegra?« Logan ergriff ihre Hand und streichelte mit dem Daumen über ihren Handrücken. »Habe ich dich erschreckt?«

Sie lachte nervös und schüttelte dann den Kopf.

»Aber nein, nur lass uns jetzt weitergehen, einverstanden? Ich muss bald zurück, um für Großvater zu kochen.«

Sie stand auf und nestelte an ihrer Handtasche herum, weil sie Logan nicht in die Augen sehen konnte.

Er seufzte, verstaute seinen Reiseführer wieder im Rucksack und erhob sich ebenfalls. Die lockere Stimmung zwischen ihnen war dahin. Und während sie die restlichen Stufen vor der Kathedrale hinabgingen, sagte keiner ein Wort.

Die Pici, die langen, fadenförmigen Nudeln, die es nur in der Toskana gab, waren versalzen und die Soße zu dünn. Allegra fluchte leise vor sich hin, goss dann heißes Wasser über die Pasta, um ihr den ärgsten Salzgeschmack zu nehmen, rührte etwas Parmesan in die Tomatensoße und deckte den Tisch. Ihr Großvater telefonierte gerade im Wohnzimmer.

Der arme Mann! Schon wieder musste er essen, was sie ihm vorsetzte. Im Grunde sollte er seine Ernährung auf Schonkost umstellen. So hatte es wenigstens sein Arzt bei ihrem gestrigen

Besuch angeordnet. Aber das war für Giovanni vermutlich noch schlimmer als ihre Kochkünste.

»Nonno?«, rief sie und setzte sich an den Tisch. »Mittagessen!«

Sie goss ihrem Großvater ein kleines Glas Chianti ein – auch Alkohol sollte er meiden, hatte der Arzt befohlen, deshalb stellte sie ein großes Glas Wasser dazu – und griff nach ihrer Serviette. Während sie den Dampf beobachtete, der von der Schüssel mit den Pici zur Decke stieg, dachte sie an den Vormittag zurück.

Logan hatte nach dem missglückten Kuss keine Lust mehr gehabt, weiter in Siena zu bleiben, und nachdem sie einen sündhaft teuren Cappuccino auf der Piazza del Campo getrunken hatten, waren sie aufgebrochen. Die knapp einstündige Fahrt nach Montalcino verlief nahezu schweigend. Er war einsilbig geblieben, und Allegra wusste nicht, welches unverfängliche Thema sie anschneiden sollte. So lauschten sie lediglich der italienischen Schlagermusik, die aus Giovannis Autoradio dudelte.

»Nonno! Das Essen wird kalt!«

Hatte er sie nicht gehört? Allegra stand auf und ging ins Wohnzimmer. Ihr Großvater telefonierte immer noch. Er hatte sich den Hörer zwischen Kinn und Schulter geklemmt und zupfte mit dem gesunden Arm an seinem Hemd herum. Mit wem redete er da bloß? Offensichtlich kein angenehmes Gespräch, denn er stieß zischende Laute aus, als würde ihm nicht gefallen, was derjenige am anderen Ende der Leitung sagte. Sie hörte die Worte *stronzo* und *cretino* und riss verblüfft die Augen auf. Seit wann fluchte ihr Großvater denn so hemmungslos? Dann flüsterte er etwas, was sich wie ›können nur noch hoffen‹ und ›die Vergangenheit holt uns alle irgendwann ein‹ anhörte, und legte auf.

Allegra schlich zurück in die Küche, weil es ihr plötzlich

peinlich war, Giovanni beim Telefonieren belauscht zu haben. Kurz danach trat er in die Küche und setzte sich an den Tisch.

»Das duftet ja köstlich«, sagte er, als wäre nichts gewesen.

»Unangenehme Nachrichten?«, fragte sie, griff nach dem Schöpflöffel und füllte seinen Teller. Dann gab sie etwas Soße über seine Nudeln und bediente sich selber.

»Hast du zugehört?«, fragte er scharf und sah sie dabei mit zusammengezogenen Augenbrauen an.

»Nein«, log sie, und Giovannis Miene entspannte sich. Was zum Teufel ging hier vor? Doch sie konnte ihn nicht direkt darauf ansprechen, ohne zu verraten, dass sie gelauscht hatte.

»Lorenzo hat uns für morgen zum Abendessen eingeladen«, erklärte er zwischen zwei Bissen. Also hatte er mit Lorenzo telefoniert. Das war ja seltsam. Sie hatte immer angenommen, dass die beiden die besten Freunde waren. Oder hatten sich die ›freundlichen‹ Begriffe gar nicht auf Ferretti bezogen? Und wenn nicht auf den Gutsbesitzer, auf wen dann?

Giovanni kaute langsam und war so höflich, den Geschmack der Pasta nicht zu bemängeln. Trotzdem sah sie eine gewisse Erleichterung in seiner Miene, als er einen großen Schluck Wasser genommen hatte und anschließend nach dem Glas Wein griff.

Allegra verbiss sich ein Lachen. Marias Fertigkeiten beim morgigen Abendessen wären für sie beide eine willkommene Abwechslung.

»Das ist nett«, sagte sie. »Ich muss ihn sowieso noch etwas fragen.«

»Ach, ja?« Wieder dieser seltsame Unterton in seiner Stimme.

Sie nickte, wollte ihren Großvater jedoch nicht mit den unerfreulichen Begegnungen mit Massimo behelligen. Vielleicht fand sie morgen die Gelegenheit, endlich herauszubekommen, was Ferretti ihr über Massimo zu berichten hatte, und im Gegenzug wollte sie dem Gutsbesitzer ein bisschen auf den Zahn fühlen, um herauszufinden, wessen Vergangenheit wen einholte und warum. Möglicherweise hatten die beiden ja gerade über den unverschämten Reiseleiter gesprochen. Das Vokabular hätte schon mal gepasst.

»Hast du heute dein Training schon absolviert?«, wechselte sie das Thema und schob ihren halb leeren Teller angewidert von sich. Eine Laufbahn als Gourmetköchin konnte sie definitiv vergessen.

Der Arzt hatte gestern angeordnet, dass Giovanni ab sofort einmal pro Woche zu einem Ergotherapeuten musste, um seinen angegriffenen Arm zu trainieren. Doch eine Stunde reichte natürlich nicht aus, um das Handicap zu überwinden. Deshalb hatte der Therapeut ihm auch für zu Hause verschiedene Übungen aufgetragen. Er musste beispielsweise in einer Schüssel mit Linsen kleinere Gegenstände ertasten, als Sensibilitätstraining für seine Hände. Oder er sollte Figuren, Zahlen und Buchstaben auf ein Blatt zeichnen, um die Feinmotorik zu trainieren. Außerdem hatte er einen Ball bekommen, den er kneten musste, und die Empfehlung, regelmäßig *Jenga* zu spielen, das Geschicklichkeitsspiel, bei dem man hölzerne Bauteile aus einem Turm herauszog, bis er umfiel. Das Spiel hatten er und Allegra früher oft gespielt, als sie noch klein gewesen war. Damals hatte immer er gewonnen – jetzt gewann sie. Doch das machte ihm nichts aus, und sie lachten viel dabei.

»Ich war brav und habe geübt«, berichtete er. »Und wie war's in Siena?«

Allegra zuckte mit den Schultern. »Schön. Wir haben den Dom besichtigt.«

»Aha. Und?«

»Nichts und. Logan reist bald weiter. Er will ans Meer.«

»Verstehe.« Ihr Großvater musterte bedauernd das leere Weinglas in seiner Hand und stellte es dann auf den Tisch.

»Das ist schon in Ordnung, schließlich bereist er ganz Europa, und Italien ist nur ein Zwischenstopp.« Allegra hoffte, dass das Thema für ihren Großvater mit dieser Erklärung abgehakt war. Es fehlte gerade noch, dass er ihr irgendwelche Ratschläge bezüglich eines Ferienflirts gab. Im Endeffekt war es nur eine Frage der Zeit gewesen, bis Logan seine Zelte in Montalcino abbrach und seinen Trip fortsetzte. Vielleicht besser so. Sie fand ihn zwar attraktiv, aber wie der Kuss gezeigt hatte: Mehr war da nicht. Glück gehabt! Liebeskummer war wirklich das Letzte, wonach ihr der Sinn stand.

»Ich habe übrigens frischen Fruchtsalat zubereitet. Und der ist garantiert nicht versalzen!«

Giovanni lachte, schob seinen Teller von sich und nickte erfreut.

20

Die brennenden Kerzen im silbernen Kandelaber auf dem großen Esstisch verbreiteten ein warmes Licht im Speisezimmer, das Tante und Onkel nur wenig benutzten. Normalerweise aß Lorenzo in der Küche oder zusammen mit Fulvia in deren Zimmer.

Als Massimo gestern am späten Nachmittag aus Siena zurückgekommen war, hatte er eine Notiz seines Onkels auf dem Küchentisch gefunden, dass er für morgen Abend Gäste zum Essen erwarte und seine Anwesenheit erwünscht sei. Abendeinladungen auf dem Gut waren selten geworden, was hauptsächlich dem Gesundheitszustand seiner Tante geschuldet war. Offensichtlich ging es ihr momentan besser, sonst hätte Lorenzo auf Gäste verzichtet.

Massimo trat ans Fenster, wo ein aus dunklem Holz gefertigter Servierwagen mit verschiedenen Flaschen darauf stand, schenkte sich einen Campari ein und fügte einen Spritzer Soda hinzu. Je nachdem, wen sein Onkel eingeladen hatte, konnte ein kleiner Aperitif nicht schaden. Er nippte an dem leicht bitter schmeckenden Getränk und sah dabei zum Fenster hinaus. Die Sonne ging eben unter. Ein orangefarbenes Leuchten lag noch über den Hügelkämmen, darüber ein samtenes Dunkelblau. Vereinzelte Sterne leuchteten schon am Firmament. Durch das offene Fenster drang das Sirren der Zikaden ins Zimmer, gepaart mit einem leichten Luftzug, der nach warmer Erde und trockenem Gras roch.

Das fehlte ihm in Florenz. Die Stadt war zwar wunderbar dafür geeignet, sich als gut verdienendes Paar den Annehmlichkeiten eines unbeschwerten Lebens hinzugeben, doch gegen die Landschaft, die vor ihm lag, zogen Lärm, Smog und fehlende Parkplätze eindeutig den Kürzeren. Dennoch vermisste er seinen Beruf, die Kollegen – und am meisten einen Menschen an seiner Seite. Einen? Sollte er nicht eher Carla vermissen? Er runzelte die Stirn. Fehlte ihm denn bloß *eine Frau* und nicht seine zukünftige? Und wenn ja, was hatte das zu bedeuten?

Maria trat ins Speisezimmer und enthob ihn damit weiterer Überlegungen.

»Il più bello!«, bemerkte sie lächelnd, als sie seinen Aufzug musterte.

Massimo grinste. Er hatte bei seiner Flucht aus Florenz tatsächlich einen Anzug eingepackt, und dieses Essen schien ihm der geeignete Zeitpunkt zu sein, sich in Schale zu werfen. Meist lud sein Onkel zwar nur langweilige Lieferanten ein, um neue Verträge auszuhandeln, aber auch bei denen konnte man mit einem schicken Outfit Eindruck schinden. Zudem mochte es seine Tante, wenn er sich konservativ kleidete. Vermutlich ein Überbleibsel ihrer adligen Herkunft.

Er verneigte sich spielerisch und sagte: »Nur für dich, amore mio!«

Die Köchin kicherte, zupfte hier an einer Serviette herum und rückte dort eine Gabel zurecht und verschwand dann wieder.

Massimo trank den Campari aus, stellte das leere Glas auf den Servierwagen und ging ins Wohnzimmer, das durch eine Schiebetür mit dem Speisezimmer verbunden war. Auf dem

Salontisch lagen Bildbände toskanischer Sehenswürdigkeiten und italienischer Maler. Alles Geschenke seines Onkels an die Kunst liebende Fulvia. Er griff nach einer Ausgabe über Raffael und blätterte darin herum. Über dem Kamin hing normalerweise eine gerahmte Bleistiftzeichnung, die angeblich von Timoteo Viti stammte, einem Künstler, der in Raffaels Werkstatt tätig gewesen war. Die Zeichnung war echt, der Urheber jedoch nicht einwandfrei bestätigt, trotzdem war es Fulvias Lieblingsbild und ihr ganzer Stolz. Massimo hob den Kopf, um es zu betrachten – und stutzte. Anstatt der erwarteten, etwas korpulenten Dame in einem Flatterkleidchen erblickte er eine toskanische Landschaftsimpression. Wie merkwürdig. Hatte sein Onkel das Bild umgehängt? Er wandte den Kopf, zuerst nach links, dann nach rechts. Nein, das Bild hing auch nicht an einem anderen Platz.

Massimo legte den Bildband wieder auf den Salontisch und ging zurück ins Speisezimmer. Auch hier konnte er die Zeichnung nicht entdecken. Ob Fulvia sie jetzt in ihrem Zimmer aufbewahrte? Eine logische Folgerung, da sie es ja kaum noch verließ. So mochte es sein. Bestimmt hatte sie darum gebeten, ihr Lieblingsbild um sich zu haben.

Die antike Pendeluhr in der Ecke schlug die volle Stunde, und im gleichen Moment schellte es an der Haustür. Immerhin waren die Gäste pünktlich.

»Gehst du bitte aufmachen!«, hörte er seinen Onkel rufen, der eben mit Fulvia am Arm vorsichtig die Treppe herabkam.

Massimo durchquerte die Eingangshalle, rückte seine Krawatte zurecht und öffnete die Eingangstür. Das Lächeln, das er für die Gäste seines Onkels aufgesetzt hatte, zerbröckelte. Vor ihm stand Giovanni di Rossi mit seiner Enkelin.

»Massimo, schenk unseren Gästen bitte noch Wein ein.«

Fulvia lächelte ihm aufmunternd zu. Maria hatte zwar gekocht, fungierte jedoch nicht als Bedienung. Das sei unter ihrer Würde, sagte die Köchin immer. Und da der Tisch im Speisezimmer zu ausladend war, um sich selbst zu bedienen, stieß Massimo seinen Stuhl zurück und stand mit grimmiger Miene auf, um Giovanni und der Totengräberin die Gläser zu füllen. Der ältere Mann hielt seine Hand über das schwere Kristallglas und schüttelte bedauernd den Kopf, seine Enkelin hingegen machte keine Anstalten, den Brunello zurückzuweisen.

Neben der laxen Moral also auch noch eine, die gern ins Glas schaute? Das wurde ja immer besser. Zugegeben, sie sah reizend aus in der hellblauen, ärmellosen Bluse, den schmalen Stoffhosen und den zu einem lockeren Knoten hochgesteckten Haaren. Trotzdem, er hätte sich andere Gäste gewünscht!

Sie stocherte etwas lustlos in ihrem Teller herum. Die Trüffel-Ricotta-Ravioli, die Maria als Vorspeise zubereitet hatte, waren ein Gedicht. Daran konnte es nicht liegen. Hatte das Liebesspiel mit ihrem Collegeboy sie derart ausgelaugt, dass ihr der Appetit vergangen war? Dieser Gedanke entlockte ihm ein spöttisches Schnauben, was ihm einen verwirrten Blick seiner Tante bescherte.

Fulvia hatte sich sorgfältig geschminkt. Doch neben der frischen, strahlenden Allegra, deren Haut seit ihrer Ankunft einen sanften Bronzeschimmer angenommen hatte, sah sie trotzdem wie eine Kranke aus, was ihn noch mehr gegen diese Deutsche aufbrachte. Ein idiotisches Ressentiment, das wusste er, doch er konnte nichts dagegen machen.

»Wie geht es Ihren Eltern?«, wandte sich Fulvia an ihren Gast. »Wir haben sie ja schon so lange nicht mehr gesehen.«

»Sagen Sie doch Allegra zu mir«, erwiderte die Totengräberin mit einem Lächeln. »Es geht ihnen gut, danke. Wir machen uns natürlich alle Sorgen um Nonno. Aber wir di Rossis sind zäh, nicht wahr, Großvater?«

Dieser brummte etwas Unverständliches und griff nach dem Wasserglas.

Fulvia lachte. »Da hast du recht. Giovanni lässt sich nicht

unterkriegen. Und Ihr … scusa, dein Vater und seine bezaubernde Gattin sind beide Frohnaturen. Die haben es immer einfacher.«

Sie warf Massimo bei diesen Worten einen bedeutungsschwangeren Blick zu, und er verdrehte die Augen.

»Wo ist denn eigentlich der Viti?«, ergriff er das Wort. »Hängt er jetzt in deinem Zimmer?«

Fulvia schüttelte den Kopf. »Leider ist beim Abstauben der Rahmen zu Bruch gegangen, und Lorenzo brachte das Bild zur Reparatur. Ich kann es kaum erwarten, ihn wiederzubekommen.«

Sie legte lächelnd die Hand auf den Arm seines Onkels. Lorenzo wirkte für einen Augenblick betroffen, räusperte sich dann und warf Giovanni einen schnellen Blick zu. Dieser schien sich plötzlich sehr für die Holzdecke zu interessieren und vermied jeden Augenkontakt.

Die benehmen sich ja seltsam, dachte Massimo, doch er konnte nicht weiter darüber nachdenken, denn seine Tante wandte sich in diesem Moment an die Totengräberin, und diese Konversation wollte er auf keinen Fall verpassen.

»Wie lange bleibst du denn in der Toskana?«, fragte Fulvia.

Allegra legte ihre Gabel neben den Teller.

»Ich habe mit drei Wochen gerechnet, danach muss ich unbedingt wieder zurück. Der Betrieb läuft leider nicht von allein. Bis dahin quäle ich Nonno ein wenig als Hilfskrankenschwester und härte ihn mit meinen Kochkünsten ab.«

Alle lachten, außer Massimo.

Das hilft dir gar nichts, dachte er grimmig, dich hier jetzt als Florence Nightingale aufzuspielen. Meine Meinung über dich ändert das nicht im Geringsten.

»Du solltest einen Kochkurs bei meinem Neffen belegen«, schlug Fulvia vor. »Wenn er nicht Architekt geworden wäre, dann gewiss Chefkoch in einem Fünfsternehotel.«

Allegra seufzte. »Ich bin, was das Kochen anbelangt, leider ein unverbesserlicher Fall! Selbst mit Marias Rezepten komme ich nicht klar. Ihr Neffe kann kochen, sagen Sie? Toll, Männer mit Kochkünsten sollte man auf der Stelle heiraten. Lebt er auch auf dem Gut?«

Massimo verschluckte sich, und Fulvia runzelte die Stirn.

»Nun ja«, entgegnete sie gedehnt, »eigentlich nicht. Die meiste Zeit ist er ja in Florenz. Aber wir freuen uns immer sehr, wenn er uns besucht. Nicht wahr, Massimo? Bekoche Allegra doch mal mit einem raffinierten toskanischen Abendessen.«

Die Totengräberin starrte ihn an, als hätte sie eben eine Engelserscheinung. Ihr Mund klappte auf und verlieh ihr ein etwas dümmliches Aussehen. Anscheinend hatte sie nicht gewusst, dass er zur Familie gehörte. Ihre Fassungslosigkeit amüsierte ihn.

»Liebe Tante, ich denke nicht, dass Allegra darauf erpicht ist. Wie ich vor Kurzem zufällig mitbekommen habe, steht sie mehr auf American Food.« Er legte seine Serviette auf den Tisch, stand auf und sagte: »Ich hole jetzt das Hauptgericht.«

Grinsend verließ er das Speisezimmer und spürte Allegras wie üblich wütende Blicke im Rücken. Das wurde langsam zur Gewohnheit – und es gefiel ihm.

21

»Du hast gewusst, dass Massimo Lorenzos Neffe ist?«

Allegra funkelte ihren Großvater wütend an, während sie durch den Park nach Hause spazierten. Die milde Nacht umschloss sie wie ein Mantel aus Seide, und ein Zirpkonzert Abertausender Grillen und Zikaden begleitete sie auf ihrem Weg.

Giovanni ging langsam und stützte sich schwer auf ihren Arm. Er musste müde sein. Seit seinem Schlaganfall war er nicht mehr so lange auf den Beinen gewesen. Doch als er sprach, klang seine Stimme klar: »Natürlich weiß ich das. Ich kenne ihn schließlich schon sein ganzes Leben lang. Du hast ihn übrigens früher auch mal getroffen. Ich erinnere mich, dass ihr als Kinder einen Sommer lang zusammen gespielt habt. Danach kam er aber in ein Internat, und seine Schulferien haben sich mit deinen nicht mehr überschnitten.«

Allegra dachte scharf nach, konnte sich aber nicht an eine junge Version von Massimo Visconti erinnern, und sich ihn als Kind vorzustellen gelang ihr erst recht nicht. Er war als Mann dermaßen präsent, dass sie das Gefühl hatte, er müsse schon so auf die Welt gekommen sein.

»Du hättest mich trotzdem vorwarnen können«, erwiderte sie beleidigt. »Ich stand ja wie ein vollkommener Idiot da.«

Giovanni kicherte. »Aber nein, Liebes, du hast gesessen.«

»Das ist nicht komisch!«

»Ich dachte, du wüsstest, wer er ist. Er posaunt es zwar nicht in der Gegend herum, aber er wird das alles hier einmal erben.«

Sie stieß ein verächtliches Schnauben aus.

»Schön, wenn einen das Leben so reich beschenkt. Wieso ist er eigentlich hier und verdingt sich als Reiseleiter? Fulvia hat doch gesagt, dass er in Florenz lebt und Architekt ist.«

Giovanni blieb stehen, um zu verschnaufen. Er zuckte mit den Achseln. »Angeblich hat er seine Zukünftige in flagranti erwischt. Maria hat es mir erzählt. Du weißt ja, wie gern sie tratscht.«

»Der Klassiker!« Allegra grinste. »Das muss sein Ego schwer getroffen haben. Ich kann die Frau gut verstehen, er ist so arrogant.«

Ihr Großvater sah sie erstaunt an. »Allegra, was sagst du denn da? Das ist aber nicht die feine Art. Und wieso bist du ihm gegenüber so negativ eingestellt? Er ist ein wirklich netter Kerl.« Giovanni stupste sie mit dem Finger in die Seite. »Und anscheinend sehr an dir interessiert.«

Sie schnappte nach Luft. »An mir? Da täuschst du dich aber gewaltig! Er verspottet mich ständig. Weißt du, wie er mich nennt?«

Giovanni schüttelte den Kopf.

»Totengräberin.«

Ihr Großvater kicherte wieder. »Nun, das stimmt ja auch.« Und als sie auffahren wollte, fügte er hinzu: »Wenigstens ein bisschen.«

Sie gingen langsam weiter. Die Solarlampen leuchteten ihnen den Weg, trotzdem setzten sie vorsichtig einen Fuß vor den anderen, damit Giovanni nicht stolperte.

»An mir interessiert? So ein Blödsinn«, murmelte sie kopfschüttelnd.

»Ich bin zwar alt, mein Sehvermögen ist jedoch noch fabelhaft. Was sich liebt, das neckt sich eben.«

Sie stieß einen verächtlichen Laut aus. »Und wenn er der letzte Mann auf Erden wäre, mit diesem Warmduscher würde ich nie etwas anfangen! Seine untreue Braut kann ihn gern zurückhaben. Die passen wunderbar zueinander.«

Als sie ihrem Großvater einen schnellen Blick zuwarf, sah sie, wie er schmunzelte.

»Was?«

Er schüttelte den Kopf. »Nichts, mein Liebes. Überhaupt nichts.«

Allegra saß, die Arme um die angezogenen Knie geschlungen, auf den Stufen der kleinen Terrasse hinter Giovannis Häuschen. Sie war zu aufgedreht, um jetzt schlafen zu können. Zudem hatte sie etwas zu viel von dem köstlichen Brunello getrunken.

Nachdem ihr Großvater zu Bett gegangen war, hatte Allegra noch mit ihrem Vater telefoniert und ihm ebenfalls Bericht erstattet. Wie der Arzt gestern gesagt hatte, befand sich ihr Großvater auf einem guten Weg. Sie konnte also, wie geplant, Mitte Juli zurückfliegen und hoffte, dass sie ihn bis dahin überzeugt hatte, sie zu begleiten. In Frankfurt bekäme er definitiv die bessere Betreuung, bis er ganz wiederhergestellt war.

Die Sichel des Mondes stand am wolkenlosen Himmel und zauberte einen diffusen Silberglanz auf die Bäume und Büsche des Parks.

Wie friedlich es hier ist, dachte Allegra und atmete tief durch. Die warme Nachtluft strich über ihre bloßen Arme. In der Toskana fielen die nächtlichen Temperaturen im Sommer selten unter fünfzehn Grad, wobei es auf den Hügeln meistens frischer war als in den Tälern. Diese Nacht war wie geschaffen, um sich draußen aufzuhalten. Plötzlich sehnte sie sich nach einem erfrischenden Bad. Es musste kurz nach Mitternacht sein. Bestimmt schliefen alle Gäste schon und ruhten sich von ihren Kursen aus. Sie würde keinem über den Weg laufen.

Allegra lief in ihr Zimmer und zog ihren Bikini an. Aus dem Badezimmer holte sie ein großes Frottiertuch, löste die Spangen ihrer Hochfrisur und fasste ihre Haare mit einem Gummiband zu einem praktischen Pferdeschwanz zusammen. Wo waren nur ihre Flip-Flops? Sie fand sie im Wohnzimmer unter dem Couchtisch.

Leise, um ihren Großvater nicht zu wecken, verließ sie das Haus und schlug den Weg zum Teich ein. Massimo würde ihr heute wohl kaum noch mal über den Weg laufen, er hatte während des Abendessens noch mehr getrunken als sie. Vermutlich logierte er, als Teil der Familie, in einem der Gästezimmer im Haupthaus und schlief seinen Schwips aus.

Er hatte verdammt sexy ausgesehen in seinem maßgeschneiderten Anzug, das musste der Neid ihm lassen. Und wenn sie sich unter anderen Umständen kennengelernt hätten, wäre sie vielleicht an ihm interessiert gewesen. Wobei sie sich bei dieser Art Mann keine Chancen ausrechnete. Attraktive Männer wie Massimo Visconti, die alles besaßen, beachteten Frauen wie sie nicht. Diese Art Mann fuhr einen protzigen Wagen, datete Models, aß zum Frühstück Kaviar und trank dazu Champagner. Sie mochte weder das eine noch das andere. Da hatte der Doofmann gar nicht so unrecht: Ein Burger war ihr allemal lieber!

Allegra seufzte. Vor dem Telefonat mit ihrem Vater hatte sie auf ihrem Handy nach Nachrichten von Logan geschaut – vergeblich. Ihre Reaktion auf seinen Kuss hatte ihn also enttäuscht, und er hielt es jetzt anscheinend für besser, sich nicht mehr zu melden. Schade, sie hätte ihm etwas mehr Rückgrat zugetraut. Aber bestimmt war es klüger, wenn sie die Sache beendeten, bevor sie richtig begann. Zwar hatte sie sich vorgenommen, nicht zu viel zu grübeln und sich auch einmal auf einen Ferienflirt einzulassen, aber sie war definitiv nicht der Typ für einen One-Night-Stand. Und mehr hätte daraus ja sowieso nicht werden können.

Mittlerweile hatte sie den Teich erreicht. Sie legte das Badetuch auf einen Felsen, schlüpfte aus ihren Flip-Flops und trat ans Ufer. Die schreckliche Skulptur ragte nach wie vor wie der Schiefe Turm von Pisa in den nächtlichen Himmel. Anscheinend hatte der Herr Architekt noch nicht herausgefunden, wie das gute Stück wieder in seine Ursprungsform gebracht werden konnte. Das sprach ja nicht unbedingt für seine beruflichen Fähigkeiten.

Sie grinste, beschloss aber, besser nicht unter dem Konstrukt durchzuschwimmen, falls es gerade in der Sekunde zusammenkrachte. Die Oberfläche des Teichs sah aus wie ein silberner Spiegel, und fast bedauerte Allegra es, ihn zu zerstören, wenn sie ihren Fuß ins Wasser tauchte.

»Spieglein, Spieglein, an der Wand, wer ist die Schönste im ganzen Land?«, murmelte sie lächelnd.

»Das musst ja dann wohl du sein, sonst ist hier ja keine andere.«

Allegra wirbelte herum, verlor das Gleichgewicht und fiel rücklings in den Teich. Noch bevor das Wasser über ihr zusammenschlug, erblickte sie Massimo, der lässig an einem Baum lehnte.

22

Massimo hatte beim Abendessen eindeutig zu viel getrunken. Als er ins Rustico zurückkehrte, entledigte er sich seines Anzugs, schlüpfte in T-Shirt und Shorts und beschloss, einen Spaziergang zu machen, um den Kater abzumildern, der ihn am nächsten Morgen gewiss erwartete. Als er auf der Lichtung beim Teich ankam, stutzte er. Offenbar brauchte noch jemand etwas Bewegung vor dem Schlafengehen. Er wollte sich schon bemerkbar machen, als er erkannte, wer die gleiche Idee gehabt hatte. Sollte er sich leise wieder davonmachen? Doch als er sah, wie Allegra ans Wasser trat, lehnte er sich an den Stamm einer Pinie, verschränkte die Arme vor der Brust und beobachtete sie belustigt. Sie wollte offenbar baden. Obwohl das Mondlicht nicht ausreichte, um ihren Gesichtsausdruck zu erkennen, sah er immerhin so einiges von ihr. Schlank, doch an den richtigen Stellen gerundet, stand sie im bleichen Licht gleich einer herabgestiegenen Göttin. Auf diese langen Beine, die schmale Taille und ihre üppige Oberweite riskierte er gern noch einen zweiten Blick.

Unwillkürlich verglich er sie mit Carla. Seine Freundin aß wie ein Spatz, damit sie ihre knabenhaft schlanke Figur behielt, obwohl er Frauen mit weiblichen Formen bevorzugte und sie das wusste. Eben solche, wie er gerade eine vor sich sah.

Massimo schüttelte ärgerlich den Kopf. Er hatte nicht vor, Allegra attraktiv zu finden. Im Gegenteil, je mehr er sie verspottete, desto besser fühlte er sich. Frauen wie sie trieben ihn zur Weißglut, daher musste sie eben für ihr ganzes Geschlecht den Kopf hinhalten. Doch er war zu müde, um sich weiter mit ihr zu streiten, also wandte er sich ab, um ins Rustico zurückzugehen und die Totengräberin ihren Wasserspielen zu überlassen.

Doch was murmelte sie denn da? Es hörte sich wie ein Vers aus *Biancaneve* – Schneewittchen – an. Hielt sie sich etwa für eine Prinzessin? Das konnte er unmöglich so stehen lassen. Schließlich hatte er auf das Dessert verzichtet, da durfte er sich noch eine kleine Sünde an diesem Abend leisten – und wenn es nur ein spöttischer Spruch war:

»Das musst ja dann wohl du sein, sonst ist hier ja keine andere.«

Massimo stürzte reflexartig ans Ufer, um Allegra zu helfen. Er hatte sie mit seinem Kommentar auf ihren Märchenvers anscheinend dermaßen erschreckt, dass sie regelrecht umgekippt war. Der Teich war an dieser Stelle jedoch lediglich knöcheltief, und Allegra tauchte schon wieder prustend und spuckend auf. Sie konnte sich kaum ernstlich verletzt haben. Trotzdem, solch einen Schrecken hatte er ihr nicht einjagen wollen. Und sie konnte sich immer noch den Kopf an der dämlichen Skulptur stoßen und ihn dann verklagen. Oder seinen Onkel. Er traute der Totengräberin alles zu. Doch als sie jetzt wie eine getauchte Katze, triefend und schnaubend, im seichten Wasser saß, verpuffte seine Besorgnis, und er brach in schallendes Gelächter aus. Sie sah einfach zu komisch aus!

»Sehr witzig!«, stieß sie wütend hervor, was ihn noch mehr erheiterte.

Der ganze Ärger der vergangenen Wochen entlud sich in einem nahezu hysterischen Lachanfall, und je mehr er versuchte, sich zusammenzureißen, desto schlimmer wurde es. Er atmete ein paar Mal tief durch, um sich zu beruhigen, und wischte sich mit dem Handrücken die Lachtränen aus den Augen.

Derweil stapfte Allegra aus dem Wasser, schnappte sich ihr Badetuch, das auf einem Felsen lag, und wickelte es sich um den Körper. Dann pflanzte sie sich vor ihm auf und reckte kämpferisch das Kinn.

»Du magst ja ein großartiger Architekt sein, wenn ich den Erzählungen deiner Tante glauben darf. Einer, der mit dem berühmten goldenen Löffel im Mund auf die Welt kam. Und vermutlich macht es dir auch einen höllischen Spaß, andere Leute mit deinen hochgestochenen Ausdrücken in Verlegenheit zu bringen. Aber für mich bist du bloß ein elendes Würstchen, das nicht in der Lage ist, seine zukünftige Frau zu befriedigen. Alles nur heiße Luft. Männer wie du machen mich krank!«

Schlagartig verebbte Massimos Heiterkeit. So ließ er nicht mit sich reden! Niemand durfte sich solche Worte erlauben, weder Feind noch Freund. Er ballte die Hände zu Fäusten und trat drohend einen Schritt auf sie zu.

»Ach, und jetzt wird wieder die Einschüchterungsmasche hervorgekramt, was?« Allegra schlang das Badetuch fester um ihren Körper und lachte spöttisch. »Vielleicht solltest du dein Repertoire erweitern, es wird langsam langweilig.«

Die Luft zwischen ihnen schien regelrecht zu vibrieren. Sein Ärger und ihr Spott vereinigten sich zu einer gefährlichen Mischung. Aber da war auch noch etwas anderes. Wenn es nicht so abstrus gewesen wäre, hätte er von gegenseitiger Anziehungskraft gesprochen. Aber das konnte nicht sein. Er hatte eindeutig zu viel Alkohol im Blut und konnte nicht mehr klar denken. Doch anstatt weiterhin wütend über ihre Beleidigungen zu sein, stellte er sich plötzlich die Frage, wie sich ihre Haut wohl anfühlte, wenn er sie in die Arme nehmen und sie das nasse Tuch fallen lassen würde. Kühl vom Teichwasser oder heiß vor Empörung?

Ohne es zu wollen, streckte er die Hand nach Allegra aus, er musste es einfach wissen.

»Was soll das?«, fragte sie scharf. »Versuchst du es jetzt etwa mit Verführung? Du bist wirklich nicht ganz bei Trost, halte dich lieber an deine Schäfchen, bei mir kannst du nicht landen.«

Sie wandte sich ab und sah sich suchend um, dabei streifte ihre Schulter zufällig seine ausgestreckte Hand. Also kühl vom Wasser. Er hatte eher auf glühend getippt.

Allegra zuckte zusammen. »Scusa«, entschuldigte sie sich, »das war ein Versehen.« Dann trat sie einen Schritt zurück und schrie auf. »Verdammt, ich bin in etwas getreten!«

Sie humpelte zum Felsen und setzte sich.

»Mist! Ich kann nichts sehen«, stieß sie ärgerlich hervor. Massimo folgte ihr und kniete sich vor sie hin.

»Lass mal sehen«, sagte er und griff nach ihrem Fuß. Sie wollte sich ihm sofort entziehen, doch er hielt ihn sanft fest. »Waffenstillstand, okay?«

Allegra räusperte sich mehrmals. »Gut«, erwiderte sie und entspannte sich ein wenig.

Die neuerliche Berührung ging ihm durch Mark und Bein. Verfluchter Brunello! Er musste weniger trinken, der Alkohol tat ihm nicht gut und ließ ihn Dinge tun und fühlen, die er bei klarem Verstand nie zugelassen hätte.

»Tut mir leid, ich kann nichts ertasten«, sagte er nach einer Weile. »Sehen kann ich noch weniger, es ist zu dunkel. Vielleicht solltest du mit in mein Rustico kommen, ich wohne nämlich nicht im Gutshaus, und …«

»Nein, schon gut«, unterbrach sie ihn schnell. »Es ist sicher nichts. Ich muss jetzt gehen.«

Sie stand auf und setzte vorsichtig ihren Fuß auf. Massimo erhob sich ebenfalls. Sie standen jetzt nur wenige Zentimeter voneinander entfernt, und ehe er wusste, was er tat, strich er zärtlich über ihren Arm. Sie blieb einfach still stehen und sah zu ihm auf. Dadurch ermutigt, zog er sie an sich und küsste sie.

Sie schmeckte süß, nach Panna cotta, die es zum Nachtisch gegeben hatte, und nach Wein. Heiß schoss eine Welle sexuellen Verlangens durch seinen Körper und vernebelte seine Sinne. Er wollte sie besitzen! Sich in sie versenken! Ihr zeigen, wie er eine Frau befriedigen konnte, und damit ihren Beleidigungen, die sie ihm vorhin an den Kopf geworfen hatte, den Wind aus den Segeln nehmen.

Das nasse Badetuch fiel zu Boden, und fordernd begann er mit einer Hand ihren Busen zu streicheln. Allegra keuchte, was ihn anfeuerte. Als er den feuchten Stoff ihres Bikinioberteils zur Seite schieben wollte, um ihre zarte Haut darunter zu kosten, hielt sie jedoch seine Hand fest.

»Nein, hör auf!«

Sie löste sich aus der Umarmung und humpelte, ohne sich ein einziges Mal umzudrehen, davon. Zurück blieben das nasse Badetuch, ihre Flip-Flops und er selbst.

Massimo fuhr sich mit beiden Händen durch die Haare. Zum Donnerwetter, was hatte er jetzt wieder angerichtet?

23

Vogelgezwitscher drang durch das offene Fenster in Allegras Zimmer, und sie hob die Lider. Durch einen schmalen Spalt zwischen den Gardinen fiel strahlendes Sonnenlicht herein und zeichnete einen goldenen Streifen auf die Terrakottafliesen. Sie blinzelte und strich sich die wirren Locken aus dem Gesicht. Nach dem gestrigen Erlebnis am Teich hatte sie lange wach gelegen und darüber gegrübelt, was dort geschehen war. Und sie hätte nicht gedacht, dass sie in dieser Nacht überhaupt ein Auge zutun würde, aber offenbar war sie irgendwann doch eingeschlafen. Danach hatte sie geträumt. Ein beunruhigender, jedoch äußerst lustvoller Traum, in dem sie …

»Verdammt!«

Als sie registrierte, wer die Hauptrolle in diesem Traum gespielt hatte, schoss ihr die Röte ins Gesicht. Gleichzeitig kamen die Erinnerungen an ihr unfreiwilliges nächtliches Bad zurück, und die Scham wich der Wut.

Sie strampelte die Decke weg, schwang die Beine aus dem Bett und stand auf. Als ihr Fuß den Boden berührte, zuckte sie zusammen. Sie hatte sich gestern tatsächlich einen Dorn eingetreten und ihn noch in der Nacht mit einer Pinzette entfernt. Sie griff nach dem Handy auf dem Nachttisch. Kurz vor sieben

Uhr. Eigentlich zu früh, um aufzustehen, doch ihr Großvater war bestimmt schon auf den Beinen.

Allegra dachte an seine gestrigen Worte zurück: »*Er ist ein wirklich netter Kerl und anscheinend sehr an dir interessiert.*« Sie schnaubte. Nett? Lachhaft! Und was Massimo an ihr interessant fand, hatte sie gestern Nacht eindrücklich erlebt. Darauf konnte sie definitiv verzichten! Was hatte er mit dieser Aktion eigentlich beweisen wollen? Dass er jede herumkriegte, die ihm über den Weg lief? Wollte er seiner untreuen Braut damit eins auswischen? Oder war sein Selbstbewusstsein derart im Keller, dass er mit seiner Männlichkeit protzen musste? Zugegeben, sie hatte ihn provoziert, und das, was sie ihm vorgeworfen hatte, war unter die Gürtellinie gegangen. Aber sein Gelächter hatte sie dermaßen geärgert, dass sie sich nicht hatte zurückhalten können.

Allegra zeichnete gedankenverloren mit ihrem nackten Zeh die Fugen der Fliesen nach. Obwohl sie Massimo aufs Tiefste verabscheute, musste sie sich eingestehen, dass sein Kuss sie erregt hatte. Und sie hatte ihn auch noch erwidert! War sie denn bescheuert? Im Gegensatz zu Logans scheuen Zärtlichkeiten hatten Massimos Kuss und ihre Gefühle darauf sie wie eine gewaltige Welle überflutet. Erst als ihr bewusst geworden war, dass sie dabei genüsslich stöhnte, hatte sich ihr Hirn wieder eingeschaltet. Zum Glück! Sie wollte sich gar nicht ausmalen, was sonst noch hätte passieren können. Und dieser blöde Traum vor dem Aufwachen entsprang lediglich ihrem Unterbewusstsein, das versuchte, das Geschehene zu verarbeiten. Genau! Auf alle Fälle würde sie Massimo, wenn er ihr wieder über den Weg lief, einfach ignorieren. Das ärgerte diesen Macho sicher am meisten.

Als Allegra wenig später in die Küche ging, duftete es dort wunderbar nach frisch aufgebrühtem Kaffee. Ihren Großvater suchte sie jedoch vergebens. Er ging gern am frühen Morgen durch den Park, um die Arbeiten der Gärtner zu begutachten. Danach erzählte er ihr dann ausführlich, was diese alles falsch machten.

Sie goss sich einen Kaffee ein, setzte sich an den Küchentisch und nippte an dem starken Gebräu. Sie musste unbedingt Milch besorgen. Zum Entsetzen ihres Großvaters trank sie ihren Espresso nämlich nicht schwarz. Seiner Meinung nach eine Unsitte sondergleichen! Gewiss borgte Maria ihr einen Liter, bis Allegra selbst ins Dorf fuhr, um ein paar Einkäufe zu erledigen.

Sie ging zurück ins Schlafzimmer, kleidete sich an und suchte ihre Badelatschen. Dann erinnerte sie sich: Bei ihrer Flucht vor Massimo hatte sie die Flip-Flops doch tatsächlich am Teich vergessen.

Massimo schlief um diese Uhrzeit sicher noch den Brunello-Rausch in seinem Rustico aus. Und wenn sie durch den Nebeneingang des Gutes die dortige Küche aufsuchte, lief sie hoffentlich nicht Gefahr, ihm zu begegnen, falls er doch schon aufgestanden war und sich bei seinen Verwandten herumtrieb. Zudem konnte sie auf dem Rückweg gleich beim Teich ihre Sachen einsammeln.

Sie schlüpfte in ihre Turnschuhe und schlug den Weg zum Gutshaus ein. Die frische Morgenluft berauschte sie regelrecht. Es roch nach Kiefernharz und wildem Lorbeer, und milchiger Dunst lag in den Senken der umliegenden Täler. Hoch oben im wässrigen Blau des frühen Morgens zog ein Greifvogel majestätisch seine Kreise.

Allegra blieb stehen, breitete die Arme aus und atmete tief ein. Wie sollte sie ihren Großvater davon überzeugen, dies alles aufzugeben? Kein einigermaßen gescheiter Mensch tauschte dieses Paradies gegen ein kleines Zimmer in einer tristen Reihenhaussiedlung ein – Gesundheit hin oder her.

Sie nahm es ihrem Vater beinahe übel, dass er vor dreißig Jahren beschlossen hatte, die Toskana zu verlassen und in

Deutschland zu leben. Aber wäre er hier geblieben, gäbe es sie gar nicht. Ihre Mutter hatte er erst in Frankfurt getroffen, sich in sie verliebt und geheiratet. So hatte eben alles zwei Seiten.

Als sie das Gutshaus umrundete, sah sie Lorenzo Ferretti vor der Tür des Nebeneingangs stehen. Er war nicht allein. Ihm gegenüber stand ein Mann, den sie nicht kannte. Der Fremde, kleiner und stämmiger als Lorenzo, fuchtelte beim Reden mit einer Hand in der Luft herum. In der andern Hand hielt er einen länglichen Gegenstand, der in ein Tuch gehüllt war. Sein gewelltes schwarzes Haar hatte er aus der Stirn gekämmt, und er trug, wie Ferretti, einen Bart und einen dunklen Anzug.

Sie befand sich zu weit weg, um zu hören, was die beiden miteinander sprachen, aber der Gutsbesitzer wirkte verärgert. Die Hände zu Fäusten geballt, schüttelte er mehrmals den Kopf, während der Fremde auf ihn einredete.

Allegra stutzte. Was ging da vor? Und wie sollte sie sich verhalten? Wenn sie weiterging, störte sie das Gespräch der beiden Männer. Und wenn sie den Haupteingang benutzte, lief sie womöglich Massimo über den Weg. Beide Varianten behagten ihr nicht sonderlich. Also beschloss sie, zuerst zum Teich zu gehen, um das Badetuch und ihre Flip-Flops zu holen, und erst dann bei Maria vorbeizuschauen. Doch noch bevor sie den Rückzug antreten konnte, hatte der fremde Mann sie entdeckt. Er wies mit dem Kopf in ihre Richtung, und Ferretti drehte sich zu ihr um. Überrascht riss er die Augen auf, als er sie erkannte.

Allegra lächelte und hob die Hand. Doch der Gutsbesitzer beachtete sie gar nicht, sagte etwas zu seinem Gegenüber und verschwand mit grimmiger Miene im Haus.

Das war ja seltsam. Normalerweise überschlug sich Ferretti geradezu, wenn er sie traf. Ob ihm der bärtige Mann schlechte Nachrichten überbracht hatte? Dieser warf ihr einen längeren Blick zu, grinste dann unverschämt und marschierte durch das rückwärtige Tor, das zu den früheren Pferdeställen führte, in denen jetzt der Töpferunterricht stattfand. Kurz darauf hörte sie einen Wagen davonfahren.

Allegra zuckte mit den Achseln. Vermutlich hatte Ferretti beim gestrigen Abendessen ebenfalls zu viel Wein getrunken und heute einfach schlechte Laune. Hauptsache, sie lief seinem Neffen nicht über den Weg. Und bevor ihr bei der Vorstellung, wie dessen Arme sie gestern umschlungen hatten, noch weitere anstößige Assoziationen kamen, straffte sie die Schultern und marschierte betont forsch auf die Hintertür zu.

24

Badehose, Strandtuch, Sonnencreme. Massimo starrte gedankenverloren in seine abgewetzte Ledertasche und warf dann noch ein Base-Cap hinein.

Der wöchentliche Ausflug ans Meer verlangte ihm wenig ab. Auf dem Weg von Montalcino nach Follonica erzählte er den Gästen meist ein paar Anekdoten über die Ortschaften, durch die sie fuhren, und sobald sie am Strand ankamen, war sein Job erledigt. Die nächsten Stunden hatten die Gäste im Küstenort am Tyrrhenischen Meer in Sichtweite der Insel Elba zu ihrer freien Verfügung, und er musste sie am Nachmittag nur alle wieder einsammeln und nach Hause kutschieren.

Er holte noch eine After-Sun-Lotion aus dem Badezimmer und legte sie zu den anderen Sachen. Die Touristen glaubten ihm einfach nicht, dass sie sich so nah am Wasser trotz Schutzfaktor ihrer Sonnencremes die Haut verbrannten, wenn sie stundenlang in der prallen Sonne lagen. Und das Gejammer der krebsrot gerösteten Gäste auf der Rückfahrt kannte er mittlerweile.

Um neun wollten sie losfahren. Jetzt war es kurz nach acht, er hatte also noch genügend Zeit, um schnell zum Gutshaus hinüberzulaufen und Maria ein paar Panini abzuschwatzen.

Sein Kühlschrank war wie immer leer, und etwas musste er schließlich frühstücken.

In Follonica lebte ein Studienfreund von ihm, den er an den Donnerstagen während seiner freien Zeit besuchte. Antonio betrieb eine gut gehende Trattoria direkt an der Strandpromenade, die er von seinen Eltern übernommen hatte und jetzt zusammen mit seiner Frau führte. Obwohl sie gemeinsam Architektur studiert hatten, vermisste sein Freund anscheinend weder Reißbrett noch die übliche CAD-Software. Als Vater von Zwillingsmädchen hatte er auch keine Zeit dafür, wie er öfter lachend bemerkte.

Die beiden Racker waren auch zu süß! Er wollte ihnen ein kleines Mitbringsel kaufen, weil sie das von ihrem ›Zio Massi‹, wie sie ihn immer nannten, erwarteten.

»Selbst schuld!«, hatte Antonio einmal grinsend gesagt, als er es vergessen hatte und daraufhin von den beiden mit finsterem Blick und Schmollmund bestraft worden war. »Du wirst vermutlich bis zu ihrem einundzwanzigsten Lebensjahr nicht mehr mit den Geschenken aufhören dürfen.«

Manchmal beneidete er Antonio um seine kleine Familie. Der Freund wusste immerhin, wofür er täglich so viel arbeitete. Obwohl er sich weniger leisten konnte als Massimo, schien er glücklicher zu sein.

Er strich sich gedankenverloren über das stoppelige Kinn, schulterte seine Tasche und verließ das Rustico.

»Nur keinen Neid«, murmelte er dabei halblaut vor sich hin.

Als er wenig später das Gutshaus betrat, hörte er Gelächter aus der Küche. Er warf kurz einen Blick auf seine Post, ließ sie aber liegen und durchquerte die Halle. Die Küchentür stand einen Spalt weit offen. Am Herd sah er Maria, die Gemüse in einen Topf schnippelte, und am Küchentisch saß Allegra, die gerade herzhaft in ein Cornetto biss.

Wunderbar! Sein Verlangen nach Marias göttlichen Pastrami-Panini verflüchtigte sich augenblicklich. Zudem plagte ihn das schlechte Gewissen. Er hätte die Totengräberin gestern nicht so behandeln dürfen, ganz gleich, wie sehr sie ihn beleidigt hatte. Dass er sie einfach so geküsst hatte, lag ihm quer im Magen. Eine impulsive Aktion, die seinem verletzten Stolz entsprungen war. Unverzeihlich! Zum Glück war sie geflüchtet, bevor er noch weitere unüberlegte Handlungen hatte vornehmen können. Trotzdem musste er sich bei ihr entschuldigen. Nur lieber ohne Zeugen. Wenn Maria erfuhr, was er sich am Teich geleistet hatte, würde sie es brühwarm seiner Tante, seinem Onkel und noch dem halben Dorf erzählen.

Er drehte sich leise um und lief seinem Onkel direkt in die Arme.

»Ah, Massimo, auch schon auf? Wie fühlst du dich nach dem gestrigen Gelage?«

Lorenzo schmunzelte, und Massimo verzog den Mund.

»Es lebe das Aspirin«, erwiderte er und linste über seine Schulter. Maria und Allegra betrachteten ihn neugierig durch die halb offene Küchentür. Die Köchin mit einem freundlichen Lächeln auf den Lippen, die Totengräberin mit schmalen Augen und abweisender Miene.

»Noch Zeit für einen Kaffee?«, fragte Lorenzo und schubste ihn praktisch in die Küche, ohne eine Antwort abzuwarten. »Herrliches Wetter für einen Tag am Meer. Unsere Gäste werden begeistert sein. Ah, Allegra, schön, dich zu sehen.«

In der Stimme seines Onkels schwang plötzlich ein eigentümlicher Unterton mit. Massimo warf ihm einen schnellen Blick zu. Hatte Allegra etwa gepetzt? Das hätte ihr ähnlich gesehen! Doch sie erwiderte Lorenzos Gruß vollkommen unbefangen. Seltsam.

»Maria, machst du uns zwei Ristretti? Und ich nehme an, mein Neffe möchte auch ein paar belegte Brote, oder?«

»Certo!« Maria zwinkerte ihnen zu. »Übrigens, nimm doch

Allegra mit ans Meer. Sie langweilt sich sonst doch den ganzen Tag, nicht wahr, cara mia?«

»Nein!«, riefen beide gleichzeitig.

Maria und Lorenzo sahen sie verblüfft an.

»Ich habe heute viel zu tun«, stammelte Allegra, und ihre Wangen färbten sich dabei rosa. »Danke für den Vorschlag, aber es geht wirklich nicht.« Sie griff nach der Kaffeetasse auf dem Tisch und warf Massimo einen beschwörenden Blick zu.

»Außerdem ist der Kleinbus schon voll«, sagte er schnell, obwohl das glatt gelogen war. Er hob entschuldigend die Achseln.

»Ihr könnt ja ein anderes Mal hinfahren«, schlug Lorenzo vor. »Der Strand von Follonica ist weltberühmt. Und bis Elba ist es nur ein Katzensprung. Aber wem sage ich das? Du warst sicher schon mal dort, nicht wahr, Allegra?«

Sie nickte, trank ihren Kaffee aus und stand auf.

»Ich muss jetzt los.« Sie griff nach einer Tüte, die auf dem Tisch stand. »Danke für die Milch, Maria. Und … schönen Tag allen.«

Mit diesen Worten floh sie regelrecht aus der Küche.

»Seltsames Mädchen«, murmelte die Köchin kopfschüttelnd, während sie zwei Panini in Papier einschlug und das Paket Massimo an die Brust drückte. »Aber ich mag sie sehr. Sie liebt mein Essen. Und zwar alles«, fügte sie mit hochgezogenen Augenbrauen hinzu. Wie Massimo unschwer erkannte, bezog sich die letzte Bemerkung auf Carla, die bei einem gemeinsamen Abendessen auf dem Gut die meisten Speisen nicht angerührt hatte.

25

So ein Tag am Meer hätte ihr natürlich Spaß gemacht, nur ganz sicher nicht mit Massimo!

Allegra rümpfte die Nase, während sie über den gekiesten Platz hinter dem Gut lief, vorbei an den beiden Steinlöwen, die den Weg zum Garten flankierten, und den Terrakottatöpfen voller blühender Geranien und dekorativem Efeu. Die inneren Bilder, die einen muskulösen Mann in einer knappen Badehose zeigten, der eine verblüffende Ähnlichkeit mit einem gewissen florentinischen Architekten aufwies, schob sie entnervt beiseite.

Seit gestern drängte sich Lorenzos Neffe immer wieder in ihre Gedanken, und sie wusste nicht, wie sie dem entfliehen konnte. Sollte sie Nonnos Häuschen putzen? Arbeit lenkte bekanntlich ab. Aber wollte sie diesen wunderbaren Tag wirklich mit Putzlappen, Reinigungsmittel und Gummihandschuhen verbringen? Sie verzog den Mund. Vielleicht schlug sie ihrem Großvater besser einen Ausflug vor. Eine Fahrt nach Florenz zum Beispiel, um die Galerie in den Uffizien zu besuchen. Oder über den Ponte Vecchio zu bummeln, die älteste der Brücken, die den Arno überspannten. Und wenn Giovanni dem Trubel in der Hauptstadt der Toskana nicht gewachsen war, konnten sie auch nach San Gimignano fahren. Das Städtchen mit seiner mittelalterlichen ›Skyline‹ und den hohen Geschlechtertürmen der ansässigen Adelsfamilien galt als toskanisches Juwel. Genau. An solche Dinge sollte sie denken!

Von einem früheren Besuch erinnerte Allegra sich an die massive Festungsmauer, die die kleine Stadt wie Arme einer liebenden Mutter umschloss. Innerhalb der Mauer standen die Wohnhäuser und repräsentativen Bauten dicht gedrängt, durchzogen von malerischen Gassen, mit reizvollen Plätzen und freskengeschmückten Kirchen. Aber auch in San Gimignano wimmelte es von Touristen. Am besten sollten sie einfach ins Blaue fahren, an einer hübschen Stelle anhalten und ein Picknick machen. Ja, eine perfekte Idee!

Als Allegra beim Teich ankam, schnappte sie sich das noch feuchte Badetuch und suchte ihre Flip-Flops. Sie lagen neben dem Felsen. Sie bückte sich nach ihnen und verbot sich jeden weiteren Gedanken an das, was gestern Nacht hier vorgefallen war.

»Wir sind nicht weit von Sovana entfernt.«

Giovanni zog ein Taschentuch aus der Hosentasche und wischte sich den Schweiß von der Stirn. Allegra schwitzte ebenfalls, obwohl sie alle Fenster des Fiats heruntergekurbelt hatten.

»Sovana?«, fragte sie und überholte eine Gruppe Fahrradfahrer in farbigen Trikots. Wie konnte man sich das bei der Hitze nur antun?

»Tomba Ildebranda«, sagte ihr Großvater nur, und sie zuckte verständnislos mit den Schultern.

Giovanni schüttelte missbilligend den Kopf. »Lernt ihr auch etwas in diesen deutschen Schulen?«

Allegra grinste. »Schon, ja, aber doch mehr über die teutonische Geschichte. Tomba heißt Grab, nicht wahr? Erzähl mir mehr darüber … rein berufliches Interesse natürlich.«

Giovanni lächelte.

Seit einer Stunde waren sie unterwegs. In einem Weidenkorb auf dem Rücksitz lagen eine Flasche Brunello, Mineralwasser, Prosciutto, etwas Ziegenkäse, Brot, Oliven und Obst. Entgegen ihrer Befürchtung, ihr Großvater wäre für ein Picknick nicht in Stimmung, hatte er begeistert genickt, als sie es ihm vorschlug. Vermutlich fiel ihm selbst die Decke auf den Kopf, und er war dankbar für jede Abwechslung.

»In den Wäldern außerhalb von Sovana findet man Etruskergräber«, erklärte er.

»Ah, die Etrusker. Von denen haben sogar wir gehört. Ein kämpferisches Volk, nicht wahr?«

Giovanni nickte. »Am bekanntesten ist das Tomba Ildebranda, benannt nach dem Mönch Hildebrand aus Sovana, der später Papst Gregor VII. wurde. In den gelben Tuffstein ist ein Tempel gehauen. Man sieht noch ein paar Säulen davon. Außerdem zieht sich die Via Cava durch eine tiefe Schlucht. Sehr eindrucksvoll … und vermutlich recht kühl jetzt.« Er wischte sich wieder mit dem Taschentuch über die Stirn.

»Ich liebe kühl!«

»Möchtest du die Anlage besichtigen?«

»Nichts wie hin! Ich habe nämlich langsam Hunger. Wo muss ich lang?«

Giovanni lotste sie durch malerische Dörfer mit roten Ziegeldächern und gepflasterten Straßen, die wie ausgestorben wirkten. Die Sonne stand schon hoch am Himmel, als sie ein braunes Hinweisschild entdeckten, das den Archäologischen Park ankündigte. Auf einem Parkplatz unter Schatten spendenden Bäumen stoppte Allegra, und sie stiegen aus.

»Gott, ist das heiß!«, stöhnte sie und fächelte sich mit der Hand Luft zu. Dann griff sie nach dem Picknickkorb und schloss den Fiat ab.

Außer ihrem standen nur noch zwei weitere Autos auf dem

Parkplatz. Entweder erwiesen sich diese Etruskergräber also als Geheimtipp, oder der Touristenstrom setzte erst am späten Nachmittag ein, wenn die Temperaturen erträglicher wurden.

An einem kleinen Pförtnerhaus kauften sie zwei Eintrittskarten und erhielten dazu einen Lageplan mit den verschiedenen Grabmälern und Sehenswürdigkeiten auf dem Gelände.

»Das sieht recht weitläufig aus«, bemerkte Allegra und warf ihrem Großvater einen schnellen Blick zu. »Fühlst du dich auch fit genug?«

»Wenn du nicht im Stechschritt marschierst, wird es schon gehen. Zudem können wir uns bald ein schattiges Plätzchen suchen und den Korb plündern, einverstanden?«

»Aber unbedingt!« Sie hakte sich bei ihm ein.

»Und danach«, fuhr Giovanni fort, während sie dem staubigen Pfad folgten, »möchte ich gern wissen, wieso du gestern Nacht halb nackt und völlig aufgelöst ins Haus zurückgekehrt bist.«

26

Auf dem großen Parkplatz an der Viale Carducci stoppte Massimo den Kleinbus, sprang aus dem Wagen und öffnete die Schiebetür.

»Alles aussteigen, bitte! Der Strand ist gleich auf der anderen Straßenseite. Wir treffen uns hier um siebzehn Uhr wieder. Bitte pünktlich sein.«

Während die Gäste ihre Taschen und Badeutensilien zusammensuchten und aus dem Kleinbus stiegen, holte er die Tickets für den geschlossenen Badebereich aus seiner Ledertasche.

»Ich gebe Ihnen jetzt Eintrittskarten. Natürlich müssen Sie sich nicht den ganzen Tag dort aufhalten, wenn Ihnen ein anderer Platz besser gefällt. Aber in diesem abgetrennten Bereich stehen Ihnen Sonnenschirme, Liegen und Schließfächer für Ihre Wertsachen zur Verfügung. Wenn Sie sich in Follonica umsehen möchten«, er drehte sich um seine eigene Achse, »bummeln Sie einfach die autofreie Strandpromenade entlang. Für Kulturfreunde lohnt sich ein Besuch der Chiesa di San Leopoldo aus dem frühen 19. Jahrhundert. Oder Sie fahren zum nahe gelegenen Castello di Valle aus dem 9. Jahrhundert. Das Schloss ist bequem per Taxi zu erreichen. Follonica ist allerdings ein eher junger Ort. Hier suchen Sie daher vergebens nach einem mittelalterlichen Zentrum oder antiken Bauwerken. Dafür sind die Küste und das Meer einfach grandios. Der Ort wird schon seit Jahren mit der *Bandiera Blu*, der blauen Flagge für besonders saubere Strände und reines Wasser, ausgezeichnet. Und dafür sind wir schließlich hier, nicht wahr?« Er lächelte, und die Gäste nickten voller Vorfreude. »Also dann viel Spaß! Vergessen Sie die Sonnencreme nicht, und fürs Mittagessen kann ich Ihnen die Trattoria Santamaria empfehlen. Sie liegt etwa hundert Meter in der Richtung.« Er zeigte auf die linke Seite der Strandpromenade. »Meine Handynummer haben Sie ja, sollte etwas sein.«

Den letzten Satz hatten die meisten schon nicht mehr gehört, da sie bereits lachend und schwatzend dem Strand zustrebten.

Das Meer war heute bewegt, und die lang gezogenen Wellen trugen weiße Schaumkronen. Der Wind kühlte angenehm Massimos verschwitztes T-Shirt. Er streckte sich genüsslich und atmete tief die salzige, nach Jod und Algen riechende Meeresluft ein. Herrlich! Er liebte das Meer. Hätte er nicht so einen tollen Job in Florenz gehabt, wäre er vielleicht sogar an die Küste gezogen. Als er sich vorstellte, wie sich Carla wegen der steten Brise um ihre gestylte Frisur sorgte, musste er grinsen. Sie würde Florenz nie verlassen. Und wenn doch, vermutlich nur, um in einer anderen Großstadt zu leben. Aber er wollte jetzt nicht an sie denken, das verschlechterte nur seine Laune.

Er schulterte seine Tasche, schloss den Kleinbus ab und bezahlte die Parkgebühr. Dann ging er die Strandpromenade entlang auf der Suche nach einem Mitbringsel für die Zwillinge.

Nachdem er in einem Souvenirladen zwei glitzernde Geldbörsen mit dem Hello-Kitty-Logo gekauft hatte, über die Antonios Töchter sicher entzückt sein würden, folgte er der Viale Italia Richtung Trattoria. Sein Freund wohnte direkt über dem Lokal und genoss einen unverbauten Blick aufs Meer und die

Königin des toskanischen Archipels, die Insel Elba. Die Bedienungen der verschiedenen Restaurants entlang der Promenade deckten bereits die Tische fürs Mittagessen, sichtlich darum bemüht, die Servietten und Papiersets nicht der zunehmend steifen Brise zu überlassen.

Massimo hatte sich für elf Uhr angemeldet, bevor der Mittagsstress in der Trattoria begann. Es blieben ihm noch ein paar Minuten, deshalb verließ er die Strandpromenade und bog in eine Nebengasse ein. Vor einem Antiquitätengeschäft blieb er stehen und musterte die Auslagen. Eine füllige Dame in den Vierzigern mit einer überdimensionalen Brille auf der Nase stellte gerade einige kleinere Möbel auf den Gehsteig: einen Lederhocker, einen Schemel mit bestickter Polsterung und einen zierlichen Nachttisch aus dunklem Holz. An den Flügeltüren hingen Ölgemälde mit Motiven der Umgebung. Neue und alte Bilder bunt gemischt, mit und ohne Rahmen. »Antiquitäten La Sinopia« stand in verschnörkelter Schrift auf einer Tafel über dem Schaufenster.

Fulvia feierte kommende Woche ihren Geburtstag, vielleicht fand er hier etwas, das ihr gefiel. Kurz entschlossen betrat er den Laden.

In dem Geschäft roch es nach alten Büchern, Möbelpolitur und Lavendelpotpourri. Von der Decke baumelten Lampen und Lüster in allen Formen und Farben. In einer Ecke stapelten sich abgewetzte Lederkoffer bis zur Decke. Gegenüber erblickte er eine erkleckliche Anzahl Silbergegenstände in einem Regal: Besteck, Zuckerdosen, Teekannen und Kerzenhalter. Mittendrin befand sich ein Schild mit dem Hinweis: Echtes Silber! An den Wänden hingen noch mehr Gemälde in den unterschiedlichsten Größen. Er bräuchte Stunden, um in diesem Sammelsurium etwas Passendes für seine Tante zu finden!

Die Angestellte hörte auf, weiteres Mobiliar auf den Gehsteig zu stellen, und sah ihn fragend an. »Kann ich Ihnen helfen?«

»Danke, ich will mich nur umsehen.«

»Natürlich. Und wenn Sie etwas Bestimmtes suchen, bin ich Ihnen gern behilflich.«

Bei diesen Worten sah sie herablassend auf die rosafarbene Plastiktüte mit dem Hello-Kitty-Emblem in Massimos Hand. Dann drehte sie sich um und fuhr damit fort, alle möglichen Gegenstände nach draußen zu tragen.

Mit gerunzelter Stirn betrachtete Massimo die Bilder an der Wand. Ob sich Fulvia über so ein Gemälde freuen würde? Vermutlich nicht. Sie war eine Expertin, was Malerei anbelangte, und hier versteckte sich kaum ein namhafter Künstler. Vielleicht eine Schatulle? In dem Regal mit den silbernen Gegenständen standen auch ein paar hübsche kleinere Schmuckkästchen.

Er durchquerte den Raum, nahm das schönste Kästchen heraus und öffnete es. Das Innere war mit blauem Samt ausgelegt, und es wog schwer in der Hand. Offensichtlich handelte es sich tatsächlich um reines Silber. Massimo drehte es um und verzog den Mund. Eintausendvierhundert Euro? Er räusperte sich und legte es wieder zurück. Auf dem Regal darunter standen verschiedene Kerzenhalter. Auch dafür hatte seine Tante ja ein Faible. Aber würde er ihren Geschmack mit einem Einzelstück treffen? Welchen Stil bevorzugte sie überhaupt? Er ging doch täglich daran vorbei und hätte es eigentlich wissen müssen.

Er bückte sich und besah sich die Leuchter. Da waren zwei, die zusammenpassten. Und sie ähnelten auch denen in der Halle, soweit er sich erinnerte. Fein, darüber würde sich seine Tante gewiss freuen. Er griff nach einem, wog ihn prüfend in der Hand und suchte dann das Preisschild. Hundertneunundvierzig Euro. Nun gut, er hatte schließlich nur eine Tante, und er konnte es sich leisten. Also klemmte er sich die Hello-Kitty-Tüte unter den Arm und griff auch nach dem zweiten Kerzenhalter.

Er ging zu der altmodischen Registrierkasse am anderen Ende des Ladens, stellte die beiden Leuchter auf die Theke und besah sie noch einmal. Ja, sie waren wie geschaffen für das Gutshaus. Zufrieden rückte er sie gerade und stutzte plötzlich. Der eine Kerzenhalter hatte an genau derselben Stelle eine Delle wie jener, der ihm einmal hinuntergefallen war. Massimo schüttelte verwirrt den Kopf. Wie zum Teufel kamen diese Leuchter hierher?

»Etwas gefunden?« Die Verkäuferin trat hinter die Ladentheke. »Oh, das sind zwei ganz außerordentliche Stücke. Sie haben einen guten Geschmack, Signore.«

27

Sie spazierten zuerst die in den Tuffstein geschlagenen Hohlwege entlang. Bis zu zwanzig Meter hoch ragten die glatten Felswände links und rechts von ihnen gen Himmel, der nur noch als schmaler blauer Streifen zu sehen war und den engen Pfaden etwas Mystisches verlieh. Bis heute waren sich die Wissenschaftler nicht darüber einig, wozu dieses bizarre Straßensystem einst diente, das die Etrusker vor mehr als zweieinhalbtausend Jahren in den Stein gehauen hatten. Die einen glaubten, dass es sich bei den Hohlwegen lediglich um Verbindungs- und Versorgungswege zwischen Siedlungen handelte. Andere vermuteten, es wären Kanäle zum Auffangen des Regenwassers gewesen. Viele hielten sie aber auch für Kultstätten. Auf alle Fälle fühlte man sich beim Gang durch die schmalen Wege recht klein und unbedeutend. Anschließend besichtigten sie das berühmteste noch erhaltene Tempelgrab der Anlage. Das Tomba Ildebranda war erst 1924 entdeckt worden.

Giovanni lehnte sich schwer an einen Felsbrocken, und Allegra registrierte plötzlich, wie erschöpft er aussah. Daher warf sie nur einen kurzen Blick auf das Grab und schlug vor, jetzt den Picknickkorb zu plündern, was dem Großvater sehr recht war. Sie suchten sich ein geeignetes Plätzchen unter einer mächtigen Pinie, breiteten die mitgebrachte Decke aus, und Allegra half ihm, sich langsam darauf niederzulassen.

Das reichliche Essen und das Glas Rotwein, das sich Allegra gegönnt hatte, taten ihre Wirkung, schläfrig lehnte sie am rauen Stamm der Pinie und lauschte dem Konzert der Grillen. Giovanni lag derweil auf der Decke im Schatten und hielt ein Mittagsschläfchen. Eine bleierne Hitze lag über dem Tal, ließ die Luft flirren, und Allegra fühlte, wie ein Schweißtropfen zwischen ihren Brüsten hinablief. Sie beobachtete eine Eidechse, die sich auf einem flachen Felsen sonnte. Schwanz und Beine waren braun gesprenkelt, und über ihren Rücken lief ein grüner Streifen, als hätte jemand mit einem Pinsel darüber gestrichen. Die Echse fixierte sie mit ihren dunklen Knopfaugen. Als sich Allegra fast unmerklich bewegte, verschwand das Reptil blitzschnell im dürren Gras.

Beim Essen hatte sie dem Großvater von ihrem nächtlichen Bad im Weiher erzählt. Das Zusammentreffen mit Massimo verschwieg sie. Sie habe sich über ein Geräusch im Unterholz erschrocken und sei Hals über Kopf geflüchtet und deshalb so aufgelöst zurückgekommen, beantwortete sie seine Frage. Vermutlich hatte er ihr diese Geschichte nicht ganz abgenommen, sie aber nicht weiter bedrängt und nur mit hochgezogenen Augenbrauen genickt.

Wieso sie ihm die Wahrheit verschwieg, wusste sie nicht. Vielleicht, weil er vermutete, dass Lorenzos Neffe sich für sie interessierte. Massimos gestrige Aktion hätte dieser abstrusen Idee nur noch zusätzliche Nahrung geliefert. Es fehlte gerade noch, dass sie sich mit ihrem Großvater über ihr Liebesleben unterhielt. Ohnehin wollte sie die Szene am Teich einfach nur so schnell wie möglich vergessen. Wenn sie es nur gekonnt hätte!

Sie strich sich geistesabwesend über die Lippen. Der Kuss hatte ihr Gefühlsleben durcheinandergewirbelt. Je mehr sie versuchte, nicht an Massimo zu denken, desto fester nistete er sich in ihrem Kopf ein. Bei dem Gedanken an seine muskulöse Brust, seine Hände auf ihrem Körper und seinen Mund, der den ihren mit Leidenschaft erobert hatte, wurde ihr flau im Magen. Es war zum Verrücktwerden!

»Wollen wir aufbrechen?«

Allegra zuckte zusammen und errötete. Ihr Großvater setzte sich ächzend auf. Zum Glück konnte er keine Gedanken lesen. Er wäre höchstwahrscheinlich über die aktuellen Tagträume seiner Enkelin konsterniert gewesen.

Sie räusperte sich. »Ja, wenn du möchtest.« Dann stand sie auf und räumte geschäftig in den Korb, was vom Picknick übrig geblieben war. »Ist es dir auch nicht zu heiß, Nonno?«

»Ich lebe hier und bin das gewohnt.«

Allegra lächelte gezwungen. Sie benahm sich wie eine Idiotin.

»Natürlich«, murmelte sie, streckte ihm die Hand hin, um ihm beim Aufstehen zu helfen, und zupfte anschließend einen trockenen Grashalm von seinem Hemd.

»Schau!« Er schwang den lahmen Arm vorsichtig hin und her. »Das konnte ich bis vor Kurzem noch nicht. Die Übungen bringen tatsächlich etwas.«

Er sah sie stolz und mit glänzenden Augen an, und sie bekam plötzlich einen dicken Kloß im Hals. Gerührt umarmte sie ihn und schniefte dabei leise.

»Na, na«, brummte er und tätschelte sanft ihren Rücken. »Das wird schon wieder, cara.«

Allegra nickte, obwohl sie nicht wusste, ob er damit seinen Arm oder eher ihr momentanes Gefühlschaos meinte.

28

Auf den ersten paar Kilometern zurück nach Montalcino schwatzten die Gäste im Fond des Kleinbusses noch wie ein Schwarm wilder Papageien, doch nach und nach verstummten die Gespräche. Massimo warf einen Blick in den Rückspiegel und schmunzelte. Seine Passagiere schliefen oder dösten in ihren Sitzen. Im Wagen roch es nach Meer, verschwitzten Kleidern und Sonnenmilch, daher schaltete er die Belüftung ein.

Sein Fund im Antiquitätengeschäft ging ihm nicht aus dem Kopf. Bei den Kerzenleuchtern handelte es sich zweifelsfrei um diejenigen aus der Eingangshalle des Gutshofes. Wie zum Teufel kamen die nach Follonica? Hatte sein Onkel sie etwa verkauft? Aber warum? Er würde doch nicht Fulvias Lieblingsobjekte einfach so veräußern? Oder hatte sie jemand gestohlen? Vielleicht doch Marias Patenkind, trotz der vehementen Beteuerungen der Köchin? Aber bevor er sich nochmals Marias Zorn aussetzte, wollte er zuerst mit seinem Onkel darüber sprechen. Möglicherweise war auch ein Fremder eingedrungen und hatte die Gegenstände mitgehen lassen. Oder ein Handwerker? Obwohl sich Massimo nicht erinnerte, dass Lorenzo in letzter Zeit von einer anstehenden Reparatur gesprochen hatte. Alles in allem war das Ganze sehr mysteriös. Ein ungutes Gefühl machte sich in seinem Magen breit.

Massimo gähnte hinter vorgehaltener Hand. Nach seinem Besuch in Antonios Trattoria hatte der Freund ihn dazu überredet, mit den Zwillingen zu Mittag zu essen, weil er und seine Frau eine Reisegruppe verköstigen mussten. Also hatte Massimo versucht, den quirligen Vierjährigen beizubringen, dass Brokkoli ein unsagbar leckeres Gemüse sei. Doch ohne Erfolg. Die beiden wollten das »grüne Zeug« absolut nicht essen und begannen am Ende sogar, ihn damit zu bewerfen. Die Flecken auf seinem T-Shirt zeugten davon. Antonios entsetztes Gesicht war unbezahlbar gewesen, als er später das Tohuwabohu in der kleinen Küche über dem Lokal entdeckte. Die Brokkoli-Schlacht hatte Massimo einiges an Geduld und Kraft abverlangt, und als er später am Nachmittag bei seiner Gruppe am Strand vorbeischaute, leistete er sich ein Bad im Meer, um danach eine Weile auf einer Liege zu dösen und sich die Sonne auf den Bauch scheinen zu lassen.

Da die meisten Gäste ermattet und mit geschlossenen Augen in den Bussitzen hingen und in diesem Zustand kaum auf reizvolle Aussichten und malerische Dörfer erpicht waren, bog er auf die Schnellstraße ein und gab Gas. Auf diesem Weg benötigten sie nur etwas mehr als eine Stunde für den Rückweg. Er drehte den Lautstärkeregler des Radios etwas zurück, bevor er es einschaltete.

Während Lucio Dalla davon sang, nach Washington zu gehen, tauchte vor seinem geistigen Auge Allegras Bild auf. Nach wie vor wollte er sich bei ihr entschuldigen. Doch wie sollte er das bewerkstelligen? Er konnte unmöglich einfach so zu Giovannis Haus gehen, an die Tür klopfen und nach ihr fragen. Nein, er brauchte einen triftigen Grund, um sie aufzusuchen. Während Dalla von Venditti abgelöst wurde, überlegte er sich einen Vorwand, die Totengräberin zu treffen. Plötzlich kam ihm eine Idee. Er würde Allegra einfach darum bitten, ihm bei der Suche nach einem Geburtstagsgeschenk für seine Tante behilflich zu sein. Möglicherweise blockte sie direkt ab, was ihn nicht erstaunen würde, aber immerhin käme er so mit ihr ins Gespräch.

Zurück auf dem Gut verabschiedeten sich die Gäste von Massimo und strebten müde, aber zufrieden ihren Unterkünften zu. Er kontrollierte noch den Bus, hob ein nasses Strandtuch auf, das unter einen Sitz gerutscht war, und schloss den Wagen ab. Nachdem er das Tuch im Gästetrakt zu den Fundsachen gelegt hatte, machte er sich auf den Weg zu seinem Rustico. Beim Gehen schlugen die in Seidenpapier eingewickelten Kerzenhalter in der Plastiktüte dumpf aneinander und erinnerten ihn daran, dass er unbedingt mit seinem Onkel sprechen musste.

Massimo legte seine nassen Badesachen über einen Stuhl auf der Terrasse und wollte soeben unter die Dusche, als sein Handy klingelte. Beim Blick auf das Display verzog er den Mund: sein Boss.

»Ciao, Sandro.«

Sandro Ramponi war Massimos direkter Vorgesetzter. Der kleine, glatzköpfige Mann, den alle heimlich Humpty Dumpty nannten, verlangte seine sofortige Rückkehr nach Florenz.

»Tut mir leid. Aber …«

Ramponi schnitt ihm das Wort ab. »Wir haben unheimlich viel zu tun, mein Lieber, deshalb musst du deine Auszeit leider abbrechen. Die Kunden fragen ständig nach dir, mir fallen schon keine Erklärungen für dein Fortbleiben mehr ein. Am Montag stehst du also auf der Matte, capito? Verpatzte Beziehung hin oder her. Sonst zieht das ernsthafte Konsequenzen nach sich. Habe ich mich klar ausgedrückt?«

Mit diesen Worten beendete er den Anruf. Massimo blieb die Spucke weg. Wollte er ihm etwa kündigen? War der Mann denn verrückt geworden? Er, Massimo, war das beste Pferd im

Stall, das wussten alle. Aber vermutlich war das genau die Krux an der Sache. Wer verzichtete schon gern auf den Champion? Trotzdem, sie würden noch mal eine Weile ohne ihn auskommen können.

»Mist!«

Wütend warf er das Handy aufs Bett und stellte sich unter die Dusche. Heute war Donnerstag, es blieben ihm also noch genau drei Tage, um in sein normales Leben zurückzukehren. Und das beinhaltete ebenfalls, Carla wiederzubegegnen.

29

»Ja, Mama, alles läuft bestens. Heute konnte Nonno sogar seinen Arm kontrolliert bewegen. Der Arzt ist auch zufrieden.« Die Antwort ihrer Mutter entlockte Allegra ein Lächeln. »Wie läuft das Geschäft? Ach, ja? Das ist ja toll! Und wie macht er sich?« Sie lachte. »Seid nicht zu streng mit ihm. Also dann. Gib Paps einen Kuss von mir, ich melde mich bald wieder.«

Sie legte auf und schmunzelte. Ihr Cousin Jochen hatte sich kurzerhand entschlossen, ihre Eltern bei der Buchhaltung zu unterstützen. Er war ein gewissenhafter junger Mann und würde das Kind schon schaukeln.

Giovanni trat ins Wohnzimmer. »Alles in Ordnung in Frankfurt?« Er hielt einen Bildband in den Händen.

»Sie kommen zurecht. Mein kleiner Cousin vertritt mich und treibt meine Eltern mit seiner strukturierten Arbeitsweise wohl gerade in den Wahnsinn. Was hast du denn da?«

Ihr Großvater setzte sich zu Allegra aufs Sofa.

»Die Geschichte der Etrusker. Das Buch ist ein Geschenk deiner Großmutter. Möchtest du es lesen?«

»Ist es auf Italienisch?«

»Nein, Suaheli.« Er lachte, als er ihr verblüfftes Gesicht sah. »Natürlich ist es auf Italienisch. Es sind aber viele hübsche Bilder drin. Unter anderem auch von den Gräbern in Sovana.«

Er reichte ihr das Buch. Auf dem Einband prangte das Fragment eines Mosaiks, das einen Mann mit gekräuselten Haaren und wallender Toga zeigte.

»Danke, das schaue ich mir gern an.« Sie nahm es ihm ab und lehnte dann ihren Kopf an seine Schulter. Während sie in dem Bildband blätterte, bemerkte sie: »Das war ein schöner Ausflug heute, nicht wahr?«

»Ja, fand ich auch. Solange du noch da bist, sollten wir öfter etwas zusammen unternehmen.«

Allegra biss sich auf die Lippen. Solange sie noch da war? Er ging also davon aus, dass sie bald wieder abreiste. War jetzt der passende Zeitpunkt gekommen, um ihn erneut zu bitten, mit nach Frankfurt zu kommen? Noch während sie überlegte, wie sie das heikle Thema am besten anschnitt, klopfte es an der Haustür.

»Erwartest du Besuch?«

Giovanni schüttelte den Kopf. »Du etwa?«

Sie lachte. »Ich kenne hier doch niemanden.« Er wollte aufstehen, doch Allegra kam ihm zuvor. »Warte, ich gehe schon.«

Sie legte den Bildband auf den Salontisch, eilte zur Tür und öffnete sie. Davor stand Massimo. Was wollte *der* denn hier?

»Ciao, Allegra«, sagte er und strich sich dabei mit einer Hand die feuchten Haare aus der Stirn.

Er sah unglaublich attraktiv aus: verwaschene Jeans, ein enges T-Shirt, das seine Muskeln darunter erahnen ließ, und dann dieses charmante Lächeln, das er häufig für die weiblichen Gäste aufsetzte. Als sie merkte, wie sie auf seine vollen Lippen starrte, räusperte sie sich hastig.

»Was willst du hier?«, zischte sie.

»Wer ist es denn?«, hörte sie ihren Großvater aus dem Wohnzimmer rufen.

»Ich bin's, Giovanni!«

»Massimo? Komm rein, Junge, das ist ja eine Überraschung.«

Massimo trat einen Schritt vor, doch Allegra stellte sich ihm in den Weg.

»Was soll das?«, flüsterte sie ungehalten.

Er zuckte mit den Schultern. »Ich wollte mit dir sprechen.«

»Ach, ja? Worüber denn?«

»Muss ich das wirklich zwischen Tür und Angel erörtern?«

Sie musterte ihn aus schmalen Augen. »Ehrlich gesagt wäre mir das lieber.«

»Was flüstert ihr zwei denn da?«, hörte sie ihren Großvater wieder rufen.

»Er hat keine Zeit, um hereinzukommen, Nonno. Sie erwarten ihn zum Nachtessen auf dem Gut.«

Sie versuchte, die Tür zu schließen, doch Massimo stemmte seine Hand dagegen.

»Komm schon, Allegra. Es dauert auch nicht lange.«

Mittlerweile war ihr Großvater in den Flur getreten und beobachtete sie mit gerunzelter Stirn.

»Er wollte gerade wieder gehen«, erklärte sie mit einem gezwungenen Lächeln.

»Schade«, erwiderte Giovanni. »Und weshalb bist du hergekommen?«

Allegra schoss die Röte ins Gesicht. Wenn Massimo jetzt ihr gestriges Zusammentreffen erwähnte, würde sie vor Scham im Boden versinken. Vermutlich wollte er sie vor ihrem Großvater demütigen. Das passte zu diesem eingebildeten Fatzke. Sie traute ihm jede Schlechtigkeit zu.

»Ich brauche Allegras Hilfe«, erklärte Massimo ernsthaft und warf ihr einen amüsierten Seitenblick zu, als hätte er ihre Gedanken gelesen. »Es geht um den Geburtstag meiner Tante. Ich hätte gern den Rat einer Frau bezüglich eines Geschenks.«

Weiter als bis zur Gartenpforte hatte sie Massimo nicht begleiten wollen. Glücklicherweise verdeckte eine hohe Hecke die Blicke neugieriger Großväter, die möglicherweise hinter Gardinen lauerten.

»Also, was willst du wirklich?«

Allegra verschränkte die Arme vor der Brust und sah Massimo herausfordernd an. Diese Augen! Sie unterdrückte ein Seufzen. Einfach unverschämt, was Mutter Natur manchen mitgab. Sie rief sich zur Ordnung und versuchte, unbeteiligt zu wirken.

»Meine Tante hat tatsächlich nächste Woche Geburtstag, das war keine Lüge«, rechtfertigte er sich mit einem schiefen Grinsen. »Aber ich habe schon ein Geschenk für sie.« Allegra reagierte nicht auf seine Erklärung, und er atmete geräuschvoll aus. »Also. Es tut mir leid, was gestern am Teich passiert ist. Ich muss mich dafür entschuldigen.«

Eine Entschuldigung von Mister Eingebildet höchstpersönlich? War etwa schon Weihnachten?

Sie ließ sich ihre Überraschung jedoch nicht anmerken.

»Okay, danke, Schwamm drüber«, erwiderte sie schnell und wollte sich abwenden, doch seine Hand streifte kurz ihren Arm, als wollte er sie zurückhalten. Die Berührung durchfuhr sie wie ein Stromstoß. Verdammt, ihr Körper war ein elender Verräter!

»Ich meine es ernst, Allegra. Es tut mir leid.«

»Schon gut. Ich hätte dich auch nicht so beschimpfen sollen. Vergessen wir das Ganze also und gehen uns in Zukunft aus dem Weg.«

Dann drehte sie sich um und lief zurück ins Haus. Sie warf die Tür ins Schloss und lehnte sich schwer atmend mit der Stirn an das glatte Holz. Ihre Haut prickelte an der Stelle, an der er ihren nackten Arm berührt hatte, und ihr Herz trommelte wild in ihrer Brust.

Mit dem fiesen Massimo konnte sie einigermaßen umgehen, mit dem liebenswürdigen jedoch überhaupt nicht. Das warf ihr wunderbares Feindbild durcheinander. Hoffentlich war das heute das letzte Mal, dass sie sich getroffen hatten. Ansonsten lief sie womöglich noch Gefahr, ihn zu mögen.

30

Während Massimo zum Gutshaus schlenderte, rekapitulierte er die Begegnung mit Allegra. Er hatte sich jetzt zwar bei ihr entschuldigt und damit dem Anstand Genüge getan, doch nach wie vor fühlte er sich unbehaglich, wenn er sie traf. Als hätte er ihr etwas beweisen müssen. Aber was? Und ihr schien es ebenso zu gehen, sonst hätte sie ihn kaum in dieser Art und Weise betrachtet.

Er riss einen Zweig von einem Busch ab und zerbröselte ihn gedankenverloren zwischen den Fingern. Und doch hatte er gestern am Teich deutlich gespürt, wie die Leidenschaft sie einen Moment lang übermannt hatte. Was für eine seltsame Person! Doch was machte er sich Gedanken über sie? Sie würde über kurz oder lang wieder abreisen, und dann war der Spuk mit der Totengräberin vorbei.

Sie hasste es, wenn er sie so nannte, das wusste er genau, aber sie sah so süß aus, wenn sie sich darüber ärgerte. Dann sprühten ihre Augen regelrecht Funken, ihre Wangen röteten sich, und ihr Mund bekam diesen trotzigen Ausdruck, den er am liebsten mit zärtlichen Küssen zum Verschwinden gebracht hätte.

Was um Himmels willen ging ihm denn da durch den Kopf? Fühlte er sich etwa zu ihr hingezogen? Lachhaft! Das waren nur dem Augenblick entsprungene Gefühle. Männliches Begehren, das darauf fußte, dass seine Libido nach wie vor einwandfrei funktionierte. Vor allem nach Carlas Vertrauensbruch und mit seinem angeknacksten Ego. Nein, Allegra war eindeutig nicht sein Typ! Aber sie hatte sich großartig in seinen Armen angefühlt. So weich und weiblich. Und wenn sie nicht davongerannt wäre …

Massimo blieb stehen, steckte die Hände in die Hosentaschen und sah übers Tal. In Montalcino flammten bereits die ersten Lichter auf. In der Dämmerung wirkten sie wie Glühwürmchen auf einem samtenen Teppich. Von irgendwoher drangen Gelächter an sein Ohr und das leise Ploppen von gegeneinanderschlagenden Boccia-Kugeln.

Er hielt zwar wenig von One-Night-Stands, aber ein kleines Abenteuer war möglicherweise genau das, was er im Moment brauchte. Sex ohne Verpflichtungen. Einfach, um ein wenig Stress abzubauen. Was Carla konnte, konnte er schließlich schon lange. Und Allegra war die perfekte Kandidatin dafür. Eben weil sie bald wieder nach Deutschland zurückkehrte und ihm somit etwaige Komplikationen erspart blieben. Wieso eigentlich nicht? Es wäre bestimmt ganz amüsant, mitanzusehen, wie sie sich über sein plötzliches Interesse an ihr wunderte. Und wenn er seinen Charme so richtig spielen ließ, würde sie über kurz oder lang hingebungsvoll in seine Arme sinken. Er grinste bei dem Gedanken, setzte seinen Weg fort und pfiff die Melodie einer Liebesschnulze vor sich hin.

Beim Betreten des Gutshauses fiel sein Blick sofort auf die Anrichte, auf der noch immer die Kerzenhalter fehlten. Seine Post war mittlerweile zu einem hohen Stapel angewachsen, und er seufzte. Er griff nach dem Stoß und blätterte ihn durch, während er Richtung Küche ging. Morgen musste er unbedingt etwas unternehmen, um Sandro zu besänftigen. Vielleicht konnte er übers Wochenende nach Florenz fahren, die wichtigsten Dinge im Büro erledigen und damit noch eine weitere

Woche Urlaub herausschinden. Danach blieb ihm allerdings nichts anderes übrig, als sich endlich dem Problem mit Carla zu stellen.

»Ciao«, begrüßte ihn Maria in der Küche. »Der Signora geht es nicht gut. Ich habe deshalb für dich und Lorenzo hier aufgedeckt. Das Essen steht im Ofen.«

Sie griff nach ihrer Handtasche, ließ einen letzten prüfenden Blick über die blitzblanke Küche schweifen und verließ das Gutshaus durch die Hintertür.

Massimo langte nach der Flasche Brunello auf dem Küchentisch und studierte das Etikett. Der Tag am Meer hatte ihn so richtig hungrig gemacht, und der Duft nach gebratenem Fleisch und Kräutern, der in der Luft lag, ließ seinen Magen begehrlich knurren.

Er holte den Korkenzieher aus einer Schublade und öffnete die Flasche, damit der Wein noch ein wenig atmen konnte. Sein Onkel musste noch oben sein, deshalb trat Massimo an den Backofen und linste hinein. Das sah nach Kaninchenragout aus, herrlich! Dann setzte er sich an den Küchentisch und überlegte, wie er die Sache mit den Kerzenleuchtern zur Sprache bringen sollte. Es einfach direkt ansprechen? Oder doch lieber zuerst ein wenig sondieren, was geschehen sein konnte? Er hatte nicht vor, Marias Patenkind unbegründet zu beschuldigen oder seinen Onkel zu verängstigen, dass womöglich Diebe eingedrungen waren. Trotzdem musste Lorenzo wissen, was in seinem Haus vorging.

»Ah, da bist du ja.« Sein Onkel trat in die Küche, ging zum Spülbecken und wusch sich die Hände. »Das duftet ja himmlisch!«

»Wie geht es Fulvia?«

Lorenzo zuckte mit den Schultern. »Sie ist heute sehr müde. Am Nachmittag kam dann noch schwere Atemnot hinzu. Der gestrige Abend hat sie doch mehr erschöpft, als sie zugeben will. Sie schläft jetzt.«

»Was sagen eigentlich die Ärzte?«

Sein Onkel griff nach einem Handtuch, drehte sich um und lehnte sich an die Spüle. Während er sich die Hände abtrocknete, starrte er zu Boden.

»Die neuen Medikamente schlagen zwar an, bringen jedoch keine wirkliche Verbesserung.«

Massimo verzog den Mund. »So ein Mist! Aber es muss doch noch andere Behandlungsmöglichkeiten geben, oder? Was ist mit einer Operation?«

Lorenzo legte das Handtuch neben die Spüle, setzte sich an den Küchentisch und schenkte den Wein ein.

»Du meinst eine Herztransplantation? Fulvia will das nicht. Sie sagt, sie wolle keinem jungen Menschen ein Spenderherz wegnehmen.«

Er räusperte sich. Es fiel ihm sichtlich schwer, darüber zu sprechen. Massimo wusste, wie sehr er seiner Frau zugetan war, und konnte sich nur annähernd vorstellen, wie es sein musste, einen geliebten Menschen so leiden zu sehen.

»Sie weigert sich sogar, eine Herzunterstützungspumpe einsetzen zu lassen. Sie sagt, wenn sie erst im Krankenhaus ist, kommt sie lebend nicht mehr heraus. Ich kann mit Engelszungen reden, keine Chance! Du kennst ja deine Tante und weißt, wie stur sie ist.«

Er lachte freudlos. Massimo nickte. In der Tat konnte man Tante Fulvia von einem einmal gefällten Entschluss kaum mehr abbringen.

Lorenzo hob sein Glas. »Lass uns von etwas anderem reden, einverstanden? Wie geht es Antonio und seiner Familie?«

Während sie sich Marias göttliches Kaninchenragout einverleibten, erzählte er ihm, was Antonios Zwillinge mit dem Brokkoli angestellt hatten.

»Mein T-Shirt kriege ich jedenfalls nie mehr sauber!«

Lorenzo lachte. »Ich erinnere mich an die beiden Krümel.

Sie sind einfach hinreißend. Aber wehe, wenn sie losgelassen werden.«

Massimo nickte grinsend. Die trübe Stimmung war verflogen, und er hielt es jetzt für den passenden Zeitpunkt, über den wahrscheinlichen Diebstahl der Kerzenleuchter zu sprechen.

»Onkel, ich muss dich etwas fragen.«

»Ja?«

»Heute, in Follonica, da habe ich etwas entdeckt.« Massimo legte seine Serviette neben den leeren Teller.

»Und was?«

»Ich habe die beiden Kerzenhalter, die immer auf der Anrichte in der Empfangshalle gestanden haben – du weißt schon, die, auf die Fulvia so stolz ist –, in einem Antiquitätengeschäft gefunden.«

Sein Onkel zuckte zusammen und verschüttete dabei den Brunello. Während Massimo verdutzt zusah, wie der rote Wein über den Holztisch lief und auf den Fußboden tropfte, stellte Lorenzo die Weinflasche mit einem Ruck auf den Tisch. Massimo blickte erschrocken hoch und sah in ein aschfahles Antlitz.

»Oh, Santo cielo!«, stammelte Lorenzo und vergrub sein Gesicht in den Händen.

31

Allegra trat auf die Terrasse hinaus und setzte sich auf einen der Korbstühle. Sie atmete tief durch, lauschte den nächtlichen Geräuschen und betrachtete den Mond am wolkenlosen Himmel. Ihr Großvater war schon vor einer Stunde zu Bett gegangen, und sie hatte seitdem in dem Bildband über die Etrusker geblättert. Viel von dem zugehörigen Text hatte sie allerdings nicht verstanden, und vermutlich nicht nur, weil er Wörter enthielt, die sie nicht kannte, sondern weil sie sich nicht darauf konzentrieren konnte. Ihre Gedanken schweiften ständig ab.

Wieso hatte sich Massimo bemüßigt gefühlt, sich bei ihr zu entschuldigen? Das passte so gar nicht zu ihm. Besser gesagt, zu dem Bild, das sie sich von ihm gemacht hatte. Sie wollte ihn nicht nett finden, noch weniger wollte sie ihn mögen. Es war so viel leichter, ihn zu verabscheuen, denn dann musste sie sich nicht eingestehen, dass sie sich zu ihm hingezogen fühlte. Obwohl er sie schlecht behandelte, dauernd auf ihr herumhackte und sie mit ironischen Bemerkungen traktierte. Wie konnte sie sich zu so einem Typen hingezogen fühlen? Das war doch verrückt!

Allegra seufzte, zog die Beine an und stützte ihr Kinn auf die Knie. Hatte sie eventuell einen latenten Hang zum Masochismus? Sie grinste. Und was war eigentlich mit seiner Verlobten? Hatten die beiden sich definitiv getrennt? Oder würde Massimo, wenn er seine Wunden genug geleckt hatte, wieder zu ihr zurückkehren?

Sie konnte sich nicht vorstellen, dass ein so stolzer Mann wie er über einen Seitensprung einfach hinwegsah. Aber wenn er seine Braut wirklich liebte, würde er ihr höchstwahrscheinlich auch verzeihen.

Bei dem Gedanken, wie sich die zwei in einer leidenschaftlichen Umarmung versöhnten, zog sich Allegras Magen schmerzhaft zusammen. Wie dumm von ihr, auf jemanden eifersüchtig zu sein, den sie nicht einmal kannte. Und noch dümmer, sich in einen gebundenen Mann zu verlieben. Sie erschrak. War es wirklich so? Hatte sie sich in Massimo verliebt?

»Blödsinn!«, murmelte sie vor sich hin. Sie hatte sich nicht verliebt. Er gefiel ihr lediglich als äußerst attraktives Exemplar der Spezies Mann. Das war alles. Sie hatte schließlich Augen im Kopf, und ihr Körper reagierte nur auf Massimos männliche Attribute. Irgendwo hatte sie einmal gelesen, dass die Faszination zwischen Mann und Frau bloß auf Pheromone zurückzuführen sei, chemische Stoffe, die produziert wurden, um das andere Geschlecht anzuziehen. Natürlich, so musste es sein! Sie hatte keine Gefühle für ihn entwickelt, das war ausschließlich körperliches Begehren. Und das würde aufhören, wenn sie ihm aus dem Weg ging. Beruhigt lehnte sie sich zurück, verschränkte die Arme hinter dem Kopf und sah zum nächtlichen Himmel hinauf.

Ihr Handy begann zu vibrieren und sie zog es verwundert aus der Hosentasche. Wer rief sie denn um diese Zeit an? Logan! Allegra stieß die Luft aus. Sollte sie seinen Anruf ignorieren? Eigentlich hatte sie gerade keine Lust, mit ihm zu sprechen, wozu auch, doch ihre Höflichkeit siegte.

»Hallo?«

»Allegra, hi. Sorry, dass ich mich nicht mehr gemeldet habe, aber …« Er brach ab, und sie hörte Gelächter im Hintergrund. »Also, nochmals. Ich habe hier ein paar andere Weltenbummler kennengelernt, und wir fahren morgen alle zusammen ans Meer. Deshalb rufe ich an. Möchtest du dich uns anschließen?«

Wieder hörte sie lautes Gelächter. Jemand rief etwas auf Spanisch.

»Seid doch mal ruhig!«, hörte sie Logan lachend rufen. »Hallo? Bist du noch da? Also, was meinst du? Bisschen chillen am Mittelmeer?«

Allegra schüttelte erheitert den Kopf. Logans Sorglosigkeit war so erfrischend, aber nicht das, was sie sich wünschte. Ihre Sehnsüchte zielten auf einen anderen ab. Zudem hatte sie eine Aufgabe hier und konnte ihren Großvater nicht einfach so im Stich lassen. Auch wollte sie dem Amerikaner keine Hoffnungen machen. Sie passten nicht zusammen – nicht mal für eine Nacht.

»Danke, Logan, doch ich kann nicht«, erwiderte sie daher. »Aber ich wünsche dir noch viel Spaß auf deinem Europa-Trip. Und wehe, du wirst später nicht doppelt so gut wie Dr. House!«

»Don't meet trouble halfway!«, erwiderte er lachend, und Allegra stimmte ein. Der Spruch bedeutete in etwa so viel wie »Mal den Teufel nicht an die Wand«.

»Okay, dear, mach's gut.«

»Mach's besser!«, erwiderte Allegra und beendete schmunzelnd den Anruf.

32

Massimo starrte entsetzt auf Lorenzos zuckende Schultern. Weinte er etwa? Was um Himmels willen hatte seinen Onkel derart aus der Fassung gebracht?

»Onkel? Was ist denn?«

Lorenzo strich sich über die Augen, schluckte dann mehrmals schwer, schwieg jedoch.

Massimo biss sich auf die Lippen. Irgendetwas musste geschehen sein, das mit den Kerzenleuchtern zusammenhing. Aber was? Um Zeit zu gewinnen, stand er auf, holte eine Rolle Küchenpapier und begann, den verschütteten Wein aufzuwischen. Danach setzte er sich wieder an den Tisch.

»Es sind also tatsächlich Fulvias Leuchter, nicht wahr?«, sagte er in die Stille hinein.

Sein Onkel nickte, hob endlich den Blick und sah seinen Neffen mit geröteten Augen an.

»Ich …«, begann er, brach dann aber ab und schüttelte resigniert den Kopf. Seine Lippen zitterten, und Massimos Magen krampfte sich schmerzhaft zusammen.

So hatte er Lorenzo noch nie erlebt, und fast bereute er es, das Thema angeschnitten zu haben. Im Grunde ging es ihn gar nichts an. Seine Verwandten konnten mit ihrem Besitz schließlich tun und lassen, was sie wollten. Doch insgeheim wusste er, dass mehr dahintersteckte, sonst hätte sein Onkel nicht so heftig reagiert.

»War es Marias Patentochter?«, fragte er behutsam. »Hat sie die Leuchter gestohlen?«

»Elena?« Lorenzo zog verwirrt die Stirn in Falten. »Wie kommst du denn auf so was?«

Massimo hob die Achseln. »Ich dachte nur, weil … ach, egal.«

Sein Mund war plötzlich staubtrocken, und er griff nach der Weinflasche, die aber leer war. Also stand er nochmals auf, ging zum Weinschrank neben der Tür und holte eine weitere Flasche hervor. Er entkorkte den Brunello, schnupperte kurz am Korken und füllte die Gläser, bevor er sich wieder an den Küchentisch setzte.

In der Zwischenzeit hatte sich Lorenzo anscheinend ein wenig gefasst, denn er atmete tief durch, straffte die Schultern und sah seinem Neffen direkt in die Augen.

»Es fällt mir nicht leicht, darüber zu sprechen«, begann er und drehte dabei das volle Weinglas in den Händen. »Aber irgendwann kommt ja doch alles heraus. Und im Grunde bin ich erleichtert, dass ich es dir sagen kann und du es nicht von jemand anderem erfahren musst. Ich bitte dich nur darum, deiner Tante nichts zu erzählen. Sie würde es nicht überleben. Das macht mir die größten Sorgen. Es wird schlimm genug sein, wenn alles ans Licht kommt. Ich möchte, dass sie so lange wie möglich vor der Wahrheit geschützt wird.« Er fixierte seinen Neffen eindringlich. »Habe ich dein Wort?«

Massimo nickte bedächtig. »Du machst mir Angst. Geht es um ihren Gesundheitszustand?«

Lorenzo schüttelte den Kopf. Er stand auf, ging in der Küche auf und ab und knetete nervös die Hände.

»Das Gut … also ich. Nein, ich muss anders beginnen. Du weißt, dass wir nahezu immer ausgebucht sind. Die Leute mögen unsere Kurse. Das Gut und die Schönheit der Toskana tun ihr Übriges, dass die Gäste wiederkommen. Und sie erzählen zu Hause davon. Auch das macht sich mittlerweile bezahlt. Graswurzelmarketing nennt man das. In den letzten Jahren sind die Anfragen stetig gewachsen. Doch wir sind nicht die Einzigen, die auf diesen Zug aufgesprungen sind. Deshalb wollte ich mich von der Konkurrenz dadurch abheben, dass wir quasi ein ›Rundumpaket‹ anbieten. Etwas mehr als die üblichen Angebote. Also neben den Weinseminaren auch Malen, Töpfern, Bildhauern. Du kennst ja unsere Palette. Das kostet natürlich alles Geld. Ich musste weitere Kursleiter engagieren, die Gästehäuser und Unterkünfte renovieren. Den Speisesaal erweitern. Mehr Köche einstellen. Es hört nie auf.«

Er atmete tief durch und strich sich über den Bart.

»Trotz all der Investitionen haben wir weiter Gewinne gemacht. Prächtige sogar. Ich wurde übermütig und spekulierte an der Börse. Leider mit wenig Erfolg. Ich verlor viel, aber das Gut hätte das verkraftet, wenn …«

Massimo sah, wie sich Lorenzo auf die Lippen biss. Was er gerade hörte, erschien ihm einfach unmöglich. Sein Onkel ein Zocker? Das konnte nicht sein!

Massimo registrierte mit einem Mal jedes Detail in der Küche: der ausladende Herd gegenüber und Marias ganzer Stolz, die glänzenden Kupferpfannen an den Wänden darüber, die Regale mit den blau gemusterten Tellern und Tassen; der massive Holztisch, an dem er schon als kleiner Junge gesessen hatte. Im Geist ging er durch das Haus, in jedes Zimmer, bewunderte die stilvolle Einrichtung; dann nach draußen, sah die Gärten, den Park mit dem Teich und der hässlichen Skulptur, die er immer noch nicht befestigt hatte. Würden sein Onkel und seine Tante das alles verlieren? Und letztendlich auch er selbst, weil er doch ihr Erbe war? Hatte Lorenzo deshalb die

Kerzenleuchter verkauft? Und – womöglich sogar Vitis Bleistiftzeichnung über dem Kamin?

Massimo schüttelte den Kopf. Das konnte nur ein böser Traum sein, aus dem er gleich erwachen würde. Lorenzo ließ sich stöhnend wieder auf den Stuhl fallen und holte ihn damit in die Wirklichkeit zurück.

»Du willst andeuten, dass du ruiniert bist? Ist es das?«

Sein Onkel sah betreten zu Boden, und Massimo strich ein eiskalter Schauer über den Rücken. Castelvecchio di Montalcino unter dem Hammer? Das Gut, das ihm seit dem Tod seiner Eltern ein Zuhause und seit Jahrhunderten im Besitz von Fulvias Familie gewesen war, in fremden Händen? Von einem Großkonzern aufgekauft und zu einer Nobelherberge umgebaut? Oder von einem russischen Oligarchen als Feriendomizil ersteigert, das dieser vielleicht zwei Wochen im Jahr bewohnte, wenn überhaupt? Unmöglich, das durfte einfach nicht sein!

»Onkel, sag es mir«, stieß er erschüttert hervor. »Musst du verkaufen?«

»Ich weiß es nicht«, sagte Lorenzo leise. »Ein paar Monate bleiben uns sicher noch. Aber dann …« Er hob entschuldigend die Achseln.

»Vergiss es!« Massimo sprang auf, und der Stuhl schlug krachend zu Boden. Seine Augen sprühten Blitze. »Das werde ich nicht zulassen, hörst du? Wir finden eine Lösung. Ich habe etwas gespart, und vom Erbe meiner Eltern liegt noch genug auf der Bank. Zudem kann ich meine Wohnung in Florenz auf den Markt werfen. Die bringt bestimmt …«

»Massi«, unterbrach ihn sein Onkel müde. »Das ist noch nicht alles.«

Massimo erstarrte. Noch nicht alles? Was um Himmels willen kam denn jetzt noch?

»Die Verluste an der Börse wären noch auszuhalten gewesen. Doch was darauf folgte … Ich werde erpresst«, stieß Lorenzo schließlich hervor. »Schon seit geraumer Zeit.«

Massimo riss die Augen auf. »Erpresst?«, wiederholte er ungläubig. »Von wem?«

Sein Onkel griff nach dem vollen Glas Rotwein und stürzte es in einem Zug hinunter.

»Von meinem Sohn.«

33

»Und du willst mich wirklich nicht nach Florenz begleiten?«

Giovanni schüttelte den Kopf. »Fahr nur. Ich mache mir hier einen faulen Tag.« Er tippte mit einem schiefen Grinsen auf seinen lädierten Arm.

Allegra lachte. Immerhin hatte ihr Großvater seinen Humor wiedergefunden. Seit ihrem Gespräch vor ein paar Tagen war er wie verwandelt. Beinahe so wie früher. Zwar gab es Augenblicke, in denen er immer noch mit schlechter Laune kämpfte, aber er hatte sich wieder besser im Griff. Es ging aufwärts. Und bald wollte sie endlich auch das heikle Thema eines Umzugs nach Deutschland wieder anschneiden. Aber noch nicht heute.

»Ich bin am späten Nachmittag zurück«, erklärte sie und wühlte in ihrer Handtasche. »Und Maria hat sich sofort bereit erklärt, dir das Mittagessen zu bringen. Sie ist furchtbar nett, nicht?«

Giovanni räusperte sich und nickte. Er wirkte plötzlich verlegen, und Allegra stutzte. Maria und ihr Großvater? Konnte das sein? Sie schüttelte den Kopf. Jetzt sah sie schon Gespenster.

»Meine Handynummer steht auf dem Block neben dem Telefon. Und …«

»Cara«, unterbrach sie Giovanni genervt. »Geh jetzt und amüsiere dich! Es wird schon alles gut gehen.«

Allegra nickte zögerlich. Es war ihr zwar nicht recht, ihn den ganzen Tag allein zu lassen. Doch nachdem sie gestern den Bildband über die Etrusker durchgeblättert hatte und vor allem nach dem Besuch des Ildebranda-Grabes in Sovana, war ihr Interesse an dem antiken Volk, das im nördlichen Mittelitalien gelebt hatte, geweckt. Wo, wenn nicht in Italien, bestand schon die Möglichkeit, sich so hautnah mit der Vergangenheit zu beschäftigen? Zudem hoffte sie, dass die alten Italiener sie ein wenig von einem jüngeren ablenken würden.

Es war Jahre her, dass sie Florenz besucht hatte. Damals war sie mehr an den schicken Modeboutiquen interessiert gewesen. Doch auch sie wurde älter, und die Vorlieben wandelten sich. Heute standen ein paar der über siebzig Museen auf ihrer Liste. An erster Stelle natürlich das Museo Archeologico, das Archäologische Nationalmuseum, mit seiner Sammlung etruskischer Artefakte.

Sie griff nach dem Autoschlüssel und einer Flasche Wasser, drückte ihrem Großvater einen Kuss auf die faltige Wange und verließ das Haus. Es war kurz vor halb neun und die Luft noch angenehm frisch, doch durch den milchigen Dunst sah man bereits den blauen Himmel. Es würde auch heute wieder heiß werden. Bis Florenz brauchte sie mit dem Auto etwa eindreiviertel Stunden. Perfekt! Somit konnte sie während der glühenden Mittagshitze in den kühlen Museumshallen umherwandeln.

Sie setzte sich in den Wagen und fuhr los. In den Gassen von Montalcino erwachte gerade das Leben. Restaurantbesitzer fegten die Gehsteige vor ihren Lokalen und wischten Stühle und Tische ab, Lieferanten brachten Lebensmittel, und dazwischen sah man schwarz gekleidete ältere Frauen, die sich für ihr tägliches Schwätzchen auf der Piazza trafen. Bald schon kämen Busse voller Touristen, die die Fortezza besuchten und in den zahlreichen Weinlokalen die flüssigen Schätze der Region degustierten.

Die Hauptstraße nach Siena führte durch liebliche Täler. Links und rechts der Fahrbahn zogen sich Olivenhaine, Rebberge und wogende Getreidefelder bis zum Horizont. Auf den sanften Hügeln thronten ockerfarbene Herrschaftshäuser, flankiert von hohen, schmalen Zypressen, und Schilder am Wegrand lockten durstige Touristen zu Kellereien und Restaurants, die lokale Köstlichkeiten anboten.

Der Verkehr hielt sich in Grenzen. Allegra kam gut voran, kurbelte das Seitenfenster hinunter und suchte im Radio einen etwas poppigeren Sender als den, den ihr Großvater bevorzugte. Gianna Nannini und Edoardo Bennato sangen gerade von einem italienischen Sommer, und Allegra stimmte lauthals ein, obwohl sie mit Fußball im Grunde wenig am Hut hatte und zur Weltmeisterschaft 1990 gerade mal ein Jahr alt gewesen war. Doch ihr Vater besaß noch viele Vinyl-Schallplatten, unter anderem auch diese, so hatte sie den Text quasi mit der Vatermilch aufgesogen.

Kurz vor Buonconvento fing der Fiat an zu stottern. Der Motor stieß einen Laut aus, als sei er von einem tödlichen Schwerthieb getroffen worden, und erstarb.

»Verdammt!«

Allegra schaute in den Rückspiegel. Da es leicht abwärts ging, rollte das Auto noch bis zu einem Feldweg, der in die Hügel führte, und blieb dort stehen. Und jetzt?

Sie öffnete den Sicherheitsgurt und stieg aus. Ein verschreckter Vogel flatterte aus dem Unterholz auf und flog ärgerlich fiepend davon. Sie musterte den Fiat grimmig und kaute dabei auf ihrer Unterlippe. Dann ging sie wieder auf die Fahrerseite und checkte den Benzintank. Dreiviertelvoll. Daran konnte es also nicht liegen. Sie setzte sich wieder ins Auto und betätigte den Anlasser. Außer einem hohlen Klicken passierte gar nichts.

»Blöde Karre!« Allegra schlug ärgerlich auf das Steuerrad.

Da sie von Autos nichts verstand, musste sie wohl oder übel einen Abschleppwagen organisieren.

Sie griff nach ihrem Handy und sah auf das Display.

»Na toll!«

Der Akku war leer, verdammt! Sie hatte gestern vergessen, ihn aufzuladen. Was sollte sie jetzt tun?

Allegra stieg wieder aus und blickte sich um. Wie weit mochte es bis Buonconvento sein? Sie hatte nicht auf die Kilometeranzeige geachtet. Obwohl sie bequeme Turnschuhe trug, war sie nicht sonderlich darauf erpicht, an der Landstraße entlangzumarschieren. Es gab keinen Geh- oder Radweg, und die vorbeifahrenden Autos interpretierten die Geschwindigkeitsbegrenzung doch recht lässig. Am besten, sie hob einfach den Daumen und wartete auf einen galanten Samariter, der sie bis ins nächste Dorf mitnahm.

Sie schloss den Fiat ab, stellte sich an den Straßenrand und hob den Daumen. Die ersten vier Autos preschten vorbei. Einer hupte zwar und wurde langsamer, gab aber dann Gas, als er auf ihrer Höhe war, und winkte ihr grinsend zu. Ihre Laune sank auf den Tiefpunkt. So viel zu den Rittern der Landstraße!

Der fünfte Wagen, ein schnittiger Sportwagen, blinkte schon von Weitem, und sie atmete erleichtert auf. Hoffentlich handelte es sich bei dem Fahrer um keinen Psychopathen. Am liebsten wären ihr eine nette Familie oder ein Touristenpaar gewesen, aber sie konnte schon froh sein, wenn überhaupt jemand anhielt.

Als sie den Fahrer erkannte, stieß sie resigniert die Luft aus. Murphys Law!

Massimo hielt hinter dem Fiat an und stieg grinsend aus.

»Probleme?«

34

»Was grinst du immer noch so dämlich?«

Allegra musterte ihn wütend. Massimo richtete den Blick vom Beifahrersitz wieder auf die Fahrbahn.

»Ich grinse doch gar nicht«, gab er gelassen zur Antwort.

Nachdem er sie am Straßenrand entdeckt und aufgelesen hatte, fuhren sie jetzt Richtung Florenz. Er hatte erst gar nicht versucht, den Fiat zu reparieren. Das Vehikel gehörte seiner Meinung nach sowieso auf den Schrottplatz. Trotzdem hatte er einen befreundeten Mechaniker angerufen, der ihm versprach, den Wagen im Laufe des Tages abzuschleppen und den Schaden zu begutachten.

Zuerst hatte Allegra ihn darum gebeten, sie im nächsten Dorf abzusetzen, damit sie mit dem Bus nach Montalcino zurückfahren konnte. Sie werde einfach an einem anderen Tag nach Florenz fahren, hatte sie gesagt. Zufälligerweise war er selbst auf dem Weg dorthin, um auf der Gemeindeverwaltung etwas in Erfahrung zu bringen, und schlug ihr daher vor, sie mitzunehmen. Einen Moment lang hatte sie überlegt und dann eher mürrisch eingewilligt.

Massimo konzentrierte sich wieder auf die Straße und dachte an das gestrige Gespräch mit seinem Onkel zurück.

Nachdem er sein Geheimnis offenbart hatte, starrte Lorenzo schweigend auf das leere Rotweinglas in seiner Hand, während Massimo verunsichert den Kopf schüttelte.

»Onkel, was erzählst du denn da?« Er musste ihm einen Bären aufgebunden haben, Lorenzo hatte keinen Sohn. War er betrunken? Geistig verwirrt? »Zio, rede mit mir!«

Sein Onkel stieß die Luft aus, stellte das Glas auf den Tisch, und Massimo registrierte, dass seine Hand zitterte.

»Es ist vor über dreißig Jahren passiert«, begann er. »Deine Tante und ich waren erst kurz verheiratet, als ihre Krankheit diagnostiziert wurde. Wir waren am Boden zerstört, wussten wir doch beide, was das bedeutete: eine ungewisse Zukunft, lebenslang Medikamente und keine eigenen Kinder.«

Er stand auf und ging ruhelos in der Küche auf und ab, dabei strich er sich mit einer nervösen Geste über den Bart.

Massimo hielt es kaum auf seinem Stuhl aus. Am liebsten wäre er aufgesprungen und hätte ihn geschüttelt. Doch er bezwang seine Ungeduld. Vermutlich focht Lorenzo gerade einen schweren inneren Kampf aus und brauchte noch einen Moment. Schließlich blieb er vor dem Fenster neben der Hintertür stehen und schaute eine Weile hinaus in die Nacht. Dann drehte er sich abrupt um. In seinem Blick lag ein gewisser Trotz.

»Ich liebe meine Frau, Massi. Ich liebte sie damals, und ich liebe sie noch heute. Sie ist der wichtigste Mensch in meinem Leben, und es würde mich umbringen, wenn ich sie wissentlich verletzte. Aber ich war in jener Zeit …« Er hob entschuldigend die Achseln. »Ich weiß nicht recht, was ich in jenen Tagen war. Erschüttert, zerrissen, wütend – vermutlich alles zusammen. Und da war Mirella Turchi. Sie arbeitete als Küchenhilfe hier. Eine junge, attraktive Florentinerin, die oft lachte und mit mir flirtete.«

Er schluckte schwer, und Massimo lief ein kalter Schauer über den Rücken. Er wusste, was jetzt kam.

»Ich will mich nicht rechtfertigen. Es war falsch, dass ich eine Affäre mit ihr begann. Das wusste ich von der ersten Sekunde an. Aber sie hat mir das Gefühl gegeben, dass ich ein richtiger Mann bin.« Er lachte freudlos. »Man tut so törichte Dinge, wenn man jung ist.« Er durchquerte die Küche und setzte sich wieder an den Tisch. »Es ging nicht lange, ich kam zur Vernunft. Kurz darauf kündigte Mirella und ging nach Florenz zurück. Wir haben uns im Guten getrennt. Sie war ein lebenslustiges Ding, und ihr war Montalcino schon immer zu langweilig gewesen. Ich habe nie wieder etwas von ihr gehört, und mit der Zeit hatte ich meinen Fehltritt fast vergessen. Ihn als Jugendsünde abgehakt. Niemand war zu Schaden gekommen, außer meinem Gewissen. Dann, vor einem Jahr, erhielt ich einen Telefonanruf. Ein Mann meldete sich und sagte, er sei Mirellas Sohn. Und meiner.«

Massimo stieß verächtlich die Luft aus. »Und das hast du ihm einfach so geglaubt?«

Lorenzo schüttelte den Kopf. »Zuerst nicht. Ich hielt es für einen schlechten Scherz. Doch Diego rief immer wieder an. Irgendwann hätte Fulvia das Gespräch angenommen, das wollte ich nicht riskieren. Also habe ich mich mit ihm getroffen. Er zeigte mir seine Geburtsurkunde. Er kam neun Monate, nachdem Mirella das Gut verlassen hatte, auf die Welt.«

Massimo verzog den Mund. »Das muss nichts heißen. Seine Mutter könnte andere Liebschaften gehabt haben.«

»Das ging mir natürlich auch durch den Kopf. Doch als ich ihm das sagte, meinte er, er werde einen Vaterschaftstest beantragen. Dann allerdings käme mein Verhältnis mit seiner Mutter ans Tageslicht, und er wisse nicht, ob ich meiner Frau das wirklich zumuten wolle.«

»So ein Schwein!« Massimo schlug so heftig mit der Faust auf den Tisch, dass die Rotweingläser klirrten.

»Ich konnte es Fulvia einfach nicht beichten. Vielleicht ist dieser Kerl ja wirklich nicht mein eigen Fleisch und Blut, dachte ich. Und sie macht sich schon seit dreißig Jahren Vorwürfe, dass sie mir wegen ihrer Krankheit keine Kinder schenken konnte. Soll ich ihr jetzt einfach sagen, dass ich womöglich einen Sohn mit einer anderen Frau habe? Und dass ich sie in ihrer schwersten Stunde hintergangen habe? Das würde sie umbringen!«

Massimo atmete tief durch. Lorenzo hatte recht, dieser Vertrauensbruch hätte seine Tante ins Grab bringen können.

»Also hat er angefangen, dich zu erpressen.«

Sein Onkel nickte. »Zuerst waren es nur kleine Beträge. Er sagte, er wolle sich ein neues Leben aufbauen und brauche Startkapital. In meiner Naivität bezahlte ich. Aber es hörte nicht auf. Natürlich nicht. Und als mir wegen der Spekulationen das Bargeld ausgegangen ist, verlangte er Antiquitäten.«

»Die Kerzenhalter und Fulvias Lieblingsbild«, konstatierte Massimo grimmig.

In Lorenzos Augen standen Tränen. »Irgendwann wird sie es bemerken, wenn sie es nicht schon getan hat. Was soll ich dann tun? Weiterlügen? Oder ihr alles gestehen, auf die Gefahr hin, dass ihr Herz aufhört zu schlagen?«

»Musst du heute denn keine Gäste herumkutschieren?«, fragte Allegra plötzlich und holte Massimo damit in die Gegenwart zurück. Sie nahm einen großen Schluck aus ihrer Wasserflasche und sah ihn spöttisch an.

»Eigentlich schon. Aber ich habe Wichtiges in Florenz zu tun.«

»Darüber werden einige der weiblichen Gäste sicher untröstlich sein«, gab sie bissig zur Antwort.

»Zweifelsohne«, erwiderte er, bemüht, sich seine Sorgen nicht anmerken zu lassen.

Sie sah entzückend aus in den knappen Shorts, der luftigen Bluse und dem trotzigen Zug um den Mund. Ihre Haare hatte sie zu einem Knoten hochgesteckt und ein paar Strähnen herausgezupft, die sich sanft um ihr Gesicht kringelten.

»Hör zu, Allegra. Wie ich gestern schon sagte, es tut mir leid, wie ich dich behandelt habe. Können wir uns auf einen Waffenstillstand einigen?«

Sie warf ihm einen misstrauischen Blick zu. Eine harte Nuss, diese deutsche Totengräberin. Eigentlich hatte er sich ja dafür entschieden, es auf ein Abenteuer mit ihr ankommen zu lassen, aber im Moment trieben ihn wichtigere Dinge um. Das gestrige Gespräch mit seinem Onkel hatte sein Weltbild aus den Angeln gehoben. Wenn das alles stimmte, was er ihm gebeichtet hatte, würde das ihrer aller Zukunft bestimmen. Ein unehelicher Sohn konnte zwar das Gut nicht übernehmen, wenn Lorenzo es nicht wollte, war aber erbberechtigt. Sogar wenn dieser Sohn ein Verbrecher war. Dieser Erpresser musste mit allen Mitteln aufgehalten werden, bevor er das Gut in den Ruin trieb. Daher hatte Massimo sich vorgenommen, die Adresse des vermeintlichen Nachkommen herauszufinden und ihn zu stellen. Denn so schnell gab ein Visconti nicht auf, die kämpften bis zum bitteren Ende.

»Bitte? Entschuldige, ich war in Gedanken.«

Allegra rollte mit den Augen. »Ich sagte, dass Architekten sicher gut verdienen, wenn du dir einen solchen Flitzer leisten kannst. Nur etwas eng, nicht? Wo verstaust du denn das Golfset?«

»Wieso weißt du, dass ich Golf spiele?«

»Das tun sie doch alle.«

»Sie?«

»It-Girls!«

Massimo lachte schallend. »Nettes Kompliment, danke.«

Er warf ihr einen schnellen Blick zu. Anscheinend begann sie sich zu entspannen, denn ihre Lippen verzogen sich zu einem amüsierten Lächeln, und ihre Finger krallten sich nicht mehr um ihre Handtasche, als befürchtete sie, dass er sie ihr gleich entreißen wollte. Er ließ sich nur zu gern durch das spöttische Geplänkel ablenken.

»Du kannst dein Handy übrigens hier aufladen, wir haben ja dasselbe Modell.« Er wies auf den USB-Lade-Adapter in der Mittelkonsole, an dem sein Ladekabel baumelte. »Wo kann ich dich in Florenz absetzen?«, fragte er danach, während er eine Vespa überholte.

»Beim Archäologischen Nationalmuseum an der Piazza della Santissima Annunziata. Ich will mir die etruskische Sammlung ansehen.«

»Ah, die berühmte Chimäre von Arezzo im Palazzo della Crocetta. Eine wirklich außergewöhnliche Bronzestatue und quasi unser Nationalmaskottchen. Sie erinnert mich ein wenig an dich.«

Allegra sah ihn verblüfft an.

»Na ja«, meinte er, »bereit zum Angriff, die Haare gesträubt, den Mund weit aufgerissen und …«

»Mistkerl!«

Sie schlug ihm auf den Arm, lachte aber dabei.

»Nur ein Scherz«, sagte er und berührte mit seiner Hand flüchtig ihren Arm. »Du ähnelst ihr überhaupt nicht, denn sie ist viel hübscher.«

Allegra schnaubte entrüstet, und er musste erst recht schmunzeln.

»Sag mal, würde es dir etwas ausmachen, wenn ich zuerst bei der Questura, beim Einwohnermeldeamt, haltmache? Ich muss etwas abklären, und sie haben nur am Vormittag geöffnet. Dauert auch nicht lange. Danach fahre ich dich zum Museum.«

Allegra nickte. »Kein Problem. Ich habe Zeit.«

Sie kuschelte sich tiefer in den Ledersitz und strich sich dabei eine Strähne aus dem Gesicht. Ihr Parfüm lag in der Luft. Es duftete so ganz anders als das, was ihm beim Teich in die

Nase gestiegen war. Angenehm und nicht mehr so nach Altmännerrasierwasser. Er mochte es. Wie es wohl wäre, es auf ihrer Haut zu riechen?

Er räusperte sich, bog in die Via Zara ein, ignorierte das Parkverbotsschild und rangierte das Auto hinter einen Lieferwagen. Dann stellte er den Motor ab, blieb aber noch einen Moment sitzen.

»Alles in Ordnung?«, fragte Allegra.

Er atmete tief durch. »Natürlich.« Er zwang sich zu einem Lächeln, öffnete die Wagentür und stieg aus. Dann beugte er sich nochmals ins Wageninnere. »Übrigens, wenn dir langweilig wird. Da vorne gibt's ein hübsches Ristorante mit einem ausgezeichneten Cappuccino. Ich lasse dir den Wagenschlüssel da. Ich brauche etwa eine halbe Stunde. Um Viertel nach elf wieder hier? Ist das okay?«

»Das passt«, stimmte Allegra zu. »Und hast du keine Angst, dass ich deinen Flitzer in der Zwischenzeit klaue?«

»Er hat ein eingebautes GPS-Ortungsgerät. Ich würde euch beide im Nu wiederfinden.«

Er zwinkerte schelmisch und schlug die Wagentür zu. Das aufgesetzte Lächeln verschwand aus seinem Gesicht. Er atmete tief durch und straffte die Schultern. Dann marschierte er zum Eingang der Questura, entschlossen, einen alten Schulkameraden um einen Gefallen zu bitten.

35

Die Florentiner waren so freundlich, den Passanten an einigen Orten der Stadt einen kostenlosen WLAN-Zugang ins Internet zur Verfügung zu stellen, das hatte Allegra in ihrem Reiseführer gelesen, und wie ihr wieder halbwegs aufgeladenes Handy anzeigte, befand sich tatsächlich ein Hotspot in ihrer Nähe. Zum Zeitvertreib loggte sie sich ein, und als sie herausfand, dass sie nur knapp neun Minuten zu Fuß vom Nationalmuseum entfernt war, überlegte sie, ob es nicht klüger war, jetzt heimlich zu verschwinden.

Massimos körperliche Nähe in der vergangenen Stunde hatte sie verstört. Und als er einmal flüchtig ihren Arm gestreift hatte, war sie regelrecht dahingeschmolzen. Zudem hatte er während der Fahrt seinen Charme versprüht wie ein Düsenjet Kondensstreifen, was sie noch mehr durcheinanderbrachte. Führte er etwas im Schilde? Oder hatte er das Kriegsbeil tatsächlich begraben? Es wäre für ihr seelisches Gleichgewicht bestimmt vernünftiger gewesen, sich jetzt davonzustehlen, doch was sollte sie mit dem Autoschlüssel tun? Stecken lassen? Nein, dann konnte sie ihn auch direkt jemandem in die Hand drücken. Sie saß in der Falle!

Trotz aller Vorbehalte gegen Massimo musste sie sich aber

eingestehen, dass sie seine Nähe genoss. Wenn er sie nicht gerade beleidigte, war er ein interessanter Gesprächspartner. Sollte sie ihn fragen, ob er Lust hatte, mit ihr die etruskische Ausstellung zu besuchen?

»Sei nicht dumm!«, schimpfte sie halblaut mit sich selbst. Gewiss hatte er Besseres vor. Seine Verlobte aufzusuchen zum Beispiel, um sich mit ihr zu versöhnen. Möglicherweise war er aufs Einwohnermeldeamt gegangen, um das Aufgebot zu bestellen. Schließlich hatte Maria erzählt, dass die beiden heiraten wollten. Bei dem Gedanken verspürte sie einen kleinen Stich in der Brust und atmete tief durch. Dann kontrollierte sie im Rückspiegel ihr Make-up, zog den Autoschlüssel ab und stieg aus. Sie sollte sich keinen albernen Tagträumen hingeben.

Das Ristorante, von dem Massimo gesprochen hatte, lag eingeklemmt zwischen einer Buchhandlung und einem kleinen Supermarkt. Die Betreiber hatten einfach ein paar Stühle und Tische auf den Gehsteig gestellt, ohne darauf zu achten, ob die Fußgänger dadurch behindert wurden. Allegra grinste. Das gab es auch nur in Italien. Bei ihr zu Hause wäre gleich die ›Gehsteigbehörde‹ aufgetaucht und hätte das unterbunden. Sie setzte sich auf einen der billigen Plastikstühle und bestellte einen Cappuccino. Während sie an dem leckeren Gebräu nippte, überschlug sie ihr Programm für die kommenden Stunden. Zuerst wollte sie, wie geplant, das Archäologische Nationalmuseum besuchen und danach eine Stadtrundfahrt mit diesen roten Doppeldeckern unternehmen. Zwar offenbarte sie sich damit als Touristin, aber die Vorteile, überall aussteigen zu können und anschließend zur nächsten Sehenswürdigkeit kutschiert zu werden, überwogen. Irgendwo wollte sie dann eine Kleinigkeit essen und am späten Nachmittag nach Hause fahren. Sie griff nach ihrem Smartphone und googelte nach den Abfahrtszeiten des Überlandbusses. Zweieinhalb Stunden von Florenz nach Montalcino? Frustriert stieß sie die Luft aus und wählte dann die Nummer ihres Großvaters. Sie erzählte ihm von ihrer Autopanne, beruhigte ihn, dass ihr nichts passiert sei, und erwähnte den organisierten Abschleppwagen. Dass sie mit Massimo in Florenz war, verschwieg sie jedoch. Es fehlte gerade noch, dass Giovanni sie deswegen aufzog.

»Ich bin mit dem Bus unterwegs, und es wird vermutlich etwas später werden. Kommst du zurecht?«

Er bejahte, und sie legte beruhigt auf. Dann verlangte sie die Rechnung und schlenderte zu Massimos Auto zurück. Er lehnte bereits an der Fahrertür, hatte die Sonnenbrille in die Haare geschoben und tippte mit konzentrierter Miene auf seinem Handy herum.

Er sah wirklich verdammt sexy aus! Das schien nicht nur Allegra zu bemerken, denn eine Gruppe junger Frauen stöckelte gerade betont langsam an ihm vorbei. Sie lachten affektiert und verschlangen ihn regelrecht mit ihren Blicken. Doch er wirkte völlig absorbiert und schien die um Aufmerksamkeit heischenden Damen nicht einmal zu bemerken. Sie sah, wie er kurz die Stirn runzelte und sich dann übers Kinn fuhr. Endlich hob er den Kopf, und seine Miene hellte sich bei ihrem Anblick auf.

Allegras Magen vollführte einen Hopser, und sie atmete tief durch. Das hatte alles nichts zu bedeuten. Sie waren beide nur froh darüber, dass sie jetzt besser miteinander auskamen.

»Alles geregelt?«, fragte sie, als sie bei ihm ankam, und holte den Wagenschlüssel aus ihrer Handtasche. Massimo verstaute das Handy in seiner Jeans und nickte. Dann betrachtete er sie eine Weile prüfend.

»Ist etwas?«

Sie warf einen schnellen Blick auf ihre Bluse. Kaffeeflecken? Offene Knöpfe?

»Sag mal«, begann er und nahm ihr den Autoschlüssel aus der Hand. »Würdest du mir einen Gefallen tun?« Er räusperte sich.

»Kommt darauf an«, erwiderte sie gedehnt. Hoffentlich wollte er nicht, dass sie ihn zu seiner Verlobten begleitete oder etwas in der Art. Und beinahe bereute sie es, sich vorhin nicht davongeschlichen zu haben – Autoschlüssel hin oder her.

»Es ist so. Ich muss jemanden aufsuchen, und es wäre mir lieber, wenn ich nicht … Also, es wäre besser, wenn wir zusammen hingingen. So als Paar, du verstehst?«

»Als Paar?« Sie sah ihn verblüfft an.

Er lachte. »Nicht *so* ein Paar, keine Angst! Die Sache ist etwas heikel, und ein Mann und eine Frau zusammen wirken«, er hob die Achseln, »harmloser.«

»Verstehe ich nicht.«

Massimo setzte seine Sonnenbrille wieder auf, als würde sie ihm Schutz bieten vor dem, was er erklären musste.

»Ich will eine ältere Dame aufsuchen, um sie etwas zu fragen. Und möglicherweise ist sie zugänglicher, wenn bei dem Gespräch noch eine andere Frau dabei ist.« Er zuckte wieder mit den Achseln. »Einem Mann macht sie vielleicht nicht einmal die Tür auf.«

Allegra hob skeptisch die Augenbrauen.

»Ich habe nichts Kriminelles vor«, fügte er hastig hinzu. »Oder will ihr etwas antun. Ich muss sie nur etwas fragen, das ist alles. Ich würde dich auch nicht darum bitten, wenn es nicht wichtig wäre. Als Dank begleite ich dich danach ins Museum. Oder zeige dir die Stadt. Was dir lieber ist. Und später fahre ich dich wieder nach Hause. Ist das ein Angebot?«

Allegra kam das alles reichlich seltsam vor. Zuerst beleidigte er sie bei jeder Gelegenheit, und plötzlich war er ein vollkommen anderer Mensch, der ihrer Hilfe bedurfte? Da stimmte doch etwas nicht. Sie wollte schon ablehnen, als er eine Hand auf ihren Arm legte.

»Komm schon, Totengräberin, gib dir einen Ruck.«

36

Die Fahrt zur Piazza del Mercato Centrale verlief schweigend. Ab und zu warf Allegra ihm zwar einen kurzen Seitenblick zu, doch sie konnte sich anscheinend nicht dazu durchringen, ihn weiter zu löchern. Ungewöhnlich, dass sie sich mit seinen rudimentären Angaben zufriedengab. Aber vielleicht kamen die Fragen ja noch. Er an ihrer Stelle hätte sich kaum auf so einen fadenscheinigen Trip eingelassen. Also wollte sie ihm tatsächlich entweder einen Gefallen erweisen oder ihn von einem Blödsinn abhalten. Er tippte auf die zweite Möglichkeit. Sein ehemaliger Studienfreund Paolo hatte ihm die Adresse von Mirella Turchi nur mit dem Versprechen strengster Verschwiegenheit überlassen, da es ihm nicht erlaubt war, solche Daten herauszugeben. Doch Paolo kannte ihn und wusste, dass er ihn kaum aufgesucht hätte, wenn sein Anliegen nicht wichtig gewesen wäre.

In Florenz herrschte das übliche Chaos. Träge schoben sich die Autos durch die Gassen. Es wurde gehupt, mit den Händen gefuchtelt, und links und rechts überholten sie Motorroller in halsbrecherischer Manier. Während der Fahrt nach Florenz hatten Allegra und er sich langsam aneinander herangetastet, und Massimo musste sich eingestehen, dass er sie immer mehr respektierte. Sie erzählte ihm von ihrer Arbeit in Deutschland. Bis jetzt hatte er wenig darüber gewusst, mit welchen Aufgaben sich ein Bestattungsunternehmen beschäftigte. Im Grunde eine spannende Sache, wenn er sich auch nicht vorstellen konnte, in dieser Branche tätig zu sein. Doch trotz ihrer lockeren Art, mit der sie über den elterlichen Betrieb sprach, hatte er einen unterschwelligen Ton registriert, der ihn vermuten ließ, dass sie nicht glücklich über ihre aktuelle berufliche Situation war. Zudem erklärte sie ihm, dass sie versuchen wollte, Giovanni einen Umzug nach Deutschland schmackhaft zu machen. Seiner Meinung nach ein Unterfangen mit wenig Erfolgsaussichten. Er hütete sich jedoch, seine Zweifel zu äußern, er wollte den Waffenstillstand zwischen ihnen nicht gefährden.

Als er sie bei ihrem Geplänkel über die Chimäre von Arezzo kurz berührt hatte, war ein wohliger Schauer seine Wirbelsäule entlanggekrochen. Er hätte seine Hand gern auf ihrem Arm belassen. Ihn gestreichelt, um zu sehen, wie sie darauf reagierte. Aber natürlich war das zu früh. Zuerst musste er ihr Vertrauen gewinnen, bevor er sich ihr körperlich annähern konnte. Als er an den Kuss am Teich zurückdachte, hoffte er, dass dies bald geschähe, sie reizte ihn immer mehr. Und er erinnerte sich schon beinahe nicht mehr, weshalb sie ihm am Anfang so missfallen hatte. Sie war überhaupt nicht wie Carla. Da hatte er Allegra wirklich unrecht getan – doch zuerst musste er sich um Turchi kümmern.

Das schmale vierstöckige Gebäude am Marktplatz, in dem Mirella Turchi angeblich wohnte, wirkte baufällig. Im Erdgeschoss befand sich ein indisches Restaurant. Massimo stoppte den Wagen neben dem Gehsteig. Durch das geöffnete Fenster drang der Geruch nach Curry und Bratfett ins Wageninnere, und plötzlich verließ ihn der Mut. Das war doch alles sinnlos und eine bescheuerte Idee! Was sollte er tun, wenn er Turchi gegenüberstand? Ihn beschwören, Lorenzo in Ruhe zu lassen? Das hatte sein Onkel schon versucht, und Diego war nicht darauf eingegangen. Den Mistkerl verprügeln, bis er um Gnade winselte? So ein Szenario gab es nur in Filmen.

Massimo atmete tief durch. Aber etwas musste er unternehmen, das war er seinem Onkel schuldig.

37

Massimo bog in eine schmutzige Straße ein und schaltete den Motor aus. Offensichtlich waren sie am Zielort angelangt. Doch er machte keine Anstalten, aus dem Auto auszusteigen, sondern umklammerte das Steuerrad, atmete mehrmals tief durch und wischte sich den Schweiß von der Stirn. War er krank?

Entgegen Allegras Annahme, er werde ihr während der Fahrt offenlegen, weshalb er ihre Begleitung wünschte, hatte er die ganze Zeit geschwiegen. Doch die wenigen Erklärungen, die er ihr geliefert hatte, reichten ihr nicht. Das war alles mehr als seltsam, und sie würde sich nicht für etwas einspannen lassen, das womöglich gegen ihre moralischen Prinzipien verstieß.

»Wie heißt die Frau, die du … die wir aufsuchen?«, begann sie zaghaft. Wenn er schon auf diese Frage unwirsch reagierte, würde sie aussteigen und ihrer Wege gehen.

»Mirella Turchi«, entgegnete er, beugte sich über das Steuerrad und sah an der Fassade des ockerfarbenen Hauses hoch.

Seine Gesichtszüge wirkten wie gemeißelt, und die vollen Lippen waren zu einem schmalen Strich zusammengepresst. Das war gewiss kein Freundschaftsbesuch, ging es Allegra durch den Kopf.

»Und warum besuchst du diese Frau? Besser gefragt, weshalb brauchst du mich dazu?«

Massimo lehnte sich zurück, löste seine Hände vom Steuerrad und schob sich die Sonnenbrille in die Haare.

Er räusperte sich.

»Allegra, das ist jetzt nicht gegen dich gerichtet, aber ich werde mich mit der Frau unter vier Augen unterhalten müssen. Es handelt sich um eine Familienangelegenheit. Eine sehr persönliche Familienangelegenheit. Ich hoffe, du verstehst das.«

Er wandte den Kopf. In seinem Blick lag Schmerz, und Allegra erschrak. Von dem selbstbewussten, oft überheblichen Mann, ja selbst von dem charmanten Genussmenschen, als den sie ihn kennengelernt hatte, war nichts übrig geblieben. Eine Welle des Mitgefühls überrollte sie, und sie musste sich zurückhalten, ihn nicht zu umarmen. In ihrer Familie war es üblich, sich ständig zu umarmen. Entweder, weil jemand glücklich oder traurig war. Oder bei allen möglichen Gefühlszuständen dazwischen. Doch Massimo schien weniger der Typ für eine tröstliche Umarmung zu sein, also knetete sie ihre Hände im Schoß, um sie zu beschäftigen.

»Glaubst du mir, dass ich nichts Unrechtes vorhabe?« Er sah sie gespannt an, und sie nickte zögerlich. »Gut, dann lass es uns hinter uns bringen.«

Sie stiegen aus. Es war kurz vor Mittag und der Marktplatz voller Menschen. Frauen mit schweren Einkaufstüten hasteten an ihnen vorbei. Männer im Anzug kreuzten ihren Weg, in der einen Hand ein Sandwich, in der anderen ihr Smartphone, und ein paar Touristen, die zwischen den Marktständen hindurchschlenderten, auf der Suche nach Souvenirs. Vor einigen Hauseingängen saßen ältere Männer auf Klappstühlen und sahen dem emsigen Treiben mit stoischer Ruhe zu.

Massimo marschierte auf die zerkratzte Holztür neben dem indischen Restaurant zu und studierte die Klingelknöpfe. Es gab nur drei, und er drückte den obersten. Nach einer Weile öffnete sich ein Fenster im dritten Stock, und eine Frau mit Brille und straff nach hinten gekämmten grauen Haaren schaute heraus.

»Sì?«

Allegra beschattete ihre Augen mit der Hand.

»Guten Tag, mein Name ist Massimo Visconti. Sind Sie Signora Turchi?«

Die Frau nickte.

»Ich würde Sie gern etwas fragen.«

»Sie verschwenden Ihre Zeit. Ich habe meinen Frieden schon gefunden.«

Mit diesen Worten schloss sie das Fenster wieder, und Allegra und Massimo sahen sich verblüfft an.

»Sie denkt wahrscheinlich, dass wir sie bekehren wollen«, mutmaßte Allegra. Massimo nickte und drückte dann abermals auf den Klingelknopf.

Das Fenster öffnete sich erneut, und bevor die Frau noch etwas sagen konnte, rief er: »Ich bin der Neffe von Lorenzo Ferretti.«

In dem kleinen Wohnzimmer mit Blick auf die Hinterhöfe der umliegenden Häuser roch es nach Essen und Katzen. An der Wand gegenüber hing ein Kruzifix, auf dem Salontisch lag eine aufgeschlagene Bibel, ansonsten war der Raum spärlich möbliert, und der Vergleich mit einer Mönchszelle drängte sich Allegra auf. Sie schätzte Signora Turchi auf Ende fünfzig. Ihre auffallend hübschen, schräg stehenden Augen hinter der billigen Brille waren von einem tiefen Braun mit goldenen Sprenkeln. Die zu einem festen Knoten gebundenen Haare und ihr ungeschminktes Gesicht ließen sie jedoch älter wirken. Sie hatte eine zierliche Figur, die sie in einer sackartigen Kittelschürze versteckte. In Allegra kam der Verdacht auf, dass sie bewusst keinen Wert auf ihr Äußeres legte. Auf ihre Frage hin, ob sie ihnen etwas zu trinken anbieten könne, verneinten sie gleichzeitig. Eine getigerte Katze schlich ins Zimmer, sprang auf Signora Turchis Schoß, drehte sich dort und ließ sich dann laut schnurrend darauf nieder.

Allegra warf Massimo einen schnellen Blick zu. Er kaute auf seiner Unterlippe, anscheinend suchte er nach den richtigen Worten.

»Ferretti«, sagte Mirella Turchi unvermittelt, und er zuckte leicht zusammen. »Ein Name aus der Vergangenheit.« Sie hielt inne und streichelte sinnierend die Katze. Dann straffte sie die Schultern. »Was kann ich für Sie tun?«

38

»Normalerweise interessieren sich die Leute mehr für Michelangelos ›David‹ oder Botticellis ›Geburt der Venus‹.«

Allegra beugte sich über eine Vitrine mit etruskischen Artefakten und meinte: »Beide habe ich schon einmal gesehen. Diese Ausstellung jedoch noch nicht. Zudem ist es hier viel angenehmer, wenn einem nicht hundert Besucher auf den Füßen rumtrampeln.«

Massimo verzog den Mund. Ihm war es eigentlich egal, was die Totengräberin interessierte und was nicht. Er war stinksauer, und da Allegra gerade hier war, hoffte ein Teil von ihm, dass sie ihre frühere Fehde wiederaufnehmen könnten. Doch sie ging auf seine Sticheleien nicht ein. Und das ärgerte ihn noch mehr. Von seinem Vorhaben, sie zu verführen, war er gerade so weit entfernt wie die Marssonde von der Erde. Das war sowieso eine blöde Idee gewesen.

Wie lange wollte sie denn noch hierbleiben? Ihm knurrte der Magen, und er verwünschte sein Versprechen, sie ins Museum zu begleiten. Er stellte sich ans Fenster und sah in den begrünten Innenhof mit dem runden Springbrunnen hinunter.

Das Treffen mit Mirella Turchi war nicht so verlaufen, wie er es sich vorgestellt hatte, und seine Laune daher miserabel.

Er hatte angenommen, sie werde ihm entweder bestätigen, dass ihr Sohn zweifelsfrei aus ihrer Liaison mit seinem Onkel hervorgegangen war, oder diese Behauptung entkräften. Doch sie hatte weder das eine noch das andere getan. Nachdem sie, damit Allegra ihr Gespräch nicht mitbekam, in die Küche gegangen waren, kam er direkt auf Diego zu sprechen. Darauf hatte sie ihn zwar höflich, aber unmissverständlich gebeten, ihre Wohnung zu verlassen. Trotz seiner Schmeicheleien waren der älteren Frau keine weiteren Informationen zu entlocken gewesen. Sie hatte ihn nur angelächelt und den Kopf geschüttelt. Verdammter Mist!

Massimo wusste zwar von Paolo, dass Diego offiziell immer noch an derselben Adresse wie seine Mutter gemeldet war, doch in der Wohnung sah es nicht so aus, als würde dort ein Mann leben. Auch an der Türklingel stand sein Name nicht, ebenso wenig hatte er ihn im Telefonbuch gefunden. Selbst das Internet kannte keinen Diego Turchi. Entweder war der Kerl ein Phantom oder unheimlich clever.

»Können wir jetzt endlich gehen?«, fragte er und drehte sich um. »Oder möchtest du etwa noch ein T-Shirt mit dem Abbild der Chimäre kaufen?«

Allegra musterte ihn mit hochgezogenen Augenbrauen, kam zu ihm und tippte ihm mit dem Zeigefinger auf die Brust. Dabei stieg ihm ihr Parfüm in die Nase, und sein Magen vollführte einen Hopser. Er musste unbedingt etwas essen!

»Hör zu!« Ihre Augen blitzten. »*Du* hast mich um einen Gefallen gebeten. Und *du* hast mir angeboten, mich ins Museum zu begleiten. Ich war so höflich, nicht weiter nachzufragen, auch wenn ich mich wundere, was dieser Besuch vorhin zu bedeuten hat. Wenn du jetzt aber so genervt bist, dann geh doch einfach und lass mich in Ruhe.«

Himmel, sah sie süß aus, wenn sie sich so echauffierte. Sein Ärger verpuffte, und noch bevor er wusste, was er überhaupt tat, beugte er sich zu ihr hinab und küsste sie. Sie erstarrte für einen Moment, erwiderte dann aber seinen Kuss und schmiegte sich an ihn. Als sie ihre Lippen öffnete, war es um ihn geschehen. Heiße Lust schoss durch seine Adern, und mit einem Stöhnen presste er sie an die Wand, schob seine Hand unter ihre Bluse und streichelte ihren nackten Bauch. Als er ein lautes Räuspern hinter sich vernahm, kam er wieder zur Besinnung. Er schaute sich um und sah in das strenge Gesicht eines Aufsehers.

»Scusi«, entschuldigte er sich, griff nach Allegras Hand und zog sie zum Ausgang. »Komm! Wir gehen dahin, wo uns niemand stört.«

Es war ein seltsames Gefühl, wieder die Treppe zu seiner eigenen Wohnung hinaufzusteigen. Seit drei Wochen war er nicht hier gewesen. Allegra folgte ihm mit gesenktem Kopf. Was mochte in ihr vorgehen? Plötzlich scheute er sich, sie danach zu fragen. Oder war er dazu verpflichtet, ihre Wünsche zu ergründen, bevor …? Nein, sie war schließlich eine erwachsene Frau und wäre gar nicht erst mitgekommen, wenn sie es nicht selbst gewollt hätte.

Er schloss die Wohnungstür auf, und ein Schwall abgestandene Luft schlug ihm entgegen. Carla war direkt nach dem Debakel ausgezogen und wohnte jetzt wieder bei ihren Eltern auf deren luxuriösem Landsitz in Lastra a Signa, knapp zwanzig Autominuten von Florenz entfernt. Zwar kam ab und zu die Putzfrau vorbei, um Staub zu wischen und die Pflanzen zu gießen, doch man merkte, dass momentan niemand hier wohnte.

»Möchtest du etwas trinken?«, wandte er sich an Allegra, die sich mit großen Augen umsah. Sie schüttelte den Kopf und stellte ihre Handtasche auf den Wohnzimmertisch.

»Ist sie … ich meine, wohnt deine …«, sie biss sich auf die Lippen.

»Nein, sie ist ausgezogen.«

Was für eine bizarre Situation! Offenbar zögerten sie beide, den ersten Schritt zu tun.

»Willst du die Wohnung sehen?«

Himmel, ging es noch bescheuerter!? Am besten fragte er sie gleich noch, ob sie mit ihm seine letzten Urlaubsfotos ansehen wolle.

Ein winziges Lächeln stahl sich auf ihre Lippen, und sie schüttelte verneinend den Kopf. Dann streckte sie ihren Arm aus und berührte seine Brust. Der Bann war gebrochen. Und während Massimo sie an sich zog und ihr Gesicht mit beiden Händen umfasste, wurde ihm bewusst, dass die Totengräberin offensichtlich mehr Mut besaß als er selbst.

39

Allegra hatte sich Massimos Schlafzimmer ganz anders vorgestellt. Es war eher spärlich möbliert. Ein großes schmiedeeisernes Doppelbett mit blütenweißer Bettwäsche beherrschte den Raum. Links und rechts davon standen die dazu passenden Nachttischchen. Auf einem lagen Taschenbücher neben einer Leselampe, auf dem anderen befand sich ein Digitalwecker neben einer zusammengefalteten Zeitung. Dem Bett gegenüber hing ein Flachbildschirm an der Wand. Cremefarbene Voilevorhänge hingen vor schmalen, bis zum Fußboden reichenden Fenstern. Ein antiker Spiegel aus dunklem Holz stand in einer Ecke. Hinter einer Tür neben dem Spiegel vermutete sie einen begehbaren Schrank. Im Gegensatz zu ihrem Schlafzimmer, das mit alten Stofftieren, Nippes und einem überquellenden Kleiderschrank glänzte, wirkte seins wie aus einem Möbelkatalog. Ihres, verbesserte sie sich, denn bestimmt hatte auch Massimos Verlobte ihren Geschmack eingebracht.

Der Gedanke ernüchterte sie. Was tat sie hier eigentlich? Ein Stündchen Sex und dann arrivederci? Darauf würde es hinauslaufen. War sie der Typ dafür? Im Museum, als Massimo sie so leidenschaftlich geküsst hatte, wollte sie es unbedingt. Aber jetzt kamen ihr Zweifel, ob das wirklich so eine gute Idee war.

Und er? War das alles hier bloß eine Inszenierung, um es seiner Freundin heimzuzahlen? So nach dem Motto: Was du kannst, kann ich schon lange?

Doch als Massimo sie erneut umarmte und ihren Hals hingebungsvoll küsste, verbannte sie die plötzlichen Skrupel in den hintersten Winkel ihres Kopfes und genoss seine Zärtlichkeiten. Und es war ja nicht ihr erstes sexuelles Abenteuer, dem sie sich hingab, ohne gleich auf einen goldenen Ring zu hoffen. Sie sollte mehr im Moment leben und sich nicht ständig so viele Gedanken machen.

»Du riechst so gut«, flüsterte er an ihrem Ohr. »Am liebsten würde ich dich anknabbern.«

Allegra lächelte. »Rede bitte nicht vom Essen. Ich bin am Verhungern.«

»Ich kann dir einen Teller Pasta zubereiten«, schlug er vor, während er langsam ihre Bluse aufknöpfte.

»Auf das Angebot komme ich gern zurück«, antwortete sie und schob ihre Hände unter sein T-Shirt. »Später.«

Er streifte ihr die Bluse über die Schultern, öffnete ihren BH und ließ die Kleidungsstücke achtlos zu Boden fallen. Dann umfasste er ihre Brüste mit beiden Händen, strich mit den Daumen über ihre Knospen, bis sie hart wurden. Allegra seufzte, bog sich ihm entgegen und nestelte am Verschluss seiner Jeans. Massimo küsste ihre Brüste und umschmeichelte mit der Zunge die Brustwarzen, bis sie meinte zu vergehen. Mit seinen Zärtlichkeiten entfachte er ein Feuer in ihr, das sie erschreckte und zugleich erregte, mehr als sie je für möglich gehalten hätte. Sie konnte nicht mehr klar denken. All ihre Zweifel, ihre Bedenken, die sie noch vor wenigen Minuten beherrscht hatten, ertranken in einer Welle der Lust.

Sie streifte ihm mit hastigen Bewegungen die Jeans von den Hüften und hörte ihn leise lachen, als sie ihren Unmut, dass es nicht schnell genug ging, mit einem Knurren kundtat.

Er ließ sie einen Augenblick los, zog sich mit einer fließenden Bewegung das T-Shirt über den Kopf und warf es zu Boden. Seine Haut war glatt und seidig, leicht gebräunt, an den Armen mehr als am Torso. Sie strich mit fiebernden Fingern über seine gut definierten Muskeln. Himmel, dieser perfekte Männerkörper! Er hätte gut und gern für Michelangelos »David« Modell stehen können. Massimo stieg aus seinen Jeans und hob Allegra hoch, als sei sie eine Feder. Dann trug er sie zum Bett, legte sie in die kühlen Laken und zog ihr langsam die Shorts und den Slip aus.

Gefiel ihm, was er sah? Allegra genierte sich plötzlich. Sie war mit ihrem Körper nicht zu hundert Prozent zufrieden. Doch jetzt war es zu spät für ein dreißigminütiges Work-Out.

»Du bist wunderschön«, flüsterte er mit einem Lächeln, küsste zärtlich ihren Bauch und ließ seine Zunge dann tiefer wandern, bis sie keuchte.

Er war kein Anfänger in Liebesdingen und wusste sehr genau, wie man eine Frau erregte. Seine Hände schienen plötzlich überall zu sein. Spielten, lockten und gruben sich in Täler und Hügel. Mit seiner Zunge zog er lodernde Pfade über ihre Haut, drang in verborgene Höhlen ein und suchte den Punkt, an dem es kein Zurück mehr gab.

Allegra keuchte auf, als Massimo ihre empfindlichste Stelle berührte. Unter seinen Zärtlichkeiten zitterten ihre Muskeln vor Erregung. Sie konnte nicht mehr länger warten. Sie wollte ihn jetzt, mehr als alles andere auf der Welt. Wollte seine Männlichkeit spüren, wollte, dass er das schmerzhafte und zugleich süße Ziehen zwischen ihren Schenkeln befriedigte.

»Ich will dich«, raunte sie, griff mit beiden Händen in seine Haare und versuchte ihn von ihrer Mitte zu lösen. Sie hörte wieder, wie er leise lachte. Spürte seinen warmen Atem auf ihrer erhitzten Haut, und endlich hob er den Kopf. Er musterte sie mit einem spöttischen Schmunzeln auf den Lippen. Offensichtlich genoss er es sehr, wie er ihre Leidenschaft entfachen konnte.

Soll er doch, ging es ihr durch den Kopf. Irgendwann würde sie sich dafür revanchieren. Aber nicht jetzt. Jetzt wollte sie ihn spüren und an nichts anderes mehr denken.

»Komm«, sagte sie nochmals. Und dieses Mal folgte er ihrer Aufforderung und zog seine Shorts aus. Dann bedeckte er ihren Körper mit dem seinen und tauchte langsam und tief in sie ein. Ihren Lustschrei verschloss er mit einem Kuss.

40

Allegras Kopf ruhte auf Massimos Brust, und ihre regelmäßigen Atemzüge kitzelten seine Brustwarzen. War sie eingeschlafen? Er griff nach einer Locke und zwirbelte sie um den Finger. Sie hatte wundervolles Haar! Das war ihm schon bei ihrer ersten Begegnung aufgefallen. Beim Hinsehen verspürte man sofort den Wunsch, mit beiden Händen in diese Pracht hineinzugreifen. Durch das geöffnete Fenster drangen die Geräusche der spätnachmittäglichen Stadt ins Zimmer: Hupen, Türenschlagen, das Knattern einer Vespa, Gelächter.

Massimo fühlte sich matt, wie nach einem ausgiebigen Bad, doch wunderbar entspannt. Er hatte die körperliche Liebe vermisst, seit er sich von Carla getrennt hatte. Er brauchte diese Nähe wie andere Leute ein Glas Wein zum Essen. Er, der viel mit Zahlen, Berechnungen und dem Computer arbeitete, fand im Sex den Ausgleich zu seinem kopflastigen Job. Und der Sex mit Allegra war fantastisch gewesen! Sie war eine Frau, die sich nicht scheute, sich ihrer Lust zu ergeben. Er liebte es, wenn er sah, hörte und spürte, wie seine Zärtlichkeiten die Partnerin erregten, sie bis zum Äußersten trieben und in dem von ihm verursachten Strudel untergehen ließen. Die Macht, die er dabei verspürte, gab ihm das Gefühl, ein richtiger Kerl zu sein.

Und das brauchte er im Moment mehr denn je. Denn Carlas Seitensprung hatte ihn tief getroffen, ihn an seiner Männlichkeit zweifeln lassen und sein Selbstbewusstsein erschüttert.

Sein Magen knurrte, und er warf einen Blick auf den Wecker. Kurz nach vier Uhr. Seit dem Frühstück hatte er nichts mehr gegessen, und beim Gedanken an einen Teller Spaghetti aglio e olio lief ihm das Wasser im Mund zusammen.

Er strich Allegra sanft über den Arm, um sie zu wecken. Doch sie kuschelte sich nur noch fester an ihn. Er schmunzelte. Nun gut, ein paar Minuten würde er es schon noch aushalten.

Er betrachtete ihr friedliches Gesicht mit den auffallend schön geschwungenen Lippen, der geraden Nase und den dunklen Brauen. Sie hatte nicht Carlas ätherische Schönheit, war jedoch auf eine andere Art attraktiv. Er überlegte, wie er es am besten beschreiben sollte. Fraulich? Ja, das war das passende Wort. Alles an ihr war feminin. Sogar wenn sie ihn mit blitzenden Augen zusammenstauchte, verströmte sie weiblichen Sex-Appeal. Sie würde sicher eine tolle Mutter sein.

Ob es jemanden in Deutschland gab, der dies ebenfalls bemerkt hatte? Er runzelte die Stirn. Darüber hatten sie nicht gesprochen. Und beim Gedanken, dass es vielleicht einen Mann in ihrem Leben gab, verspürte er einen leichten Stich in der Magengegend. Wie dumm von ihm, natürlich ging so eine Frau nicht als Single durchs Leben. Doch wenn sie gebunden war, weshalb lag sie jetzt hier mit ihm? Und wieso war sie mit diesem Amerikaner unterwegs gewesen? Das passte irgendwie nicht zusammen.

Er fuhr sich mit der Hand über sein stoppeliges Kinn. Sein Dreitagebart hatte Allegras Haut an einigen Stellen bestimmt gekratzt, wenn nicht gar aufgescheuert. Er neigte den Kopf. Tatsächlich war ihre Mundpartie leicht geschwollen, und bei der Vorstellung, wo sie sonst noch wund gerieben war, wurde er abermals hart. Seine Hände tasteten nach ihrem Busen. Mit den Fingerspitzen streichelte er eine Brustwarze, bis sie sich ihm verlangend entgegenstreckte.

Allegra seufzte verhalten, öffnete die Augen und warf ihm einen sinnlichen Blick zu. Als er seine Hand tiefer wandern ließ, hielt sie sein Handgelenk fest und schüttelte den Kopf.

»Jetzt bin ich dran«, flüsterte sie mit einem diabolischen Lächeln. Dann rutschte sie an seinem Körper hinab und beugte sich über sein Geschlecht.

»Deine Tante hatte recht: Du bist ein hervorragender Koch!«

Allegra lehnte sich zurück und tupfte sich den Mund mit der Serviette ab. Massimo deutete grinsend eine Verbeugung an, stand auf und räumte die leeren Teller in die Spülmaschine.

»Espresso?«

»Unbedingt!«

Er schaltete die Kaffeemaschine ein, nahm Tassen, Löffel und Zucker aus dem Küchenschrank und stellte alles auf die Arbeitsfläche. Dann betrachtete er Allegra, die in seinen Bademantel gehüllt am Tisch saß, das Kinn in die Hand gestützt, und zum Fenster hinausblickte. Sie wirkte wie eine zufriedene Katze nach einer erfolgreichen Mäusejagd. Ihre Haare waren von der gemeinsamen Dusche noch feucht und ringelten sich wie kleine Schlangen um ihr Gesicht. Erneut machte sich ein Ziehen in seinen Lenden bemerkbar, und er wandte sich hastig ab. Noch einmal, und er würde mindestens eine Woche brauchen, um wieder zu Kräften zu kommen.

»Warum lächelst du?«, fragte sie, stand auf und stellte das restliche Geschirr neben die Spüle. Dabei klaffte der Bademantel einen Spalt auf und erlaubte ihm einen erfreulichen Blick auf ihren hübschen Busen. Dieser Verlockung konnte er nicht widerstehen, er griff nach ihrem Arm und zog sie mit einem Ruck an sich. Sie quiekte vor Überraschung, schlang dann ihre Arme um seine Taille und bot ihm ihren Mund zum

Kuss. Sie schmeckte nach Knoblauch und Kräutern, die er für die Soße verwendet hatte. Es war verrückt, er konnte von ihr einfach nicht genug bekommen!

Nach dem leidenschaftlichen Kuss, der ihn noch mehr daran zweifeln ließ, dass er die nächste Woche gesundheitlich ohne Blessuren überstehen würde, löste sie sich jedoch von ihm und trat einen Schritt zurück. Ihre Wangen waren gerötet, und sie atmete heftig.

»Wenn wir so weitermachen, kommen wir vor Mitternacht nicht nach Hause.« Sie lachte und zog den Gurt des Bademantels fester. »Einerseits bedauerlich, aber ich muss auch an meinen Großvater denken. Ich will nicht, dass er sich Sorgen macht.«

Massimo seufzte, nickte aber ergeben und widmete seine Aufmerksamkeit erneut der Kaffeemaschine. Während diese zu röcheln begann, überlegte er sich seine nächsten Schritte im Fall Diego Turchi. Bis Montag hatte er noch Zeit, den Kerl zu finden und zur Rede zu stellen, denn kommende Woche wurde er im Büro erwartet. Seinen Vorsatz, übers Wochenende die dringlichsten Angelegenheiten dort zu erledigen, verwarf er. Lorenzos Probleme waren wichtiger. Und wenn sie ihn deswegen hinausschmissen? Nun denn, er würde es überleben. Schließlich war er jung, ein hervorragender Architekt, und er fände bestimmt rasch wieder einen Job. Seinem Onkel jedoch blieben weniger Möglichkeiten. Er war es ihm schuldig, sein Bestes zu tun, um ihm aus dieser Misere zu helfen und weiteren Schaden abzuwenden. Immerhin ging es auch um sein Erbe. Nicht zum ersten Mal seit gestern fragte er sich, ob er nicht die Polizei einschalten sollte.

Aber dann würde Lorenzos Fehltritt ans Licht kommen. Nein, er wollte zuerst selbst recherchieren und diese Möglichkeit als letzten Schritt in Erwägung ziehen.

»So ernst?«

Allegra hatte sich angezogen und war unbemerkt zu ihm getreten. Sie fuhr ihm mit einem Finger über die Stirn.

»Das sind Sorgenfalten«, bemerkte sie. »Ich hoffe, ich bin nicht der Grund dafür.«

Er schüttelte den Kopf und hielt ihr eine Espressotasse hin.

»Dieses Mal nicht«, erwiderte er neckend und lachte, als er ihr verblüfftes Gesicht bemerkte.

41

Die tief stehende Sonne tauchte die Hügel in ein Meer aus Goldtönen. Schlanke Zypressen am Straßenrand warfen lange Schatten auf die Fahrbahn und hoben sich wie Scherenschnitte vom dunkler werdenden Himmel ab. Allegra öffnete das Autofenster, streckte ihre Hand hinaus und genoss den warmen Fahrtwind.

»Du weißt schon, wofür eine Klimaanlage gut ist, oder?«

Die Sonne verschwand gerade hinter einem Hügelkamm, und Massimo schob sich die Sonnenbrille in die Haare.

Allegra grinste. »Ich genieße das. In Deutschland gibt es selten solche lauen Sommernächte.«

Sie warf ihm einen schnellen Blick zu. Auf seinen Lippen lag ein Lächeln, und sie bewunderte zum wiederholten Mal sein klassisches Profil.

Alles erschien ihr im Moment so unwirklich. Sie saß mit diesem attraktiven Mann, der sie vor noch nicht allzu langer Zeit leidenschaftlich geliebt hatte, in einem Sportflitzer, fuhr durch eine der schönsten Landschaften Italiens und war einfach nur glücklich. Entweder war das alles ein wunderbarer Traum oder …

Sie atmete tief durch. Nichts oder, Allegra! Sie sollte es

genießen und nicht hinterfragen. Mehr im Moment leben, wie sie es sich vorgenommen hatte.

»Was ist mit dem Collegeboy?«, unterbrach er ihre Überlegungen.

»Logan?« Sie sah ihn verblüfft an. »Was soll mit ihm sein?«

Massimo betätigte den Blinker und bog in die Hauptstraße nach Montalcino ein.

»Na ja. Mir schien, ihr wart euch sehr zugetan.«

»Nette Wortwahl. Wo hast du die her? Aus einem Jane-Austen-Roman?«

Er grinste. »Ich will dich beeindrucken, nicht gemerkt?« Dann legte er seine Hand auf ihren Schenkel und strich mit dem Daumen über ihre nackte Haut. Ein wohliger Schauer lief über ihren Rücken, und sie musste ein Seufzen unterdrücken. Unglaublich, wie ihr Körper auf Massimos Zärtlichkeiten reagierte.

»Wir haben uns gut verstanden, das stimmt.« Sie zuckte mit den Achseln. »Er war herrlich unkompliziert. Ganz im Gegensatz zu einem Hobbyfremdenführer, den ich zur selben Zeit kennengelernt habe.«

Massimo grinste unverschämt, ließ seine Hand höher wandern, und sie schnappte nach Luft.

»Und der vermutlich leicht nymphomanische Züge aufweist«, fügte sie spöttisch hinzu.

»Das gibt's nur bei Frauen.«

»Und wie heißt das bei Männern?«

»Satyriasis, nach dem griechischen Satyr, dem männlichen Gegenpol zur Nymphe.«

»Danke, Herr Lehrer. Also dann satyriasische Züge. Himmel, das kann ich kaum aussprechen!«

»Aber ihr habt euch geküsst, nicht wahr? Ich habe euch in Siena nämlich gesehen.«

»Etwa eifersüchtig?«

»Träum weiter!« Er griff nach ihrer Hand und führte sie an seine Lippen. »Ich will nur keinem ins Gehege kommen. Und was ist in Deutschland? Gibt's dort jemanden, der plötzlich auftauchen und mich in rasender Eifersucht mit dem Schwert hinrichten könnte?«

»Wir bevorzugen den Speer. Alte germanische Tradition. Und nein, keine Angst, ich friste mein Leben als Totengräberin allein. Du bist also sicher.«

Er überholte einen Wagen, ließ ihre Hand für einen Moment los, griff aber sofort wieder danach, legte sie auf seinen Schenkel und lächelte dabei zufrieden.

Allegra fühlte ein sehnsüchtiges Kribbeln in ihrem Bauch, als sie seine Muskeln unter der Jeans ertastete, während er in einen höheren Gang schaltete.

»Und mit Logan war nichts«, erklärte sie. Nicht so wie mit dir, fügte sie in Gedanken hinzu.

Massimo nickte zufrieden.

Typisch Italiener!, ging es ihr durch den Kopf, und sie rollte mit den Augen. Dann wurde ihr jedoch das Herz schwer. Er fragte sie zwar aus, offenbar sehr erpicht darauf, alles über sie zu erfahren. Im Gegenzug erwähnte er seine Verlobte allerdings mit keinem Wort. Sollte sie das Thema selbst ansprechen? Doch eine plötzliche Scheu ergriff sie. Was, wenn er ihr sagte, dass sie nur eine nette Abwechslung sei und er, wenn sie wieder nach Deutschland zurückfuhr, zu seiner Freundin zurückkehrte? Sie schluckte schwer. Nein, das wollte sie nicht hören. Nicht jetzt, wo alles gerade so schön war.

»Ist was?«, fragte er. »Doch ein speerbewaffneter Germane im Hintergrund?«

Sie schüttelte den Kopf. »Nein. Ich habe nur gerade an diesen seltsamen Besuch bei der älteren Frau gedacht.« Allegra schien es das Beste zu sein, das Thema zu wechseln. »Würdest du mir vielleicht jetzt erklären, was das zu bedeuten hatte?«

Sie standen auf einer Ausweichstelle oberhalb eines kleinen Flusses. Auf der einen Seite zogen sich Rebstöcke im vollen Laub den Hang hinauf und auf der anderen verkrüppelte Olivenbäume mit silbrig glänzenden Blättern.

»Bitte versprich mir, dass du weder meiner Tante noch deinem Großvater etwas davon sagst, okay? Ich fühle mich jetzt schon schäbig, dass ich es dir erzählt habe.«

Massimo riss einen Zweig von einem dürren Busch und zerbröselte ihn zwischen den Fingern.

Von irgendwoher drang das Geschnatter von Gänsen zu ihnen, und das Sirren der Insekten wirkte monoton und einschläfernd.

Allegra lehnte am Wagen und rieb sich die nackten Arme. Was ihr Massimo gerade eröffnet hatte, ließ sie trotz der warmen Temperaturen frösteln. Obwohl sie Lorenzo Ferrettis Fehltritt nicht guthieß, war diese Entwicklung doch eine zu hohe Strafe für ein paar schwache Momente. Jeder konnte schließlich mal einen Fehler begehen, und sie fühlte augenblicklich eine tiefe Abneigung gegen diesen angeblichen unehelichen Sohn.

»Ich glaube, ich habe diesen Turchi schon einmal gesehen«, sagte sie nachdenklich.

Massimo drehte sich überrascht um. »Ach, ja? Wo denn?«

»Gestern Morgen, als ich zu euch aufs Gut kam. Dein Onkel stand mit einem bärtigen Mann im Hinterhof. Er hatte etwas in der Hand, das mit einem Tuch abgedeckt war.«

Massimo schnaubte ärgerlich. »Sicher noch mehr erpresste Gegenstände.« Er fuhr sich mit beiden Händen durch die Haare, und seine Sonnenbrille flog in hohem Bogen ins Gebüsch. »Mannaggia!« Er bückte sich danach und klaubte sie aus dem Staub.

»Und dein Onkel weiß nicht, wo er sich aufhält?«

Massimo schüttelte den Kopf, während er die Sonnenbrille mit seinem T-Shirt reinigte.

»Er hat lediglich eine Handy-Nummer.«

»Hast du da schon mal angerufen?«

»Ja, aber es klingelt nicht mal. Vermutlich braucht er dieses Telefon nur in Ausnahmefällen und stellt es sonst aus. Der Kerl ist clever.«

»Offenbar.« Allegra löste sich vom Wagen, ging zu Massimo und legte ihre Hände an seine Brust. »Wir finden schon eine Lösung. Ich kann dir helfen, diesen Mann aufzustöbern. Und dann wird uns schon etwas einfallen, ohne dass deine Tante etwas von der Sache erfährt.« Sie stellte sich auf die Fußspitzen und küsste ihn. »Und manchmal traut man uns Frauen auch zu wenig zu. Wenn alle Stricke reißen und die Wahrheit doch ans Licht kommt, kann es sein, dass Fulvia euch überrascht. Ich habe zwar keine Erfahrung, was das betrifft, aber Ehefrauen haben oft ein feines Gespür, was die Seitensprünge ihrer Männer anbelangt. Vielleicht weiß sie sowieso davon und hat es Lorenzo gegenüber nur nie zur Sprache gebracht.«

Massimo sah sie zweifelnd an. »Meinst du?«

»Es könnte ja sein.«

Er nahm ihr Gesicht in beide Hände und küsste ihre Nasenspitze. »Du bist eine kluge Frau. Auch wenn du nicht weißt, was Satyriasis ist.«

Sie stieß einen ärgerlichen Laut aus, was ihn zum Lachen brachte. »Lass uns heimfahren, sonst machen sich unsere lieben Verwandten Sorgen.«

Sie stiegen wieder in den Wagen und fuhren los. Der Himmel hatte sich mit schweren Wolken überzogen. In der Ferne zuckten grelle Blitze. Das Licht war diffus geworden. Vermutlich würde es bald wie aus Kübeln schütten. Der Regen tat den ausgetrockneten Böden bestimmt gut, doch jeder ansässige Weinbauer fürchtete sich vor Hagelschauern, wie ihr Giovanni einmal erzählt hatte.

»Was hast du morgen vor?«, fragte sie Massimo.

»Am Samstag ist An- und Abreisetag. Ich muss die Gäste zum Bus bringen und die neuen dort abholen. Wieso?«

»Könnte das jemand anders übernehmen?«

Er warf ihr einen raschen Blick zu, bevor er die Scheibenwischer einschaltete, da bereits dicke Regentropfen auf die Frontscheibe klatschten.

»Sicher. Ich kann einen der Kursleiter fragen.«

»Mir kam eben eine Idee«, erklärte Allegra. »Wenn du in Follonica zwei Kerzenständer vom Haupthaus in diesem Laden gefunden hast, kann es gut sein, dass sich dort noch mehr von euren Sachen befinden. Also wäre es durchaus möglich, dass der Inhaber dieses Antiquitätengeschäfts ein regelmäßiger Kunde von Turchi ist und weiß, wo er sich herumtreibt oder wie man ihn erreichen kann.«

Massimos Gesicht hellte sich auf. »Himmel ja, daran habe ich gar nicht gedacht.« Er berührte sanft ihre Wange. »Wie ich schon sagte, du bist eine kluge Frau.«

42

Nachdem Massimo Allegra vor dem Häuschen ihres Großvaters abgesetzt hatte, fuhr er zum Gutshaus und parkte seinen Wagen dort in der Garage. Dann sprintete er zu seinem Rustico, war aber innerhalb kurzer Zeit durchnässt wie eine getaufte Katze und ging den Rest des Weges daher etwas gemütlicher an. Zu Hause zog er die feuchten Kleider aus und setzte sich nur in Shorts und mit einem Bier auf die Terrasse. Der Regen rauschte gleichmäßig hernieder, wusch den Staub von Bäumen und Büschen und brachte die Insekten zum Verstummen. Es roch intensiv nach nasser Vegetation und durchtränkter Erde.

Allegras Idee, morgen nach Follonica zu fahren, erschien ihm immer erfolgversprechender. Sollte diese Spur jedoch im Sand verlaufen, wollte er Mirella Turchi nochmals aufsuchen und ihr ins Gewissen reden. Allem Anschein nach war sie eine gottesfürchtige Frau, und wenn er ihr darlegte, dass ihr missratener Sohn anderen Menschen Schaden zufügte, würde sie sich eventuell erweichen lassen und etwas gesprächiger sein. Sollte allerdings beides nicht fruchten, blieb seinem Onkel wohl keine andere Wahl, als Fulvia die Affäre von damals zu beichten und sich einem Vaterschaftstest zu unterziehen. Außerdem sollte er die Polizei einschalten. Erpressung war nun mal ein ernstes Verbrechen.

Und wenn der Vaterschaftstest positiv ausfiel? Massimo durfte gar nicht daran denken, was dann alles auf sie zukam. Denn auch wenn sein Onkel und seine Tante ihm testamentarisch das Gut vermacht hatten, müsste er Turchi, als Blutsverwandten, auszahlen. Und da das Anwesen stark belastet war, blieb wahrscheinlich keine andere Möglichkeit, als es zu verkaufen. Wunderbar! Ein krimineller Verwandter tauchte auf, der seinen angeblichen Vater erpresste und half, ihn in den Ruin zu treiben. Der Abklatsch einer griechischen Tragödie.

Massimo drehte die beschlagene Bierflasche zwischen den Händen und dachte an Allegra. Er hatte es tatsächlich geschafft, sie ins Bett zu kriegen. Einer großen Anstrengung seinerseits hatte es dafür nicht bedurft. Sie war ihm quasi wie eine reife Frucht in den Schoß gefallen. Das zweideutige Bild ließ ihn schmunzeln.

Im Grunde war sie richtig süß, und beinahe schämte er sich dafür, dass er mit ihr gespielt hatte, um sich von Carla und seinen Problemen abzulenken. Aber schließlich ging es bei dem Ganzen nur um Sex, das wusste Allegra so gut wie er. Zwei Menschen, die sich den Freuden körperlicher Liebe hingaben, ohne irgendwelche Verpflichtungen einzugehen oder sich romantischen Gefühlen hinzugeben.

Als sein Handy klingelte, stand er auf, ging ins Wohnzimmer und klaubte es aus seinen nassen Jeans.

»Pronto? Ah, Zio. Nein, leider habe ich nichts herausgefunden, aber morgen wollen wir nochmals nach Follonica fahren, um … Wie? Allegra und ich.«

Massimo kratzte sich am Kinn.

»Hör auf zu kichern!«, entgegnete er unwirsch. »Ich habe sie auf dem Weg nach Florenz … ach, egal. Was ich noch sagen wollte – jemand müsste für mich morgen den Fahrdienst für die neuen Gäste übernehmen. Kannst du das organisieren? Fein, danke.«

Barfuß auf dem kühlen Boden und nur in Shorts fing Massimo an zu frösteln.

»Nein, danke. Ich habe spät zu Mittag gegessen und keinen Hunger.«

Dieses Mal vermied er es tunlichst, Allegra noch einmal zu erwähnen. Auf die spöttischen Bemerkungen seines Onkels konnte er verzichten. Lorenzo wusste ganz genau, dass er Giovannis Enkelin am Anfang nicht hatte ausstehen können. Dass er ihm jetzt seinen Sinneswandel auf die Nase band, musste nicht sein.

»Alles klar. Grüß bitte Tante Fulvia von mir. Wir sprechen uns morgen.« Er wollte den Anruf gerade beenden, als er noch hinzufügte: »Das wird schon wieder, keine Sorge.« Doch sein Onkel hatte bereits aufgelegt.

Massimo hatte mit Allegra vereinbart, das Gut am Samstagmorgen um neun Uhr Richtung Follonica zu verlassen, da die meisten Geschäfte im Badeort erst um zehn Uhr öffneten. Er erinnerte sich nicht mehr an den Namen des Antiquitätengeschäftes, und die Tüte, in der die Kerzenhalter verstaut gewesen waren, hatte er weggeworfen. Aber Follonica war nicht besonders groß, er würde den Laden schon wiederfinden. Er lag ganz in der Nähe von Antonios Restaurant in einer Seitenstraße. Vielleicht sollte er Allegra eine SMS schicken und sie bitten, Badesachen einzupacken. Wenn sie schon am Meer waren, konnten sie das schließlich auch nutzen. Ob sie schon mal auf der Insel Elba gewesen war? Oder Lust hatte, wieder hinzufahren?

Mit geschürzten Lippen betrachtete er sein Handy, tippte dann eine Nachricht ein und erhielt nur wenige Sekunden später die Antwort: *Elba? Fantastisch! Natürlich will ich dorthin!* Er lächelte, legte das Handy auf den Küchentisch und ging fröhlich pfeifend ins Bad.

43

»Ich bin ein bisschen aufgeregt«, sagte Allegra, als sie in Follonica aus dem Wagen stiegen. Sie streckte den Rücken durch und atmete tief die frische Meeresluft ein. Der Wind griff nach ihren Haaren und wirbelte sie durcheinander. Sie fasste sie mit beiden Händen und band sie im Nacken zusammen. »Als wäre ich ein Bond-Girl.«

Massimo verriegelte schmunzelnd das Auto und setzte seine Sonnenbrille auf.

»Ich hoffe doch, es wird weniger gewalttätig, ansonsten hätte ich Q vorher um ein paar nützliche Gadgets bitten müssen.«

Sie lachte. »Ich habe die Badesachen gleich mitgenommen. Das ist doch okay so, oder?« Sie zeigte auf die Leinentasche mit ihrem Bikini, einem Strandtuch und der Sonnenmilch.

Er nickte. »Lust auf einen Cappuccino?«

Sie hatte zwar angenommen, dass sie direkt in dieses Antiquitätengeschäft gehen würden, doch obwohl sie schon nervös genug war, hatte sie gegen einen belebenden Kaffee vorab nichts einzuwenden. Die Aussicht, Massimo bei dieser prekären Familienangelegenheit behilflich sein zu können und später einen ganzen Tag mit ihm am Meer zu verbringen, wirbelte ihre Gefühlswelt mächtig durcheinander. Ihr Großvater hatte nur still in sich hineingegrinst, als sie ihm beim Frühstück eröffnet hatte, dass sie und Massimo nach Follonica fahren würden. Er hielt seine Beobachtung, dass Lorenzos Neffe ein Auge auf seine Enkelin geworfen hatte, damit für bestätigt und sonnte sich regelrecht in seiner Genugtuung, recht behalten zu haben.

Aber entsprach das wirklich den Tatsachen? Gut, sie hatte mit Massimo geschlafen, gleich mehrmals sogar, aber implizierte das sein Interesse an ihr? Oder war es nicht eher mehr Stressabbau für ihn gewesen?

Dieser Gedanke schmerzte sie, obwohl sie sich fest vorgenommen hatte, alles, was mit Massimo Visconti zusammenhing, als Ferienabenteuer abzuhaken und einfach zu genießen. Doch sie kannte sich selbst gut genug, um zu wissen, dass es ihr nicht leichtfallen würde, die Gefühle aus dem Spiel zu lassen. Vor allem, weil er im Moment die Herzlichkeit in Person war … und so verdammt gut aussah!

Er trug ein verwaschenes Jeanshemd und hatte die Ärmel bis über die Ellbogen aufgekrempelt. Auf seinen muskulösen, gebräunten Unterarmen sprossen feine, durch die Sonne aufgehellte Härchen. Die engen Jeans betonten seine schlanken Hüften und die langen Beine. Seine Haare hatte er sich aus der Stirn gekämmt und mit Gel in Form gebracht, und nicht nur eine Frau warf ihm einen eingehenden Blick zu, als sie die Strandpromenade entlanggingen.

Es war verrückt, aber Allegra fühlte beinahe so etwas wie Besitzerstolz, als er jetzt nach ihrer Hand griff, sie zum Mund führte und einen zarten Kuss darauf hauchte. Ja, das war definitiv verrückt!

»Hier?« Sie wies auf ein Lokal mit hübschen roten Tischdecken und Windlichtern darauf. Weiße Plastikstühle standen einladend vor einer gläsernen Fensterfront. Massimo sah mit gerunzelter Stirn nach links und rechts und schüttelte dann den Kopf.

»Lass uns noch etwas weitergehen. Dort drüben ist der Kaffee besser.«

Er wies auf ein kleines Café mit Korbstühlen hinter einer Pergola, an der sich Kletterrosen rankten.

Allegra nickte. Er kannte sich hier offensichtlich aus, und sie beugte sich seinem Vorschlag. Der Cappuccino war tatsächlich sehr gut, und während sie das heiße Getränk schlürfte und die Sonne genoss, beobachtete sie Massimo, der auf seinem Handy den Namen des Antiquitätengeschäftes suchte.

Er hatte sich die Sonnenbrille in die Haare geschoben, eine Geste, die ihr mittlerweile vertraut war, und betrachtete konzentriert das Display seines Smartphones. Gerade wollte er etwas sagen, als ein Kreischen ihre Aufmerksamkeit auf sich zog. Sie wandten die Köpfe und sahen zwei kleine Mädchen auf sie zurennen, beide in rosa Rüschenkleidchen. Offenbar Zwillinge, und sie sahen allerliebst aus. Ihre dünnen Zöpfe flogen durch die Luft, und ihre Gesichter glühten vor Aufregung.

»Zio Massi, zio Massi!«, riefen sie im Chor, und als sie ihren Tisch erreichten, kletterten sie auf Massimos Schoß und legten ihre Arme um seinen Hals.

»Geschenk! Wir wollen ein Geschenk!«, schmeichelten sie und drückten ihm abwechselnd schmatzende Küsse auf die Wange.

Massimo sah Allegra hilflos an, und sie unterdrückte ein Lachen. Offenbar wirkte sein Charme auch beim Nachwuchs der holden Weiblichkeit, denn die zwei sahen voller Bewunderung und mit glänzenden Augen zu ihm auf. Eine hübsche Frau mit einem frechen Kurzhaarschnitt trat zu ihnen und stellte lächelnd zwei Einkaufstüten auf den Boden. Wohl die Mutter der Racker, denn sie hatte die gleichen Grübchen in den Wangen. »Massimo, was für eine Überraschung! Heute ist doch gar nicht Donnerstag.«

Massimo versuchte aufzustehen, was mit seiner kichernden Fracht gar nicht so leicht war, und küsste die Frau auf die Wange.

»Silvana, schön, dich zu sehen.«

»Wir wollen noch mehr baci!«, verlangte eines der Mädchen, und er küsste die beiden erneut abwechselnd auf ihre roten Bäckchen.

»Nun lasst ihn doch mal in Ruhe, ihr Plagegeister«, befahl die Frau, und Massimo stellte die Zwillinge sichtlich erleichtert auf den Boden.

»Geschenk?«, fragte eines nochmals, und er schüttelte bedauernd den Kopf.

»Das nächste Mal, Piccolina.«

Wie auf Kommando zogen beide eine Schnute, entdeckten dann aber einen Jungen, der am Strand einen Drachen steigen ließ, und liefen aufgeregt schnatternd auf ihn zu. Derweil musterte ihre Mutter Allegra interessiert, ohne jedoch ihre Kinder aus den Augen zu lassen. Etwas, das wohl nur Mütter beherrschten.

Massimo räusperte sich. »Darf ich vorstellen? Allegra di Rossi aus Deutschland, Silvana Carducci, die Ehefrau meines ehemaligen Kommilitonen und Inhaberin der besten Trattoria im Ort.«

Die Frau reichte ihr eine schmale Hand.

»Freut mich, Sie kennenzulernen«, sagte sie gedehnt.

Ihr Händedruck war erstaunlich stark, aber vermutlich musste man bei zwei quirligen Kleinkindern fest zupacken können.

»Danke für das Kompliment, du Abtrünniger«, wandte

sie sich dann wieder an Massimo. »Ist unser Kaffee plötzlich nicht mehr gut genug für dich und deine Begleitung?«

Das Wort Begleitung betonte sie in der Art und Weise, die gleichzeitig eine Frage und einen Vorwurf beinhaltete, und Allegra fiel es wie Schuppen von den Augen: Massimo war es unangenehm, dass seine Bekannte sie zusammen sah! Deshalb hatte er auch ein Lokal ausgesucht, das fast am Ende der Promenade lag. Natürlich. Silvana kannte bestimmt seine Verlobte und fragte sich jetzt, wieso er mit einer anderen Frau unterwegs war. Dass er sie nicht seinen Freunden hatte vorstellen wollen, verursachte ihr einen schmerzhaften Stich in der Brust. So viel zu ihrem Ansinnen, die Gefühle aus dem Spiel zu lassen.

Er wirkte verlegen und suchte offenbar nach einer Erklärung. Und aus einer spontanen Regung heraus sagte Allegra: »Das liegt an mir. Ich habe mir dieses Lokal ausgesucht.«

Silvana hob die Augenbrauen. Offensichtlich nicht überzeugt von dieser Ausrede, doch sie nickte nur mit einem wissenden Lächeln und ließ das Thema fallen.

»Ich muss leider weiter«, erklärte sie dann und griff nach ihren Tüten. »Die Pflicht ruft. Ich wünsche Ihnen viel Spaß in Follonica, und wenn Sie Hunger bekommen, weiß der da«, sie wies mit dem Kinn auf Massimo, »wo es etwas Schmackhaftes zu essen gibt.«

Massimo verzog entschuldigend den Mund. »Grüß Antonio von mir. Vermutlich kann ich nächsten Donnerstag nicht kommen. Ich muss wieder arbeiten.«

Silvana nickte, schenkte Allegra ein letztes Lächeln und wandte sich dann Richtung Strand, wo die Zwillinge kichernd im Sand herumliefen und sich gegenseitig umschubsten.

»Sie scheint nett zu sein«, bemerkte Allegra, »und ihre Mädchen sind sehr süß.«

»Ja, süße kleine Monster!«

Sie sah ihn erstaunt an. Mochte er keine Kinder?

Er betrachtete die Zwillinge mit einem schiefen Grinsen. »Aber ich liebe die beiden über alles.« Dann atmete er tief durch und straffte die Schultern: »Komm, lass uns gehen! James Bond und seine Assistentin starten jetzt mit ihrer Mission.«

44

Er fand das Antiquitätengeschäft auf Anhieb wieder. Wie schon am Donnerstag standen auch jetzt verschiedene Möbelstücke auf dem Gehsteig, und zahlreiche Bilder hingen an den Flügeltüren. Die ältere Angestellte putzte gerade das Schaufenster mit Lappen und Fensterreiniger, als sie um die Ecke bogen.

Während der paar Gehminuten von der Promenade bis hierhin war Allegra stumm geblieben. Anscheinend dachte sie über ihr Zusammentreffen mit Silvana und den Zwillingen nach. Verdammt, er hätte daran denken müssen, dass die Möglichkeit bestand, Antonio oder seiner Frau zu begegnen. Murphys Law: Alles, was schiefgehen kann, wird auch schiefgehen. Aber war es wirklich so schlimm, dass ihn Silvana mit Allegra zusammen gesehen hatte? Gut, er würde sich beim nächsten Besuch bei seinen Freunden auf ein paar neugierige Fragen gefasst machen müssen. Vielleicht auch auf ein paar Sticheleien. Aber schließlich war es nicht verboten, mit einer Bekannten ans Meer zu fahren. Selbst dann nicht, wenn man von seiner zukünftigen Braut betrogen worden war.

Er beobachtete Allegra aus den Augenwinkeln. Sie sah sich neugierig um, beschirmte ihre Augen dann mit der Hand und betrachtete das Namensschild über der Eingangstür.

»Was bedeutet denn Sinopia?«

Sie wandte den Kopf und sah ihn fragend an.

»Es gibt zwei Bedeutungen. Sinopia, benannt nach der Stadt Sinop an der Schwarzmeerküste, ist eine rotbraune, ockerartige Naturfarbe, die für die Ölmalerei verwendet wird. Als Sinopia wird aber auch die Skizze für ein Fresko direkt auf einer Wand bezeichnet. Das wurde zum Beispiel im 16. Jahrhundert so gemacht.«

»Dein Studium zahlt sich offensichtlich aus.«

Er lachte. Sie wirkte wie immer. Gott sei Dank hatte sie nicht bemerkt, wie peinlich ihm die Begegnung mit Silvana gewesen war, und spontan griff er nach ihrer Hand und drückte sie zärtlich.

»Hast du einen Plan, was du sagen willst?«

Sie wies mit dem Kopf auf die ältere Dame, die einen Schritt vom Schaufenster zurücktrat und ihre Arbeit begutachtete.

Er schüttelte den Kopf. »Ich improvisiere einfach.«

Dann ließ er ihre Hand los, ging auf den Eingang des Antiquitätengeschäftes zu und tat so, als würde er einen dunkel gebeizten Nachttisch mit einer weiß-schwarzen Marmorplatte begutachten.

»Der passt doch perfekt in unser Gästezimmer, findest du nicht? Oder ist er zu groß?« Er sah Allegra fragend an, die ein Lachen unterdrückte. »Scusi«, wandte er sich dann an die Angestellte, »hätten Sie vielleicht ein kleineres Pendant?«

Die Verkäuferin trat zu ihm. »Leider nein, das sind alles Einzelstücke. Aber wir haben noch weitere im Lager.«

Sie lächelte ihn an, runzelte dann kurz die Stirn und fragte: »Wie machen sich die silbernen Kerzenhalter?«

Die Frau hatte ein gutes Gedächtnis.

»Wunderbar. Sie passen perfekt auf unseren Kamin. Nicht wahr, Schatz?«

Allegra zuckte zusammen. »Hervorragend, in der Tat!«

Massimo wandte sich wieder der Verkäuferin zu. »Meine Mutter hat sie übrigens sehr bewundert und hegt den Wunsch, die gleichen zu kaufen. Haben Sie noch weitere Stücke aus derselben Quelle?«

»Da müsste ich nachsehen. Kommen Sie doch bitte herein.«

Die Frau ging ihnen voran in den Laden und trat hinter die Verkaufstheke. Dann griff sie nach einem dicken Ordner, legte ihn auf den Ladentisch und schlug ihn auf.

Massimo linste so unbeteiligt wie möglich auf die darin abgehefteten Schriftstücke und registrierte zufrieden, dass sie das Alphabet bei T wie Turchi aufschlug. Mit dem Finger fuhr die Verkäuferin eine Liste hinunter und schüttelte dann den Kopf.

»Nein, tut mir leid, das waren die einzigen Kerzenleuchter dieses Lieferanten. Aber ich finde bestimmt etwas Ähnliches bei einem anderen.«

Massimo wandte sich mit bekümmerter Miene an Allegra. »Mama wird untröstlich sein, Schatz! Sie wollte doch unbedingt genau die gleichen.«

Allegra schlug theatralisch die Hände zusammen, und er hätte beinahe laut gelacht.

»Sie könnten Ihrer Mutter ja die bereits gekauften überlassen und für sich ein Paar andere aussuchen«, schlug die Verkäuferin vor.

Verdammt! Seine Lügengeschichte flog bei so viel Logik auf. Doch er hatte nicht mit Allegra gerechnet, denn im selben Moment sagte sie mit weinerlicher Stimme: »Nein, das kannst du mir nicht antun, Liebling. Ich bin in die beiden Stücke regelrecht vernarrt, und sie passen einfach perfekt zu der silbernen Obstschale. Können Sie Ihren Lieferanten nicht anrufen und ihn fragen, ob er noch zwei andere hat?«

Sie sah die Verkäuferin bittend an, dabei zitterte ihre Unterlippe verräterisch.

Die ältere Dame räusperte sich. »Natürlich, ich kann es versuchen.« Sie griff nach einem schnurlosen Telefon, warf einen Blick auf die Liste und tippte dann eine Nummer ein. »Nur einen Moment«, sagte sie und wandte sich ab.

Allegra zwinkerte Massimo grinsend zu, und er hob den Daumen. Unterdessen war eine Gruppe Touristen in den Laden getreten, die fröhlich schnatternd die Bilder an den Wänden begutachtete. Ihr Lärm machte es zwar unmöglich, dem Telefongespräch zu folgen, gab ihm aber die Gelegenheit, rasch sein Handy aus der Hosentasche zu ziehen und die Liste abzufotografieren. Dann drehte er sich um und blätterte die Schnappschüsse schnell durch. Bingo, eine Telefonnummer!

»Tut mir leid«, sagte die Verkäuferin. Sie hatte ihren Anruf beendet. »Das waren die einzigen Kerzenständer in der Art, die mein Lieferant im Angebot hatte. Er hat mir jedoch versprochen, sich umzusehen, und meldet sich, wenn er etwas Ähnliches auftreiben kann. Geben Sie mir einfach Ihre Kontaktdaten, und ich werde Sie benachrichtigen, wenn etwas Passendes eintrifft. Möchten Sie sich jetzt noch die kleineren Nachttische ansehen?«

Massimo sah auf die Uhr und schüttelte bedauernd den Kopf. »Keine Zeit mehr, scusi. Wir werden erwartet. Komm Schatz, nicht, dass wir zu spät kommen.«

Er gab Allegra einen leichten Schubs, und diese stolperte nach draußen.

»Signore, Ihre Telefonnummer!«, rief ihnen die verblüffte Verkäuferin hinterher, doch Massimo wedelte nur mit der Hand.

»Wir kommen wieder«, rief er und folgte Allegra nach draußen.

Hand in Hand liefen sie Richtung Promenade, bogen um die Ecke und brachen in Gelächter aus.

45

»Hallo? Spreche ich mit Diego Turchi? Ich habe Ihre Telefonnummer von einem Freund erhalten.«

Massimo lauschte, stutzte dann einen Moment und sah Allegra hilfesuchend an.

»Mein Freund möchte nicht genannt werden«, erklärte er dann und verzog den Mund.

Turchi hatte also gefragt, von wem sie seine Nummer hatten. Ob er ihnen diese ausweichende Antwort abnahm?

»Es ist so«, fuhr Massimo fort und lehnte sich an die Hausmauer neben einer Gelateria. »Ich würde gern ein antikes Bild verkaufen. Keine Ahnung, irgendeine Heiligenszene. Echt? Aber sicher ist es echt! Es gehörte meiner Großmutter. Ich brauche Bargeld. Keine Rechnung und so, Sie verstehen?« Massimo nickte. »Ja, in Ordnung. Wann?« Er fuhr sich mit einer Hand durch die Haare. »Geht es nicht früher? Heute zum Beispiel?« Er lauschte einen Moment. »Okay, also morgen um fünfzehn Uhr vor dem Caffè Duomo. Ja, ich weiß, wo das ist. Arrivederci.«

Er legte auf und atmete tief durch.

»Morgen, in Florenz.«

Allegra nickte. Ihr Hals war wie zugeschnürt, und sie fühlte sich gar nicht mehr wie ein mutiges Bond-Girl. Himmel, bei diesem Turchi handelte es sich um einen Verbrecher! Was, wenn er gefährlich war? Um fünfzehn Uhr an einem Sonntag würden die Straßen von Florenz zwar vor Menschen wimmeln, aber trotzdem bestand die Möglichkeit, dass der Mann, wenn er in die Enge getrieben wurde, mit Gewalt reagierte.

»Wir müssen die Polizei informieren«, sagte sie fordernd.

Doch Massimo schüttelte den Kopf. »Und was willst du ihnen sagen? Es käme alles ans Licht. Und meine Tante müsste, neben dem Schock, dass ihr Mann sie betrogen hat und das Gut vor der Pleite steht, auch noch mit einem Erpresser als Stiefsohn klarkommen. Nein, unmöglich! Das würde sie nicht überleben.«

»Und was willst du morgen tun? Ihn höflich bitten, deinen Onkel nicht mehr zu bedrohen?«

Massimo zuckte mit den Achseln. »Mir wird schon etwas einfallen. Unser Theater vorhin hat ja auch bestens funktioniert.«

»Das war aber eine nette ältere Dame und kein Halunke. Ich bitte dich, lass uns die Polizei einschalten. Wenn du ihnen darlegst, wie zerbrechlich Fulvias Gesundheit ist, werden sie bestimmt darauf Rücksicht nehmen.«

»Träum weiter, Allegra! Das ist kein Fernsehkrimi, bei dem am Ende alles gut wird. Es geht um meine Familie, und die werde ich schützen – mit allen Mitteln!«

Es hatte keinen Zweck. Er würde sich nicht umstimmen lassen. So ein sturer Bock! Sollte sie die Carabinieri selbst verständigen? Das würde er ihr nie verzeihen. Aber wenigstens hätte sie die Gewissheit, dass ihm nichts passierte und Turchi hinter Schloss und Riegel kam. Jede Familie hatte ihr schwarzes Schaf und brach deshalb nicht gleich auseinander. Und vielleicht war Diego auch gar nicht Lorenzos leiblicher Sohn. Doch als sie Massimos verkniffenes Gesicht sah, verließ sie der Mut. Möglicherweise brauchte er einfach eine gewisse Zeit, um die richtige Entscheidung zu treffen. Immerhin blieb ihr noch ein Tag, ihn umzustimmen, bevor er sich in Gefahr begab.

»Wollen wir jetzt an den Strand?«, fragte sie, um das Thema zu wechseln. »Schließlich schleppe ich nicht umsonst die ganze Zeit meine Strandtasche mit mir herum.«

Sie schubste ihn lächelnd an, doch er verzog keine Miene.

»Sicher, wenn du möchtest.«

Allegra verdrehte genervt die Augen. Auf einen schlecht gelaunten Begleiter konnte sie wirklich verzichten.

»Dann fahren wir halt wieder zurück«, erwiderte sie kopfschüttelnd, drehte sich um und ging die Strandpromenade entlang Richtung Parkplatz.

»Männer!«, murmelte sie ärgerlich vor sich hin. Der Tag hatte so wundervoll begonnen, aber jetzt herrschte richtig miese Stimmung, und es wäre bestimmt das Beste gewesen, gleich nach Montalcino zurückzukehren. Trotz des strahlenden Sonnenscheins und der angenehm lauen Brise, die vom Meer her wehte, dräute gerade ein Gewitter über Massimos Kopf, und sie hatte keine Lust, ihm als Blitzableiter zu dienen.

»Allegra, warte!«

Sie hörte Schritte hinter sich und drehte sich um.

Er lief auf sie zu, stoppte schnaufend vor ihr und zog sie in seine Arme. Dann strich er ihr eine Haarsträhne aus dem Gesicht und sah sie mit einem treuherzigen Blick an.

»Es tut mir leid. Ich will dir nicht den Tag verderben. Aber im Moment ist mir wirklich nicht nach Sonnenbaden. Wie wär's mit dem versprochenen Ausflug nach Elba?« Er neigte den Kopf. »In einer halben Stunde können wir in Piombino sein, dort nehmen wir die Fähre und erkunden die Insel. Na, was sagst du dazu?«

Die Fähre hieß *Moby Love.* Ein mächtiges weißes Schiff für Passagiere und Fahrzeuge, das mit witzigen Motiven des Zeichners

Mordillo verziert war. Allegra war nicht besonders seetüchtig und kämpfte während der einstündigen Überfahrt mit Übelkeit. Das Tyrrhenische Meer meinte es zwar gut mit ihr, der Seegang war auf der Fähre kaum zu merken, trotzdem spürte sie ein flaues Gefühl in der Magengegend. Sie lehnte an der Reling, ließ vom Fahrwind ihr erhitztes Gesicht kühlen und suchte sich einen festen Punkt, den sie fixieren konnte. Massimo stand direkt hinter ihr, schlang die Arme um ihre Taille und setzte sein Kinn auf ihre Schulter. Sie atmete tief durch. Diese Mischung aus salziger Luft und seinem Aftershave würde sie für immer in ihrem Gedächtnis behalten – als Synonym für einen glücklichen Moment.

»Erzähl mir etwas über Elba«, bat sie und kuschelte sich tiefer in seine Arme. »Das lenkt mich hoffentlich vom Wummern in meinem Magen ab.«

Massimo lachte leise.

»Also gut. Ich gebe dir gern die Infos weiter, die ich normalerweise für unsere Gäste abspule: Elba ist die drittgrößte Insel Italiens und die größte des toskanischen Archipels. Der Name Elba stammt vom etruskischen Wort *Ilva* ab, was Eisen bedeutet, schon die Etrusker bauten es dort ab und belieferten den ganzen Mittelmeerraum damit. Elba wird auch die ›blühende Insel‹ genannt, denn die hügelige Landschaft ist von üppiger Vegetation bedeckt. Korkeichen, Buschwerk und Macchia wachsen an den Berghängen, dazwischen blühen Lavendel, Zistrosen, gelber Ginster und Erdbeerbäume. Der höchste Punkt ist der Monte Capanne, der Hauptort heißt Portoferraio, berühmt durch das Treppenviertel und die rosafarbenen Häuser. Dort lebt auch der größte Teil der knapp dreißigtausend Einwohner. Die Insel ist bekannt für ihre idyllischen Dörfer und Buchten und daher ein richtiger Touristenmagnet. Weltbekannt ist Elba jedoch, weil …«

»Napoleon dorthin verbannt wurde«, unterbrach sie ihn, und Massimo nickte.

»Genau. Das deutsche Bildungssystem taugt ja wirklich etwas.«

»Frechheit!« Sie kniff ihn in den Unterarm, und er lachte.

»Die Geschichte mit der Verbannung nach Elba ist jedoch nicht ganz korrekt, denn Napoleon wählte die Insel für sein Exil selbst aus. Er hat auch die Flagge von Elba entworfen: Sie ist weiß mit einem roten Querstreifen, auf dem drei Bienen abgebildet sind. Es wird behauptet, dass er damit verdeutlichen wollte, dass ein Bienenvolk die perfekte Monarchie sei. In San Martino steht noch seine Villa, die er als Sommerresidenz und Liebesnest benutzte. Wir könnten sie besichtigen, wenn du möchtest.«

»Liegt hier in der Nähe nicht auch Montecristo?«, fragte Allegra und beschirmte ihre Augen mit der Hand.

»Weiter südlich. Sie hat aber mit der Insel aus Alexandre Dumas' Roman *Der Graf von Monte Christo* wenig Gemeinsames. Sie steht seit den 1970er-Jahren unter Naturschutz und darf nur mit einer Genehmigung betreten werden. Dann gibt's noch die Insel Gorgona, auf der sich ein Gefängnis befindet. Und Pianosa, auch sie war eine Gefängnisinsel, ist heute aber unbewohnt.«

»Wie Alcatraz, nicht?«

Er nickte. »Nur etwas hübscher. So, das muss reichen. Mehr habe ich nicht auswendig gelernt.«

Mittlerweile näherten sie sich dem Inselhafen, und sie beeilten sich, unter Deck zu gehen und in ihren Wagen zu steigen. Es verging eine Weile, bis sie die Fähre verlassen konnten, und Allegra informierte sich unterdessen mithilfe von Massimos Handy über die Sehenswürdigkeiten der Insel, da er für den Internetzugang eine Flatrate besaß.

»Okay, jetzt bin ich dran: Portoferraio wurde im 15. Jahrhundert gegründet und bedeutet ›Eisenhafen‹. Die letzte Eisenmine schloss 1981, die Konkurrenz war zu groß geworden, und die Schwerindustrie wich zugunsten des Tourismus. Sehenswert sind die beiden Villen, die Napoleon nach seiner Verbannung 1814 zurückließ, um die ›Herrschaft der 100 Tage‹ anzutreten. In der Villa Mulini ist ein Napoleon-Museum eingerichtet. Das Archäologische Museum zeigt wiederum verschiedene etruskische Funde und geht auf die Kultur der Insel ein. Wollen wir uns die Museen und das Städtchen ansehen?«

Sie ließ das Handy sinken und beobachtete interessiert, wie die Fahrzeuge die Fähre verließen. Massimo steuerte seinen Wagen vom Schiff und setzte die Sonnenbrille auf.

»Noch mehr Museen? Du bist unersättlich!«

Allegra grinste.

»Lass uns Portoferraio lieber am späten Nachmittag besichtigen, wenn es nicht mehr so heiß ist. Wir können dann auch irgendwo zu Abend essen, bevor wir zurückfahren. Es gibt hier ausgezeichnete Lokale, die fangfrischen Fisch und Meeresfrüchte anbieten. Dazu ein Glas Aleatico – ein wunderbarer roter Süßwein, der hier angebaut wird –, und die Welt ist perfekt! Einverstanden?«

»Abgemacht!« Sie scrollte weiter durch die Sehenswürdigkeiten, die auf dem Smartphone angezeigt wurden. »Es gäbe dann also noch Porto Azzurro. Angeblich ein absolutes Muss! Oder die Fortezza di San Giacomo di Longone. Der sternförmige Grundriss, der von Philipp III. von Spanien in Auftrag gegeben worden war, ist noch erhalten. Heute befindet sich in diesen Gebäuden ein Gefängnis. Na gut, das muss jetzt nicht unbedingt sein. Aber es gibt dort ein etruskisches Bergbaumuseum.« Massimo verzog den Mund, und sie lachte. »Oder wir gehen tauchen. In Marina di Campo, einem ehemaligen Fischerdörfchen, wird das angeboten. Obwohl, ich kann gar nicht tauchen, also fällt das weg. Wir können aber auch eine Glasbodenbootsfahrt buchen.« Sie runzelte die Stirn. »Vielleicht keine so gute Idee, dabei wird mir sicher wieder schlecht. Oder …«

»Halt mal einen Moment die Luft an!«, knurrte Massimo in gespielter Verzweiflung. »Das ist ja nicht zum Aushalten! Wir fahren jetzt einfach ein bisschen durch die Gegend. Halten an, wo es uns gefällt, suchen uns dann eine einsame Bucht, gehen schwimmen, küssen uns leidenschaftlich und wälzen uns danach hemmungslos im Sand.«

Allegra legte sein Handy schmunzelnd in ihren Schoß, strich sich die Haare aus dem Gesicht und lehnte sich im Sitz zurück.

»Gute Wahl, Herr Reiseführer. Vor allem das mit dem hemmungslosen Wälzen finde ich unschlagbar.«

46

Massimos Kopf ruhte auf Allegras sonnenwarmem Bauch. Er schloss die Augen, lauschte der Brandung, dem Geschrei der Möwen und fühlte sich wunderbar entspannt. Die einsame, naturbelassene Bucht, die sie in der Nähe von Valdana entdeckt hatten, war atemberaubend. Der Strand war nur zu Fuß zu erreichen und bestand aus Sand und kleinen Kieselsteinen. Auf der einen Seite formten Granitfelsen ein natürliches Schwimmbecken, dessen Wasser kristallklar und türkisfarben unter der Mittagssonne funkelte. Sie hatten sich ausgiebig im Meer abgekühlt, danach am Strand von der Sonne trocknen lassen und sich anschließend im Schatten eines Felsens kurz, aber leidenschaftlich geliebt. Immer in der Angst, dass zufällig erscheinende Touristen ihr Schäferstündchen stören könnten. Doch diese Bucht lag so versteckt, dass wohl nur Einheimische sie kannten. Noch immer hatte er Allegras Geschmack im Mund, fühlte er ihre warme Haut unter seinen Händen und Lippen, klangen ihre Lustschreie in seinem Kopf nach.

Er drehte den Kopf und linste unter halb geschlossenen Lidern zu ihr hoch. Ihre nassen Haare ringelten sich auf ihrer Haut. Sie tippte mit konzentrierter Miene auf seinem Handy herum, das er ihr überlassen hatte, damit sie ihre E-Mails checken konnte. Ihr Make-up hatte sich im Salzwasser verflüchtigt, lediglich ein Hauch verschmierter Mascara lag unter ihren Augen. Sie wirkte jünger ohne Schminke. Carla ging ohne Make-up nicht mal bis zum Briefkasten. Sie war stets darauf bedacht, einwandfrei auszusehen. Sie tauchte auch nie vollständig im Wasser unter, um ihre Frisur nicht zu ruinieren, und glich beim Schwimmen mit ihrem seltsam erhobenen Kopf einem Schwan mit steifem Nacken. Der Vergleich amüsierte ihn. Nein, Allegra und Carla waren dermaßen unterschiedlich, dass er sich wunderte, je irgendwelche Ähnlichkeiten zwischen den beiden Frauen gesehen zu haben.

Plötzlich überfiel es ihn siedend heiß! Was, wenn Carla ihm gerade in diesem Moment, in dem Allegra sein Handy benutzte, eine SMS sandte? Sie schrieb ihm ständig irgendwelche Nachrichten und sprach auf seine Mailbox, weil sie mit ihm reden wollte. Bis jetzt hatte er alle Mitteilungen von ihr geflissentlich ignoriert. Er brauchte einfach mehr Zeit, um sich klar zu werden, wie es mit ihnen weitergehen sollte. Auch mit Allegra hatte er nicht über Carla gesprochen. Wobei er sich sicher war, dass sie von seiner geplatzten Hochzeit wusste. Dass sie ihn nicht drauf ansprach, rechnete er ihr hoch an. Eine andere Frau hätte ihn vermutlich deswegen gelöchert. Oder interessierte es sie möglicherweise gar nicht? Der Gedanke gefiel ihm nicht sonderlich, obwohl er sich einen Narren schalt. Schließlich wollte er von ihr nicht mehr als eine leidenschaftliche Affäre, bis sie wieder nach Deutschland zurückkehrte. Quid pro quo – eine auf Gegenleistung beruhende Vereinbarung. Genau. Wenn auch stillschweigend getroffen. Trotzdem wäre es ihm unangenehm gewesen, wenn sie zufällig Carlas Nachrichten gelesen hätte.

Er drehte sich auf die Seite und küsste Allegras Bauch. Ihre Haut schmeckte nach Sonnencreme und Salz.

»Na, alles erledigt?«

Sie nickte, schaltete das Handy aus und schob es in die

Hosentasche seiner Jeans, die neben ihren Kleidern auf ihrer Strandtasche lagen. Glück gehabt!

»Ja, es läuft alles wunderbar zu Hause. Und ich bin mir nicht ganz sicher, ob ich mich darüber freuen soll oder es bedauern, dass ich so leicht zu ersetzen bin.«

»Niemand ist unersetzbar, meine Liebe. Außer mir natürlich. Wenn ich am Montag nicht auf der Matte stehe, fällt in Pisa bestimmt der Turm um.«

Allegra grinste. »An deinem Selbstbewusstsein musst du wahrlich nicht mehr arbeiten.« Doch dann wurde sie ernst. »Und was ist mit dem Gut, wenn du wieder in Florenz bist?«

Massimo seufzte. »Wenn ich das wüsste. Ich bin wirklich kein Fachmann, was das Geschäftliche anbelangt. Obwohl ich ständig mit Zahlen und Kalkulationen zu tun habe, traue ich mir nicht zu, einen maroden Betrieb wieder auf Vordermann zu bringen. Wir müssten dafür vermutlich einen Profi engagieren, und der arbeitet auch nicht umsonst. Zudem muss erst die Sache mit Turchi geregelt sein, bevor mein Onkel dem Mistkerl noch das ganze Mobiliar in den Rachen wirft.«

Allegra nickte und strich ihm dabei über die gefurchte Stirn, bis sich seine Zornesfalten glätteten.

»Vielleicht kann ich euch helfen, solange ich hier bin«, schlug sie vor. »Ich kenne mich damit aus. Nach dem Tod meines Großvaters habe ich schließlich auch die Buchhaltung unseres Betriebs übernommen. Budget, Gewinn- und Verlustrechnung, Bilanz, Jahresabschluss, all das ist mir geläufig.« Sie zuckte mit den Schultern. »Wenn ihr wollt, werfe ich gern mal einen Blick darauf.«

Massimo setzte sich auf und wischte sich den Sand von den Händen.

»Echt? Das würdest du tun?«

»Sicher, warum nicht? Schließlich wohnt Nonno schon jahrelang mietfrei auf dem Gut. Und wenn ihr es verkaufen müsstet, würde er das Häuschen verlieren. Das würde ihm das Herz brechen. Nach dem, was ich von dir gehört habe, kann ich es auch nicht mehr schlimmer machen.«

Sie zwinkerte ihm zu.

»Wohl kaum, da hast du recht. Ich danke dir für das Angebot. Natürlich muss ich Lorenzo erst fragen, aber er wird gewiss hocherfreut sein, deine Hilfe in Anspruch nehmen zu können.« Er hauchte ihr einen Kuss auf die Wange. »Eine buchhalterisch begabte Totengräberin? Es geschehen noch Zeichen und Wunder!«

Und bevor sie protestieren konnte, drückte er sie sanft auf das Handtuch und verschloss ihre Lippen mit einem langen Kuss.

47

»Verpasst, ja. Es tut mir leid.« Allegra verzog den Mund. »Wir werden hier übernachten müssen, kommen morgen aber früh zurück, versprochen. Ist bei dir alles in Ordnung? Maria? Verstehe, die gute Seele. Bestell ihr einen Gruß von mir. Ciao, Nonno, ti amo!«

Allegra gab Massimo sein Handy zurück und schüttelte den Kopf. »Er hat doch tatsächlich nur gelacht.«

Sie standen am Pier von Portoferraio und sahen der letzten Fähre zum Festland hinterher. Wie zum Spott tutete sie in diesem Moment zwei Mal.

Nach dem ausgiebigen Sonnenbaden am Nachmittag waren sie kreuz und quer über die Insel gefahren, hatten in einem hübschen Dorf haltgemacht und waren durch die engen Gassen geschlendert. Danach fanden sie in der höher gelegenen Ortschaft Poggio ein gemütliches Restaurant, dessen Terrasse einen atemberaubenden Blick über die Insel und das Meer bot. Bei Wildschweinragout mit Polenta und Mangold, begleitet von einem einheimischen Rotwein, hatten sie schlichtweg die Zeit vergessen. Wer konnte auch wissen, dass um einundzwanzig Uhr die letzte Fähre ablegte?

Massimo steckte grinsend sein Handy weg und strich der aufgebrachten Allegra eine Haarsträhne hinters Ohr.

»Mach nicht so ein finsteres Gesicht, Totengräberin. Das ist doch aufregend. Nun sind wir selbst im Exil gelandet. Wir suchen uns jetzt ein nettes Hotel, einverstanden? Dann besprechen wir den morgigen Tag und wie wir Turchi das Handwerk legen.«

»Na gut.« Dann runzelte sie die Stirn. »Ob man hier um diese Zeit noch einen Schlafanzug kaufen kann?«

»Kaum, aber ich würde ihn dir sowieso gleich wieder ausziehen, also spar dir das Geld.«

»Bingo!« Massimo beugte sich zu Allegra hinab, die im Wagen saß. »Das letzte Zimmer, wir haben Glück.«

»Und wie viel kostet es?«

»Zweihundertfünfzig.«

»Euro?« Sie riss die Augen auf.

»Nein, Lire. – Natürlich Euro, komm, steig aus, ich bin müde.«

Nachdem sie unzählige Hotels nach einem freien Zimmer abgeklappert hatten, war Allegra irgendwann im Wagen sitzen geblieben und hatte Massimo das Nachfragen überlassen.

»Es ist eben Hochsaison. Also wenn du nicht im Auto schlafen willst, beweg deinen hübschen Hintern. Ich sehne mich nämlich nach einer heißen Dusche und einem weichen Bett.«

Sie nickte seufzend und stieg aus. Das im spanischen Stil gebaute Hotel sah schon von außen teuer aus. Sie hätte sich nie für so eine Nobelherberge entschieden, musste aber einsehen, dass es in der Hauptreisezeit nahezu an ein Wunder grenzte, überhaupt noch ein freies Zimmer für eine Nacht gefunden zu haben.

Nachdem sie an der Rezeption die Formalitäten erledigt hatten, geleitete ein junger Mann sie in den ersten Stock, öffnete ihnen die Zimmertür mit einer Karte und verabschiedete sich mit einer zackigen Verbeugung. Massimo drückte dem Angestellten eine Note in die Hand, was diesem ein Lächeln entlockte.

Allegra trat ein, ging zum Fenster und öffnete es. Sie atmete tief durch. Was für ein Ausblick! Die Lichter des Hafens von Portoferraio warfen glänzende Reflexionen auf das spiegelglatte Meer, über dem sich ein samtiger Himmel wölbte. Vereinzelt leuchteten Sterne am Firmament, und in der Ferne fuhr ein beleuchtetes Schiff vorbei. Von irgendwoher drangen Musik und leises Gelächter zu ihnen herauf.

Sie hörte ein Stöhnen, und als sie sich umdrehte, lag Massimo quer über dem ausladenden Doppelbett.

»Ich bin hundemüde!« Er verschränkte die Hände hinter dem Kopf und sah sie fragend an.

»Du oder ich?«

»Bitte?«

»Die Dusche. Wer geht zuerst?«

»Ladies first.«

»Gut. Wenn ich einschlafe, weckst du mich bitte.«

Er unterdrückte ein Gähnen und fuhr sich dann mit einer Hand über das Kinn. Seine nachwachsenden Bartstoppeln zeichneten sich als dunkler Schatten um sein markantes Kinn ab. Wie er so dalag, mit schläfrigen Augen, den engen Jeans und den vom Wind zerzausten Haaren, sah er unheimlich sexy aus. Und noch ehe Allegra darüber nachdachte, sagte sie mit verführerischer Stimme: »Wir können ja auch zusammen duschen, dann schläfst du bestimmt nicht ein.«

In einer stürmischen Umarmung fielen sie aufs Bett. Auf Massimos gebräunten Schultern glitzerten Wasserperlen. Die gemeinsame Dusche hatte sich als akrobatischer Akt erwiesen, denn obwohl das Zimmer großzügig bemessen war, glich die Nasszelle mehr einem Telefonhäuschen. Allegra strich mit ihren Lippen über sein stoppeliges Kinn und genoss das raue Gefühl. Er roch nach dem Duschgel, das das Hotel seinen Gästen zur Verfügung stellte. Irgendetwas mit Kräutern, herb, aber nicht unangenehm.

Massimo strich ihr das feuchte Haar aus der Stirn, fuhr mit dem Daumen sanft über ihre Augenbrauen und betrachtete danach eingehend ihr Gesicht, als sähe er es zum ersten Mal.

»Alles zu Ihrer Zufriedenheit, Signor Visconti?«, fragte sie lächelnd und strich dabei mit ihren Fingerspitzen über seinen muskulösen Rücken bis zu seinem Po hinab. Er erschauerte.

»Perfetto«, raunte er und küsste sie stürmisch.

Ein süßes Ziehen breitete sich zwischen ihren Schenkeln aus, und sie begann sich unter ihm zu winden. Es war unglaublich, wie er ihre Lust mit nur einem Kuss entfachen konnte, als wäre sie trockener Zunder und er ein einzelner Funke. Immerhin beruhte die Anziehungskraft auf Gegenseitigkeit, denn als ihre Hand nach seiner Männlichkeit tastete, spürte sie deutlich sein Verlangen. Trotzdem ließ er sich Zeit. Die schnelle Vereinigung heute Nachmittag am Strand hatte bloß der kurzen Befriedigung gedient. Jetzt wollten sie einander genießen, herausfinden, was der andere mochte und brauchte. Eine Entdeckungsreise der Lust! Mit seinen Lippen, seiner Zunge und seinen Fingern erkundete Massimo jeden Winkel ihres Körpers, bis sie meinte, vergehen zu müssen, wenn er sie nicht sofort erlöste. Sie keuchte und stieß eine Verwünschung aus, weil er ihrem Drängen nach Vereinigung nicht nachgab. Massimo lachte heiser. Und als sie nicht mehr länger warten wollte – warten konnte! –, stemmte sie ihre Hände auf seine Brust und schob ihn sanft, aber unmissverständlich auf den Rücken.

»Warte, Freundchen, das kann ich auch.«

Er verschränkte grinsend die Hände hinter dem Kopf und ergab sich ihrer Folter. Jetzt war sie es, die ihn zum Stöhnen brachte, bis er sich wand. Sie genoss die Macht, die sie über ihn hatte, und sie wollte, dass er sie anflehte und darum bettelte, ihn von den lustvollen Qualen zu erlösen.

Irgendwann hielt er ihre Handgelenke fest, stieß keuchend die Luft aus und schüttelte den Kopf. Seine Augen wirkten in dem schwachen Licht fast schwarz. Er rollte sie in einer einzigen Bewegung auf den Rücken und bedeckte ihren Körper mit dem seinen. Als er in sie eindrang, explodierte die Welt, und die Zeit schien sich zu dehnen. Alles wurde klarer, bedeutsamer, intensiver. Sie roch das Meer durch das offene Fenster, hörte die ferne Brandung, einen Nachtvogel schreien. Ihre Haut prickelte, als würde sie in Champagner baden. Sie warf den Kopf in den Nacken und ließ sich fallen, an den Ort, wo nichts mehr existierte, außer einem Strudel aus Gefühlen und dem Mann, den man liebte.

48

Das Tuten der Fähre drang durchs offene Fenster. Massimo schlug die Augen auf und blinzelte in die strahlende Morgensonne. Sie hatten gestern weder die Vorhänge zugezogen noch das Licht ausgeschaltet. Nach dem Liebesspiel waren sie beide erschöpft eingeschlafen.

Er wandte den Kopf. Allegra schlief noch. Sie hatte sich wie eine Mumie in die gemeinsame Bettdecke eingewickelt, im Gegensatz dazu lag er selbst nackt daneben und rieb sich fröstelnd die Arme. Sachte zog er an einem Zipfel, doch die Mumie knurrte nur, drehte sich um und schlang dabei die Decke noch fester um ihren Körper. Er schüttelte schmunzelnd den Kopf.

»Egoistin«, flüsterte er und betrachtete dabei ihr friedliches Gesicht. Ein warmes Gefühl durchrieselte ihn dabei. Sie wirkte so unschuldig, als könne sie kein Wässerchen trüben. Doch wenn er an gestern Nacht dachte, sollte er das Wort unschuldig gleich wieder streichen. Sie war eine leidenschaftliche Frau, die genau wusste, was sie brauchte, und es sich auch nahm. Im Gegenzug gab sie jedoch genauso viel zurück. Sie harmonierten wunderbar im Bett, als ob sich ihre Körper schon immer gekannt hätten. Schade, dass sie bald wieder nach Deutschland zurückfuhr. Wenn nicht, könnten sie nämlich …

Verdammt, er musste sich solche Gedanken sofort aus dem Kopf schlagen! Er hatte bereits eine Freundin, sogar eine zukünftige Frau. Wobei er sich bei Letzterem nicht mehr so sicher war. Und überhaupt, zwischen ihm und Allegra bestand bloß eine sexuelle Beziehung, die bald – vermutlich schon heute – abbrechen würde, wenn er wieder nach Florenz zurückfuhr.

Eine Gänsehaut überzog seinen Körper. Er würde sich noch erkälten! Leise stand er auf, schnappte sich seine Kleider und ging ins Badezimmer. Nachdem er geduscht und sich angezogen hatte, griff er nach der Einwegzahnbürste des Hotels und öffnete die dazugehörige Zahnpastatube. Er betrachtete sich kritisch im Spiegel. Leider gab es hier keinen Wegwerfrasierer. Nun ja, wenn er heute schon einen Verbrecher treffen würde, konnte er schließlich selbst auch wie einer aussehen.

Obwohl sie sich vorgenommen hatten, gestern Abend die bevorstehende Begegnung mit Turchi einmal durchzuspielen, waren sie nicht mehr dazu gekommen. Im Grunde hatte er, auch wenn er das gegenüber Allegra so großspurig behauptet hatte, überhaupt keinen Plan, wie er Lorenzos angeblichem unehelichen Sohn gegenübertreten wollte. Weder einen improvisierten noch einen ausgeklügelten. Turchi ging davon aus, dass ihm ein Gemälde mit zweifelhafter Herkunft angeboten würde. Fein, aber woher bekam er so eines? Anscheinend verstand dieser Mistkerl etwas von Malerei und würde eine billige Kopie auf hundert Meter erkennen. Und selbst wenn er ein antikes Bild auftrieb, wie ging er weiter vor? Allegras Vorschlag, die Polizei einzuschalten, wurde immer verlockender. Immerhin ging es um Erpressung, vermutlich auch um Hehlerei, wenn nicht sogar um Einbruch, und diesem Turchi musste das Handwerk gelegt werden. Doch wie konnte man Lorenzos Fehltritt geheim halten, wenn sie den Kerl anzeigten? Für die Presse wäre die Geschichte ein gefundenes Fressen, und früher oder später würde Fulvia etwas davon mitbekommen.

»Mist!«, knurrte Massimo, drückte einen Klecks Zahnpasta auf die Zahnbürste und putzte sich die Zähne. Irgendetwas musste er sich einfallen lassen, und zwar schnell!

»Und du glaubst tatsächlich, dass sie noch einmal mit uns spricht?«

Allegra versuchte, ihre Locken mit einem Haargummi zu bändigen. Nach einem ausgiebigen Frühstück waren sie von Elba aufgebrochen und nun auf dem Weg nach Florenz. Es war noch früh am Sonntagmorgen, der Verkehr erträglich, und sie kamen gut voran. Massimo rechnete damit, dass sie kurz vor Mittag ankämen.

Er zuckte mit den Schultern und schob die Sonnenbrille mit dem Zeigefinger höher.

»Im Grunde nicht, aber ich klammere mich an jeden Strohhalm. Kannst du auf Kommando weinen?«

Allegra riss verblüfft die Augen auf, und er lachte. »Vielleicht erweichen Tränen ja ihr Herz.«

»Gut möglich. Nicht, dass ich vorhabe, in Tränen auszubrechen, aber Turchis Mutter schien mir eine gottesfürchtige Frau zu sein. Wenn wir ihr erklären, dass deine Tante schwer herzkrank ist und der Schock über das Verhältnis ihres Mannes sie eventuell umbringen könnte, erzählt Mirella uns vielleicht, ob Lorenzo der leibliche Vater ist.« Sie atmete tief durch. »Nur, was ist, wenn sie es bestätigt?«

Massimo seufzte. »Ehrlich gesagt, weiß ich es nicht. Gestern schien mir ein Treffen mit dem Kerl noch die einzige Möglichkeit, dem allen ein Ende zu setzen. Doch je länger ich darüber nachdenke, desto …« Er schüttelte den Kopf. »Auf irgendeine Weise wird jemand zu Schaden kommen. Ich hoffe nur, es wird nicht meine Tante sein.«

Allegra legte ihm eine Hand auf den Schenkel und streichelte mit dem Daumen gedankenverloren über seine Jeans. Es kitzelte, doch er genoss die Berührung, deshalb legte er seine Hand auf die ihre und drückte sie sanft. Es fühlte sich gut an, sie an seiner Seite zu wissen, und er wusste bereits sicher, dass er die kleine Totengräberin in Zukunft vermissen würde.

49

Sie erreichten die Autobahn. Massimo beschleunigte und blieb auf der linken Spur, als müsste er sich beeilen. Die toskanische Landschaft flog vorbei. Braune Felder gingen in grün belaubte Weinberge und knorriges Buschland über. Im morgendlichen Dunst in der Ferne erhoben sich bewaldete Hügel. Zypressen und hochstämmige Zedern flankierten einsam gelegene Gehöfte. Und auf den Hügelkämmen thronten kleinere Dörfer im Morgenlicht. Als sie den Großraum von Florenz erreichten, wurde der Verkehr dichter. Die reizvolle Landschaft wurde von hässlichen Industrieanlagen, Tankstellen und Betonbunkern abgelöst. Wären nicht die italienischen Wegweiser gewesen, hätte man sich in jeder beliebigen europäischen Vorstadt wähnen können.

Sie sprachen während der Fahrt kaum miteinander. Jeder hing seinen Gedanken nach, malte sich das kommende Szenario aus und was daraus erwachsen würde. Allegra hätte sich gern umgezogen, doch ein Abstecher nach Montalcino hätte zu viel Zeit gekostet. Und weder Mirella Turchi noch ihr missratener Sohn würden sich vermutlich an ihrer zerknitterten Kleidung vom Vortag stören.

Massimo starrte während der Fahrt mit unbeweglicher

Miene auf die Straße. Ab und zu presste er die Lippen zusammen, sodass sich seine Wangenmuskeln anspannten. Er wirkte zugleich gelassen und nervös, wenn das überhaupt möglich war. Was ging wohl in seinem Kopf vor? Dachte er nur an die Treffen mit den Turchis? Oder vielleicht auch an die Frau, die neben ihm saß und mit der er eine wunderbare Liebesnacht verbracht hatte? Und möglicherweise daran, wie schnell er die Beziehung mit ihr wieder beenden konnte?

Bei dem Gedanken wurde Allegra das Herz schwer. Sie konnte sich noch so dagegen wehren, Fakt war, dass sie sich in Massimo Visconti verliebt hatte. Mit Haut und Haaren, unsterblich und gegen jede Vernunft. Sie war so eine dumme Kuh! Himmel noch mal, der Mann war so gut wie verheiratet! War sie denn verrückt geworden?

Sie betrachtete ihn verstohlen. Der Dreitagebart stand ihm gut. Er sah dadurch verwegen aus, wie ein Pirat auf Beutezug. Seine sonst so akkurat gestylten Haare wirkten, in Ermangelung von Gel, natürlicher und fielen ihm locker in die Stirn. Allegra unterdrückte den Drang, ihm eine Strähne zurückzustreichen. Obwohl sie sich in den vergangenen zwei Tagen körperlich sehr nahe gekommen waren, hatten weder er noch sie von Gefühlen gesprochen. Er, weil er offensichtlich keine für sie hegte, und sie, weil sie sich nicht lächerlich machen wollte. Sicher, er mochte sie, das spürte sie, seine Antipathie ihr gegenüber war völlig verschwunden. Aber mehr als ein zeitweiliges Abenteuer sah er anscheinend nicht in ihr.

Und wo trieb sich eigentlich seine Verlobte herum? Er sprach nie von ihr. Sie schwebte über ihnen wie ein Phantom. War das normal? Allegra an seiner Stelle hätte sich weidlich über einen Partner, der sie so kurz vor der Heirat hinterging, ausgelassen. Verflucht hätte sie den Kerl, ihm jedes Übel an den Hals gewünscht und dass ihm die wichtigsten Körperteile abfaulten, vor allem eines! Und Massimo? Nichts, kein Sterbenswörtchen.

Sie schätzte ihn als stolzen Mann ein. War es das? Hielt ihn dieser Stolz davor zurück, über seine Verlobte und deren Fehltritt zu sprechen? Gefiel er sich nicht in der Rolle des Gehörnten? Kratzte das zu sehr an seinem Ego? Ja, das ergab Sinn. Er nahm die Sache vermutlich als persönliche Niederlage. Aber würde er seiner Auserwählten letztendlich doch verzeihen und nach einer Weile die Hand zur Versöhnung reichen? Vielleicht buchte er das Ganze als einmaligen Ausrutscher, als vorhochzeitliche Panikattacke ab.

So gern sie mit ihm darüber gesprochen hätte, eine undefinierbare Scheu hielt sie davon ab, das Thema anzusprechen. Möglicherweise, weil sie fürchtete, die Illusion, zwischen ihnen bestünde mehr als sexuelle Anziehungskraft, würde sich in Luft auflösen.

Allegra unterdrückte ein Seufzen. Wie sie es auch drehte und wendete, sie stand am Ende höchstwahrscheinlich als Verliererin da. Denn ob Massimo für sie nun tiefere Gefühle hegte oder nicht, zu seiner Braut zurückging oder nicht, sie würde die Toskana bald verlassen müssen, und das eindeutig mit einem gebrochenen Herzen.

»Wir sind gleich da.«

Seine Stimme riss sie aus ihren Gedanken, und sie zuckte erschrocken zusammen.

»Alles in Ordnung?«, fragte er und sah sie über die Sonnenbrille mit gerunzelter Stirn an.

»Klar doch«, erwiderte sie betont munter. »Könnte nicht besser sein!«

50

Die Piazza del Mercato Centrale sah noch genauso aus wie am Freitag, als sie Mirella Turchi das erste Mal aufgesucht hatten: ein buntes Gemisch aus Einheimischen und Touristen und das übliche Verkehrschaos. Sogar die älteren Männer auf ihren Klappstühlen vor den Häuserzeilen wirkten, als hätten sie sich in den drei Tagen keinen Zentimeter bewegt.

Um drei musste Massimo am Caffè Duomo sein, und noch immer hatte er kein Bild aufgetrieben, das er Turchi zeigen konnte. Wenn er ohne Gemälde auftauchte, würde der vermutlich gleich merken, dass etwas faul war. Kurzerhand stoppte er den Wagen mitten auf der Straße, ließ den Motor laufen und stieg aus. Allegras fragendes Gesicht und das ärgerliche Hupen der Autofahrer hinter ihm ignorierte er geflissentlich. Er hastete zum nächstgelegenen Marktstand, griff nach einem kitschigen Gemälde, das eine blau gewandete Madonna mit dem Jesuskind zeigte, und bat die Verkäuferin, es in Papier einzuschlagen. Dann drückte er der verblüfften Frau einen Fünfziger in die Hand und rannte, ohne auf das Wechselgeld zu warten, zu seinem Wagen zurück.

»Hier!«, er legte Allegra das Bild auf den Schoß. »Nur für alle Fälle.«

Sie nickte, und er fuhr los. Nach zehn Minuten zermürbendem Herumfahren auf der Suche nach einem Parkplatz fanden sie endlich eine Lücke vor einem Mietshaus, das gerade renoviert wurde. Er quetschte sein Auto zwischen eine Mulde mit Bauschutt und einen Auslegerkran. Dann stiegen sie aus und schlugen den Weg zum Marktplatz ein.

»Wird sie uns überhaupt hereinlassen?«, fragte Allegra. Sie wirkte angespannt. Ihre Haut hatte von dem Tag auf Elba einen leichten Bronzeton angenommen. Sie sah bezaubernd aus, auch wenn in ihren Augen ein Hauch von Angst zu erkennen war. Er griff nach ihrer Hand und zog sie an seine Lippen.

»Das hoffe ich doch sehr«, gab er zur Antwort und lächelte tapfer. Auf keinen Fall wollte er vermitteln, dass er sich dessen überhaupt nicht sicher war.

»Du kannst Turchi doch anrufen, ihm sagen, dass etwas dazwischengekommen sei, und einen neuen Termin vereinbaren. So würden wir Zeit gewinnen.«

Daran hatte er selbst schon gedacht. Etwas mehr Zeit, um sich die nächsten Schritte zu überlegen, wäre nicht schlecht gewesen. Aber morgen musste er wieder arbeiten, und ob sich Diego Turchi nach einer Abfuhr nochmals dazu bereit erklären würde, sich mit ihm zu treffen, war fraglich.

»Schauen wir doch jetzt erst einmal, was seine Mutter sagt. Danach entscheiden wir, wie es weitergeht, einverstanden? Immerhin sind es noch knapp drei Stunden bis zum Treffen. Und überhaupt habe ich nicht umsonst ein Madonnenbild gekauft. Sie wird uns schon helfen.«

Er zwinkerte Allegra zu, doch der kleine Scherz verfehlte seine Wirkung. Sie sah ihn nur stumm an, und ihre wunderschönen Augen wirkten auf einmal riesengroß vor Sorge.

Mittlerweile waren sie vor Mirellas Hauseingang angekommen. Massimo drückte die oberste Klingel. Keine Reaktion. Er versuchte es nochmals. Wieder nichts. Verdammt, dass sie nicht zu Hause sein könnte, hatte er nicht bedacht.

»Und was jetzt?«, fragte Allegra.

Gute Frage. Er strich sich mit einer Hand über sein stoppeliges Kinn und schob die Sonnenbrille in die Haare. Sollten sie hier auf Mirellas Rückkehr warten? Aber was, wenn sie erst spät zurückkam? Oder gar nicht? Vielleicht hatte ihr Besuch am Freitag sie dazu veranlasst, Florenz zu verlassen. Möglicherweise, um zu ihrem Sohn zu fahren – wo immer der sich aufhielt – und ihn zu warnen, dass sich Leute nach ihm erkundigten.

»Massimo?«

Allegra zupfte ihn am Ärmel.

»Herrgott noch mal, ich weiß es doch auch nicht!«, herrschte er sie an. Ihre Fragerei ging ihm plötzlich furchtbar auf die Nerven.

»Nun halt aber mal den Ball flach, ja?«, gab sie wütend zurück. »Es ist immerhin nicht meine Schuld, dass eure Familie in der Klemme steckt.«

Er stieß die Luft aus.

»Du hast recht, entschuldige.«

Er hatte es sich so einfach vorgestellt: Mirella Turchi würde ihnen versichern, dass Diego nicht Lorenzos Sohn sei, und danach könnten sie zur Polizei gehen und den Mistkerl anzeigen. Aber die Wirklichkeit sah anders aus. Er war eben nicht James Bond, der innerhalb von zwei Stunden den Bösewicht zur Strecke brachte, die schöne Frau bekam und auch immer einen freien Parkplatz vor dem Haus fand.

»Lass uns etwas essen gehen«, schlug Allegra vor und wies mit dem Kopf auf das indische Lokal. »Hier rumzustehen bringt auch nichts.«

Obwohl er nicht den leisesten Hunger verspürte, nickte er und trottete ihr lustlos hinterher. Die indische Rosticceria empfing sie mit einem überwältigenden Potpourri aus exotischen Düften. Überraschenderweise knurrte sein Magen jetzt doch.

Sie reihten sich in die Schlange der Wartenden vor der lang gezogenen Theke ein. Auf einem Anschlag dahinter wurden diverse Spezialitäten mit Foto angepriesen. Zum Glück, denn außer Chicken Tikka Masala kannte Massimo kein einziges indisches Gericht. Allegra bestellte ein Fladenbrot namens Paratha und er Vindalho, was ihm einen erstaunten Blick ihrerseits einbrachte. Er wusste nicht wieso, denn das Essen sah auf dem Bild wirklich lecker aus, bis er es kostete. Das Zeugs war scharf wie ein Samuraischwert!

»Herr im Himmel!«, stammelte er und wedelte sich mit der Hand Luft zu. »Was ist denn da alles drin?«

Allegra lachte. »Soweit ich weiß, Chili, Pfeffer, Kreuzkümmel, Ingwer, Kardamom, Koriander, Kurkuma und sonst noch ein paar hübsche Gewürze. Also alles, was der indische Subkontinent zu bieten hat. Schmeckt's denn?«

Er griff hastig nach der Büchse Cola und leerte sie in einem Zug. »Wenn die Flammen in meinem Mund erloschen sind, beantworte ich dir die Frage gern.«

Sie lachte wieder und biss genüsslich in ihr Fladenbrot. Während sie kaute, sah er verstohlen auf seine Uhr. Kurz nach eins. Die Zeit lief ihnen davon.

»Vielleicht ist sie in der Kirche«, sagte Allegra plötzlich. »Wann ist die Messe denn zu Ende?«

»Wir sind in Florenz, meine Gute. Hier kannst du den ganzen Tag in die Messe gehen. Vor allem, wenn du katholisch bist. Wenn ein Gottesdienst aufhört, gehst du einfach zur nächsten Kirche, wo gerade wieder einer anfängt. Allein im Zentrum gibt es sicher über zwanzig katholische Gotteshäuser.«

»Eine dumme Frage, verstehe.«

Massimo zögerte einen Moment, bevor er den Teller von sich schob.

»Ich werde wie abgemacht um drei Uhr zum Caffè Duomo gehen. Es ist ein gut frequentiertes Lokal, mir wird schon nichts passieren. Während des Treffens werde ich Turchi auf den Zahn fühlen und danach entscheiden, was zu tun ist.«

»Und was mache ich so lange? Am Nebentisch sitzen und Beweisfotos mit dem Handy schießen?«

»Du bleibst im Wagen.«

Sie riss die Augen auf. »Was? Spinnst du? Auf keinen Fall werde ich das tun!«

»Doch. Ich will nicht, dass du dich in Gefahr begibst. Wir kennen den Kerl nicht. Es ist sicherer.«

»Vergiss es!« Sie sprang von ihrem Stuhl auf. Ihre Augen funkelten wütend. »Erst hetzt du mich durch die halbe Welt, und jetzt soll ich brav im Wagen warten? Keine Chance! Wir ziehen das gemeinsam durch.«

Er schüttelte den Kopf. »Sei bitte vernünftig, Allegra. Du …«

Sie griff in ihre Handtasche und holte ihr Handy heraus.

»Was hast du vor?«

»Ich rufe jetzt die Polizei an.«

51

Von dem indischen Lokal bis zum Caffè Duomo waren es bloß zehn Minuten zu Fuß. Während sie durch Florenz' bevölkerte Straßen eilten, sagte Massimo kein Wort. Seine fest zusammengepressten Lippen und die steile Falte über seiner Nasenwurzel ließen Allegra vermuten, dass er mächtig sauer auf sie war. Sie hatte in Wirklichkeit gar nicht vorgehabt, die Carabinieri anzurufen. Abgesehen davon, dass sie die Notrufnummer der italienischen Polizei nicht kannte, hatte sie ihn nur unter Druck setzen wollen. Und das hatte wunderbar geklappt! Doch Massimos Schweigen lastete auf ihr wie das indische Fladenbrot in ihrem Magen. Sie unterdrückte ein Rülpsen und räusperte sich.

»Es tut mir leid«, sagte sie und legte versöhnlich ihre Hand auf seinen Arm, unter dem das Bild klemmte, das er vorhin auf dem Markt gekauft hatte. Abrupt blieb er stehen.

»Ich mag es nicht besonders, wenn man mich erpresst!«, stieß er hervor, schüttelte ihre Hand ab und funkelte sie dabei böse an.

»Ja, entschuldige. Ich lasse mich aber auch nicht gern in die Rolle der unbeteiligten Zuschauerin drängen.«

Er schnaubte verächtlich.

»Es wäre lediglich zu deinem Schutz gewesen, schließlich

hat er dich auf dem Gut gesehen. Und wenn er schlau ist, riecht er den Braten und verduftet ungesehen. Oder er fühlt sich in die Ecke gedrängt, und weder du noch ich wissen, was er dann anstellt. Aber anscheinend ist dir das egal. Fein, dann soll es so sein. Sag aber hinterher nicht, ich hätte dich nicht gewarnt.«

Mit diesen Worten drehte er sich um und ließ sie einfach stehen. Sie zog eine Grimasse. Hatte sie es verdient, so angefahren zu werden? Wie gefährlich konnte es schon sein, in aller Öffentlichkeit einen Erpresser zu treffen? Ja, Turchi hatte sie auf Lorenzos Gut gesehen, aber sie hatte ja auch nicht vor, ihm gegenüberzutreten. Nach Massimos Erzählung handelte es sich beim Caffè Duomo um ein beliebtes Lokal. Sie fände sicher einen Platz in unmittelbarer Nähe, von dem aus sie das Treffen zwar bezeugen könnte, aber nicht direkt in der Schusslinie stünde. Bei dieser Redewendung lief ihr dennoch ein kalter Schauer über den Rücken.

Von einem nahen Glockenturm schlug es halb drei, und sie beeilte sich, Massimo zu folgen. Während sie durch die Touristenströme hetzten, versuchte sie, die Bilder von blutenden Schusswunden aus ihrem Kopf zu verbannen. Es würde schon alles gut gehen.

Das Caffè Duomo lag auf der Rückseite der Kathedrale Santa Maria del Fiore. Von der Terrasse aus sah man direkt auf die beeindruckende, aus dreifarbigem Marmor bestehende Fassade der Bischofskirche. Durch die Gasse schob sich ein nicht endender Strom aus sommerlich gekleideten Touristen, die Erinnerungsfotos knipsten und in Sprachen aus aller Herren Länder parlierten. An der Ecke der Via dei Servi blieb Massimo stehen. Allegra gesellte sich zu ihm. Das Herz schlug ihr bis zum Hals, und sie verspürte das dringende Bedürfnis, eine Toilette aufzusuchen. So viel zu ihren Talenten als Bond-Girl.

»Ich gehe zuerst«, raunte er, »du suchst dir einen Platz in der Nähe. Aber halte dich bitte im Hintergrund. Ich will nicht, dass er dich entdeckt.«

Allegra nickte wortlos. Ihr Hals war wie zugeschnürt. Massimo musterte sie mit hochgezogenen Augenbrauen.

»Alles in Ordnung?«

»Ja«, krächzte sie.

Er beugte sich zu ihr hinunter und streifte ihre Wange mit seinen Lippen.

»Wird schon schiefgehen.«

Und noch bevor sie ihre Arme um ihn schlingen konnte, straffte er die Schultern und bog in die Piazza del Duomo ein. Sie beobachtete ihn, wie er auf das Lokal zuschlenderte. Er wirkte unbeteiligt, als sei dies das Natürlichste auf der Welt, und sie beneidete ihn um seine Kaltblütigkeit. Sie hingegen schlotterte vor Nervosität, und das Paratha in ihrem Magen machte Anstalten, wieder ans Tageslicht zu kommen.

»Merke«, flüsterte sie vor sich hin, »vor gefährlichen Außeneinsätzen keine indische Küche.«

Fast hätte sie losgekichert, doch sie schluckte den aufkommenden Lachanfall hinunter und versuchte sich zu beruhigen. Mittlerweile war Massimo schon zweimal an dem Lokal vorübergegangen, ohne einen freien Platz zu finden. Sie hielt die Luft an. Würde das Treffen daran scheitern? Kein Platz, kein Turchi? Oder war der Kerl womöglich schon da?

Sie reckte den Hals und verfluchte eine Gruppe Japaner, die in diesem Moment vor ihr auftauchte und ihr mit ihren blöden Handysticks die Sicht versperrte. Wie viel Zeit blieb ihnen noch? Bestanden Erpresser auf Pünktlichkeit? Endlich zogen die Japaner weiter, und die Sicht war wieder frei. Zeitgleich erhob sich ein junges Pärchen von einem der Tische, und noch ehe jemand anderes sich hinsetzen konnte, schnappte sich Massimo den frei werdenden Platz und stellte demonstrativ das in Zeitungspapier eingeschlagene Bild auf den zweiten Stuhl. Sie stieß erleichtert die Luft aus. Jetzt war sie an der Reihe.

Sie atmete einmal tief durch und marschierte los, bis ihr

bewusst wurde, dass sie ihr Tempo den schlendernden Touristen anpassen musste, um nicht aufzufallen. Sie ging an der Caffetteria vorbei, verbot es sich, Massimo anzusehen, und blieb vor einer Buchhandlung stehen. Mit gelangweilter Miene betrachtete sie die Auslagen im Schaufenster und warf dann einen heimlichen Blick zurück. Massimo hatte beim herbeieilenden Kellner eine Bestellung aufgegeben. Der zweite Platz an seinem Tisch war immer noch leer. Und bisher war auch noch kein zusätzlicher Platz auf der Terrasse frei geworden. Mist! Es würde ihr nichts anderes übrig bleiben, als entweder ständig auf und ab zu gehen, bis jemand aufstand, oder es im Innern des Lokals zu versuchen. Die zweite Möglichkeit erschien ihr vielversprechender, also trat sie in den mit halbhohen Glaswänden abgetrennten Gastronomiebereich, durchschritt ihn mit erhobenem Kopf und verschwand im Lokal. Als sich ihre Augen an den Lichtwechsel gewöhnt hatten, musste sie jedoch feststellen, dass auch hier kein Tisch frei war. Was sollte sie jetzt tun? Jeden Augenblick konnte Turchi auftauchen, und wenn sie hier so blöd herumstand, würde er sie bestimmt gleich bemerken. Kurz entschlossen trat sie an einen Vierertisch. Eine junge Familie mit zwei kleinen Kindern, die sich mit viel Enthusiasmus Tomatenspaghetti ins Gesicht schmierten, hatte ihn belegt. Anhand der Kleidung, der hellen Haut und des aufgeschlagenen Baedeker auf dem Tisch folgerte Allegra, dass es sich um Touristen handelte, und sie fragte auf Englisch, ob sie sich zu ihnen setzen dürfe. Nach einem ersten erstaunten Blick nickten die beiden Erwachsenen dann aber lächelnd, und sie zog sich einen Stuhl heran. Geschafft!

52

Obwohl das Caffè Duomo im Schatten der mächtigen Kathedrale lag, war es unerträglich heiß auf der Terrasse. Schweißtropfen bildeten sich auf Massimos Stirn, und er wischte sie mit dem Handrücken schnell weg. Allegra hatte einen Platz im Innern des Lokals ergattert. Wenn er sich im Stuhl zurücklehnte, konnte er knapp ihre Schulter sehen und ihren wippenden Pferdeschwanz, wenn sie den Kopf bewegte. Gut! So würde sie Turchi höchstwahrscheinlich nicht bemerken. Trotzdem bedauerte er es, ihr nicht noch einen letzten, aufmunternden Blick zuwerfen zu können. Obwohl er nicht glücklich war, dass sie ihn mit ihrer Finte dazu gebracht hatte, ihn begleiten zu dürfen, war er jetzt froh, sie in seiner Nähe zu wissen. Er war anscheinend doch nicht so mutig, wie er geglaubt hatte.

Er linste unauffällig auf seine Uhr. Schon zehn nach drei. Pünktlich war der Scheißkerl ja nicht! In den vergangenen Minuten hatte er den freien Stuhl an seinem Tisch wie ein Torwächter verteidigen müssen, was ihm mehrere böse Blicke seitens der Gäste und auch des Kellners eingebracht hatte. Das Lokal bot durchgehend warme Küche an, und jeder Stuhl auf der Terrasse war heiß begehrt. Obwohl er schon nervös genug war, bestellte er sich einen weiteren Ristretto, dazu ein Mineralwasser. Das Glas beschlug augenblicklich, als der Kellner es vor ihn hinstellte und gleich kassierte. Anscheinend sah er nicht sehr vertrauenswürdig aus.

Massimo lehnte sich zurück und nippte an dem eisgekühlten Getränk. Was sollte er tun, wenn Turchi nicht auftauchte? Und, was ihn noch mehr beschäftigte, was sollte er tun, wenn der Erpresser tatsächlich kam? Noch immer hatte er keinen konkreten Plan, und beinahe wünschte er sich, dass Turchi ihn versetzte.

Massimo holte sein Handy aus der Hosentasche. Nichts. Weder ein Anruf noch eine Kurzmitteilung. Er verstaute es wieder und kippte den Kaffee in einem Zug hinunter. Der Ristretto war heiß und bitter und verbrannte ihm die Zunge. Anschließend beobachtete er mit gelangweilter Miene die Menschen um ihn herum. Allegra hatte ihm Turchi beschrieben: klein, stämmig, schwarzes gewelltes Haar, dazu Bartträger. Bewusst hielt er Ausschau nach so einem Typen, hoffend und zugleich fürchtend, ihn zu entdecken. Doch die vorbeiziehenden Gesichter blieben eine homogene Masse aus Unbeteiligten, von denen keines auf Allegras Beschreibung zutraf.

Eine halbe Stunde würde er ausharren, dachte er, dann konnte ihm Turchi den Buckel hinunterrutschen.

»Ist hier noch frei?«

Zum wiederholten Mal wollte er verneinen, doch als er sich umdrehte, blickte er in das Gesicht eines bärtigen Mannes. Verflucht, wie war der so plötzlich aufgetaucht? Und woher gekommen? Massimos Hände wurden schlagartig eiskalt, doch mit normaler Stimme erwiderte er: »Wenn Sie Bilder mögen, sind Sie willkommen.«

Der Mann nickte. Massimo langte nach dem Madonnenbild und stellte es neben seinen Stuhl. Turchi setzte sich. Der Kellner trat an ihren Tisch, doch Diego verscheuchte ihn mit einer knappen Handbewegung. Also kein netter Plausch am Sonntagnachmittag.

»Zeigen Sie es mir«, befahl Turchi und streckte fordernd die Hand aus. Seine dunklen, nahe zusammenstehenden Augen fixierten ihn eindringlich. Über seiner fleischigen Nase berührten sich die Augenbrauen beinahe. Er sah ein bisschen wie Bert aus der Sesamstraße aus und ähnelte seinem Onkel überhaupt nicht, was Massimo erheblich erleichterte. Doch fehlende Familienähnlichkeit bewies noch lange nicht, dass Lorenzo an der Zeugung dieses unsympathischen Subjekts nicht beteiligt gewesen war.

»Das Bild«, sagte Turchi nochmals.

Was jetzt? Sobald er es auspackte, flog der Schwindel auf, und der Mistkerl verschwand auf Nimmerwiedersehen. Er konnte sich vielleicht damit herausreden, dass er gemeint hätte, das Madonnenbild sei wertvoll. Aber selbst wenn er sich als vollkommener Idiot ausgab, würde Turchi Leine ziehen.

Wie ein Schwarm Fliegen flitzten plötzlich tausend Ideen durch Massimos Kopf. Sollte er Diego nötigen, doch etwas zu trinken? In Fernsehkrimis packte die Polizei jeweils das benutzte Glas in eine Plastiktüte, um die DNA untersuchen zu lassen. Nur blöderweise war sein Gegenüber anscheinend nicht durstig. Oder sollte er über den Tisch greifen und dem Kerl ein Haar samt Wurzel ausreißen? Sich einfach auf ihn stürzen und so lange auf ihn einprügeln, bis er zugab, nicht Lorenzos Sohn zu sein? Vielleicht fing er an zu bluten, und Blut war gewiss noch leichter zu untersuchen als Speichel. Aber das Lokal und die Piazza waren voller Menschen. Sie würden ihn, als den Angreifer, zurückhalten, dem vermeintlichen Opfer helfen, und am Ende landete bestimmt der Falsche im Knast.

Massimo schluckte. Das war alles Blödsinn! Es gab nur einen Weg, den er gehen konnte. Er atmete tief durch: »Warum erpressen Sie meinen Onkel?«

53

»Ja, eine wunderbare Stadt!«

Allegra nickte lächelnd und versuchte dabei, Massimo nicht aus den Augen zu lassen. Die junge Familie, an deren Tisch sie sich gesetzt hatte, stammte aus Inverness. Das rollende R in ihrer Aussprache wies untrüglich auf ihre schottischen Wurzeln hin. Die Eltern waren entzückt darüber, dass sie jemanden gefunden hatten, der Englisch sprach, und innerhalb von fünf Minuten kannte Allegra nahezu deren ganzen Lebenslauf. Greg arbeitete als Versicherungsfachmann, und Megan war vor der Geburt der Kinder in der Erwachsenenbildung tätig gewesen. Die spaghettiverschmierten Mädchen hießen Davina und Sarah-Aileen und waren drei beziehungsweise fünf Jahre alt. Die Buchanans reisten mit einem Wohnmobil zum ersten Mal durch Italien, übers Festland überhaupt, und fanden alles ›great‹ und ›amazing‹.

Der Kellner brachte Allegra einen Cappuccino, auf dessen schaumiger Oberfläche ein Kakaoherz prangte. Nervös nippte sie an dem heißen Getränk und hörte Megans Ausführungen, wie unpraktisch der Rechtsverkehr doch sei, nur mit halbem Ohr zu. Über der aus dunklem Holz gefertigten Theke im hinteren Teil des Caffè Duomo hing über einer erklecklichen Auswahl an kopfüber angebrachten Flaschen mit Hochprozentigem eine altmodische Uhr. Schon zehn nach drei. Ob Turchi gar nicht kommen würde? Oder observierte er womöglich zuerst die Terrasse, um sicherzugehen, dass es sich bei dem Treffen um keine Falle handelte?

»Finden Sie nicht auch?«

»Bitte?«

Megan wiederholte ihre Frage. »Finden Sie nicht auch, dass es unnatürlich heiß ist in Italien? Wir sind das nicht gewöhnt und …«

Allegra nickte automatisch und starrte dann einen Moment verblüfft auf eine altertümliche Kutsche, gezogen von zwei Schimmeln, die gemächlich an dem Lokal vorbeifuhr. Darin saßen vier Japaner, die sich gegenseitig vor der Domfassade zu knipsen versuchten und dabei fast aus dem Gefährt fielen. In diesem Augenblick durchquerte ein bärtiger Mann in einem hellen Hemd und dunkler Hose das Lokal. Sie zog automatisch den Kopf ein. Turchi! Wo war der hergekommen? Sie hatte ihn beim Eintreten nicht bemerkt. Gab es einen Hintereingang? Er blieb unter der Eingangstür kurz stehen und trat dann an Massimos Tisch. Dieser griff nach dem Bild, und Turchi setzte sich ihm gegenüber.

Allegras Hals war plötzlich wie ausgedörrt. Verflixt, wenn sie doch nur näher dran wäre, um zu hören, was die beiden miteinander sprachen! Sie griff in ihre Handtasche, holte ihr Handy heraus und tat so, als würde sie die Kathedrale fotografieren. In Wahrheit schaltete sie jedoch den Videomodus ein. Auch wenn der Lärm der Gäste alles andere übertönte, würde sie doch immerhin das Treffen dokumentieren können. Man wusste ja nie, wozu so etwas gut war.

Eines der Mädchen musste aufs Klo, und für einen Moment versperrte Megans Rücken den Blick auf die Terrasse, als sie ihrer Tochter die um den Hals geschlungene, mit Tomatensoße verschmierte Serviette abnahm. Allegra duckte sich und versuchte, aus einem anderen Blickwinkel zu filmen, was die Kleine zum Kichern brachte.

Für einen Moment war Allegra abgelenkt, und genau in der Sekunde hörte sie das Geschrei. Ein Stuhl schrammte über den Boden, fiel um, und dann sah sie Turchi davonrennen.

Sie sprang auf, schnappte sich ihre Handtasche und lief auf die Terrasse. Massimo saß immer noch am selben Platz und starrte dem Flüchtenden hinterher, bis er im Gewühl der Touristen untertauchte. Dann wandte er den Kopf und meinte lapidar: »Tja, dumm gelaufen.«

Am Ende der Via dei Servi befand sich die Piazza della Santissima Annunziata mit dem Reiterstandbild Ferdinands des Ersten. Rechts davon erspähte Allegra eine Gelateria.

»Möchtest du auch ein Eis?«

Massimo schüttelte den Kopf. Unter dem Arm trug er immer noch das in Zeitungspapier eingeschlagene Bild. Es hatte seine Aufgabe als Requisit erfüllt und wurde daher nicht mehr benötigt. Doch aus irgendeinem Grund wollte er es anscheinend nicht wegwerfen.

»Ich warte dort.«

Er wies mit dem Kopf auf eine gemauerte Sitzbank, die sich entlang eines mit Fenstergittern gesicherten Backsteingebäudes zog und auf der schon andere Leute saßen und genüsslich ihre Eistüten verputzten.

Allegra nickte, betrat die Eisdiele und bestellte eine Kugel Vanille- und eine Kugel Stracciatellaeis. Während sie darauf wartete, betrachtete sie Massimo durchs Schaufenster. Er stellte das Bild zwischen seine Beine, lehnte sich mit dem Rücken an die Hausmauer und verschränkte die Arme vor der Brust. Da er die Sonnenbrille auf der Nase hatte, konnte sie seine Augen nicht sehen, seine ganze Haltung drückte jedoch Frustration aus. Er hatte ihr von seinem Gespräch mit Turchi erzählt und auch, dass es abrupt geendet hatte, als er ihn direkt auf die Erpressung angesprochen hatte. Wen wunderte es also, dass er frustriert war?

Turchi wusste jetzt, dass man ihm auf den Fersen war. Er würde sich bestimmt hüten, sich noch einmal auf ein Treffen mit einem Unbekannten einzulassen. Würde er seine Drohung, alles öffentlich zu machen, jetzt in die Tat umsetzen? Vielleicht hatten sie alles nur noch verschlimmert. Lorenzos Beichte über seine Affäre mit Mirella war höchstwahrscheinlich unabdingbar. Allegra seufzte.

Sie bezahlte ihr Eis, verließ die Gelateria und setzte sich an Massimos Seite. Er scharrte schweigend mit den Füßen über die grauen Steinplatten, mit denen die Piazza ausgelegt war.

»Was hat er Tolles angestellt, dass man ihn hier verewigt?«

Massimo wandte den Kopf und folgte ihrem Blick, der auf der Reiterstatue ruhte.

»Er war Großherzog der Toskana und ein Medici«, erklärte er. »Einer von den Guten. Unter seiner Herrschaft wurde die Region wieder groß. Mehr weiß ich nicht … und es ist mir auch scheißegal!«, fügte er wütend hinzu und fuhr sich mit beiden Händen durch die Haare. »Verfluchter Mist!«

Allegra hielt es für klüger, darauf nicht zu antworten. In dieser Stimmung war er vermutlich für Floskeln wie »Es wird schon alles gut werden« nicht empfänglich. Und tatsächlich war sie davon selbst nicht überzeugt, also schwieg sie. Er gab sich offensichtlich die Schuld am Scheitern des Treffens, obwohl ein besserer Ausgang schon von Anfang an ungewiss gewesen war. Auch hielt sie sich zurück, ihn zu berühren, wenngleich sie ihn gern umarmt hätte, um ihm ein wenig Trost zu spenden. Doch sie hatte ihn schon so weit kennengelernt, dass sie es unterließ. Anders als in ihrer Familie, berührten sich die Mitglieder der seinen nur wenig. Bis jetzt hatte sie nur gesehen, dass er seiner Tante ab und zu ein Küsschen auf die Wange gab oder seinem Onkel jovial auf die Schulter klopfte. Schade, denn gerade in solchen Situationen konnte man aus der Umarmung eines geliebten Menschen Kraft schöpfen. Aber jeder war eben die Summe seiner Erziehung und Erfahrungen und lebte danach. Sie würde ihn kaum ändern können – und wenn sie es doch versuchte, gelänge das nur durch langsames Vortasten und mit viel Zeit. Bei dem Gedanken, dass ihr weder das eine noch das andere zur Verfügung stand, wurde ihr Herz schwer, und mit Mühe unterdrückte sie die aufkommenden Tränen. Geflenne brachte sie jetzt aber auch nicht weiter. Sie strich sich verstohlen über die Augen und atmete tief durch.

»Lass uns nach Hause fahren«, schlug sie vor und stand auf.

»Nach Hause?«, stieß er bitter hervor. »Ja, gehen wir. Solange es noch mein Zuhause ist.«

54

Auf dem Weg zu seinem Wagen überlegte Massimo fieberhaft, wie er seinem Onkel von dem missglückten Zusammentreffen mit Diego Turchi erzählen sollte. Allegra hatte ihre Bemühungen, ihn aufzumuntern, aufgegeben und trottete nun schweigend neben ihm her. Er hätte gern ihre Hand gehalten, doch sein Stolz verbot es ihm. Er hatte versagt und brauchte kein Mitleid! Das Zeitungspapier um das Madonnenbild hatte sich gelöst, und das blaue Kleid der Jungfrau Maria schimmerte durch die Fetzen. Obwohl er nicht sehr gläubig war, würde er auf keinen Fall ein Bild der Heiligen Mutter Gottes in einen Abfallkübel werfen, auch wenn sie ihnen bei ihrem Vorhaben nicht die nötige Gunst erwiesen hatte. Er würde das Gemälde einfach der Marktfrau zurückgeben, ohne das bezahlte Geld einzufordern.

Sie bogen von der Via Rosina auf den Marktplatz ein, und Allegra packte ihn plötzlich am Arm.

»Ist das dort nicht Mirella Turchi?«

Massimos Kopf schnellte nach oben. »Wo?«

Sie deutete auf einen Marktstand, der bemalte Töpferwaren in schreiend bunten Farben anbot. Diego Turchis Mutter redete gerade auf einen jungen, dunkelhäutigen Mann ein, der mit verbissener Miene den Kopf schüttelte.

»Du hast recht, das ist sie!«

Allegras Augen leuchteten auf. »Denkst du dasselbe wie ich?«

Er nickte, und schon eilten sie auf die ältere Frau zu, die immer noch mit leiser, eindringlicher Stimme auf den Verkäufer einredete.

»Signora Turchi«, begann Massimo, »dürfen wir Sie nochmals sprechen? Es ist wirklich sehr wichtig.«

»Sie kennen diese Verrückte? Schaffen Sie mir die bloß vom Hals«, fauchte der junge Mann und verschwand ärgerlich vor sich hinmurmelnd hinter seinem Marktstand, wo er sich kopfschüttelnd eine Zigarette anzündete.

Mirella Turchi wandte sich seufzend um. »Himmel und Erde werden durch sein Wort bestehen, bis zum Feuer des Gerichtstages, an dem die Gottlosen verdammt werden.«

Anscheinend hatte Turchis Mutter versucht, den Verkäufer zu bekehren.

Massimo räusperte sich. »Signora, bitte. Wir würden Sie nicht belästigen, wenn es nicht so dringend wäre.«

Die ältere Frau sah zuerst ihn, dann Allegra skeptisch an. Dann fiel ihr Blick auf das halb entblößte Madonnenbild unter Massimos Arm, und ihr Gesicht hellte sich auf.

»Ich bin durstig«, sagte sie.

»Dürfen wir Sie zu einer Erfrischung einladen?«, fragte Allegra und wies mit der Hand auf eine Trattoria zu ihrer Linken.

Der Kellner fragte nach ihren Wünschen, und Diego Turchis Mutter bestellte ein Lemon-Soda. Allegra und er nickten beifällig. Nach dem vielen Kaffee, den Massimo heute schon intus hatte, wäre das jetzt herrlich erfrischend. Als Kind hatte er dafür eine Schwäche gehabt, doch jetzt konnte er sich nicht einmal mehr daran erinnern, wann er das letzte Mal diese Mischung aus Sprudelwasser und Zitronensaft getrunken hatte. Der

Kellner entfernte sich, und Massimo öffnete den Mund, um Mirella nochmals auf den Zahn zu fühlen, doch Allegra legte ihm beschwörend eine Hand auf den Schenkel. Sie schüttelte unmerklich den Kopf. Bedeutete das, dass er ihr das Sprechen überlassen sollte, oder was meinte sie damit?

Mirella setzte ihre Brille ab und begann sie mit einem Taschentuch, das sie aus ihrer schwarzen Handtasche holte, zu putzen. Sie selbst war ebenfalls ganz in Schwarz gekleidet, wie es bei italienischen Witwen oft Brauch war, manchmal ihr restliches Leben lang nach dem Tod des Gatten. Als Turchis Mutter ihre Brille wieder aufsetzte, fiel ihm abermals ihre außergewöhnliche Augenfarbe auf. Die hellen Sprenkel in der braunen Iris sahen wie hingeworfene Goldsplitter auf dunklem Samt aus. Er konnte sich gut vorstellen, dass sie als junge Frau den Männern mit einem Blick aus diesen Katzenaugen den Kopf verdreht hatte. Und sie wäre auch heute noch eine attraktive Erscheinung gewesen, wenn sie ihre straff zu einem Knoten frisierten Haare offen getragen und sich entsprechend gekleidet hätte. Doch vermutlich legte sie keinen großen Wert mehr auf Äußerlichkeiten.

»Sie möchten mich also über meinen Sohn ausfragen.« Ein bitterer Zug legte sich um ihren Mund. »Was hat er dieses Mal angestellt?«

»Signora«, begann Allegra vorsichtig, »wir wollen Ihnen wirklich keinen Kummer bereiten.«

Sie warf Massimo einen schnellen Blick zu, und er nickte. Vielleicht wäre es tatsächlich das Beste, er würde ihr das Reden überlassen. Beim letzten Mal hatte sich die ältere Frau ihm gegenüber wie eine Auster verschlossen. Allegra hatte jedoch, was vielleicht ihre berufliche Tätigkeit mit sich brachte, einfach mehr Erfahrung mit Menschen unter seelischem Druck. Er lehnte sich daher unmerklich zurück, was sie dazu veranlasste, ihre Hand von seinem Schenkel zu nehmen.

»Doch wie Sie richtig vermuten, geht es um Ihren Sohn.

Er … nun ja. Ich denke, es hat keinen Sinn, wenn ich um den heißen Brei herumrede, darum sage ich es ganz offen: Er erpresst Lorenzo Ferretti.«

Mirellas Augenbrauen schossen in die Höhe. »Erpressen? Lorenzo? Und womit?«

Allegra faltete ihre Hände wie zum Gebet auf dem Tisch. War das Absicht? Wollte sie damit ihrem Gegenüber etwas suggerieren?

»Er behauptet, dass er sein unehelicher Sohn sei. Und wenn Lorenzo ihn nicht mit Geld und Antiquitäten aus seinem Besitz beliefert, will er diesen Umstand öffentlich machen. Wir wissen nicht, was damals geschehen ist, als Sie auf dem Castello gearbeitet haben. Massimos Onkel ist äußerst diskret in dieser Hinsicht, und es geht uns ja auch nichts an. Aber seine Ehefrau, daran können Sie sich eventuell noch erinnern, ist sehr krank. Wir befürchten, dass ein öffentlicher Skandal zum Schlimmsten führen könnte. Und bevor wir Lorenzo raten, reinen Tisch zu machen, müssen wir unbedingt wissen, ob Diego tatsächlich Ihr gemeinsamer Sohn ist.«

Mirella hatte Allegras Bericht mit gesenktem Blick gelauscht. Ihrer Miene war nicht zu entnehmen, was in ihrem Kopf vorging. Massimos Fingerspitzen kribbelten vor Nervosität. Jetzt würde sich alles entscheiden, denn von ihrer Antwort hing das zukünftige Leben seiner Tante und seines Onkels ab. Und auch seins.

Endlich hob Mirella den Kopf. Sie strich sich mit einer müden Bewegung über die Stirn und sagte: »Nur gottesfürchtige Kinder sind ein Glück, die gottlosen trifft Gottes Strafe.«

Dann schwieg sie und fuhr mit einem Finger über das Kondenswasser ihres beschlagenen Glases.

Massimo sah zu Allegra hinüber. Sie hob verwirrt die Achseln. Er wedelte mit der Hand, damit sie nachhakte, denn mit dieser Antwort konnten sie überhaupt nichts anfangen.

»Signora Turchi?« Allegras Stimme klang sanft, als würde sie zu einem scheuen Tier sprechen, und er bewunderte sie dafür. Ihn juckte es in den Fingern, die ältere Frau zu schütteln, damit sie endlich mit der Wahrheit herausrückte.

Mirella atmete tief durch. »Ich bin eine gottesfürchtige Frau«, begann sie. »Geworden, muss man sagen, denn früher … nun ja, das ist lange her. Und Jesus predigt Vergebung. Dem bin ich immer gefolgt. Aber es gibt Menschen, die verloren sind. Schmerzlich, wenn es sich dabei um den eigenen Sohn handelt.« Sie seufzte tief.

»Diego war eine Frühgeburt«, fuhr sie fort, »er kam schon im siebten Monat auf die Welt.«

Dann stand sie auf, griff nach ihrer Handtasche und verließ eilig die Trattoria.

55

Allegra stieß lachend die Luft aus und strahlte Massimo an, der mit finsterer Miene der davoneilenden Mirella nachsah. Er griff nach seinem Glas und leerte es in einem Zug.

»Mir fällt ein Stein vom Herzen!«, rief Allegra und klatschte vor Freude wie ein kleines Kind in die Hände.

Er wandte den Kopf. »Ach ja? Und weshalb? Wir sind genauso klug wie vorher. Wieso hat sie uns nicht klipp und …«

»Aber verstehst du nicht?«, unterbrach sie ihn grinsend. »Diego ist nicht Lorenzos Sohn!« Sie amüsierte sich köstlich über seine lange Leitung.

Er schüttelte verwirrt den Kopf.

»Schau, Mirella hat doch gesagt, dass Diego eine Frühgeburt war.«

»Ja, und?«

»Diego hingegen hat deinem Onkel seine Geburtsurkunde gezeigt, nicht wahr?«

Massimo nickte verwirrt, anscheinend begriff er es immer noch nicht, und sie griff lächelnd nach seiner Hand. Dann küsste sie deren Innenseite.

»Ich dachte, als Architekt muss man gut in Mathe sein«,

spottete sie, doch als sich seine Augenbrauen ärgerlich zusammenzogen, hielt sie es für angebracht, ihn aufzuklären. »Wenn Diego neun Monate, nachdem Mirella das Gut deines Onkels verlassen hat, auf die Welt gekommen ist, kann Lorenzo nicht sein Vater sein. Denn als Siebenmonatskind muss die Zeugung stattgefunden haben, als Mirella bereits wieder in Florenz gelebt hat. Reine Mathematik!«

Massimo sah sie einen Moment mit offenem Mund an, dann zeichnete sich Verstehen auf seinem Gesicht ab, und er zog sie mit einer stürmischen Bewegung an seine Brust, sodass sie vor Überraschung aufschrie. Er lachte aus vollem Hals und küsste sie leidenschaftlich. Die anwesenden Gäste drehten erstaunt die Köpfe, schmunzelten dann aber, und sie hörte vereinzelt die Worte *innamorato* und *città dell'amore*.

Es stimmte, sie war verliebt und Florenz die Stadt der Liebe! Sie hätte kaum glücklicher sein können als in diesem Moment. Aber mit Schrecken wurde ihr erneut bewusst, dass das bald vorbei sein würde, denn wie es der Zufall wollte, hatte sie eben von ihrem Vater eine SMS erhalten, in der er anfragte, wann sie wohl gedenke, nach Deutschland zurückzukommen.

»Cara, was ist denn? Du siehst plötzlich so niedergeschlagen aus.«

Massimo sah sie fragend an.

»Nichts, es ist nichts. Alles bestens!«, erwiderte sie lächelnd und im vollen Bewusstsein, dass sie ihn gerade belog.

Die Sonne stand schon tief, als sie die Straße nach Montalcino hinauffuhren, und tauchte die Felder und Hügel in goldenes Licht. Massimo hatte die ganze Fahrt über nicht aufgehört zu reden und malte sich aus, wie Lorenzo auf die Neuigkeit reagieren würde. Als Antonello Venditti im Radio gespielt wurde und von einem *buona domenica*, einem guten Sonntag, berichtete, drehte er den Lautstärkeregler auf und sang aus voller Kehle mit. Er hatte eine schöne Stimme, auch wenn er einige Töne versemmelte, aber sein Enthusiasmus machte das wieder wett.

Allegras Herz floss über vor Zuneigung, und nur mit Mühe hielt sie die Tränen zurück. Morgen, so hatte er ihr mitgeteilt, werde er früh losfahren und nach Florenz zurückkehren, um wieder zu arbeiten. Er hatte ihr aber versprochen, am Freitag aufs Gut zurückzukommen, damit sie das Wochenende zusammen verbringen konnten. Vielleicht das letzte, denn die Kurznachricht ihres Vater war unmissverständlich. Er wusste, dass es Giovanni wieder gut ging und ihr Aufenthalt in der Toskana dadurch hinfällig wurde. Und trotz der Hilfe ihres Cousins, so schrieb er, vermisste man sie im Betrieb.

Sie hatte Massimo die SMS verschwiegen, weil sie ihm seine gute Laune nicht verderben wollte. Und vielleicht, suggerierte eine kleine üble Stimme in ihrem Kopf, wäre er ganz froh darüber, dass sie wieder aus seinem Leben verschwand.

Ein dicker Kloß bildete sich in ihrem Hals, sie suchte in ihrer Handtasche nach einem Kaugummi und wischte sich dabei verstohlen über die Augen. Dann öffnete sie per Knopfdruck das Seitenfenster und ließ den warmen Sommerwind ins Auto. Er roch nach staubiger Erde und sonnenwarmer Vegetation. Sie vermisste die Toskana jetzt schon! Und den gut gelaunten Mann an ihrer Seite besonders.

»Du bist ja so still.«

Sie spürte Massimos Hand auf ihrem nackten Arm und wandte den Kopf.

»Ich bin nur müde. Dieser Tag hatte es in sich.« Sie versuchte ein Lächeln, das er mit einem Zwinkern quittierte.

»Das kannst du laut sagen! Himmel, was für ein Wechselbad der Gefühle, nicht?«

Sie nickte zustimmend.

»Aber jetzt hat sich alles zum Guten gewendet. Ich kann's noch gar nicht richtig glauben.« Er lachte und schüttelte den Kopf. »Es ist, als wäre mir eine große Last von den Schultern genommen worden. Und meinem Onkel erst! Ich kann es gar nicht erwarten, ihm alles zu erzählen, und freue mich jetzt schon über sein ungläubiges Gesicht.«

»Wird er Diego anzeigen?«

»Das hoffe ich doch sehr! Der Mistkerl hat es nicht anders verdient.«

»Und wenn dein Onkel vor Gericht aussagen muss? Einmal davon ausgegangen, dass man Turchi erwischt. Wie kann er das vor deiner Tante geheim halten?«

»Ich weiß es nicht, aber darüber zerbrechen wir uns den Kopf, wenn es so weit ist.«

Sie bogen in die Auffahrt des Castellos ein und stoppten vor der Eingangstür. Massimo sprang regelrecht aus dem Auto und sprintete auf das Portal zu. Als Allegra jedoch keine Anstalten machte auszusteigen, kehrte er zurück und öffnete die Beifahrertür.

»Kommst du nicht mit rein?«, fragte er verwundert.

»Ich sollte jetzt besser zu meinem Großvater gehen und sehen, ob alles in Ordnung ist.«

Massimo schüttelte den Kopf. »Nichts da, Totengräberin!« Er griff nach ihrer Hand und zog sie aus dem Auto. »Dass alles so gut gelaufen ist, verdankt Lorenzo schließlich auch dir. Demzufolge wirst du dabei sein, wenn wir ihm die gute Nachricht überbringen. Avanti!« Er schubste sie auf die Eingangsstufen zu.

»Aber ich sehe schrecklich aus!«, entgegnete Allegra ärgerlich und zupfte dabei an ihrem Pferdeschwanz herum.

»Quatsch, du siehst hinreißend aus!« Er schloss sie in die Arme und drückte ihr einen Kuss auf die Stirn. »Vielleicht müffelst du ein wenig …« Sie boxte ihn in die Rippen und er lachte. »Aber danach können wir gemeinsam duschen und sonst noch das eine oder andere tun.« Er zwinkerte ihr vielsagend zu, und sie errötete.

»Also gut«, gab sie schließlich nach.

Er strahlte, griff nach ihrer Hand, und zusammen liefen sie die Eingangsstufen hinauf.

56

Die brennenden Kerzen flackerten in dem Luftzug, der durch die geöffnete Terrassentür ins Rustico drang. Bizarre Schatten tanzten an den Wänden, aus dem Radio klang leiser Smooth Jazz. Massimo öffnete den Brunello, schnupperte am Korken und goss den Rotwein dann vorsichtig in eine Glaskaraffe. Aus der gemeinsamen Dusche mit Allegra war leider nichts geworden, denn nachdem sie gemeinsam seinem Onkel den erfreulichen Ausgang ihres Treffens mit Mirella Turchi berichtet hatten, wollte Lorenzo sie gar nicht mehr gehen lassen.

Massimo lächelte vor sich hin, als er an das zuerst ungläubige, dann immer glücklichere Gesicht seines Onkels dachte, während ihm bewusst wurde, dass er unmöglich Diegos Vater sein konnte.

Irgendwann hatte Allegra jedoch darauf bestanden, endlich zu ihrem Großvater zurückzukehren, und war durch den Hintereingang hinausgeschlüpft. Vorher hatte sie ihm noch zugeflüstert, dass sie später zu seinem Rustico kommen wolle.

Massimo sah sich um. Alles sah perfekt aus. Er hatte sogar rasch Staub gesaugt und die Sofakissen aufgeschüttelt. Langsam entwickelte er sich zu einem regelrechten Hausmann. Etwas, das er früher lieber seiner Haushälterin überlassen hatte, denn richtige Männer erlegten schließlich Wild und fegten nicht die Höhle. Doch im Laufe seines unfreiwilligen Einsiedlerlebens hatte er die Erfahrung gemacht, dass Hausarbeit beinahe schon eine meditative Wirkung auf ihn ausübte. Er konnte dabei seine Gedanken schweifen lassen. Ganz abgesehen davon, dass es danach einfach besser aussah. Außerdem hasste er jede Art von Unordnung.

Er hoffte darauf, dass Allegra die Nacht bei ihm blieb. Obwohl er morgen zeitig aufbrechen musste, um pünktlich im Architekturbüro zu sein, wollte er seine letzte Nacht auf dem Gut mit ihr verbringen. Die kleine Totengräberin war ihm ans Herz gewachsen, ganz zu schweigen davon, dass der Sex mit ihr fantastisch war, und er würde sie vermissen, wenn sie nach Deutschland zurückging.

Er trat an die offene Terrassentür und lehnte sich mit verschränkten Armen in den Türrahmen. Der Abendwind verfing sich in den Blättern der umstehenden Büsche und ließ sie zittern wie ein temperamentvolles Rennpferd vor dem Start. Der Schrei eines Nachtvogels durchbrach das monotone Zirpen der Insekten, gleich darauf flog ein Schatten über die Skulptur im Garten.

Er dachte an morgen, den vollen Schreibtisch, der ihn erwartete, und freute sich trotz des Bergs an Arbeit darauf, in sein normales Leben zurückzukehren, wieder in seinem eigenen Bett zu schlafen und die Annehmlichkeiten einer Großstadt zu genießen. Gleichzeitig würde er jedoch das Gut vermissen und Allegras Nähe, ihr herzliches Lachen, ihre weiche Haut mit den Tälern und Hügeln, sogar ihren Eigensinn und ihren beißenden Spott. Er lächelte bei der Erinnerung daran, wie sie sich zu Anfang ständig gestritten hatten und was schließlich daraus geworden war. Hatte er sich eventuell in Allegra verliebt? Er runzelte die Stirn. Nein, unmöglich! Er liebte doch eigentlich Carla, und die Deutsche war nur ein Techtelmechtel. Eine

Ablenkung, bis er wusste, wie es mit ihm und Carla weitergehen sollte, oder war dem nicht mehr so? Zugegeben, Allegra bedeutete ihm einiges. Sie hatten viel zusammen gelacht. Sogar während ihres leidenschaftlichen Liebesspiels. Und er konnte sich nicht daran erinnern, je mit Carla so etwas getan zu haben. Aber dabei handelte es sich nicht um Liebe, sondern um Begehren, vielleicht Zuneigung oder Sympathie, die aus einer Notsituation heraus geboren worden waren. Eine Notsituation, die jetzt, nach Mirellas Geständnis, beendet war.

Ja, genau so war es! Er nickte erleichtert. Er würde es sicher eine Zeit lang bedauern, wenn Allegra abreiste, aber dann zu seinem normalen Leben zurückfinden … und vielleicht auch zu Carla.

Es klopfte, und er beeilte sich, die Tür zu öffnen.

Ihr Mund schmeckte noch nach dem Brunello, den sie getrunken hatten, und ein wenig nach Pfefferminze. Auf der weißen Bettwäsche breiteten sich ihre noch leicht feuchten Locken wie ein dunkler Fächer aus. Allegras Augen waren geschlossen. Seine Lippen wanderten langsam ihren Hals hinab, und sie stöhnte leise. Ihre Haut fühlte sich heiß an, als würde sie von innen heraus brennen. Sein Mund fand ihre Brüste, und sie bog sich ihm entgegen, griff mit beiden Händen in seine Haare und krallte sich darin fest. Erregung durchflutete ihn. Er wollte sie besitzen, jetzt! Doch er hielt sich zurück, wenn es auch schwerfiel, denn zuerst sollte sie im Strudel versinken, bevor er sich gestattete, ihr zu folgen.

Die Bettdecke fiel zu Boden, sodass der Schein der brennenden Kerzen auf ihren nackten Körpern tanzte. Er liebkoste Allegras samtene Brüste, die sich ihm verlangend entgegenstreckten, genoss es, wie sie sich ungeduldig unter ihm bewegte, voller Begierde, die nur er stillen konnte – doch noch nicht gleich.

»Sieh mich an«, flüsterte er, und Allegra öffnete ihre Augen. Ihr Blick war verschleiert. »Ich möchte, dass du mich dabei ansiehst.«

Sie nickte unmerklich, und er strich ihr mit einer sanften Geste eine Locke aus der Stirn. Ihre Körper verschmolzen miteinander, und Allegra keuchte auf. Massimo begann sich zu bewegen, zuerst langsam und intensiv, dann schneller, bis sie laut stöhnte und ihr Leib unter seinem erzitterte. Er betrachtete ihr Gesicht, wie es sich auf dem Höhepunkt veränderte. Wie die Lust es für einen Moment hart werden ließ, es sich dann aber entspannte und ein unmerkliches Lächeln auf ihre Lippen zauberte. Er bemühte sich, noch einen Augenblick zu warten, solange sie unter ihm erbebte. Doch als ihr Körper weich und nachgiebig wurde, konnte er sich nicht länger zurückhalten. Eine Woge riss ihn mit und verwandelte seine Lenden in fließende Lust. Mit einem lauten Stöhnen ergab er sich. Und während Allegra sich fest an ihn klammerte, um jeden Abstand zwischen ihnen zu verdrängen, wurde ihm bewusst, dass er auf dem Gipfel der Empfindungen ihren Namen flüsterte.

57

»Wir arbeiten zuallererst einen Businessplan fürs kommende Jahr aus. Und wenn wir noch Zeit finden, einen für die fünf nächsten. Liste mir bitte mal die fixen Kosten auf. Also Löhne, Strom, Wasser, Verpflegung, Material und so weiter. Wo sind die Betriebsrechnungen der letzten Jahre?«

Lorenzo strich sich über den Bart und wühlte dann in den Papieren, die er auf Giovannis Wohnzimmertisch ausgebreitet hatte. Allegra unterdrückte ein Augenrollen. Der Mann hatte wirklich keine Ahnung von Buchführung, und sein Steuerberater war ein Vollidiot. Am besten wäre es, wenn Lorenzo einen vertrauenswürdigen Treuhänder fände, der sich mit dem Tourismusgewerbe auskannte.

Um Fulvias Misstrauen nicht zu erregen, trafen sie sich stets in Giovannis Häuschen. Ihrem Großvater hatte Lorenzo die Sache mit Turchi schon lange gebeichtet, es ging ihn schließlich auch etwas an, denn wenn die Ferrettis das Gut verlören, müsste auch er aus seinem Häuschen ausziehen.

Nachdem sich Allegra die vergangenen Tage einen Überblick über die Finanzen von Lorenzos Unternehmen gemacht hatte, kam sie zu dem Schluss, dass es zwar übel um das Castello di Montalcino stand, aber nicht aussichtslos. Die nächsten Jahre würden zwar hart werden, aber da das Geschäft mit den Touristen florierte, wäre es zu schaffen. Es fehlte nur an genügend Liquidität, um die ausstehenden Rechnungen zu begleichen, das zeigte der von ihr aufgestellte Schuldennachweis nachdrücklich.

»Hier!« Lorenzo zog triumphierend ein Dokument aus dem unübersichtlichen Haufen und reichte es ihr über den Tisch.

Durch das geöffnete Fenster drang Gelächter ins Wohnzimmer. Einige Gäste saßen nicht weit vom Häuschen im Garten und malten Aquarelle. Anscheinend fehlte ihnen aber der nötige Ernst, denn andauernd brach die Gruppe in haltloses Gekicher aus, was ansteckend wirkte. Allegra schmunzelte, wurde aber gleich wieder ernst, als sie die aufgeführten Ausgaben des vergangenen Jahres durchsah.

»Tausend Euro für eine Kiste Wein?« Sie sah Lorenzo fassungslos an, der den Mund verzog. »Solche Extravaganzen müssen aufhören! Das kannst du dir einfach nicht leisten. Nicht in dieser prekären finanziellen Lage.«

Am Sonntag waren sie zwar zum vertraulichen Du übergegangen, trotzdem war es ihr peinlich, einem Mann, der ihr Großvater hätte sein können, solche Anweisungen zu geben. Aber die Situation verlangte danach.

Lorenzo nickte seufzend. »Ich bin dir wirklich dankbar, dass du mir hilfst, Allegra«, sagte er und legte ihr seine gebräunte Hand auf den Arm. »Und für alles andere auch.«

Sie winkte ab. Seit Massimo wieder in Florenz war, langweilte sie sich zu Tode, und Ordnung in die Finanzen zu bringen lenkte sie von der Sehnsucht nach ihm ab. Sie schrieben sich zwar ständig Kurzmitteilungen, und nach Massimos Feierabend telefonierten sie auch stundenlang miteinander, aber das war nichts im Vergleich zu seiner körperlichen Nähe. Zum Glück war schon Mittwoch, und in zwei Tagen würde er wieder nach Montalcino kommen. Der Gedanke an ihr Wiedersehen ließ sie erröten, und für einen Moment war sie abgelenkt.

»Bitte?«

»Ich sagte, die Polizei hat noch keine heiße Spur. Heute Morgen haben sie angerufen. Die Nummer, unter der Massimo Diego Turchi erreicht hatte, ist nicht mehr aktiv.«

»Sie werden den Kerl schon kriegen«, meinte Allegra zuversichtlich. »Und dann bringen sie ihn auf diese Insel. Wie heißt die noch mal? Gorgonzola?«

Lorenzo prustete. »Gorgona. Aber dort sitzen nur Schwerverbrecher. Nein, Turchi wird in einem ganz normalen Gefängnis landen, wenn man ihn denn erwischt und verurteilt.« Er griff nach seinem Weinglas und genehmigte sich einen Schluck. »Trockene Materie macht durstig«, erklärte er, als er ihren skeptischen Blick bemerkte. »Und dieser Rotwein kostet nur fünf Euro pro Flasche. Ich schwöre!«

Sie lachte, und er stimmte ein. Während sie die Zahlenkolonnen verglich, räusperte er sich, und sie hob den Kopf.

»Wie ich hörte, geht es mit Giovannis Genesung voran.«

»Er ist so gut wie neu! Auf alle Fälle so weit wiederhergestellt, dass er die Gärtner mit seiner Nörgelei auf die Palme treibt. Am liebsten würde er ihnen die Gartenscheren entreißen und selbst die Büsche stutzen. Gerade jetzt ist er wieder irgendwo draußen unterwegs, um sie zu kontrollieren.«

»Dann wirst du uns wohl bald verlassen, nicht wahr?«

Allegra schluckte. Ein Schlag in die Magengrube hätte sie nicht härter treffen können. Natürlich musste sie bald zurück. Irgendwann konnte sie es vor ihren Eltern nicht mehr rechtfertigen, dass sie immer noch blieb. Zudem fühlte sie sich schuldig, sie so lange allein zu lassen. Verdammte Gefühle!

»Allegra?« Lorenzo betrachtete sie mit gerunzelter Stirn, und ihr schossen plötzlich die Tränen in die Augen.

»Cara, um Himmels willen, was ist denn?«, fragte Lorenzo erschrocken. »Ich wollte dir nicht zu nahe treten, verzeih mir.«

Sein mitleidiger Ton machte alles nur noch schlimmer,

und schniefend suchte sie in ihren Shorts nach einem Taschentuch.

»Hier.« Er hielt ihr ein blütenweißes Stofftaschentuch hin. »Ist es wegen Massimo?«

Sie nickte stumm und wischte sich über die Augen.

Lorenzo seufzte. »Ich habe mir schon so etwas gedacht. Liebst du ihn?«

Wieder nickte sie.

»Und er dich auch?«

Sie schnäuzte sich die Nase. »Ich weiß es nicht!«, stieß sie unglücklich hervor.

Nein, sie wusste es wirklich nicht. Massimo mochte sie, das fühlte sie. Und was das Körperliche anbelangte, das übertraf alles, was sie bis jetzt erlebt hatte. Aber er hatte ihr nie gesagt, dass er sie liebte. Sie redeten praktisch über alles miteinander, nur nicht über ihre Gefühle füreinander. Und deshalb hielt sie sich auch zurück, ihm als Erste ein Liebesgeständnis zu machen. Die Furcht, dass er nicht ebenso fühlte wie sie, war einfach zu groß. Was nicht ausgesprochen wurde, verletzte schließlich nicht.

Doch diese Ungewissheit zehrte an ihr und ließ sie jedes geschriebene und gesagte Wort, jede Regung und jede Bewegung von ihm registrieren und zugleich analysieren. So als müsse sie dahinter einen tieferen Sinn oder wenigstens eine Andeutung für seine Gefühle erkennen.

Carla Albizzi. So hieß Massimos untreue Braut. Natürlich hatte Allegra während seiner Abwesenheit nach ihr gegoogelt und ein Facebook-Profil gefunden. Sie war eine Schönheit, wie sie zähneknirschend den geposteten Fotos entnehmen konnte. Und bei den Fotos, die Carla gemeinsam mit Massimo zeigten, war Allegra beinahe in Tränen ausgebrochen. Ein attraktives Paar, das gut zusammenpasste. Wenigstens äußerlich. Eifersucht war Allegra nicht fremd, und bei der Durchsicht der Bilder war sie wie Säure in ihr aufgestiegen. Und als sei das alles noch nicht genug, hatte sie auf Wikipedia gelesen, dass die Albizzis eine adelige Familie aus Florenz waren, die erstmals im Jahr 1199 urkundlich in Erscheinung trat. Zudem war die Sippe natürlich auch noch mit den Medici verwandt. Vermutlich hatten sie sogar eine Reihe Päpste gestellt! Die Frau musste mit dem buchstäblichen goldenen Löffel im Mund geboren worden sein. Hatte sie Massimo deshalb kurz vor der Hochzeit betrogen, weil sie immer alles bekam, was sie wollte, und ihren zukünftigen Mann daher nicht schätzte? Oder weshalb hatte sie so etwas Dummes getan?

Was, wenn Massimo Carla in dieser Woche in Florenz traf und sich die beiden wieder versöhnten? Womöglich sogar miteinander schliefen? Ständig kreisten ihre Gedanken um ein solches Szenario und hielten sie nachts wach. Die ganze Situation lastete wie ein Felsbrocken auf ihrer Seele. Himmel, wie hatte es nur so weit kommen können? Und wie peinlich, sich Massimos Onkel gegenüber so eine Blöße zu geben. Sie hielt Lorenzo nicht für eine Klatschbase, aber Blut war schließlich dicker als Wasser, und eventuell würde er seinem Neffen von ihrem Gefühlschaos berichten. Das wollte sie auf keinen Fall! Sie atmete tief durch und räusperte sich.

»Nun ja, eine Sommerliebe. Das geht vorbei, wie es gekommen ist!«

Lorenzo zog erstaunt die Augenbrauen hoch, und sie lächelte bemüht, senkte dann den Kopf und widmete sich wieder den Zahlenkolonnen.

58

Eilig lief Massimo die Stufen zu seiner Wohnung hinauf. Er war spät dran. Die Suche nach einem Parkplatz hatte ewig gedauert, und vorher hatte ein Kunde ihn aufgehalten, weil er sich nicht entscheiden konnte, ob er seine Villa im toskanisch-ländlichen Stil oder doch lieber im Neorenaissancestil umbauen sollte. Massimo hatte ihn deshalb kurzerhand mit einem Haufen Anschauungsmaterial eingedeckt und einen neuen Termin für nächste Woche vereinbart. Er schüttelte den Kopf. Leute mit viel Geld hatten offenbar nichts Besseres zu tun, als anderen die Zeit zu stehlen.

Kurz vor sieben. Wenn Massimo sich beeilte, konnte er um neun auf dem Gut sein und mit Allegra noch zu Abend essen. Der Gedanke, sie in weniger als zwei Stunden zu küssen, verbreitete ein warmes Gefühl in seiner Magengegend, und während er seine Reisetasche fürs Wochenende packte, pfiff er gut gelaunt vor sich hin. Im Bad griff er nach seinem Kulturbeutel und hörte plötzlich ein Geräusch aus dem Salon. Kurz darauf erklangen Vivaldis »Vier Jahreszeiten«. Er stöhnte. Das hatte gerade noch gefehlt!

Als er ins Wohnzimmer trat, saß Carla auf dem Sofa und blätterte in einer Modezeitschrift. Sie trug ein taubenblaues

Etuikleid, hatte die schlanken Beine übereinandergeschlagen und wippte lässig mit einem Fuß. Die blonden Haare waren locker hochgesteckt. Um ihren Hals trug sie die Perlenkette, die er ihr zur Verlobung geschenkt hatte.

»Amore, da bist du ja!«, rief sie fröhlich und schenkte ihm ein strahlendes Lächeln. »Ich habe dich so vermisst.«

Der Duft nach frisch aufgebrühtem Espresso lag in der Luft, doch weder Carla noch er tranken aus den Tassen, die dampfend auf dem gläsernen Salontisch standen. Um Zeit zu gewinnen, hatte Massimo ihr einen Kaffee angeboten und lange in der Küche hantiert, um die Fassung wiederzufinden. Der Schock, sie so unvorbereitet wiederzusehen, wich jetzt langsam einer unterschwelligen Wut. Wie konnte sie jetzt einfach auftauchen und so tun, als wäre nichts passiert?

Er räusperte sich. »Was willst du, Carla?«

Sie sah ihn mit geneigtem Kopf aus unschuldigen Augen an. »Du bist mir noch böse«, erwiderte sie und verzog die Lippen zu einem Schmollmund.

»Habe ich nicht allen Grund dazu?«

Sie seufzte und hatte immerhin den Anstand, geknickt auszusehen, wenn auch nur für einen Moment.

»Es tut mir leid, amore. Ich war in Panik.«

Sie stand auf und trat mit verschränkten Armen ans Fenster. Ihre schmale Gestalt zeichnete sich als dunkle Silhouette davor ab. Nach einer Weile drehte sie sich um. Ihre Augen glänzten, als hätte sie Mühe, die Tränen zurückzuhalten. Doch darauf fiel er nicht herein. Carla besaß viel schauspielerisches Talent, und wenn es ihr angebracht schien, Tränen einzusetzen, scheute sie sich nicht, dies zu tun.

»In den vergangenen Wochen hatte ich viel Zeit, darüber nachzudenken, wieso das passieren konnte.«

»Das?«, unterbrach er sie kalt. »Warum nennst du es nicht

beim Namen? Du hattest Sex mit einem anderen! Kurz vor unserer Hochzeit! In unserem Bett!«

Sie zuckte mit den Achseln.

»Wie gesagt, ich war in Panik. Alles schien plötzlich so bindend: die Trauung, die Feier, die Hochzeitsreise. Alles organisiert, abgemacht und bezahlt. Ich hatte schreckliche Angst und konnte kaum mehr atmen. Und dieser Mann, er bedeutet mir nichts! Es war nur ein Mal, und das auch nicht mal besonders gut.« Sie zog einen Mundwinkel nach oben. »Ich bereue es, amore, zutiefst. Kannst du mir vergeben?«

Massimo stand auf und ging ruhelos auf und ab. Was sie sagte, hatte auch ihn eine Zeit lang beschäftigt. Das war vermutlich vor einer Hochzeit normal. Und vielleicht war sogar ein letztes Abenteuer vor der Hochzeit normal. Doch im Gegensatz zu Carla hatte er seine Zweifel und Ängste mit sich selber ausgefochten und keine dritte Person involviert.

»Wie soll ich dir noch vertrauen?«, murmelte er mehr zu sich selbst und fuhr sich mit beiden Händen durch die Haare. Doch Carla hatte es gehört. Sie durchquerte das Wohnzimmer, schlang ihre Arme um seine Taille und legte ihre Wange an seinen Hals. Er roch ihr Parfüm, den Duft ihres Shampoos. Düfte, die ihm so vertraut waren wie sein eigenes Spiegelbild.

Carla streichelte seinen Rücken und presste ihren Körper an den seinen. Er spürte ihre kleinen, festen Brüste durch den Stoff ihrer Kleider. Sie schob ein Bein zwischen seine Schenkel und begann sich an ihm zu reiben. Und mit Erstaunen realisierte er, dass sich sein Körper an ihre schlanke, biegsame Gestalt erinnerte; an ihre erfahrenen Hände und ihren geschickten Mund.

»Lass dich fallen, amore«, raunte sie und fuhr mit ihrer Zunge seinen Hals entlang. »Lass dich einfach fallen!«

59

»Danke, Maria. Was würde ich bloß ohne deine wunderbaren Kochkünste tun?«

Allegra umarmte die stämmige Italienerin, die geschmeichelt kicherte.

»Du würdest vermutlich Kochen lernen, bellezza«, antwortete sie verschmitzt und richtete ihren Haarknoten, der bei Allegras stürmischer Dankbarkeitsbezeugung gelitten hatte. »Den Ofen auf 50 Grad einstellen, die Lasagne mit Alufolie zudecken, damit sie nicht austrocknet, und dann einfach warten, bis der gnädige Herr auftaucht.«

Allegra nickte und hob den Weidenkorb vom Tisch, in dem sich in einer feuerfesten Form Marias köstlich duftender Nudelauflauf befand.

»Und vielen Dank nochmals, dass du meinen Großvater nicht hungers sterben lässt, wenn ich nicht da bin.«

Maria winkte bescheiden ab, drehte sich dann schnell zur Spüle um und begann geschäftig, das Geschirr abzuwaschen, obwohl daneben eine funktionstüchtige Geschirrspülmaschine stand. Allegra hob die Augenbrauen. Köchinnen und ihre Marotten!

Es war kurz vor halb acht. Massimo wollte gegen neun

Uhr eintreffen. Es blieb ihr also noch genug Zeit, den Tisch zu decken und sich schön zu machen. Eine Woche hatten sie sich jetzt nicht gesehen, und unter die Vorfreude mischte sich Nervosität. Sie hatte sich vorgenommen, an diesem Wochenende endlich mit ihm über ihre Beziehung zu sprechen. Sie konnte sich nicht darauf verlassen, dass plötzlich eine gütige Fee auftauchte, die alles zum Guten wendete und jedes Problem für sie aus der Welt schaffte. Für sein Glück musste man schließlich kämpfen! Und das hatte Allegra auch vor. Bevor sie sich noch weiteren Zukunftsträumen hingab, musste sie mit Massimo über ihre Gefühle füreinander reden. Sie hatte nach anfänglichem Zögern Lorenzo doch noch ihr Herz ausgeschüttet. Er war sehr verständnisvoll gewesen, hatte ihr aber auch deutlich gemacht, dass er nicht vorhatte, sich in das Liebesleben seines Neffen einzumischen. Sie seien schließlich beide erwachsen und müssten ihre Kämpfe selbst ausfechten.

Allegra verließ die Gutsküche und steuerte auf das Rustico zu. Der Himmel hatte sich mit Wolken überzogen. In der Ferne leuchteten gelbe Blitze auf. Die Luft war schwül und drückend. Selbst das Zirpen der Insekten klang etwas gedämpfter als sonst, als würden sie das aufkommende Gewitter spüren. Hoffentlich kam Massimo noch vor dem Unwetter in Montalcino an. In diesem Moment piepste ihr Handy. Sie stellte den Korb auf den Boden und zog das Gerät aus ihrer Gesäßtasche. *Komme später. Ist was dazwischengekommen. M.*

Sie runzelte die Stirn. Kein Smiley? Kein Küsschen? Seit wann simste Massimo denn solch trockene Kurznachrichten? Einen Moment betrachtete sie die Mitteilung, bevor sie antwortete. *Alles klar! Bis dann, freue mich.* Sie überlegte, ob sie noch einen *Kuss-Smiley* hinzufügen sollte, ließ es dann aber sein und schickte die Nachricht ab. Sie wartete, doch es kam keine Antwort mehr. Das war ja merkwürdig. Ob er beruflich aufgehalten worden war? Vielleicht saß er gerade mit einem Kunden zusammen. Sie wusste wenig über seine Arbeit, konnte sich aber aus Massimos Erzählungen zusammenreimen, dass er mit seinen Auftraggebern oft vor Ort verhandelte oder Hausbesichtigungen unternahm. Das musste es sein! Er hatte im Moment einfach andere Sorgen, als sie mit einer gut ausformulierten Kurznachricht zu beglücken.

Sie schloss die Tür zum Rustico auf und hörte ein dumpfes Donnerrollen. Wind kam auf und ließ die Büsche neben dem Häuschen rascheln. Die Kronen der mächtigen Pinien ächzten. Allegra drehte sich um, sah übers Tal und genoss die frische Luft, die den herannahenden Regen ankündigte. Eine schwarze Katze huschte über den Weg, blieb einen Moment stehen und fixierte sie aus gelben Augen. Als Allegra den Korb auf dem Boden absetzte, verschwand das Tier lautlos im Unterholz. Gutes oder schlechtes Omen? Obwohl sie nicht abergläubisch war, lief ihr plötzlich ein kalter Schauer über den Rücken.

Sie drehte sich um, stellte den Weidenkorb auf den Küchentisch und suchte nach Topflappen. In einer Schublade fand sie ein Paar, legte es für später bereit, öffnete den Backofen und schob die Lasagne hinein. Dann stellte sie den Regler auf 50 Grad und begann, den Tisch zu decken. Währenddessen war das Gewitter näher gekommen. Das Tageslicht verblasste, als hätte ein Fotograf einen Graufilter vor sein Objektiv gesetzt. Ein Fensterladen klapperte ruhelos. Allegra schaltete das Licht ein und suchte in den Schränken nach Kerzen. Zum Glück hatte sie Kleider zum Wechseln dabei, denn in diesem Moment erhellte ein Blitz die Umgebung, kurz darauf krachte ohrenbetäubender Donner, und der Himmel öffnete seine Schleusen.

Sie verzog das Gesicht. Sie mochte zwar Gewitter, aber so unmittelbar im Zentrum von einem zu sein, ängstigte sie doch ein wenig. Rasch schloss sie die Tür zur Terrasse, bevor der Wind den Regen hineintreiben konnte, und lauschte dem Prasseln der Regentropfen auf dem Dach. Durfte man bei Gewitter duschen? Sie war sich nicht sicher und beschloss zu warten, bis es weiterzog. Da im Moment alles bereit war, setzte sie sich aufs Sofa und rief ihre Mutter an.

»Hallo, mein Schatz. Wie geht's dir und Giovanni?«

»Gut, Mama, und euch? Läuft das Geschäft?«

In den nächsten Minuten lauschte sie dem Bericht ihrer Mutter, jedoch nur mit halbem Ohr. Allegras Gedanken schweiften zu dem noch bevorstehenden Gespräch ab: Ihre und Massimos Gefühle füreinander waren die eine Sache. Aber dann war da noch Carla. Im Grunde wusste sie nämlich nicht, ob sich Massimo von seiner Verlobten getrennt oder bloß eine Auszeit genommen hatte. Mit Allegra als Zwischenlösung.

Sie schluckte, weil dieser Gedanke ihr einen Kloß im Hals verursachte. Wenn es so war, hatte sie in der Toskana nichts mehr verloren. Lorenzo und Maria hatten ihr versprochen, ein Auge auf Giovanni zu haben. Die Idee, ihn zu einem Umzug nach Deutschland zu überreden, hatte sie aufgegeben. Er gehörte hierher wie die Weintrauben an den sonnigen Hängen. Hier hatte er seine Freunde, das Grab seiner Ehefrau und ein Leben, das er liebte. Der einzige Grund, weshalb sie noch in Montalcino blieb, war Massimo.

»Wie? Sicher schon bald, Mama. Ich muss nur noch ein paar Dinge klären und rufe euch an, sobald ich das genaue Datum weiß, okay?« Allegra nickte, als sie die Antwort ihrer Mutter hörte. »Also dann, bis demnächst. Gib unserem *monaco* einen Kuss von mir. Tschüss!«

Sie legte ihr Handy langsam auf den kleinen Tisch vor dem Sofa, zog die Beine an und stützte ihr Kinn auf die Knie. Draußen ging gerade die Welt unter, und wenn es die Vorsehung nicht gut mit ihr meinte, würde ihr Herz heute genau das gleiche Schicksal erleiden.

60

Die Scheibenwischer hielten den herabstürzenden Wassermassen kaum stand, und bevor er noch im Straßengraben landete, beschloss Massimo, lieber anzuhalten. Er setzte den Blinker und stoppte bei einer Ausweichstelle. Das Quietschen der Wischer ging ihm auf die Nerven, deshalb schaltete er sie aus und starrte auf den Bach, der jetzt ungehindert die Frontscheibe hinunterlief. Innerhalb kürzester Zeit beschlug diese, und der Wolkenbruch verschwand hinter einer nebligen Schicht. Nur das Trommeln des Regens auf dem Autodach und ein gelegentliches Zischen, wenn ein Wagen vorbeifuhr, waren zu hören.

Manchmal konnte das Leben echt beschissen sein! Massimo stieß ein Knurren aus und schlug mit der Hand aufs Steuerrad. In dem Moment piepste sein Handy. Er klaubte es aus seiner Hosentasche. Allegra! Natürlich, sie wartete auf ihn. *Wo bleibst du? Ist etwas passiert?* Er starrte auf das Display. Was sollte er darauf antworten? Lügen oder die Wahrheit sagen? Er entschied sich für einen Mittelweg. *Bin unterwegs!*, tippte er ein und schickte die Nachricht ab. Das war nicht einmal gelogen. Und überhaupt würde er das, was vorhin geschehen war, kaum per SMS mit ihr diskutieren.

Er drehte den Zündschlüssel um und schaltete die Belüftung ein. Langsam klärte sich die Frontscheibe wieder; der

Regen hatte nachgelassen, doch er konnte sich nicht dazu durchringen weiterzufahren.

Es war zum Verrücktwerden! In Florenz okkupierte Carla seine Wohnung, in Montalcino wartete Allegra. Im Moment wäre er aber gern allein gewesen, um nachzudenken. Kurz erwog er, nach Follonica zu Antonio zu fahren. Doch auch dort würde er im Trubel mit den Zwillingen und unter Silvanas Bemutterung keine ruhige Minute finden.

Während er mit den Fingerknöcheln aufs Lenkrad trommelte, schweiften seine Gedanken zum frühen Abend zurück, als er eigentlich vorgehabt hatte, Florenz so schnell wie möglich Richtung Montalcino zu verlassen.

Carlas Liebkosungen fühlten sich so vertraut an, und Massimo genoss für einen Moment ihre Zärtlichkeiten. Es war, als würde er einem alten Freund nach langer Zeit wiederbegegnen. Doch als ihre Hand über seinen Bauch strich und dann tiefer wanderte, hielt er ihre Handgelenke fest und trat einen Schritt zurück.

Carla hob den Kopf und sah ihn erstaunt an. »Was ist denn, amore? Etwa keine Lust?«

Ein amüsiertes Lächeln lag auf ihren Lippen. Sie wusste ganz genau, welche Knöpfe sie drücken musste, damit sein Körper reagierte. Oder anders gesagt, welche Stellen sie liebkosen musste.

»Es wird nicht alles wieder gut, wenn wir jetzt Sex haben, Carla. So einfach ist das Leben nicht.«

»Nun sei mal nicht so, Massi«, gurrte sie. »Ich liebe dich, und du liebst mich. Wir sind zwei Hälften eines Ganzen. So hast du es selbst an dem Abend ausgedrückt, als du mich gebeten hast, deine Frau zu werden. Erinnerst du dich nicht mehr daran?«

Sie zog eine Schnute und sah ihn aus treuherzigen Augen an, doch er registrierte den Schalk, der dahinter lauerte. Sie nahm ihn überhaupt nicht ernst. Für Carla war das Leben nur ein Spiel, und wenn sie schlechte Karten in den Händen hielt, mischte sie einfach neu und legte sich das Blatt zu ihrem Vorteil aus. Er hatte das schon früher bemerkt, jedoch gedacht, dass er damit leben könne. Schließlich war niemand perfekt, am wenigsten er selbst. Doch plötzlich störten ihn ihre Oberflächlichkeit, ihr Mangel an Empathie, ihre anmaßende Art, sich einfach das zu nehmen, wonach ihr gelüstete, ohne über die Konsequenzen nachzudenken. Sie war wie ein verwöhntes Kind! Er war sich sicher, wenn sie sich endgültig trennten, würde sich bald ein neuer Mann an ihrer Seite finden: attraktiv, erfolgreich und leicht zu lenken. Mit Schrecken stellte er fest, dass er die vergangenen Jahre genau diesem Bild entsprochen hatte. Ganz gleich, wie sehr er sich als die treibende Kraft in ihrer Beziehung gefühlt hatte, Carla hatte im Hintergrund die Fäden gezogen, und er hatte wie eine Marionette brav daran getanzt.

Wie hatte er das nicht bemerken können? Dennoch entbehrte es nicht einer gewissen Komik, dass er dermaßen manipuliert werden konnte. Eigentlich gebührte Carla der Oscar für die beste Komödie!

Er stieß amüsiert die Luft aus, was sie falsch verstand, denn sie lächelte verführerisch und öffnete geschickt den Reißverschluss ihres Kleides. Mit einem Rascheln fiel es zu Boden und bauschte sich um ihre Knöchel wie Schaum auf den Wellen. Unter dem Kleid war sie nackt; ihre Figur makellos, als hätte Michelangelo persönlich den Meißel angesetzt. Doch so verführerisch sie auch wirkte und so stark sein Körper noch vor kurzer Zeit auf ihre Berührungen reagiert hatte, die Macht, die sie über ihn besessen hatte, war dahin. Verpufft, wie ein fehlgeleiteter Feuerwerkskörper. Seine Augen registrierten zwar Carlas biegsame Gestalt, doch vor seinem geistigen Auge tauchte eine andere, weiblichere Silhouette auf.

»Ich muss gehen! Tut mir leid!«

Er raffte seine Utensilien fürs Wochenende zusammen und floh aus der Wohnung.

»Massimo, bleib gefälligst hier! Wir sind noch nicht fertig miteinander«, kreischte Carla, und ihre Stimme überschlug sich vor Zorn. »Du Mistkerl, so leicht kommst du mir nicht davon!«, hörte er noch, bevor die Wohnungstür hinter ihm krachend ins Schloss fiel.

61

Durch das geöffnete Fenster drang Mondlicht ins Schlafzimmer und warf einen silbernen Glanz auf den Holzfußboden. Allegra lag wach und lauschte den nächtlichen Geräuschen. Nach dem Wolkenbruch hatten die Zikaden ihr monotones Lied wieder aufgenommen, als wäre er weiter nichts als ein lästiges Intermezzo in ihrem Konzert gewesen. Kurz bevor sie begonnen hatte, sich wirklich Sorgen um Massimo zu machen, war er angekommen und hatte etwas von einem ungeplanten Zwischenfall gemurmelt, der ihn in Florenz aufgehalten hatte. Nachdem er geduscht hatte, ließen sie sich Marias Lasagne schmecken, tranken dazu Wein und liebten sich anschließend. Es war wie immer äußerst beglückend gewesen. Doch irgendetwas stimmte nicht.

Allegra drehte den Kopf und betrachtete seinen nackten Rücken. Er war nach dem Liebesspiel beinahe augenblicklich eingeschlafen, obwohl sie gern noch ein wenig gekuschelt hätte, aber vermutlich verlangten die anstrengende Autofahrt und seine Arbeitswoche ihren Tribut. Schon beim Essen war er recht einsilbig geblieben und hatte auf ihren Bericht, wie sie Lorenzos fatale Bilanz wieder auf Vordermann bringen wollte, kaum reagiert. Auch auf ihre Mitteilung, dass die Polizei Turchis bis jetzt nicht habhaft hatte werden können, hatte er nur mit einem Schulterzucken geantwortet. Ihr Vorhaben, ihn nach seinen Gefühlen für sie auszuhorchen, hatte sie daher stillschweigend verschoben. Doch wie lange sollte sie damit noch warten? Einen Tag? Eine Woche? Am Sonntagabend würde er wieder nach Florenz zurückfahren, und sie hatte sich vorgenommen, bis dahin konkrete Pläne zu einer Abreise oder, was sie mehr erhoffte, einer Verlängerung ihres Aufenthalts in der Toskana zu machen.

Sie verließ leise das Bett und ging ins Wohnzimmer. Ohne das Licht einzuschalten, zog sie ihre Schlafshorts und ein übergroßes T-Shirt aus der mitgebrachten Tasche. Sie hatte leider kein sexy Negligé in ihrem Kleiderfundus, und nackt zu schlafen war sie nicht gewohnt. So viel zu ihren Talenten als Femme fatale. Aber über die Phase, in der sich jeder nur von seiner Schokoladenseite zeigen wollte, waren sie ohnehin hinaus. Er hatte sie schon in ganz anderen Situationen erlebt und würde schon nicht schreiend davonrennen, wenn er sie am Morgen in ihrem schlabberigen T-Shirt erblickte.

Wusste sie überhaupt, was Massimo Visconti eigentlich wollte und was nicht? Normalerweise redete man doch darüber, was für Träume man hegte, welche Ziele man verfolgte und was man sich vom Leben erhoffte, wenn man sich kennenlernte. Selbst Logan hatte ihr, in der kurzen Zeit, die er hier gewesen war, mehr von sich erzählt als Massimo in den zwei Wochen, die sie jetzt schon in Montalcino weilte. Zwei Wochen? Sie atmete tief durch. Die Zeit erschien ihr viel länger! Und doch war sie immer noch viel zu kurz, um jemanden richtig kennenzulernen. Vor allem jemanden, der aus seinem Herzen eine Mördergrube machte.

Auf bloßen Füßen ging Allegra ins Badezimmer und putzte sich die Zähne. Neugierig öffnete sie dabei den Spiegelkasten über dem Waschbecken und besah sich den Inhalt. Neben Massimos Aftershave, einer Lotion gegen Sonnenbrand und einer

Rolle Zahnseide stand auch ein Parfümfläschchen. Sie lauschte, doch aus dem Schlafzimmer war kein Laut zu hören. Daher griff sie nach dem Fläschchen, schraubte den Deckel ab und schnupperte daran. Wie konnte man sich freiwillig mit so etwas einsprühen! Das roch ja eklig süß und zog bestimmt die Bienen an. Sie stellte das Parfüm schnell wieder zurück. Das gehörte offensichtlich Carla. Und plötzlich lief Allegra ein kalter Schauer über den Rücken. War es das? Benahm sich Massimo so komisch, weil ihre Befürchtung eingetreten war und er sich mit Carla wieder versöhnt hatte? War er nur gekommen, um mit der kleinen Totengräberin Schluss zu machen? Nur hatten ihn Marias Lasagne, der süffige Wein und die bereitwillige Deutsche eine Weile davon abgehalten. Oder war er einfach ein Feigling und hoffte, sie werde bald abreisen und das Problem sich dadurch von allein lösen? Und bis dahin konnte er sich mit der Kleinen ja noch ein bisschen vergnügen.

»Hör auf!«, murmelte sie und atmete tief durch. Nein, so ein hinterhältiges Benehmen traute sie ihm nicht zu. Es musste einen anderen Grund geben, weshalb er sich so seltsam benahm. Sollte sie ihn wecken und danach fragen? Wenn er so überrumpelt wurde, würde er vielleicht die Wahrheit sagen. Doch ihre gute Erziehung hielt sie davon ab, zurück ins Schlafzimmer zu stürzen und den nackten Mann in dem zerwühlten Bett unsanft wach zu rütteln. So etwas passierte bloß in schlechten Filmen. Und sie hatte ganz sicher nicht vor, sich wie eine eifersüchtige Furie aufzuführen. Morgen, beim Frühstück, wenn sie beide ausgeschlafen waren, würde sie das Thema ansprechen.

Sie nickte ihrem Spiegelbild zu, spuckte den Zahnpastaschaum aus und ging zurück ins Schlafzimmer. Dann schlüpfte sie unter die Decke, kuschelte sich an Massimos warmen, nackten Rücken und schloss die Augen.

62

»Massimo, dai, mach auf!«

Er öffnete die Augen und gähnte. Sein Blick fiel auf die Digitalanzeige des Weckers auf dem Nachttisch. Halb neun. Vor dem geöffneten Schlafzimmerfenster zwitscherte eine Amsel. Allegra schlief noch. Beide Arme vor der Brust, die Beine angewinkelt, sah sie in diesem riesigen T-Shirt wie ein großer rosafarbener Knäuel aus. Die Haare fielen ihr übers Gesicht wie ein Vorhang aus dunklen Wellen, und vorsichtig schob er ihr eine Strähne hinters Ohr. Was hatte ihn geweckt? Im selben Moment hörte er ein Hämmern an der Tür.

»Massimo, sbrigati!«

Maria? Mit einem Satz sprang er aus dem Bett und lief zur Haustür. Unterwegs schnappte er sich seine Jeans und zog sie rasch über. Er schob den Riegel zurück und riss die Tür auf. Schwer atmend stand die stämmige Köchin davor. Ihr mächtiger Busen wogte, und der Schweiß stand ihr auf der Stirn.

»Ist etwas mit Giovanni?«

»Nein, deine Tante!«

»Dio mio, geht es ihr gut?«

»Noch!«, japste die ältere Frau und stützte sich am Türsturz ab. »Aber wenn dieses Subjekt …« Sie wischte sich mit dem Handrücken über die Stirn.

»Komm erst mal rein«, schlug Massimo vor, doch Maria schüttelte vehement den Kopf.

»Du musst schnell aufs Gut kommen. Lorenzo ist nicht da. Er ist heute früh zu Ernesto gefahren, wegen der Weinlieferung, und ich war vorhin kurz im Keller. Und als ich wieder heraufkomme, hat Fulvia die Tür schon geöffnet und ihn hereingebeten. Jetzt sitzen sie zusammen im Wohnzimmer und trinken Kaffee!«

Massimo runzelte die Stirn. Er wurde nicht klug aus dem Gestotter.

»Wer ist gekommen, Maria?«

»Diego!«, keuchte sie. »Diego Turchi!«

»Du weißt von ihm?«, fragte Massimo verblüfft, während er sich nach einem T-Shirt umsah.

»Certo, ich bin ja nicht dumm! Zudem hat mir Giovanni … egal jetzt, komm!«

»Du musst sofort die Polizei anrufen!«, keuchte Allegra, während sie gemeinsam durch den Park zum Gutshaus rannten.

Massimo schüttelte den Kopf. »Was, wenn er meiner Tante die Wahrheit an den Kopf wirft, sobald die Carabinieri auftauchen? Nein, wir müssen ihn irgendwie loswerden, bevor das Ganze eskaliert, und darauf hoffen, dass er ihr noch nichts gesagt hat.«

Maria hatten sie schon nach wenigen Metern abgehängt, doch darauf konnte er jetzt keine Rücksicht nehmen und auch nicht weiter darüber nachdenken, weshalb die Köchin von Turchi wusste. Offensichtlich gab es auf dem Landgut so einiges, das man ihm vorenthalten hatte.

Schwer atmend kamen sie beim Gut an, liefen durch die

Eingangshalle und platzten ins Wohnzimmer, wo Fulvia und Turchi einträchtig bei einer Tasse Kaffee zusammensaßen.

Seine Tante wirkte über ihr plötzliches Erscheinen wenig erstaunt und sagte lächelnd: »Ah, Allegra, Massimo, wie schön, euch zu sehen. Setzt euch doch und trinkt mit uns Kaffee. Darf ich euch Diego Turchi vorstellen? Er ist Mirellas Sohn. Sie hat eine Zeit lang hier auf dem Gut gearbeitet. Sie war so eine fröhliche junge Frau, hat ständig gelacht und gesungen.«

Im Gegensatz zu seiner Tante flackerte in Turchis Augen bei ihrem Auftauchen Misstrauen auf, und sein aufgesetztes Lächeln fror für einen Moment ein. Doch der Mistkerl hatte sich gleich wieder unter Kontrolle.

»Ich soll alle herzlich von ihr grüßen«, sagte er scheinheilig und nahm einen Schluck Kaffee.

Die Stimmung war plötzlich so eisig wie der Polarwind, und Allegras Blicke flogen zwischen den Anwesenden ängstlich hin und her, als befürchte sie einen anstehenden Vulkanausbruch.

Massimo presste wütend die Lippen aufeinander, mahnte sich dann zur Ruhe und sagte: »Wir kommen gerade vom Frühstück, Tantchen, und möchten keinen Kaffee, danke. Würden Sie gern das Herrenhaus besichtigen, Signor Turchi?«, schlug er vor. »Ich kann mir vorstellen, dass Sie die Einrichtung enorm interessant finden. Meine Tante und mein Onkel haben einen exquisiten Geschmack, was Antiquitäten anbelangt.«

Er musste Turchi unbedingt von Fulvia loseisen, doch seine Tante machte ihm einen Strich durch die Rechnung.

»Aber Massimo, nun lass den Mann doch erst mal seinen Kaffee austrinken. Habt ihr jungen Leute nichts anderes zu tun? Ich dachte, du wolltest mit Allegra einen Ausflug unternehmen.«

»Am Nachmittag, Tantchen. Heute Morgen gehören wir ganz dir.«

Massimo griff nach Allegras Hand und dirigierte sie aufs Sofa, wo sie gemeinsam Platz nahmen.

Fulvia nickte und wandte sich wieder an Turchi. »Mein Neffe ist sehr um mich besorgt, wissen Sie. Haben Sie Kinder?«

Turchi schüttelte den Kopf. »Leider nein, dieses Vergnügen steht mir noch bevor. Aber ich war schon immer der Auffassung, dass die Familie das höchste Gut im Leben ist, nicht wahr?«

»In der Tat!«, pflichtete ihm Fulvia bei. »Das ist auch meine Meinung. Nehmen Sie sich doch noch etwas Gebäck und erzählen Sie, was Sie beruflich tun.«

Massimo verbiss sich einen hämischen Kommentar und beschloss, Turchi nicht länger zu reizen. Es war nicht abzuschätzen, wie er reagierte, wenn er in die Enge getrieben wurde. Dennoch, er hatte das Gefühl, dass er bald platzte, wenn er diesen Schleimer auch nur eine Minute länger ertragen musste. Aber solange Fulvia sich nicht zurückzog, waren ihm die Hände gebunden. Hoffentlich blieb sein Onkel noch eine Weile beim Weinhändler. Massimo war sich nicht sicher, wie Lorenzo reagieren würde, wenn er unverhofft nach Hause kam und Turchi einträchtig neben seiner Ehefrau sitzen sah.

Weshalb war Diego eigentlich hier aufgetaucht? Und was bezweckte er mit seinem Besuch? Wollte er einen allerletzten Erpressungsversuch starten? Vielleicht hatte Mirella ihm von ihrem Treffen in Florenz erzählt, und dass sie jetzt wussten, dass er nicht Lorenzos unehelicher Sohn war? Wenn ja, hatte er bloß noch einen Trumpf im Ärmel. Nämlich den, Fulvia von Mirellas und Lorenzos Affäre zu berichten. Und das konnte durchaus schon ausreichen, um seiner Tante schweren gesundheitlichen Schaden zuzufügen. So oder so, sie saßen auf einem verdammten Pulverfass, und er konnte nichts dagegen tun!

»Im Antiquitätenhandel? Wie aufregend!«, rief Fulvia in diesem Moment und holte Massimo damit aus seinen Gedanken. »Ich liebe Antiquitäten! Am meisten haben es mir die alten Meister angetan. Dort hängt normalerweise mein Lieblingsbild.« Sie zeigte zum Kamin. »Eine Bleistiftzeichnung von Timoteo Viti. Leider ist beim Putzen der Rahmen zu Bruch gegangen, und mein Mann hat das Bild zur Reparatur gebracht.«

Diego lauschte seiner Tante mit interessierter Miene, doch Massimo sah, wie er bei dem Namen Viti spöttisch einen Mundwinkel hob. Verfluchter Mistkerl! Er wusste genau, was es mit der Reparatur auf sich hatte.

»Ich bin eine große Bewunderin von Viti, Signor Turchi, und würde es vermutlich nicht überleben, wenn mir das Bild aus irgendeinem Grund abhandenkäme. Ich vermisse es jetzt schon. Obwohl wir es ja bald zurückbekommen.«

»Das kann ich verstehen. Viti war ein großartiger Künstler, und ich würde das Bild wirklich gern sehen, wenn es wieder an seinem angestammten Platz hängt.«

Bei den Worten warf Turchi ihm einen hämischen Blick zu.

Massimo stieß einen unterdrückten Fluch aus. Das war zu viel! Er war schon im Begriff aufzuspringen, um dem Mistkerl die Faust ins Gesicht zu schlagen, als Allegra ihn am Arm packte und beschwörend den Kopf schüttelte. Sie hatte recht, er durfte sich nicht so gehen lassen. Er lockerte seine zu Fäusten geballten Hände und atmete tief durch.

Plötzlich kam ihm eine Idee. Er würde sich entschuldigen und draußen mit der Polizei telefonieren. Diese könnte Turchi dann beim Verlassen des Gutes auflauern und festnehmen. Schließlich suchten sie ihn. Irgendwann musste der Mistkerl ja wieder aufbrechen, und dann saß er in der Falle.

Doch als hätte Turchi seine Gedanken erraten, erhob er sich in diesem Moment.

»Leider muss ich jetzt wieder gehen, Signora Ferretti. Das Geschäft ruft. Besten Dank für Ihre Gastfreundschaft. Ich bin sicher, wir sehen uns bald wieder.«

Er ergriff Fulvias Hand, beugte sich darüber und deutete

einen Handkuss an. Dabei warf er Massimo einen spöttischen Blick zu.

Fulvia neigte den Kopf.

»Ich habe zu danken, Signor Turchi. Grüßen Sie Mirella von mir.«

Also keine Polizei. Fein, dann eben auf andere Weise. Er würde den Kerl vor dem Haus in die Mangel nehmen. Doch wieder kam ihm seine Tante in die Quere.

»Ich begleite Sie nach draußen«, sagte sie und erhob sich langsam. »Danach muss ich mich hinlegen. Ich bin leider gesundheitlich angeschlagen und fühle mich etwas müde.«

Sie schwankte leicht, und Turchi bot ihr galant den Arm. Massimo biss die Zähne zusammen, bis ihm der Kiefer wehtat.

»Tut mir leid, das zu hören«, erwiderte Turchi und führte seine Tante langsam in die Eingangshalle.

Massimo und Allegra sprangen ebenfalls auf und folgten ihnen. Auf keinen Fall wollte er, dass dieses Subjekt und seine Tante allein waren.

»Ich hoffe, mein Besuch hat Sie nicht zu sehr aufgeregt«, hörte er Turchi säuseln. »Das würde ich mir nie verzeihen.«

»Aber nein«, erwiderte Fulvia. »Es hat mich gefreut, Mirellas Sohn kennenzulernen. Es war ein sehr aufschlussreiches Treffen.«

Für einen Augenblick wirkte Turchi irritiert, fing sich dann aber gleich wieder und öffnete die Eingangstür.

Massimo hoffte inständig, dass seine Tante jetzt nach oben gehen würde, so fände er noch Zeit, Turchi aufzuhalten, bevor dieser in seinen Wagen stieg und auf Nimmerwiedersehen verschwand. Doch auch diese Hoffnung wurde zunichtegemacht, denn Fulvia lehnte mit verschränkten Armen an der Tür und sah Turchi nach, wie er über den Kiesplatz ging, in seinen Wagen stieg und davonfuhr.

Massimo stieß frustriert die Luft aus. Verfluchter Mist!

Doch immerhin hatte das Schwein geschwiegen. Auch wenn er sich nicht sicher sein konnte, dass Turchi nicht irgendwann wieder auftauchte, um einen letzten Coup zu landen. Sein Auftauchen war bestimmt als Drohung gedacht und als Vorankündigung, dass weitere Forderungen auf sie zukämen.

Massimo zog sein Handy aus der Hosentasche und wählte die Nummer der Polizei, doch seine Tante legte ihre Hand auf seinen Arm.

»Lass gut sein, Massi. Sie werden ihn schon irgendwann erwischen.«

63

Fulvia blätterte wortlos in einem Magazin und schlug die Beine übereinander. Nachdem Turchi das Gut verlassen hatte, kehrte sie, entgegen ihrer Aussage, sie wolle sich hinlegen, ins Wohnzimmer zurück. Allegra und Massimo folgten ihr und setzten sich wieder aufs Sofa. Sie sah ihm an, dass er angespannt wirkte. Als er ihren Blick bemerkte, hob er die Achseln und schüttelte den Kopf. Anscheinend wusste auch er nicht, was seine Tante vorhatte. Aus der Küche hörten sie das Klappern von Geschirr. Maria bereitete anscheinend bereits das Mittagessen zu, obwohl die Zeiger der antiken Pendeluhr im Speisezimmer erst halb elf anzeigten.

»Tante, würdest du uns jetzt bitte erklären, was das alles zu bedeuten hat?«

Fulvia hob den Blick von der Illustrierten. Bläuliche Schatten lagen unter ihren Augen, ihr Teint wirkte transparent, doch in ihrem Blick lag eine Stärke, die Allegra verblüffte.

»Sobald Lorenzo wieder da ist«, gab sie zur Antwort. »Ich habe keine Lust, mich zu wiederholen. Also gedulde dich noch einen Moment, mein Lieber. Und anstatt mich ständig zu bedrängen, wäre es nett, wenn du mir ein Glas Wasser und meine Tabletten holen würdest. Sie liegen auf dem Nachttisch. Die weiß-blaue Schachtel.«

Massimo stieß hörbar die Luft aus, was seiner Tante ein feines Lächeln entlockte, stand dann aber auf und bedeutete Allegra mit einem Nicken, ihm zu folgen. In der Eingangshalle blieb er stehen.

»Hast *du* ihr von Turchi erzählt?«, wandte er sich aufgebracht an sie und funkelte sie dabei zornig an.

Sie sah ihn verblüfft an. »Ich? Nein, warum sollte ich das tun?«, entgegnete sie unwirsch. Dass er ihr so etwas zutraute, enttäuschte sie maßlos. Viel Vertrauen schien er ihr ja nicht entgegenzubringen.

Er strich sich über seine Bartstoppeln. Ihr überstürzter Aufbruch heute Morgen hatte ihnen keine Zeit gelassen, sich herzurichten. Allegra hatte sich nicht einmal gekämmt und zupfte jetzt an ihrem hastig gebundenen Pferdeschwanz herum.

»Also, ich war's auf alle Fälle nicht!«, erklärte Massimo scharf. »Lorenzo und Giovanni ebenso wenig. Und wenn du es nicht warst, tja, dann kann es nur Maria gewesen sein, die es offenbar von deinem Großvater erfahren hat. Anscheinend wissen hier alle über alles Bescheid – außer mir!«

Allegra sah ihn zweifelnd an. Sie konnte sich nicht vorstellen, dass die gutherzige Köchin aus dem Nähkästchen geplaudert und ihre langjährige Arbeitgeberin dadurch in Gefahr gebracht hatte.

Ohne ein weiteres Wort drehte Massimo sich um und lief die Treppe hinauf, um Fulvias Medikamente zu holen. Allegra sah ihm aufgewühlt nach. Statt bei einem gemütlichen Frühstück zusammenzusitzen und vorsichtig das Thema Gefühle anzusprechen, wie sie es sich vorgenommen hatte, waren sie jetzt hier und paddelten in Turchis kriminellem Kielwasser. Und zu allem Überfluss hielt Massimo sie für eine Klatschbase. Wunderbar!

Sie seufzte genervt, denn sie konnte es nicht leiden, wenn ihre Pläne durchkreuzt wurden. Doch seit sie in der Toskana lebte, schienen durchkreuzte Pläne sie wie ein Fluch zu verfolgen. Das Schicksal hatte anscheinend einen schrägen Sinn für Humor.

Langsam ging sie wieder ins Wohnzimmer zurück, setzte sich in einen Sessel und griff nach einem Bildband mit toskanischen Sehenswürdigkeiten, der auf dem Salontisch lag. Während sie durch die herrlichen Fotos von Pisa, Siena, Florenz und den umliegenden Hügeln blätterte, fühlte sie Fulvias Blick auf sich.

»Lorenzo hat mir von deinen Gefühlen für meinen Neffen erzählt«, sagte sie unvermittelt. Allegra hob ruckartig den Kopf. Auch das noch!

»Ich … wir«, stotterte sie und fühlte, wie heiße Röte in ihre Wangen schoss.

»Liebe Allegra«, begann Fulvia und legte die Illustrierte in ihren Schoß. »Ich wäre entzückt, wenn sich daraus etwas Ernsthaftes entwickelt. Mein Neffe braucht jemanden wie dich an seiner Seite. Also kämpfe um ihn, er ist es wert!«

Allegra nickte stumm. Dass Fulvia Ferretti auf ihrer Seite stand, bedeutete ihr viel, denn sie hatte vermutet, dass Massimos adlige Tante eher auf eine Verbindung mit den Albizzis hoffte. Doch anscheinend mochte niemand Carla so richtig. Weshalb zum Teufel also Massimo?

In diesem Moment trat er mit einem Glas Wasser und einer Schachtel Tabletten ins Zimmer, und sie wischte sich verstohlen über die Augen. Es fehlte noch, dass sie jetzt zu weinen begann. Fulvia bedankte sich bei ihrem Neffen und schluckte ihr Medikament. Dann schlug sie abermals die Illustrierte auf und lehnte sich erschöpft zurück. Massimo wanderte derweil unruhig im Zimmer umher, trat ans Fenster, wandte sich wieder ab, ging schließlich entschlossen ins angrenzende Speisezimmer und betrachtete die Flaschen in dem dortigen Servierwagen.

»Möchte jemand einen Aperitif?«, fragte er. Doch weder

Fulvia noch Allegra antworteten ihm, und so goss er sich schulterzuckend einen Campari ein. In diesem Moment hörten sie einen ankommenden Wagen. Endlich!

Allegra sprang auf. Massimo stellte sein Glas auf den Esstisch, durchquerte eilig das Wohnzimmer, und wenig später erklang ein lauter Wortwechsel in der Eingangshalle. Dann stürzte ein kreidebleicher Lorenzo in den Salon.

»Liebes, alles in Ordnung?«

Er nahm Fulvias Hand behutsam in die seine. Er wirkte zugleich verstört und wütend. Fulvia schenkte ihm ein warmes Lächeln.

»Alles bestens. Mach dir keine Sorgen.« Dann räusperte sie sich. »Aber jetzt ist es an der Zeit, über die Vergangenheit zu sprechen.«

64

Essensduft zog von der Küche her durch das Herrenhaus, und Massimos Magen knurrte. Das verpasste Frühstück forderte seinen Tribut. Im Wohnzimmer war es mucksmäuschenstill geworden. Lediglich das Zwitschern der Vögel und der Gesang der Insekten drangen durch die geöffneten Fenster herein.

»Setz dich bitte hin, Massimo«, befahl Fulvia, »dein Herumgerenne macht mich ganz nervös.«

Er nickte grimmig, ließ sich dann schwer in den Sessel neben Allegra fallen und streckte die Beine aus.

»Danke«, sagte seine Tante und nahm einen Schluck Wasser. »Ich werde von vorne anfangen, damit es auch alle verstehen.« Sie hielt kurz inne und warf einen Blick in die Runde. »Als ich damals die Diagnose erhielt, ist meine Welt zusammengebrochen. Unsere Welt, muss ich wohl sagen.« Sie drückte Lorenzos Hand. »Es war eine schwere Zeit für ein junges Paar wie uns. Alles, was wir uns erträumt hatten, hat sich in Luft aufgelöst: keine eigenen Kinder, keine Reisen, keine körperlichen Anstrengungen, lebenslang Medikamente schlucken. Ich fiel in eine fürchterliche Depression und dachte sogar daran, mir das Leben zu nehmen.«

Lorenzo stieß einen Laut aus, der Massimo das Herz zerriss.

»Ist schon gut«, sagte Fulvia und strich ihrem Gatten zärtlich über die Wange. »Das ist lange her. Seit damals hat sich viel geändert, aber zu der Zeit war ich so mit mir und meinem Unglück beschäftigt, dass ich den Mann an meiner Seite vollkommen vergessen habe. Das tut mir leid, amore. Auch heute noch. Und daher kann ich dir keinen Vorwurf machen, dass du dich damals einer Frau zugewandt hast, die so viel gelacht hat und dir geben konnte, wonach du dich gesehnt hast.«

Lorenzo sah seine Frau verblüfft an. »Du hast es gewusst?«

Fulvia lächelte. »Lieber, ich bin zwar krank, aber nicht dumm. Natürlich habe ich es gewusst. Und zu der Zeit erschien es mir sogar als gerechte Strafe für meine körperliche Unzulänglichkeit.«

Lorenzo schüttelte den Kopf. »Wie kannst du so etwas sagen? Ich bin hier der Schuft! Anstatt dich zu unterstützen, habe ich dich hintergangen.«

Fulvia tätschelte begütigend seine Hand.

»Lassen wir die Schuldzuweisungen. Das ist Vergangenheit. Natürlich hat es wehgetan, dass ich dir nie die Frau sein konnte, die du verdient hast, und ich war maßlos eifersüchtig auf Mirella. Sie hatte alles: Jugend, Gesundheit und die Zuwendung meines geliebten Mannes. Wenn du mich damals um die Scheidung gebeten hättest, hätte ich eingewilligt.«

Lorenzos Augen füllten sich mit Tränen.

»Ich will mich jetzt aber nicht als Märtyrerin aufspielen«, fuhr sie fort. »Ich habe dich und Mirella auch verflucht. Was war mit dem Gelübde ›In guten wie in schlechten Tagen‹ geworden? Manchmal habe ich dich gehasst, amore. Wieso, dachte ich, passiert das gerade mir? Was hatte ich getan, um diese Krankheit zu verdienen? Ich verfiel immer mehr in Selbstmitleid. Der Schock, dass du mich betrogen hast, war der Auslöser dafür, dass ich mich wieder fing. Ich war so wütend! Und diese Wut half mir, ins Leben zurückzufinden. Ich wollte nicht kampflos aufgeben. Und ich wollte dich nicht verlieren. Du bist die Liebe meines Lebens, und für die Liebe muss man kämpfen!«

Bei diesen Worten warf sie Allegra einen schnellen Blick zu, und Allegra nickte. Bevor Massimo sich Gedanken machen konnte, was diese stumme Verständigung zwischen den beiden Frauen bedeutete, fuhr seine Tante fort.

»Als dann Mirella das Gut verlassen hat, war ich mehr als glücklich. Es schien mir wie der Wink des Schicksals. Eine zweite Chance! Ich habe lange überlegt, ob ich mit dir darüber sprechen sollte.« Sie sah ihren Gatten mit einem müden Lächeln an. »Doch ich war zu feige dazu, weil ich mich vor den Konsequenzen fürchtete. Was hätte ich tun sollen, wenn du mich endgültig verlassen hättest?« Sie hob die Achseln. »Also habe ich geschwiegen. Die ganze Zeit. Und weil du das Thema nie selbst angeschnitten hast, habe ich das Ganze verdrängt … bis zu jenem Tag, als ich Mirella in Florenz getroffen habe. Hochschwanger!«

Allegra sog scharf die Luft ein, und Lorenzo klappte der Mund auf. Das war ja ein Ding, Fulvia hatte es die ganze Zeit gewusst! Massimo kam sich so dumm vor. Diese dilettantische Jagd nach Turchi war vollkommen unnötig gewesen. Plötzlich erinnerte er sich an den Campari im Nebenzimmer. Fulvias Beichte verlangte nach Alkohol! Also stand er auf und holte das Glas, niemand beachtete ihn, die anderen hingen gebannt an Fulvias Lippen. Massimo stürzte den Aperitif in einem Zug hinunter und ging zurück ins Wohnzimmer.

»Du hast Mirella getroffen?«, fragte sein Onkel in dem Moment, und Fulvia nickte.

»Es war ein paar Monate nach ihrem Weggang. Ich traf sie in Florenz. Du erinnerst dich vielleicht an Dottor Giordano? Der junge Arzt, den uns die Albizzis empfohlen hatten?«

Massimo entging nicht, wie Allegra kurz zusammenzuckte, als Carlas Nachname fiel. Allegras Haare waren zerzaust. Die ungeschminkten Augen wirkten unnatürlich groß in ihrem trotz der erworbenen Bräune blassen Gesicht. Ihr Blick ruhte auf Fulvia und Lorenzo, und er vermeinte, Mitleid in ihrer Miene zu erkennen.

Empathie war etwas, das Carla völlig abging. Zudem hätte seine Verlobte das Haus nie verlassen, ohne sich zuerst herzurichten. Allegra und Carla konnten unterschiedlicher nicht sein. Reizte ihn an Allegra vielleicht gerade, dass sie so ganz anders war als seine Verlobte? Und wenn ja, wusste er eigentlich wirklich, welcher Typ Frau zu ihm passte? Oder anders gesagt: welche Art Frau er wollte?

»Ja, sicher«, durchbrach die Stimme seines Onkels diese Gedanken. »Er sollte die erste Diagnose bestätigen oder besser: sie widerlegen.« Lorenzo seufzte tief, und Fulvia lächelte gequält.

»Die Untersuchung war früher beendet als erwartet, und ich bin, während ich auf dich gewartet habe, ein paar Schritte zu Fuß gegangen. Ich erinnere mich genau. Es war so ein milder Tag, und ich habe mich auf eine Bank gesetzt, die Sonne und das muntere Treiben in den Straßen genossen. Und dann sah ich sie.« Seine Tante schluckte. »Mirella wirkte wie das blühende Leben, obwohl ihr dicker Bauch sie schwerfällig gemacht hatte. Als sie mich entdeckte, lachte sie übers ganze Gesicht und winkte mir fröhlich zu. Sie stand auf der anderen Straßenseite, und ich war für einen Moment vor Erstaunen wie gelähmt. Dann fing es in meinem Kopf an zu rattern: Mirella, hochschwanger, ihr Weggang. Ich begann nachzurechnen, und die Erkenntnis traf mich wie ein glühender Dolchstoß. Sie trug dein Kind, Lorenzo!«

Sein Onkel schluckte schwer, sagte aber nichts, und nachdem Fulvia tief Luft geholt hatte, fuhr sie fort.

»Ich wusste nicht, wie ich reagieren sollte. Mirella beobachtete den Verkehr. Anscheinend hatte sie vor, die Straße zu überqueren, um mit mir zu sprechen. Doch das hätte ich nicht ertragen. Die Wahrheit hätte ich nicht ertragen! Ich bekam Panik. Also bin ich aufgestanden und habe fluchtartig die Piazza verlassen.«

»Aber dann weißt du es ja gar nicht!«, rief Allegra aufgeregt.

Fulvia wandte den Kopf. »Was weiß ich nicht?«

»Diego ist nicht Lorenzos Sohn! Mirella hat es uns verraten, als wir sie in Florenz aufgestöbert haben.«

Fulvia sah sie entgeistert an. »Nicht?«, fragte sie mit erstickter Stimme und wandte sich dann an ihren Mann. »Stimmt das?«

Lorenzo nickte. »Ich habe es auch erst erfahren.«

»Oh, mein Gott!«, stieß Fulvia hervor. »All die Jahre!« Sie schlug die Hände vors Gesicht.

65

Die Schwefelquellen von Saturnia waren schon früh ausgeschildert und daher leicht zu finden. Während der knapp eineinhalbstündigen Fahrt hatte Massimo kaum zehn Wörter gesprochen. Die Eröffnung seiner Tante von heute Morgen setzte ihm offensichtlich mehr zu, als er zugeben wollte.

Allegra beobachtete ihn verstohlen aus dem Augenwinkel. Auf seiner Stirn standen Schweißperlen, trotz der eingeschalteten Klimaanlage. Vielleicht war es nicht die beste Idee, ausgerechnet jetzt zu einer Schwefelquelle zu fahren, die mit 37 Grad warmem Wasser aus der Erde sprudelte. Doch er hatte ihr den Ausflug schon länger versprochen, und Fulvia hatte sie dazu gedrängt wegzufahren. Nach ihrem Geständnis und der Erkenntnis, dass sie all die Jahre dem Irrglauben aufgesessen war, ihr Mann habe ein Kind mit einer anderen Frau, war sie mehr als erschöpft gewesen, und Lorenzo hatte sie in ihr Schlafzimmer im ersten Stock tragen müssen, damit sie sich ausruhen konnte. Beim Mittagessen, das Maria nur ihnen dreien serviert hatte, hatte eine seltsame Stimmung geherrscht. Obwohl im Grunde jetzt alle Missverständnisse innerhalb der Familie bereinigt waren, schien keiner wirklich glücklich zu sein – Allegra eingeschlossen. Zu viele Lügen, Schmerz und Schuldgefühle hatten sich in den Jahren angesammelt, die nun nicht einfach beiseitegeschoben werden konnten. Alle brauchten anscheinend Zeit, bis sie einander wieder vertrauten.

Allegra sah zum Wagenfenster hinaus. Die nachmittägliche Sonne brannte vom wolkenlosen Himmel und ließ die Luft über dem Asphalt flimmern. Massimos Schweigen wirkte einschüchternd, und sie scheute sich abermals davor, das Thema anzuschneiden, das ihr so auf dem Herzen lag: Wie geht es mit uns weiter?

Bei Fulvias Beichte hatte sie einen Moment lang ärgerlich die Stirn gerunzelt, als diese erklärte, dass sie sich nicht getraut hatte, mit ihrem Mann über dessen Seitensprung zu reden. Mit Offenheit wäre den beiden so viel Unglück erspart geblieben. Aber war Allegra denn mutiger? Nein, sie war genauso feige! Lieber unwissend bleiben, denn die Wahrheit konnte zu schmerzhaft sein. Wie erbärmlich! Seit wann war sie denn so eine Lusche? Sie war doch immer so stolz darauf gewesen, die Probleme, die sich ihr in den Weg stellten, anzupacken und aus dem Weg zu räumen. *Aber bis jetzt warst du auch noch nie so verliebt gewesen in dieses »Problem«*, flüsterte eine hämische Stimme in ihrem Kopf. Das war die eigentliche Krux. Wäre ihr Massimo egal gewesen, hätte sie frei über ihre aktuelle Beziehung sprechen können oder das Hier und Jetzt einfach genießen, in dem Wissen, dass es sich nur um einen Ferienflirt handelte. Aber sie wollte kein Ferienflirt sein! Und *was* sie wollte, erschreckte sie dermaßen, dass sie es sich selbst nicht eingestand. Sie schluckte schwer.

»Alles in Ordnung?« Massimo legte seine Hand auf ihren Oberschenkel. »Du machst so komische Geräusche.«

Sie wandte den Kopf. Ein Lächeln lag auf seinen Lippen. Das erste an diesem Tag, und ihr Herz schmolz dahin wie Eis an der Sonne. *Jetzt!*, befahl ihr die Stimme im Kopf, *frag ihn!*

»Alles im grünen Bereich«, antwortete sie, »ich habe mich bloß verschluckt.«

Nach einer lang gezogenen Kurve lagen die Thermen schließlich vor ihnen. Von einem Felsen kommend, ergoss sich ein Wasserfall in natürliche, weiß verfärbte Steinbecken. Von diesen aus fiel das Wasser anschließend in weiteren Kaskaden in den darunter liegenden Fluss. Neben der Thermalquelle erhob sich ein eckiges Steinhaus mit terrakottafarbenen Ziegeln, eingebettet zwischen Bäumen, Feldern und Felsen. Das Areal war genauso überfüllt wie im Hochsommer die Freibäder in Frankfurt. Sie seufzte verhalten. Ihr war nicht nach Menschenmassen. Wie sollte sie in dem Gewusel ein ernsthaftes Gespräch anfangen?

Allegra stieg aus, und der typische Schwefelgeruch, der ein wenig wie verfaulte Eier roch, stieg ihr in die Nase. Angeblich gesund, aber gewöhnungsbedürftig. Aus den Kennzeichen der geparkten Autos folgerte sie, dass sich hier nicht nur Touristen tummelten. Anscheinend badeten auch die Einheimischen gern in dem mineralhaltigen Wasser, dem man heilende Wirkung zuschrieb.

Massimo lehnte an der Wagentür und sah dem Treiben mit zusammengekniffenen Augen zu.

»Tja«, meinte er, »da hatten wohl noch andere dieselbe Idee. Normalerweise sind an so einem heißen Tag weniger Besucher da, weil sich die Leute lieber ins nahe gelegene Meer stürzen. Wollen wir uns eine kleine Exklusivität gönnen?«

»Exklusivität?«, fragte Allegra und schulterte ihre Badetasche.

»Komm, steig wieder ein und lass dich überraschen!«

Sie zuckte gelangweilt mit den Schultern, stieg aber gehorsam ins Auto. Ihre Laune war auf dem Tiefpunkt angelangt, und am liebsten wäre sie nach Montalcino zurückgefahren. Sie fühlte sich so erschöpft, als hätte sie den ganzen Morgen schwere Säcke geschleppt. Massimo registrierte ihre Verstimmung jedoch nicht, wendete den Wagen und fuhr zurück zur Hauptstraße. Dann gab er Gas, den Massenauflauf und die heiße Quelle hinter sich lassend. Nach circa fünf Kilometern bog er auf eine schmale, asphaltierte Straße ein. Rechts davon erhob sich eine mannshohe Mauer, links sah man auf das gepflegte Areal eines Golfplatzes. Grüppchen von Spielern waren in der nachmittäglichen Hitze unterwegs und schwitzten ihre schicken Markenkleider durch.

»Willst du mich zu einer Runde Golf einladen?«, fragte sie spöttisch und betrachtete dabei ihre kurzen Shorts und die Badelatschen.

Er zwinkerte ihr zu. »Dazu müsste ich dich erst neu einkleiden. Spielst du Golf?«

»Ich kann mich beherrschen! Was wollen wir hier?«

»Wir benutzen die Poollandschaft des Golfhotels. Das Wasser stammt ebenfalls aus der Therme. Das ist Nichtgästen zwar untersagt, aber ich kenne den Mann hinter der Rezeption. Guglielmo drückt immer ein Auge zu, wenn wir …«, er räusperte sich. »Also wenn ich mal in der Gegend bin.«

Er hatte bestimmt sagen wollen: wenn Carla und ich hier sind. Natürlich! Der Gedanke, dass er mit ihr an die Orte fuhr, die er mit seiner Verlobten normalerweise aufsuchte, ärgerte sie. Es machte alles so gewöhnlich, so vorhersehbar. In ein paar Tagen, wenn sie wieder in Deutschland war, würde auf dem Beifahrersitz erneut die attraktive Florentinerin sitzen und sich darüber mokieren, dass Massimo sich mit einer Touristin abgegeben hatte. Vermutlich war Carla Albizzi selbstbewusst genug, um das Intermezzo ihres Verlobten mit einem Achselzucken abtun zu können.

Ein dicker Kloß bildete sich in Allegras Kehle, der ihr die Luft abschnitt. Das hatte sie nun davon, Massimo in ihr Herz gelassen zu haben. Wäre sie bloß nie in die Toskana gekommen! Und auf einmal sehnte sie sich nach ihrem normalen, unaufgeregten Leben in Frankfurt zurück. Nach einer tröstenden Umarmung ihres Vaters und nach dem fröhlichen Geplauder ihrer stets gut gelaunten Mutter. Es war an der Zeit, Montalcino zu verlassen! Sie war schon viel zu lange hier, und daheim wurde sie schließlich gebraucht.

Doch Fulvias Worte gingen ihr nicht aus dem Sinn: Kämpfe um ihn, er ist es wert! Ja, das würde sie versuchen. Aber nicht bis ihr das Herz blutete. Allegra fasste einen Entschluss. Wenn sie aufs Gut kamen, würde sie Massimo um ein Gespräch bitten. Er würde sich entscheiden müssen. Entweder für sie oder gegen sie. Und wenn es Zweiteres wäre, dann würde sie sofort abreisen. Sie konnte ihn zwar nicht zwingen, sie zu lieben, aber sie konnte ihn zwingen, ihr reinen Wein einzuschenken. Das war er ihr schuldig!

»Massimo?«

Sie fuhren gerade die gekieste Auffahrt des noblen Golfhotels hinauf.

»Ja?«

»Ich habe Kopfschmerzen. Können wir bitte zurückfahren?«

Er sah sie erstaunt an. »Jetzt? Möchtest du nicht vorher noch in den Pool? Er ist wirklich außergewöhnlich und das warme Wasser eine Wohltat.« Er stoppte den Wagen vor dem Eingang des Hotels. »Aber natürlich können wir zurückfahren, wenn du dich nicht wohlfühlst. Du bist schon den ganzen Tag etwas blass.«

Er strich ihr mit dem Handrücken sanft über die Wange, und Allegra schluckte die aufkommenden Tränen hinunter. Dann legte er den Rückwärtsgang ein und wendete das Auto.

»Leg dich einfach zu Hause einen Moment hin, okay? Das wird schon wieder.«

Sie nickte und hoffte, dass sich seine Worte in jeder Beziehung bewahrheiteten.

66

Allegras Kopf war zur Seite gesunken. Massimo drehte das Radio leiser und setzte den Blinker. Er versuchte, die Serpentinen nicht zu eng anzufahren, damit sie in Ruhe weiterschlafen konnte.

Er war selbst erschöpft und hätte seine verkrampften Muskeln gern in dem warmen Schwefelwasser entspannt. Aber natürlich ging Allegras Wohlbefinden vor. Er massierte sich den Nacken und bog auf die Landstraße ein, die sie über Semproniano, Arcidosso und Montenero d'Orcia wieder nach Montalcino zurückführte. Draußen verbrannte die heiße Julisonne die Vegetation, im Innern des Wagens war es jedoch angenehm kühl. Trotzdem stellte er die Klimaanlage wärmer ein, denn er wollte nicht, dass sich Allegra erkältete, während sie schlief. Vor ihm tauchte ein ausländisches Fahrzeug mit einem Wohnanhänger auf, an dessen Rückwand mehrere Fahrräder befestigt waren. Er schaltete zwei Gänge hinunter und tuckerte mit genervter Miene hinter den Touristen her, bis die durchgezogene Mittellinie aufhörte und er endlich überholen konnte. Das rasante Überholmanöver schüttelte Allegra durch, und sie murmelte etwas vor sich hin, was er nicht verstand. Ohne aufzuwachen, kuschelte sie sich tiefer in den Ledersitz.

Stand ihr Abreisetermin eigentlich schon fest? Sie hatte nie ein konkretes Datum erwähnt, und als er jetzt daran dachte, dass sie bald nicht mehr hier wäre, fühlte er wieder Bedauern. Er hatte sich an sie gewöhnt, mochte die Art, wie sie ihn zum Lachen brachte, ihre Sturheit, wenn sie sich etwas in den Kopf gesetzt hatte, und ihre Begeisterungsfähigkeit, die so ansteckend wirkte. Ganz abgesehen davon, dass der Sex mit ihr etwas vom Besten war, das er je erlebt hatte. Doch wenn sie abreiste, konnte er sich auch endlich wieder um sein eigenes Leben kümmern, schließlich war er immer noch mit Carla verlobt und musste sich endlich klar darüber werden, wie und ob es mit ihnen weitergehen würde. Vielleicht wollte Carla ihn aber auch gar nicht mehr, wenn sie erfuhr, dass er sich so schnell mit einer anderen getröstet hatte. Der Gedanke, sie könnte ihm die Entscheidung einfach abnehmen, war verlockend.

Er runzelte die Stirn. Nein, das war nicht seine Art, sich so aus der Affäre zu ziehen, selbst wenn es bequemer gewesen wäre – schließlich war er ein Mann, und ein Mann traf seine Entscheidungen selbst!

Kurz nach Arcidosso hielt er bei einer Tankstelle an, weil die Benzinanzeige rot aufleuchtete. Als er das Auto verließ, traf ihn die Hitze wie eine Wand, und ihm brach augenblicklich der Schweiß aus. Allegra schlief immer noch. Es war schon nach fünf, und sein Magen knurrte, deshalb kaufte er im Tankstellenshop zwei Flaschen Wasser und zwei Prosciutto-Panini, die noch einigermaßen frisch aussahen. Anschließend stellte er den Wagen in den Schatten und stieg aus. Während er aß, lehnte er sich an die Kühlerhaube und betrachtete die aufgetürmte Stadt, die etwas erhöht auf einem Bergrücken lag. Die trutzige mittelalterliche Burg thronte gleich einer brütenden Henne auf dem Hügel und scharte die hellen Steinhäuser mit den geschlossenen Fensterläden wie ihre Küken um sich.

»Ich hoffe, dass du mir noch etwas davon übrig lässt.«

Er wirbelte herum. Allegra öffnete mit verschlafenem Gesichtsausdruck die Wagentür und unterdrückte dabei ein Gähnen.

»Na, ausgeschlafen?«

Sie nickte. »Himmel, ich war total weg!« Sie stieg aus und streckte ihren Rücken durch. »Und jetzt bin ich am Verhungern! Also, Visconti, schieb mal etwas zu essen rüber.«

»Zu Befehl, Contessa. Hier, fang auf!«

Er warf ihr das andere Panino zu. Während sie es auspackte, schaute sie sich um.

»Wo sind wir hier?«, fragte sie und trat an seine Seite.

Er deutete mit dem Kopf zu der Anhöhe. »Arcidosso. Ein recht verschlafenes Nest.« Dann betrachtete er Allegra eindringlich.

»Ist etwas?«, fragte sie und strich sich dabei die Brotkrümel von der Bluse.

»Ich frage mich gerade, ob deine Familie ursprünglich aus diesem Dorf kommt.«

»Wir? Keine Ahnung, wie kommst du darauf?«

»Tja, man nennt die Einwohner unter anderem auch Caperci, was von dem Wort *caparbi* abstammt. Es bedeutet Sturköpfe.«

Normalerweise ging Allegra auf solche frechen Anspielungen sofort ein, doch dieses Mal zuckte sie nur mit den Schultern. Irgendetwas schien sie zu beschäftigen. Waren die Kopfschmerzen schlimmer geworden?

Sie fächelte sich mit einer Hand Luft zu. »Gott, ist das heiß.«

»Der Schwefelpool wird plötzlich überaus attraktiv, nicht wahr?«, erwiderte er. »Nur leider sind wir bereits auf halbem Weg zurück. Eine Umkehr lohnt sich jetzt nicht mehr. Aber vielleicht heitert dich ein kühles Bad in unserem Teich auf. Na, was hältst du davon? Apropos, diese blöde Skulptur habe ich immer noch nicht befestigt. Während du badest, überlege ich mir, wie ich das Ungetüm festzurren kann, einverstanden?« Er drückte ihr die Wasserflasche in die Hand und gab ihr einen Kuss auf den Scheitel. »Wir sollten los.«

Sie nickte und warf das angeknabberte Panino achtlos in einen Abfallkübel, obwohl sie doch vorhin gesagt hatte, sie sei am Verhungern.

»Ist alles in Ordnung?«

Sie wich seinem Blick aus. »Klar, alles bestens«, erwiderte sie leichthin, doch ihre Stimme zitterte dabei. Während er sie mit gerunzelter Stirn betrachtete, drehte sie sich um.

»Baden klingt gut«, sagte sie, während sie einstieg und ihre Sonnenbrille aufsetzte. »Und euer Teich wird mir stets in guter Erinnerung bleiben. Denn ab und zu entsteigt ihm ein wirklich knackiges, halb nacktes Exemplar von Mann.«

Massimo lachte. »Was für unzüchtige Gedanken. Das ziemt sich aber nicht für eine noble Contessa.«

»Aber doch ganz sicher für einen Sturkopf«, gab sie schlagfertig zurück.

Massimo nickte und stieg ebenfalls ein, erleichtert darüber, dass sie ihre gute Laune anscheinend wiedergefunden hatte.

67

Die Landschaft flog vorbei. Ein Gewirr aus Hecken, Getreidefeldern und kleineren Gehöften. Allegra nahm einen Schluck aus der Wasserflasche. Das Schläfchen im Wagen hatte sie erfrischt, doch die dunklen Gedanken waren nicht so schnell verflogen, wie sie es gern gehabt hätte. Zwar lockte sie das versprochene Bad im Teich tatsächlich, und vermutlich würden sie sich danach lieben, aber das zögerte das bevorstehende Gespräch mit Massimo nur hinaus. Wie würde er sich entscheiden? Es gab nur zwei Möglichkeiten: Entweder er liebte sie oder nicht. Je nachdem, was er ihr antwortete, würde sich ihrer beider Zukunft gestalten. Zwar kannten sie sich erst kurze Zeit, aber auch eine lange Vorlaufzeit war kein Garant für tiefe Gefühle. Und die hegte sie für ihn, doch wie war es bei ihm? In den vergangenen Tagen waren sie sich sehr nahe gekommen, doch reichte das für ein gemeinsames Leben aus?

»Hättest du so lange schweigen können?«

Massimos Frage riss sie aus ihren Gedanken.

»Du meinst deine Tante?«

Er nickte.

»Ich weiß nicht. Es muss bestimmt schwer für sie gewesen sein, ständig daran zu denken, dass ihr Mann ein Kind mit einer anderen hatte. Obwohl es doch gar nicht stimmte! Schweigen kann viel Unglück hervorrufen.«

»Ja«, pflichtete Massimo ihr bei. »Hätten sie geredet, wäre beiden eine Menge Schmerz erspart geblieben.«

So wie mir, ging es Allegra durch den Kopf, und sie atmete tief durch, als sie über die kommenden Stunden nachsann. Eben noch hatte sie der Aussprache recht zuversichtlich entgegengesehen, doch auf einmal zog sich ihr Magen bei dem Gedanken, dass sie morgen vielleicht wieder allein aufwachen könnte, schmerzhaft zusammen. Ihr wurde erneut klar, dass sie unsäglich leiden würde, wenn Massimo sie fallen ließ.

Sie passierten die Einfahrt zum Castello, und Allegra wischte ihre von Nervosität feuchten Hände heimlich an den Shorts ab.

»Wollen wir gleich zum Teich?«, fragte Massimo. »Unsere Badesachen haben wir ja schon dabei.«

»Sicher. Ich kann es kaum erwarten, mich hineinzustürzen!«, erwiderte sie bemüht fröhlich.

»Lass uns aber vorher noch kurz beim Rustico vorbeigehen. Ich möchte den Werkzeugkasten holen. Und eine Flasche Wein und ein paar Oliven einpacken, dann picknicken wir am Ufer, sobald ich diese blöde Skulptur befestigt habe. Sind deine Kopfschmerzen jetzt eigentlich weg?«

»Die haben sich in Luft aufgelöst«, entgegnete Allegra, als sie ihre Badetasche aus dem Wagen nahm. Sie bemühte sich, locker zu bleiben und nicht ständig irgendwelche Sätze im Kopf zu formen, die sie später abrufen wollte. Das klappte sowieso nie.

»Fein, das freut mich. Dann hast du immerhin keine Ausrede, wenn wir anschließend ...« Er zwinkerte ihr lasziv zu.

Dein Wort in Gottes Ohr, dachte Allegra. Vielleicht würde das Bad im Teich jedoch ihre letzte gemeinsame Aktivität sein, denn nach der Aussprache konnte es durchaus sein, dass sie getrennte Wege gingen.

Auf dem Weg zum Rustico trug Massimo ganz gentlemanlike die Badetaschen und bemerkte ihre gedrückte Stimmung nicht. Er redete von einem Palazzo, den er für viel Geld für einen römischen Investor zu einem Spa-Tempel umbauen sollte, und verlor sich in Details von vergoldeten Wasserhähnen und marmorverkleideten Whirlpools.

Mit dem Ellbogen drückte er die Tür zum Häuschen auf und trat ein. Dann verstummte er abrupt.

»Das muss ja ein Vermögen kosten«, sagte Allegra pflichtschuldig, zwängte sich an dem im Türsturz stehenden Massimo vorbei, um rasch auf die Toilette zu gehen – und erstarrte.

An der Küchentheke stand Carla! Sie trug ein blassblaues Negligé aus schimmernder Seide, dazu hochhackige Schuhe. Ihre blonden Haare waren zu einem Knoten hochgesteckt, der gewollt unordentlich aussah. Die perfekten, lang gewachsenen Beine steckten in zarten, halterlosen Strümpfen. Sie hatte die Arme vor der Brust verschränkt und sah sie mit hochgezogenen Augenbrauen an.

»Willst du mich nicht vorstellen, amore?«, wandte sie sich mit honigsüßer Stimme an Massimo. »Ich glaube, wir hatten noch nicht das Vergnügen.«

Massimo war kreidebleich geworden und ließ die Badetaschen einfach auf den Boden fallen. Dann schob er sich die Sonnenbrille in die Haare und zischte: »Was willst du hier?«

Auf Carlas Lippen lag ein leichtes Lächeln.

»Wenn der Prophet nicht zum Berg kommt …« Sie zuckte mit den Achseln. »Papa besucht einen Freund in Montalcino und hat mich mitgenommen.«

Sie stieß sich von der Anrichte ab und kam mit eleganten Schritten, die perfekt auf den Laufsteg gepasst hätten, auf Allegra zu. Dann streckte sie ihr die schmale, perfekt manikürte Hand entgegen.

»Carla Albizzi.«

Automatisch ergriff Allegra ihre Hand. »Allegra di Rossi«, erwiderte sie. »Angenehm.«

»Noch einmal«, unterbrach Massimo die Vorstellungsrunde, »was zum Teufel willst du hier?«

Carla wandte sich ihm mit einer hochmütigen Geste zu, wie sie mitunter in Filmen zu sehen war, wenn sich die Königin mit einem eigensinnigen Lakaien befassen musste.

»Ich besuche meinen zukünftigen Ehemann, du Dummerchen. Und die Wahl meines Outfits spricht ohne Zweifel für meine Absichten.« Dann wandte sie sich wieder an Allegra. »Und was tun Sie an der Seite meines Bräutigams in dieser … na ja, etwas unkonventionellen Aufmachung?«

»Ich …«, stammelte Allegra hilflos.

»Sie ist die Enkelin unseres Gärtners«, erklärte Massimo unwirsch.

Allegra sah ihn fassungslos an. Die Enkelin unseres Gärtners? Hatte sie sich verhört? Er hätte genauso gut sagen können, dass er sie in der Gosse aufgelesen hatte. Sie konnte es nicht glauben! Mein Urlaubsflirt, meine Flamme, ja, selbst meine Gespielin wäre annehmbar gewesen, aber das? Eine Ohrfeige hätte nicht schlimmer sein können!

»Verstehe«, sagte Carla mit befriedigtem Ton in der Stimme. »Es hätte mich auch gewundert, wenn du neuerdings auf Rubensfiguren stündest. Komm, amore, lass uns ein Glas Wein trinken! Hat mich sehr gefreut, Signora di Rossi.«

Mit diesen Worten drehte sie sich um, stöckelte zurück in die Küche und öffnete den Kühlschrank. Sie bückte sich und präsentierte ihnen dabei einen perfekten, kleinen Hintern, für den Allegra ihren linken Arm geopfert hätte.

68

»Allegra!« Massimo versuchte, sie am Arm zurückzuhalten, doch sie wand sich wie ein glitschiger Aal und entwischte ihm durch die Tür. »Warte doch!«, rief er und lief ihr ein paar Schritte hinterher nach draußen, aber sie blieb nicht stehen und verschwand zwischen den Bäumen. »Toll!«, knurrte er ärgerlich.

Aus dem Rustico hörte er ein helles Lachen.

»Scheint etwas empfindlich zu sein, die Kleine«, sagte Carla, während sie in der Küchenschublade wühlte und kurz darauf den Korkenzieher herauszog. Sie drehte sich um und sah Massimo mit hochgezogenen Brauen an. »Du erstaunst mich, amore. Ich hätte dir für deinen kindischen Rachefeldzug ein anderes Kaliber zugetraut. Öffnest du bitte den Wein?«

Unschlüssig blieb Massimo in der Tür stehen, drehte sich dann aber um und rannte in die Richtung, wo Allegra verschwunden war. Er holte sie kurz vor dem Plattenweg ein und stellte sich ihr in den Weg. Sie wollte sich wieder an ihm vorbeizwängen, doch links und rechts standen hüfthohe Macchiabüsche und verwehrten eine Flucht.

»Bitte, hör mir zu. Ich wusste nicht, dass Carla herkommt«, keuchte er.

Allegra atmete schwer, sagte aber kein Wort. Sie sah ihn nur mit ihren großen Augen an, in denen es verdächtig glänzte.

»Ich komme später zu euch rüber, und dann reden wir, einverstanden? Jetzt muss ich aber erst zurück und mit Carla sprechen. Das ist schon lange fällig. Verstehst du das?«

Immer noch schwieg sie sich aus, sah ihn nur an, als würde er Chinesisch sprechen. Verdammt, es war doch nicht seine Schuld, dass Carla unverhofft aufgetaucht war!

»Ist das okay?«, fragte er nochmals. »Reden wir später?«

Endlich nickte sie, und er atmete auf. Doch als er sie in die Arme nehmen wollte, trat sie einen Schritt zurück. Obwohl ihn das verletzte, spürte er, dass er ihr Zeit lassen musste, um sich zu beruhigen. Carlas überheblicher Auftritt hatte sie, genau wie ihn, kalt erwischt, da war es verständlich, dass sie ein wenig Abstand brauchte.

»Also bis später, ja?«

Er trat zur Seite, und Allegra ging wortlos an ihm vorbei. Massimo stieß frustriert die Luft aus. Was für ein Schlamassel! Dann drehte er sich um und trabte zum Rustico zurück.

Als er dort ankam, sah er durch die offene Tür, wie Carla mit verschränkten Armen am Kühlschrank lehnte, ein spöttisches Lächeln auf den Lippen.

»Kannst du dir bitte etwas überziehen?«, knurrte er.

»Vorher oder nachher?«

Er rollte genervt die Augen, trat dann ins Rustico und schloss die Tür hinter sich.

Nachdem er seine Sonnenbrille auf den Tisch gelegt hatte, fuhr er sich mit beiden Händen durch die Haare. Himmel, das Leben konnte ganz schön kompliziert sein! Währenddessen zog sich Carla langsam und aufreizend eine Bluse über ihr knappes Outfit, wobei diese kaum etwas verhüllte, da sie aus einem durchscheinenden Material bestand.

Massimo stieß erschöpft die Luft aus. Im Moment fühlte

er sich einfach nur müde und ausgelaugt. Für eine Dusche und ein paar ruhige Minuten auf dem Sofa mit einem kühlen Bier in der Hand hätte er ein Königreich gegeben. Doch ihm stand ein schwieriges Gespräch bevor. Besser gesagt: zwei. Und bei dem Gedanken, wie die beiden Frauen reagieren könnten, wurde ihm leicht mulmig zumute. Was sagte sein Onkel immer, wenn etwas Unangenehmes bevorstand? *Wer eine Kröte fressen will, sollte sie nicht lange besehen.* Genau, also Augen zu und durch! Er setzte sich an den Tisch und entkorkte die Weinflasche, die ihm Carla vor die Nase stellte. Fragt sich nur, dachte Massimo, wer von uns beiden am Ende die Kröte ist.

69

»Du kannst doch bis morgen warten, Liebes. Warum die plötzliche Eile? Ist etwas passiert?«

Allegra biss sich auf die Lippen und warf ihre Kleider in den Koffer. Sie bückte sich und fischte unter dem Bett nach ihren Turnschuhen. Als sie sich wieder aufrichtete, griff Giovanni nach ihrem Arm.

»Allegra, sprich mit mir«, bat er und drückte sie dann sanft auf einen Stuhl. »Hattet ihr Streit?«

Sie nickte, ohne zu antworten, weil sie sich nicht sicher war, was dann alles aus ihrem Mund käme. Sie war zugleich wütend, verletzt und unsagbar traurig.

»Das kommt schon mal vor«, sagte ihr Großvater mitfühlend und setzte sich an ihre Seite. »Liebende streiten sich eben ab und zu. Das reinigt die Luft.«

»Er liebt mich aber nicht!«, erwiderte sie mit kläglicher Stimme und schluckte die aufsteigenden Tränen hinunter.

Giovanni runzelte die Stirn. »Nicht? Das kann ich mir aber gar nicht vorstellen. Hat er das denn gesagt? Massimo ist doch nicht der Typ, der …«

»Ach, nein?«, unterbrach sie ihn gereizt. »Kennst du ihn denn so gut?«

Giovanni zuckte mit den Schultern. »Nun ja, so, wie man sich halt kennt. Aber ich sehe doch, wie er dich anschaut. Das ist nicht nur eine beliebige Romanze. Und ihr habt doch gewiss …« Er verzog das Gesicht. »Du weißt schon. Habt ihr doch, oder?«

Ja, leider, ging es ihr durch den Kopf. Ich war nämlich so bescheuert, das zuzulassen! Mir dummem Huhn kommen eben blöderweise die Gefühle in die Quere.

»Cara?« Ihr Großvater strich ihr zärtlich über die Wange. »Bist du in Schwierigkeiten?«

Allegra lachte bitter. »Nein, Nonno, keine Angst, ich bin nicht schwanger.«

Er wirkte sichtlich erleichtert. Das hätte gerade noch gefehlt: schwanger von diesem italienischen Windbeutel!

»Also warte doch bis morgen, sprich dich mit ihm aus, und dann seht ihr weiter, d'accordo?«

Allegra schüttelte vehement den Kopf. Sie würde sich ganz bestimmt nicht noch einmal einer solchen Demütigung aussetzen! Sollte er doch mit seinem Frostschlüpfer glücklich werden!

»Es hat keinen Zweck«, sagte sie müde und stand auf. »Ich habe mich eben geirrt. Davon geht die Welt nicht unter. Aber ich will mich auch nicht unnötig quälen. Das verstehst du doch sicher.«

Giovanni nickte betrübt. »Nun denn, wenn du dich entschieden hast. Ich finde es aber nach wie vor keine gute Idee, wenn du in dieser Verfassung bis Siena fährst. Warte doch bis morgen, dann kannst du den Bus nehmen.«

»Es ist ja nur etwas über eine Stunde. Und dein Fiat läuft doch wieder wie eine Eins, oder?« Ihr Großvater nickte. »Na siehst du. Lorenzo wird dir bestimmt behilflich sein, deinen Wagen zurückzubringen. Ich rufe dich an und sage dir, wo ich übernachte. Dann deponiere ich den Autoschlüssel an der dortigen Hotelrezeption. Mist!«

»Was ist?«

»Mein Handy ist in meiner Strandtasche. Und die liegt noch … egal. Das taucht schon wieder auf, und du kannst es mir später mit der Post schicken.«

Sie lief ins Bad, nahm ihren Kulturbeutel vom Fensterbrett und stopfte Zahnbürste, Shampoo, Duschgel und ihr Parfüm hinein.

Es war erst kurz vor neunzehn Uhr, sie konnte also schon in einer Stunde in Siena sein, sich ein Hotelzimmer suchen, Zug- und Flugticket online buchen und morgen nach Hause fliegen. Dass sie ihr Handy hier zurücklassen musste, war zwar misslich, aber keine zehn Pferde würden sie nochmals zu Massimos Rustico bringen. Sie wollte den widerlichen Mistkerl nie mehr sehen! Und brav hier warten, bis er ihr mitteilte, dass er sich mit Carla ausgesprochen und wieder versöhnt hatte, würde sie ganz gewiss nicht. Denn wenn Massimo wirklich etwas an ihr läge, hätte er bei Carlas Auftauchen ganz anders reagiert. Gegen so eine raffinierte Schönheit hatte sie eben keine Chance. Also würde sie ihn seiner Knochenarsch-Verlobten überlassen und abreisen. Rubensfigur? So eine dämliche Zicke!

Allegra wusste, dass sie, sobald ihre Wut abgeklungen war, vermutlich in Tränen ausbrechen würde. Also fachte sie, wenn der Schmerz sie zu überrollen drohte, ihren Zorn erneut an. Sie war lieber wütend als verletzt. Schimpfwörter waren eine feine Sache und äußerst effektiv für so etwas. Und sie kannte eine Menge davon!

»Soll ich deine Eltern anrufen?«, hörte sie ihren Großvater von nebenan rufen.

»Nein, lass mal! Es ist ja nicht gesagt, dass ich so kurzfristig einen Flug bekomme. Eventuell muss ich noch eine Nacht länger in Siena oder dann in Pisa verbringen, bevor ich zurückfliegen kann. Ich rufe sie selbst an, wenn alles geklärt ist.«

Als sie in ihr Zimmer zurückkam, stand ihr Großvater mit

einer Plastikdose vor ihrem Bett, auf der ein Hundert-Euro-Schein lag.

»Hier«, sagte er. »Ein paar von Marias leckeren Pignoli. Und von dem Geld kaufst du dir etwas Hübsches.«

Allegra wollte protestieren, doch er sah sie strafend an.

»Keine Widerrede. Wenn du nicht da gewesen wärst und mich ab und zu in den Hintern getreten hättest, wäre ich nicht so schnell wieder auf die Beine gekommen. Deine Strafpredigt hat Wunder gewirkt! Und deine Großmutter hat sich auch immer etwas gekauft, wenn wir Streit hatten. Anscheinend ein bewährtes Mittel, um sein inneres Gleichgewicht wiederzubekommen.«

Allegra schniefte gerührt. Wenn sie nicht aufpasste, würde sie doch noch in Tränen ausbrechen. Das wollte sie ihrem Großvater jedoch nicht antun. Also schnell noch ein paar Schimpfwörter für den hirnlosen Architekten: Blödsack! Schiffschaukelbremser! Idiotus maximus!

Sie steckte den Schein in ihre Geldbörse, klemmte sich die Dose mit den italienischen Keksen aus Marzipan und Pinienkernen unter den Arm und drückte ihrem Großvater einen Kuss auf die Wange.

»Pass auf dich auf, Nonno! Nicht zu viel arbeiten, gesund essen, Alkohol vermeiden und viel schlafen, versprochen?«

»Alles klar, Frau Doktor. Und du grüß deine Eltern von mir und kommt mich bald wieder besuchen.«

»Mach ich.« Sie würde bestimmt eine ganze Weile nicht mehr in die Toskana kommen, und wenn, dann nur, wenn sie sich sicher sein konnte, dass Lorenzos Neffe nicht anwesend war. Aber der würde nach seiner Hochzeit vermutlich sowieso nicht mehr in Montalcino aufkreuzen.

»Ti amo, Nonno.«

»Anch'io«, erwiderte er und wischte sich verstohlen über die Augen. »Fahr vorsichtig und ruf mich gleich an, wenn du in Siena ankommst.«

Allegra nickte, griff nach dem Koffer und dem Wagenschlüssel auf der Anrichte und verließ das Häuschen. Sie stieg ins Auto, in dem es so heiß wie in einem Backofen war, kurbelte schnell alle Fenster hinunter und wendete. Als sie losfuhr, hupte sie zweimal und bog dann in die gekieste Straße ein, die vom Gut führte.

Im Rückspiegel sah sie ihren Großvater, der unter der Tür stand und ihr nachschaute. Er wirkte so winzig und auch ein wenig verloren, und bevor sie die Straße nach Montalcino erreichte, liefen ihr bereits die Tränen übers Gesicht.

70

Über den Hügelkämmen stand gerade noch ein schmaler blutroter Streifen, als Massimo sich auf den Weg zu Giovannis Häuschen machte. Der glutheiße Tag ging langsam in eine milde Nacht über, und es zeigten sich bereits ein paar Sterne am dunklen Firmament.

Die letzte Stunde war nicht gerade erfreulich verlaufen. Zuerst hatte Carla ihren beißenden Spott über ihm ausgeschüttet, bevor sie wütend wurde und ihn beschimpfte. Als das alles nichts half, versuchte sie es mit Tränen. Und dieses Mal glaubte er sie ihr sogar. Doch es gab für ihn kein Zurück. Der Gedanke, ihre Beziehung dort wieder aufzunehmen, wo sie geendet hatte, erfüllte ihn mit Schrecken. Vielleicht wäre es ihm möglich, ihr mit der Zeit zu verzeihen, aber vergessen könnte er ihren Vertrauensbruch nie. Er würde ständig daran denken müssen, wie lange es dauern mochte, bis sie ihn wieder hinterging. Machte ihn das zu einem schlechten Menschen? Oder war es einfach so, dass er sie nicht genug liebte, um über ihren Fehltritt hinwegzusehen? Er dachte an seine Tante. Wie hatte sie es nur fertiggebracht, Lorenzos Verhältnis zu tolerieren? Ja, es ihm sogar zu verzeihen! Wie stark musste eine Liebe sein, die das ermöglichte? Und würde er, Massimo, je so eine Liebe erleben?

Er seufzte und nahm Allegras schwere Strandtasche in die andere Hand. Himmel, was hatte sie da bloß alles drin? Hoffentlich hatte sie sich ein wenig beruhigt. Noch so ein aufreibendes Gespräch war das Letzte, das ihm noch zu seinem Glück fehlte. Aber sie würde nach einer kurzen Verstimmung sicher verstehen, dass er zuerst mit seiner Verlobten – Ex-Verlobten! – hatte sprechen müssen. Er rechnete es Allegra hoch an, dass sie ihn nie über Carla ausgefragt hatte. Nicht viele Frauen würden sich so verhalten. Normalerweise wollten sie doch immer alles über die Verflossenen wissen. Er lächelte. Ja, die kleine Totengräberin war schon etwas Besonderes.

Als er an Giovannis Häuschen ankam, lag es im Dunkeln. Seltsam, waren etwa beide schon zu Bett gegangen? Sollte er lieber morgen wiederkommen, wenn Allegra ausgeschlafen war? Nein, die Ereignisse verlangten eine sofortige Aussprache.

Massimo klingelte und straffte die Schultern. Kurz darauf ging das Licht im Flur an, und Giovanni öffnete die Tür. Als er ihn erblickte, verfinsterte sich sein Gesicht. Oh, Gott, was hatte ihm Allegra bloß alles erzählt?

»Cosa vuoi? Was willst du?«, fragte Giovanni ungehalten.

»Ciao, kann ich mit Allegra sprechen?«

»Nein!«

Massimo sah den alten Mann verblüfft an. Dass es nicht leicht werden würde, hatte er vermutet, aber diese abwehrende Haltung war doch übertrieben.

»Bitte, Giovanni, es ist wichtig.«

Der alte Mann schüttelte den Kopf und knallte Massimo die Tür vor der Nase zu. Dann hörte er, wie der Schlüssel umgedreht wurde, und kurz danach ging das Licht aus.

»Was zum Teufel?«

Massimo klingelte erneut, doch anscheinend meinten Giovanni und auch Allegra es ernst, denn weder ging das Licht an noch öffnete man ihm wieder die Tür. Frechheit! Nun gut, sollten die beiden schmollen. Er war sich keiner Schuld bewusst, und morgen hatten sie sich hoffentlich beruhigt.

Er stellte Allegras Strandtasche vor die Tür, damit sie sie morgen gleich finden würde, und machte sich auf den Weg zu seinem Rustico. Auf dem Gut kam nie etwas weg. Außer, wenn Turchi sich noch hier herumtrieb. Aber der Mann war clever und würde sich das kaum trauen.

Hoffentlich stöberte die Polizei den Kerl bald auf. Da Fulvia die ganze Geschichte kannte, würde der Prozess gegen den Kriminellen keine großen Wellen werfen. Er konnte dabei behaupten, was er wollte, niemand würde ihm glauben. Im Grunde musste man Turchi eigentlich bemitleiden. Vielleicht dachte er tatsächlich, dass Lorenzo sein Vater sei. Wer wusste schon, was ihm seine Mutter über seinen Erzeuger erzählt hatte? Aber Diego hatte seinem Onkel zu viel Leid zugefügt, als dass er ihn wirklich hätte bedauern können.

Der Sonntagmorgen glänzte mit strahlendem Sonnenschein, und es versprach wieder ein heißer Tag zu werden. Lediglich am gegenüberliegenden Hügel von Montalcino stand eine einzelne weiße Wolke am sonst azurblauen Himmel.

Als Massimo erneut vor Giovannis Häuschen stand und klingelte, stach ihm Allegras Strandtasche, die immer noch auf der Türschwelle lag, sofort ins Auge. Offensichtlich hatten weder sie noch ihr Großvater das Haus heute Morgen schon verlassen.

Die Tür ging auf, und Massimos Hoffnung, dass Allegra ihm öffnen werde, verpuffte, denn auch diesmal sah er nur in Giovannis abweisende Miene.

»Du schon wieder«, knurrte der alte Mann.

»Dir auch einen schönen Morgen. Wäre es eventuell jetzt möglich, mit deiner Enkelin zu sprechen?«

»Sie ist nicht da.«

»Was heißt, sie ist nicht da?«

Giovanni sah Massimo aus schmalen Augen an und hob dann die Achseln. Er trug einen Anzug, anscheinend wollte er zur Messe.

»Wie ich sagte, sie ist nicht da.« Giovanni bückte sich nach Allegras Tasche und versuchte dann, die Tür zu schließen, doch Massimo stemmte seine Hand dagegen.

»Und wann ist sie zurück?«

Giovanni fuhr sich übers Kinn und sah zum Himmel hinauf, als würde dort oben die korrekte Antwort stehen.

»Ich vermute, nächstes Jahr im Frühling. Kann aber auch Sommer werden.«

Massimo klappte der Mund auf. »Sie ist abgereist?« Giovanni nickte. »Aber wann?«

»Gestern, du Tölpel! Und jetzt lass mich in Ruhe. Ich bin gerade nicht sehr gut auf dich zu sprechen.«

Wie am gestrigen Abend knallte er die Tür zu, und Massimo trat erschrocken einen Schritt zurück.

Waren denn alle verrückt geworden? Wieso reiste Allegra einfach ab, ohne ihn zu informieren? Dass sie bald nach Deutschland zurückkehren wollte, wusste er ja, aber er hatte sich vorgestellt, dass sie ihre Abreise mit einem kleinen Abschiedsfest feiern würden. Mit einem romantischen Abendessen zum Beispiel und ganz sicher mit einer letzten leidenschaftlichen Nacht. Hatte Carlas Auftauchen sie dermaßen aus dem Konzept gebracht, dass sie ihre Abreise vorgezogen hatte? Aber warum? Sie war doch nicht etwa eifersüchtig? Nein, das konnte nicht sein. Allegra hatte sich nie um Carla geschert oder nachgefragt, wie es um sein Gefühlsleben bestellt war. Zudem hatte sie selbst auch nie über ihre Gefühle gesprochen, wie es Frauen doch sonst so gern taten. Deshalb hatte er angenommen, ihr sei seine geplatzte Hochzeit egal. Da hatte er sich wohl getäuscht.

Er drehte sich um und ging kopfschüttelnd in Richtung

Gutsküche. Dort würde er hoffentlich ein anständiges Frühstück bekommen, denn sein Kühlschrank war wie üblich leer.

»Frauen!«, knurrte Massimo und kickte dabei ärgerlich einen Stein in die staubigen Büsche.

Er konnte Allegra nicht einmal anrufen, da sich ihr Smartphone in der Strandtasche befand und sie es anscheinend nicht für nötig gehalten hatte, abzuwarten, bis sie es wieder zurückbekam.

Nun gut, das war ihre Entscheidung, und wenn sie es so haben wollte, fein! Er würde ihr bestimmt nicht hinterherlaufen. Noch weniger musste er ihre Reaktion verstehen. Doch die Enttäuschung, dass sie es nicht für nötig gehalten hatte, sich von ihm zu verabschieden, nagte wie ein hungriges Tier an ihm. Bedeutete er ihr denn so wenig? Und hatte sie nicht wissen wollen, wie gestern Nacht die Unterredung mit Carla verlaufen war? Sie war doch so wütend über deren plötzliches Auftauchen gewesen, und jetzt war sie einfach abgereist? Das ergab doch keinen Sinn!

Die Tür zur Küche war abgeschlossen, also umrundete er das Gutshaus und ging die Stufen zur Vordertür hinauf. In der Eingangshalle standen zwei Koffer vor dem Kamin. Lorenzo kam gerade die Treppe herunter, in der Hand eine Reisetasche.

»Willst du verreisen?«

»Ah, Massimo, gut, dass du kommst! Fulvia und ich fahren nach Florenz. Wir haben gestern noch mit ihrem Arzt telefoniert, und stell dir vor: Sie will es jetzt doch in Erwägung ziehen, eine Herzunterstützungspumpe einsetzen zu lassen. Gleich morgen früh haben wir einen Termin. Ist das nicht fantastisch?« Er strahlte übers ganze Gesicht. »Bitte doch Allegra, meine Aufstellung für das reduzierte Kursangebot durchzusehen, solange ich in Florenz bin. Sie hat vorgeschlagen, dass wir uns besser auf das Kerngeschäft konzentrieren und lieber auf Qualität als auf Quantität setzen sollten. Sie ist eine clevere junge Frau.« Er zwinkerte ihm zu und stellte die Reisetasche neben die Koffer.

»Sie ist abgereist«, erklärte Massimo kurz angebunden, »du musst dich ab jetzt allein um die Finanzen kümmern.«

Lorenzo sah ihn verblüfft an. »Abgereist? Wieso denn so plötzlich? Was hast du angestellt?« Seine Augenbrauen zogen sich ärgerlich zusammen.

»Ich? Überhaupt nichts!« Massimo steckte die Hände in die Hosentaschen. »Warum meinen eigentlich alle, dass ich der Auslöser dafür bin? Giovanni hat mich auch schon behandelt, als wäre ich ein Schwerverbrecher.«

Lorenzo blickte die Treppe hoch, lauschte und bedeutete Massimo dann, ihm in die Küche zu folgen. Dort stellte er zwei Tassen auf den Tisch und schenkte ihnen aus einer Kanne noch heißen Kaffee ein.

»Setz dich!«, befahl er und schloss dann die Küchentür. »Deine Tante muss dieses Gespräch nicht mitbekommen.«

Massimo nahm am Küchentisch Platz und schielte hungrig auf die frischen Cornetti, die neben dem Kühlschrank auf einem Teller lagen und herrlich dufteten. Sein Magen knurrte, doch es schien ihm nicht der passende Zeitpunkt, um sich einem feudalen Frühstück hinzugeben.

Auch Lorenzo war trotz des eingeschenkten Kaffees anscheinend nicht nach Frühstück zumute. Er ignorierte die dampfende Tasse auf dem Tisch, pflanzte sich vor Massimo auf, sodass dieser zu ihm aufschauen musste, und stemmte die Hände in die Hüften.

»Ich sage es dir jetzt mal ganz offen, lieber Neffe: Du bist der größte Hornochse, den ich kenne! Wie kannst du so eine Frau gehen lassen?«

»Aber …«, begann Massimo, doch Lorenzo brachte ihn mit einer harschen Handbewegung zum Schweigen.

»Chiudi il becco! Halt die Klappe, jetzt rede ich!«

71

Allegra stand sinnend vor Francesco Trainis Fresko »Trionfo della Morte«. Der »Triumph des Todes« war laut dem Flyer, den sie im Touristenbüro erhalten hatte, um 1350 geschaffen worden und war eines der Schlüsselwerke der italienischen Trecentomalerei. Memento mori – bedenke, dass du sterblich bist! Das in Ockertönen gehaltene Bild spiegelte treffend Allegras momentanen Gemütszustand wider: Aus einer Berghöhle sah man einen Zug von Königen und Königinnen kommen. Ihre Gesichter strotzten vor Selbstbewusstsein und Hochmut. War sie nicht mit genau der gleichen Überheblichkeit in die Toskana gekommen? Recht bald war jedoch die Vorstellung, alles werde ihr gelingen und die Zeit hier sei lediglich ein unverhoffter Urlaub, einer anderen Realität gewichen. Zuerst Giovannis unsägliche Launen, dann Massimos Spott und zuletzt seine demütigende Reaktion, als seine Verlobte aufgetaucht war. Und dann dieser halbherzige Versuch, sich dafür zu rechtfertigen und sie, Allegra, mit ein paar Floskeln zu vertrösten. Lachhaft!

Ihr Blick schweifte an dem Fresko entlang. Der gemalte Tross traf nach der Höhle auf drei von einem Einsiedler bewachte Särge. In dem einen lag ein Skelett, in dem zweiten ein Leichnam, an dem schon die Würmer nagten, und im dritten wohl ein kürzlich Verstorbener, der eben in Verwesung überging. Eine treffende Metapher für ihr Herz!

Allegra wandte sich seufzend ab. Sie war vor den sonntäglichen Touristenmassen in Pisa auf das Camposanto direkt hinter dem Dom geflüchtet. Das Wort *Camposanto* konnte man mit ›heiliges Feld‹ übersetzen. Angeblich hatte 1203 der damalige Erzbischof nach den Kreuzzügen Erde aus dem Heiligen Land mitgebracht und hier verstreut. Allegra horchte in sich hinein, ob dieses Wissen ihr darüber hinweghalf, dass sie sich so niedergeschlagen fühlte. Doch leider verspürte sie außer dem Bedürfnis, allein zu sein, keine sakrosankten Gefühle.

Bei ihrer Ankunft in Siena hatte sie vergeblich versucht, für den heutigen Sonntag noch einen Flug nach Frankfurt zu bekommen, also hatte sie einen günstigen Direktflug für Montagmorgen gebucht. Da sie Siena schon kannte, war sie gleich nach dem Frühstück mit dem Zug nach Pisa gefahren, um sich noch ein wenig die Stadt anzusehen. Ihr Hotel lag unweit des Bahnhofes. Nicht sehr komfortabel, aber günstig und direkt gegenüber der Haltestelle des Shuttlebusses zum Flughafen. Doch Pisa platzte aus allen Nähten. Die Straßen wimmelten nur so von Touristen und Tagesausflüglern. Und auf der Piazza dei Miracoli, auf dem auch der Torre pendente di Pisa, besser bekannt als der Schiefe Turm von Pisa, stand, gab es beinahe kein Durchkommen. Das Gewusel hatte aber auch sein Gutes, wenigstens hielt es sie vom Grübeln darüber ab, ob ihre Flucht nicht überstürzt gewesen war. Vielleicht hätte sie Massimo doch die Gelegenheit geben sollen …? Aber nein, das war alles sinnlos, denn hätte sie ihm wirklich etwas bedeutet, hätte er bei Carlas Auftauchen ganz anders reagiert.

Allegra schlenderte unter den Rundbogenarkaden entlang, besah sich einige Sarkophage und verließ dann die Friedhofsanlage, um noch ein wenig Sonne zu tanken. In Frankfurt regnete es, wie ihre Mutter heute Morgen am Telefon berichtet hatte.

Allegra setzte sich auf die gepflegte Rasenfläche gegenüber dem Dom, in dem Galileo Galilei angeblich jene schwingende Kirchenlampe beobachtet hatte, an der er die Gesetze des Pendels erkannt und damit quasi die moderne Physik erfunden hatte.

Es war ein buntes Kommen und Gehen. Familien picknickten, Kinder liefen lachend umher, junge Leute saßen zusammen und hörten über ihre Handys Musik, und ab und zu fiel Allegras Blick auch auf ein sich küssendes Pärchen. Dann sah sie schnell weg, weil Neid und Schmerz sie zu überrollen drohten. Sie schloss die Augen, genoss die Sonnenstrahlen und die leichte Brise und überlegte, was sie sich in Pisa noch alles ansehen konnte. Das Baptisterium, die Taufkirche des Doms? Das Museo dell'Opera del Duomo, das in einem ehemaligen Kapuziner-Kloster untergebracht war? Oder sollte sie in die Altstadt gehen und sich die Chiesa di Santa Maria della Spina, die hübsche kleine gotische Kirche, ansehen, die direkt am Arno lag?

»Allegra? Bist du das wirklich?«

Sie öffnete die Augen. Im Gegenlicht stand eine dunkle Gestalt. Sie beschirmte ihre Augen mit der Hand.

»Logan? Was für eine Überraschung! Ich dachte, du wolltest ans Meer.«

Der Texaner ließ sich in einer geschmeidigen Bewegung neben ihr ins Gras fallen und schob sich lachend das Haar aus der Stirn. Er sah blendend aus: tief gebräunt, während die blonden Haare dermaßen von der Sonne ausgebleicht waren, dass sie fast weiß wirkten.

»War ich doch auch«, erwiderte er. »Das war ein regelrechter Quickie!« Er grinste frech. »Aber ab und zu muss ich etwas Kultur tanken. Sonst glaubt mir zu Hause am Ende niemand, dass ich wirklich in Europa war.«

Er zwinkerte ihr schelmisch zu, und Allegra schmunzelte. Es tat so gut, mit jemandem zu sprechen, der aus seinem Herzen keine Mördergrube machte und so herrlich unkompliziert war.

»Und du? Kleiner Tagestrip zum Schiefen Turm?«

Sie schüttelte den Kopf. »Morgen geht's ab nach ›good old Germany‹. Mein Großvater ist wieder auf dem Damm und … Na ja, es ist eben Zeit, nach Hause zurückzukehren.«

Logan runzelte die Stirn, fragte aber nicht weiter und wies dann mit dem Kopf auf eine Gruppe junger Leute, die nicht weit weg von ihnen zusammensaßen und angeregt diskutierten.

»Möchtest du nicht rüberkommen? Wir sind eine coole Truppe!«

Sie schüttelte den Kopf. Ihr war nicht nach Gesellschaft.

»Danke für das Angebot, aber …«

»Nun komm schon, sei nicht so deutsch.« Er lachte lauthals, als er ihr verblüfftes Gesicht sah. »Immerhin bist du jetzt so etwas wie meine kleine Schwester. Zu mehr reicht es ja anscheinend nicht.«

Er grinste sie unverschämt an. Seine Ehrlichkeit war entwaffnend. Und wieso eigentlich nicht? Ein paar Stunden in einer fröhlichen Runde waren allemal besser, als sich allein im Selbstmitleid zu suhlen.

Logan stand auf, wischte sich über den Hosenboden seiner löchrigen Jeans und streckte die Hand aus.

»Come on!«

72

Massimo schloss den Reißverschluss der Reisetasche und sah sich ein letztes Mal prüfend im Rustico um. Über einer Stuhllehne hing Allegras Schal, den sie vor ein paar Tagen hier hatte liegen lassen. Er würde ihn bei Giovanni abliefern, wenn er nach Florenz zurückfuhr.

Dieses Wochenende hatte sich etwas anders entwickelt als geplant. Statt mit Allegra eine romantische Zeit zu verbringen, war er von seiner Ex-Verlobten überfallen und beschimpft worden. Danach hatte Allegra ihn ohne Nachricht sitzen lassen und sein Onkel ihn anschließend böse zusammengestaucht, weil er ihn für ihre überstürzte Abreise verantwortlich machte. Wirklich, sehr erholsam! Anscheinend war er gerade zum Prügelknaben der Nation aufgestiegen. Also konnte er auch, entgegen seinen ursprünglichen Plänen, erst Montagfrüh nach Florenz zurückzufahren, gleich das Gut verlassen. Was sollte er noch hier? Im Büro wartete genug Arbeit auf ihn.

Nächste Woche, so hatte Carla ihm bei ihrem gestrigen Abgang angekündigt, werde ihr Familienanwalt ihn kontaktieren. Auch eine nette Geste. Offensichtlich brauchte man heutzutage einen Rechtsverdreher, damit man sich bei der Trennung nicht um eine CD stritt. Nun denn, das Leben ging auch ohne ihre Alice-Platten weiter. Die Espressomaschine würde er allerdings vermissen.

Massimo nahm seine Reisetasche, griff nach Allegras Schal und schloss dann die Haustür ab. Während er durch den Park Richtung Giovannis Häuschen marschierte, schnupperte er an dem Kleidungsstück. Ihr Parfüm stieg ihm dabei in die Nase, und eine Fülle Erinnerungen an ihre gemeinsam verbrachte Zeit überfiel ihn. Wie hatte sich die kleine Totengräberin in der kurzen Zeit nur so in sein Leben schleichen können? Das geplante Intermezzo mit ihr, um sich von Carlas Seitensprung abzulenken, war ziemlich aus dem Ruder gelaufen. Er hatte sich sehr schnell an Allegras Anwesenheit gewöhnt, an ihr Lachen, an ihre weichen Arme und ...

»Ach, verdammt!«, stieß er ungehalten hervor und stopfte den Schal zwischen die Henkel der Reisetasche.

Als er vor Giovannis Haus ankam, fuhr eben Maria weg. Offensichtlich hatten sie und Giovanni zusammen die Messe besucht und sie ihn gerade zurückgefahren. Allegra hatte davon gesprochen, dass ihr Großvater immer noch kein Auto lenken durfte. Fuhr die alte Klapperkiste überhaupt wieder? Er sah sich um, konnte Giovannis Fiat aber nirgends entdecken. Ob Allegra damit weggefahren war? Vermutlich. Und Massimo hoffte für sie, dass sie dieses Mal weiter gekommen war als zuletzt, als sie damit nach Florenz gewollt hatte. Die Erinnerung, wie er sie am Freitag vor einer Woche am Straßenrand aufgelesen hatte, zauberte ein Lächeln auf seine Lippen. Dort hatte alles angefangen. War das wirklich erst eine Woche her?

»Giovanni, warte mal!«

Giovanni schloss gerade die Haustür auf und drehte sich verwundert um.

»Ach, du schon wieder. Das wird ja langsam zur Plage!«

»Charmant wie eh und je«, erwiderte Massimo und zog Allegras Schal hervor. »Hier, den hat sie bei mir vergessen.«

Giovanni riss ihm das Teil regelrecht aus den Händen.

»Cretino«, murmelte er dabei und schüttelte den Kopf. »Du würdest das Glück nicht mal bemerken, wenn du darüber stolpertest!« Dann drehte er sich um und verschwand im Haus.

Massimo schnaubte erbost. Noch mehr Vorwürfe? Hatte er das wirklich nötig? Es war höchste Zeit, aus Montalcino zu verschwinden.

Er schlug den Weg zum Gut ein, holte seinen Wagen aus der Garage und warf die Reisetasche auf den Beifahrersitz. Ohne nochmals ins Herrenhaus zu gehen, um sich von seiner Tante und Lorenzo zu verabschieden, fuhr er los und atmete erst auf, als das Dorf hinter ihm lag.

Er suchte im Radio einen poppigen Sender, drehte die Lautstärke voll auf und genoss die Kurven, die sein Wägelchen wie auf Schienen nahm. Sollten ihm doch alle gestohlen bleiben! Er brauchte weder eine Frau noch ältere Zausel, die ihn als Dummkopf bezeichneten. Ein Rocksong klang aus, und als Nächstes begann Eros Ramazzotti zu singen: »Se bastasse una bella canzone«. Massimo mochte das Lied, sang lauthals mit und überholte in einem gewagten Manöver ein Wohnmobil. Dabei sah er zum Beifahrersitz hinüber, auf dem gestern noch Allegra gesessen hatte. Sie hätte sich bestimmt über dieses Überholmanöver aufgeregt und ihm vorgebetet, was dabei alles hätte passieren können. Sie hatte ihn überhaupt ständig kritisiert, wenn er so darüber nachdachte. Typisch Totengräberin! Und doch hatte sie ihn mit ihren Kommentaren oft zum Lachen gebracht, und er hörte im Geist ihre dunkle, rauchige Stimme, die ihn schon am ersten Tag gefangen genommen hatte. Plötzlich vermisste er ihre kleine Hand auf seinem Schenkel. Im selben Moment holte Eros zum ultimativen Schlag aus: für diejenigen, die in ihren Träumen leben und auf etwas warten, das nie kommt, und dadurch immer einsamer werden …

Verdammt! Massimos Kehle zog sich schmerzhaft zusammen, als hätte er in eine Zitrone gebissen. Er stieß frustriert die Luft aus, setzte den Blinker und bog so rasant in einen Feldweg ein, dass der Wagen ins Schlingern geriet. In einer Staubwolke kam er schließlich zum Stehen. Eros hatte sein Statement beendet, und ein neuer Rocksong dudelte aus dem Empfänger, doch Massimo hörte nicht mehr zu. Er starrte einen Moment nachdenklich durch die Windschutzscheibe auf ein wogendes Getreidefeld. Dann atmete er einmal tief durch, legte den Rückwärtsgang ein und wendete.

73

»Ich kann nicht mehr!«

Allegra schob den Teller von sich und unterdrückte ein Rülpsen. Sie saßen im Innenhof eines kleinen Lokals in der Via Pietro Gori, das Pizza am Meter anbot, und ließen es sich schmecken. Sie, das waren Logan, Helen und James aus London, Inez aus Valencia und Jérémy aus Nantes. Eine lustige Truppe junger Leute, die ihren Urlaub genossen und sich zufällig in Pisa gefunden hatten.

»Dann kann ich dein Stück noch haben?« Logan linste begehrlich auf Allegras Teller, und sie nickte.

»Wie sagt man zu diesem Tier, das ständig isst?«, wandte sich Jérémy in seinem süßen französischen Akzent an sie. Da sie alle aus verschiedenen Ländern kamen, hatten sie sich auf Englisch als Konversationssprache geeinigt.

»Vielfraß«, entgegnete Allegra lachend.

»Juste! Logan ist ein Vielfraß!«

Der Angesprochene zuckte lediglich mit den Schultern und schnappte sich das angeknabberte Stück Pizza von Allegras Teller.

»Dieser Luxuskörper muss eben regelmäßig gefüttert werden!«, entgegnete er großspurig zwischen zwei Bissen.

Die Frauen am Tisch ließen unisono ein verächtliches Schnauben hören.

Allegra amüsierte sich köstlich mit dieser bunt zusammengewürfelten Truppe und dankte Logan innerlich, dass er sie dazu überredet hatte, mit ihnen durch die Straßen zu ziehen. Es war kurz nach eins, das Lokal proppenvoll und, wie aus den Gesprächen an den Nebentischen zu entnehmen war, zum größten Teil von Einheimischen frequentiert.

»Was machen wir nachher?«, fragte Helen und krauste ihre mit Sommersprossen und einem leichten Sonnenbrand geschmückte Nase. »Dom, Turm und Friedhof haben wir schon gesehen. Wie wäre es mit dem Palazzo Blu? Er enthält eine große Sammlung toskanischer Malerei aus dem 14. Jahrhundert.«

»Noch mehr Heiligenbilder?« James machte Würgegeräusche, was ihm einen Ellbogenstoß seiner Freundin einbrachte.

»Kulturbanause!«, murmelte sie ärgerlich vor sich hin und blätterte weiter in ihrem Italien-Reiseführer.

»Wir können doch auch einfach ein wenig am Arno entlang spazieren«, schlug Jérémy vor. »Oder den Trödelmarkt rund um die Piazza dei Cavalieri besuchen.«

»Trödelmarkt?« Helens Gesicht hellte sich auf.

»Danke, Franzose«, erwiderte James resigniert. »Nach alten Schinken in wurmstichigen Rahmen ist Einkaufen Helens zweitliebstes Hobby.«

Jérémy hob in gespielter Zerknirschtheit die Schulter. »Pardon!«, sagte er und grinste dabei aber übers ganze Gesicht.

»Alten Mist ansehen und Dinge kaufen, die kein Mensch braucht?«, fragte Logan.

Allegra, Inez und Helen nickten gleichzeitig.

»Na dann ist es wohl beschlossene Sache.« Er wandte sich an die männlichen Anwesenden. »Jungs, macht euch bereit, unsere Begleiterinnen brauchen starke Arme, die ihnen die Tüten tragen!«

»Und du bist dir sicher, dass du heute Abend nicht noch mit uns essen gehen willst?«

Logan reichte Allegra die zwei Plastiktüten, als sie vor ihrem Hotel ankamen. Sie hatte auf dem Trödelmarkt Geschenke eingekauft: eine silberne Schmuckschatulle für ihre Mutter und eine Vinyl-Schallplatte mit Aufnahmen von Enrico Caruso für ihren Vater.

Die Abendsonne vergoldete die oberen Stockwerke der umstehenden Häuser und warf lange Schatten in die Via Pietro Mascagni, in der sich Allegras Hotel befand.

»Vielen Dank für das Angebot, Logan, aber ich bin wirklich erschöpft und muss morgen früh los. Es war wirklich toll mit euch, und ich habe den Tag sehr genossen. Zudem bin ich noch von der Meterpizza am Mittag satt.«

Sie lächelte den Texaner dankbar an. Die Stunden mit den jungen Leuten hatten sie ein wenig von ihrem Liebeskummer abgelenkt, aber jetzt stand ihr nur noch der Sinn nach einer Dusche und viel Schlaf. Zudem taten ihr die Füße weh. Man sollte eben keine neuen Sandaletten kaufen und sie dann gleich anziehen, auch wenn sie ein wirkliches Schnäppchen waren.

»Alles klar«, erwiderte Logan und schob sich die Sonnenbrille in die Haare. Die Geste erinnerte Allegra schmerzlich an Massimo, doch sie wollte jetzt nicht an ihn denken und atmete tief durch.

»Dann wünsche ich dir eine gute Heimreise, Honey. Und wenn ich nach Frankfurt komme, gebe ich Bescheid, okay?«

Allegra nickte. Dann stellte sie die Plastiktüten auf den Boden und umarmte Logan fest.

»Alles Gute, Texas-Boy! Schick mir mal ein Bild von Sparky, wenn du wieder zu Hause bist.«

Logan roch nach einem herben Rasierwasser, warmer Haut und Schweiß. Er lachte, schlang seine Arme um ihre Taille und küsste dann ihre Wange.

»Und du bist sicher, dass ich nicht noch mit raufkommen soll?«, flüsterte er ihr ins Ohr.

Allegra klappte der Mund auf, doch als sie ihm in die Augen sah, bemerkte sie ein schelmisches Funkeln.

»Man kann's ja mal versuchen«, sagte er und zwinkerte ihr zu, dann strich er ihr eine Strähne hinters Ohr und gab sie frei.

»Lasst euch nur nicht stören!«, hörte Allegra eine kalte Stimme hinter sich. Sie wirbelte herum. Unter der Eingangstür des Hotels stand Massimo – breitbeinig und mit verschränkten Armen.

74

Massimo hatte den halben Nachmittag damit zugebracht, Giovanni Allegras Aufenthaltsort zu entlocken. Doch der alte Mann entpuppte sich als harte Nuss! Erst als er ihm gestand, dass ihm erst jetzt klar geworden sei, wie sehr er seine Enkelin liebe, ließ sich dieser erweichen und gab ihm den Namen des Hotels, in dem sie abgestiegen war. Massimo war nach Pisa gerast, als sei ihm der Teufel höchstpersönlich auf den Fersen. Ein paar Mal blitzte es auf der Fahrt. Doch wen scherte schon ein Strafzettel, wenn das Lebensglück auf dem Spiel stand! Eine unbestimmte Unruhe trieb ihn vorwärts, und obwohl ihm Giovanni versichert hatte, dass Allegras Flug erst morgen früh ging, überfiel Massimo die Angst, er werde zu spät kommen. Und vielleicht war es ja auch bereits zu spät.

Verdammt, er war so ein Hornochse gewesen! Wieso hatte er nicht realisiert, wie viel ihm Allegra bedeutete? Wieso sich nicht eingestanden, dass das Spiel, das er inszeniert hatte, um Carla eins auszuwischen, schon lange vorbei war? Dass er tiefe Gefühle für die kleine Totengräberin hegte? Stolz? Dummheit? Vermutlich ein Mix aus beidem.

»Mannaggia!«, stieß er ärgerlich hervor. Zwei Lastwagen lieferten sich auf der Autobahn ein Elefantenrennen, und er konnte nicht vorbei. Wütend drückte er auf die Hupe und gab dann Vollgas, als der überholende Lkw endlich wieder auf die rechte Spur wechselte. In Pisa angekommen, gab er den Namen des Hotels in sein GPS ein. Die Via Pietro Mascagni befand sich in einer Nebenstraße, gegenüber dem Bahnhof Pisa Centrale. Die Absteige sah nicht besonders einladend aus. Konnte Allegra sich kein besseres Hotel leisten? Egal, sie würde sowieso noch heute mit ihm zurück nach Montalcino fahren!

Er parkte im Halteverbot, stellte die Warnblinker ein und spurtete zur Eingangstür. Obwohl er zwei Stunden unterwegs gewesen war, hatte er keine Vorstellung davon, was er Allegra alles sagen wollte. Ihm würden schon die richtigen Worte einfallen, wenn er ihr gegenüberstand. In den letzten Tagen hatte er schließlich meistens improvisiert, und langsam bekam er Übung darin.

Beim Eintreten schob er sich die Sonnenbrille in die Haare und sah sich neugierig um. Gegenüber dem Eingang befand sich eine kleine Rezeption, hinter der ein junger Mann stand, der lustlos in einem Magazin blätterte.

»Ciao«, wandte sich Massimo an ihn. »Ich würde gern mit einem eurer Gäste sprechen: Allegra di Rossi.«

Der Jugendliche hob gelangweilt den Kopf.

»Bist du angemeldet?«

Massimo nickte und trommelte dabei ungeduldig mit den Fingern auf das Holzimitat der Theke. Der Angestellte tippte umständlich etwas in den Computer ein, griff dann zum Telefon und wählte. Nach ein paar Augenblicken zuckte er mit den Schultern und legte wieder auf.

»Scheint nicht da zu sein.«

»Welche Zimmernummer?«

»Darf ich nicht sagen«, antwortete der junge Mann und widmete sich erneut seinem Magazin.

Massimo schnalzte ärgerlich mit der Zunge. »Hör zu, es ist wichtig. Ich muss sie unbedingt sprechen!«

Der Angestellte blinzelte träge. »Wie gesagt, sie ist nicht da. Du kannst ja auf sie warten«, schlug er vor und wies mit dem Kopf auf eine kleine Sitzgruppe am Fenster, die schon bessere Tage gesehen hatte.

Massimo stieß frustriert die Luft aus. Dass Allegra nicht da sein könnte, hatte er nicht bedacht. Aber draußen schien die Sonne, natürlich würde sie sich an so einem Tag die Stadt ansehen. Turm? Dom? Friedhof? Sie konnte überall sein, und es wäre purer Zufall, wenn er ihr über den Weg laufen würde. Es half alles nichts, er musste hier auf sie warten. Er wandte sich wieder an den Angestellten.

»Gibt es Hotelparkplätze?«

Der junge Mann schüttelte den Kopf. »Ist aber blaue Zone, man findet schon einen Platz im Quartier, wenn man ein bisschen rumkurvt. Am Bahnhof gibt's auch ein Parkhaus. Ist aber teuer.«

»Ich komme gleich wieder«, sagte Massimo und strebte dem Ausgang zu, dann wandte er sich noch einmal um. »Wenn sie in der Zwischenzeit herkommt, sag ihr, dass sie auf mich warten soll.«

Der junge Mann nickte. »Alles klar!«

Massimo schien es trotz dieser Versicherung klüger zu sein, sich zu beeilen. Er fuhr die Straße entlang, bog nach links ab und hielt nach einem Parkplatz Ausschau. Nach zehn Minuten fand er endlich einen und machte sich auf den Weg zurück zum Hotel.

Als er die Eingangshalle wieder betrat und den Jungen fragend anblickte, schüttelte der den Kopf. Also setzte sich Massimo auf einen schmuddeligen Sessel und starrte gedankenverloren zum staubigen Fenster hinaus. Er war müde, hatte Hunger und Durst, doch in dem Hotel gab es kein Restaurant, und am Getränkeautomaten, der in einer Ecke der Eingangshalle stand, klebte ein Schild mit der Aufschrift ›defekt‹. Nun denn, er würde es schon aushalten.

Massimo schreckte auf. An der Rezeption standen zwei Rucksacktouristen, die radebrechend versuchten, dem Angestellten auf Italienisch etwas zu erklären.

Massimo unterdrückte ein Gähnen. Offensichtlich war er eingeschlafen und massierte sich jetzt den verspannten Nacken. Goldene Abendsonne fiel durch die Fensterscheiben und offenbarte die halbherzigen Putzbemühungen. Er stand auf und streckte den Rücken durch. Seine Kehle war komplett ausgedörrt, er musste unbedingt etwas trinken!

Er signalisierte dem Portier mit einer Geste, dass er in zehn Minuten zurück sei, und trat ins Freie. Als er die beiden eng umschlungenen Personen vor dem Hotel erkannte, erstarrte er.

75

»Massimo?«

Allegra war zu perplex, um mehr sagen zu können. Sie starrte ihn mit offenem Mund an. Er wirkte müde. Seine sonst so gepflegten Haare waren zerzaust, sein Hemd zerknittert.

»Hey, mate«, erwiderte Logan locker. »Ein Bekannter von dir?«, wandte sich Logan an Allegra, und sie nickte automatisch.

»Vielleicht ist es dir ja entgangen, aber ich spreche ebenfalls Englisch«, knurrte Massimo und kam die Eingangsstufen herab. Er pflanzte sich vor ihnen auf. Seine Augen funkelten gefährlich. Er sah wie ein blutrünstiger Panther auf dem Sprung aus. »Ich bin also ein Bekannter?«, fragte er kalt und starrte Allegra böse an. »Sehr aufschlussreich!«

Sie brachte kein Wort heraus. Verschiedene Empfindungen tobten durch ihren Körper. Der Schreck, Massimo so plötzlich wiederzusehen, wich der Freude, dass er hier war, und als ihr klar wurde, was er eben gesagt hatte, wallte Ärger in ihr auf.

»Ah, so?«, erwiderte sie bissig und warf ihre Haare zurück. »Es geht dir also gegen den Strich, als Bekannter tituliert zu werden? Fein, ich kann es nämlich ebenso wenig leiden, wenn du mich deinem Frostschlüpfer als Enkelin des Gärtners vorstellst!«

»What's the matter?«, fragte Logan verwirrt.

»Halt dich da raus, Collegeboy!«, fuhr Massimo ihn an, und Logan runzelte die Stirn.

»Soll ich ihm eine knallen?«, wandte sich der Texaner an Allegra. »Offensichtlich hat der Typ einen Sonnenstich.«

Jetzt hätte Allegra beinahe gelacht. Es war auch zu bizarr, wie sich die beiden Männer benahmen. Wie zwei Gockel im Hühnerhof. Sie schüttelte den Kopf.

»Danke, aber ich komme schon zurecht«, erwiderte sie, obwohl sie nicht sicher war, ob das wirklich stimmte. »Was willst du hier, Massimo?«

Er zuckte mit den Achseln. »Gute Frage. Vermutlich bin ich einem Traum nachgejagt. Aber das geschieht mir recht. Man sollte Eros eben nicht alles glauben.«

Allegra sah ihn verwirrt an. »Eros?«

Er winkte müde ab. »Nicht wichtig. Tut mir leid, euer Tête-à-tête gestört zu haben. Ich dachte …« Er brach ab und atmete tief durch. »Keine Ahnung, was ich dachte. Aber vermutlich das Falsche.«

Er betrachtete Allegra noch einen Moment, setzte dann seine Sonnenbrille auf, obwohl die Straße bereits im Schatten lag, und ging davon.

Sie sah ihm nach, wie er um die Hausecke verschwand, und ein dicker Kloß bildete sich in ihrer Kehle, der ihr das Atmen schwer machte.

Weshalb war er hier? Woher wusste er überhaupt, dass sie in diesem Hotel abgestiegen war? Giovanni! Natürlich, sie hatte mit ihrem Großvater telefoniert und ihm ihre Adresse in Pisa mitgeteilt. Aber warum hatte er sie Massimo verraten? Er war doch selbst so wütend auf Lorenzos Neffen gewesen. Wie hatte der ihn umstimmen können?

»Das ist vermutlich der Grund, weshalb ich nicht bei dir landen kann. Habe ich recht?« Logan ließ ein belustigtes

Schnauben hören, und Allegra schluckte. War sie so leicht zu durchschauen?

»Du solltest ihm nachgehen«, fügte der Texaner dann lächelnd hinzu. »Männer, die Frauen hinterherfahren, meinen es ernst.«

Sie sah zweifelnd zu ihm hoch.

»Na, los, Sweetheart«, er gab ihr einen leichten Schubs und zwinkerte dabei. »Ich gebe deine Einkäufe an der Rezeption ab, okay? Viel Glück!«

Mit diesen Worten bückte er sich nach ihren Plastiktüten und ging auf die Eingangstür des Hotels zu. Allegra stand plötzlich allein da und fühlte sich hin- und hergerissen. Sie hätte Logans Behauptung nur zu gern geglaubt, doch entsprach das auch der Wahrheit? Was, wenn …

»Ach, Scheiße!«

Sie zog die Sandaletten von den schmerzenden Füßen und rannte los.

76

Massimo kickte wütend eine leere Coladose vom Bürgersteig, die scheppernd über die Straße hüpfte. Das war ja gründlich in die Hose gegangen! Er nahm die Sonnenbrille ab und hängte sie in den Ausschnitt seines Hemdes.

Ein Glück, dass er jetzt Allegras wahren Charakter kannte. So hatte er sich immerhin die Peinlichkeit erspart, von ihr abgewiesen zu werden, wenn er ihr seine Gefühle offenbarte. Dass er ihr wie ein liebestoller Depp hinterhergefahren war, war schließlich demütigend genug. Die ganze Sache war sowieso unüberlegt und zum Scheitern verurteilt gewesen. Er sollte dem Schicksal dankbar sein, das ihn vor einer großen Dummheit bewahrt hatte. Doch warum fühlte er sich dann so mies?

Kurzerhand trat er in eine kleine Trattoria. Der Appetit war ihm zwar gründlich vergangen, doch er musste unbedingt etwas trinken.

In dem Lokal saßen ein paar ältere Männer an einem runden Tisch und spielten Karten, die anderen Tische waren bereits fürs Abendessen aufgedeckt, daher setzte er sich an die Bar und betrachtete die aufgereihten Schnapsflaschen, die kopfüber an der Wand dahinter hingen. Eigentlich hätte er besser ein Wasser trinken sollen, das wäre vernünftig gewesen, aber was hatte ihm seine Vernunft schon eingebracht? Der Barkeeper fragte nach seinen Wünschen, und Massimo bestellte kurzerhand einen Whisky.

»Mit etwas Eis, bitte.«

Er trank die goldbraune Flüssigkeit in einem Zug aus, genoss das Brennen in der Kehle und kurz darauf die warme Flut in seinem Magen. Als der Barmann ihn fragend ansah, nickte Massimo, und alsbald stand der zweite Whisky vor ihm. Da er den Alkohol bereits spürte, griff er nach einer Tüte Chips und riss sie auf.

Er sah sich im Lokal um. So hatte er sich den heutigen Tag wirklich nicht vorgestellt. Anstatt mit Allegra in den Sonnenuntergang zu reiten, saß er nun in einer etwas heruntergekommenen Trattoria, in der es nach Speisefett und Rosmarin roch, sah unrasierten Männern beim Kartenspiel zu und ertränkte sein Elend in Hochprozentigem. Ein bitteres Lächeln kräuselte seine Lippen.

»Visconti, mit dir geht's bergab«, murmelte er.

»Come?« Der Barkeeper sah ihn fragend an, und Massimo wedelte mit der Hand.

»Niente«, erwiderte er, »noch einen!«

Der Angestellte sah ihn mit hochgezogenen Augenbrauen an, zuckte dann mit den Schultern und stellte ihm ein weiteres Glas auf den Tresen.

Den Chips folgte eine Tüte gesalzene Erdnüsse, und langsam fühlte Massimo sich besser. Sollte die Totengräberin doch mit diesem Surfer glücklich werden! Das hielt kein halbes Jahr, da war er sich sicher. Solche Kerle flatterten von Blüte zu Blüte. Und wie stellten die zwei sich eigentlich ihre Zukunft vor? Wollte der Ami sich etwa in Frankfurt niederlassen und Tote verbuddeln? Oder Allegra in die Staaten übersiedeln?

»Frostschlüpfer«, murmelte Massimo vor sich hin und fing an zu kichern. Eine treffende Bezeichnung für Carla, die musste er sich merken. Er presste das halb leere Whiskyglas an seine heiße Stirn. Das Kondenswasser daran kühlte herrlich. Im Hintergrund erklang leise Musik. Zum Glück nicht Eros, der Kerl konnte ihm gestohlen bleiben!

Massimo stand auf, um seine Geldbörse aus der hinteren Hosentasche zu ziehen, und musste sich am Tresen festhalten. Drei Whiskys auf nüchternen Magen waren vielleicht doch keine so gute Idee gewesen. Aber egal, an so einem beschissenen Tag durfte man schon ein wenig über die Stränge schlagen.

»Bitte auffüllen!«, wies er den Barkeeper an, der gerade einen Korb dampfender Gläser aus einer Spülmaschine holte. Massimo deutete auf sein Glas, und der Angestellte sah ihn skeptisch an.

»Ein Problem damit?«, fauchte Massimo. Der Barkeeper schüttelte den Kopf. »Ist auch besser so!«

Was Allegra wohl gerade trieb? In seinem Kopf formten sich Bilder zweier nackter, miteinander verschlungener Körper, von denen einer lange, dichte Locken besaß.

»Sie sind hoffentlich zu Fuß unterwegs«, meinte der Barmann, als er das gefüllte Glas vor Massimo stellte.

»Das geht Sie gar nichts an!«, schnauzte er zurück. »Ich sage Ihnen mal was: Frauen sind das Letzte! Wirklich! Das Allerletzte!«

Der Angestellte lachte. »Liebeskummer?«

Massimo fixierte ihn über sein Glas hinweg. »Gut, dass ich es dieses Mal noch vorher gemerkt habe. Zweimal hintereinander Hörner aufgesetzt zu bekommen …« Er rülpste vernehmlich. »Entschuldigung. Wo war ich?«

Der Barmann begann, die Gläser aus dem Geschirrkorb zu polieren. »Hörner«, meinte er schmunzelnd.

»Genau! Der Frostschlüpfer hat mich vor der Hochzeit betrogen und die Totengräberin jetzt. Sieht ganz danach aus, als hätte ich kein Glück mit den Frauen, nò?«

Der Angestellte sah ihn einen Moment mit gerunzelter Stirn an und arbeitete dann kopfschüttelnd weiter.

»Sie war ja ganz süß«, fuhr Massimo fort. »Aber auch etwas anstrengend. Immer hatte sie etwas an mir auszusetzen. Können Sie sich das vorstellen? Tu das nicht, mach dies! Wie eine Mutter! Nein, das wäre nie gut gegangen.« Er seufzte. »Aber küssen konnte die Kleine! Die hat Feuer im Blut. Egal, soll sich der Collegeboy doch an ihr die Finger verbrennen. Ich bin fein raus.«

Massimo nickte mehrmals. Ja, er musste das positiv sehen. Allegra wäre nie in der Toskana geblieben, schließlich führte sie mit ihren Eltern zusammen einen Betrieb in Deutschland. Er hingegen würde nie von hier weggehen. Und dieses Blabla, dass Liebe alle Hindernisse überwindet, war doch lediglich eine Erfindung von Romanschriftstellern. Das hätte nie und nimmer geklappt!

Die Tür ging auf, und ein junges Pärchen kam Hand in Hand herein. Sie sahen sich um, setzten sich dann an einen Tisch am Fenster und studierten die Speisekarte. Arme Irre, am Anfang hing der Himmel immer voller Geigen, bis die Musik zu scheppernder Blasmusik mutierte und am Ende mit einem Missklang endete.

Er wandte sich wieder seinem Whisky zu, doch die Lust, sich zu betrinken, war verflogen. Zudem fühlte er sich etwas seltsam. Ein wenig zittrig, und in seinem Magen rumorte es gewaltig. Blöde Chips!

Der Barmann hatte das Geschirrtuch inzwischen gegen einen Notizblock und einen Kugelschreiber getauscht und steuerte auf die neuen Gäste zu. Wunderbar, jetzt verschwand auch noch sein letzter Gesprächspartner!

Massimo stand auf und schwankte leicht. Plötzlich packte ihn eine Hand am Arm. Er drehte sich um.

»Na, Durst gehabt?«, fragte Allegra spöttisch.

77

Allegra war um die Hausecke gebogen und hatte die Straße hinuntergespäht – von Massimo keine Spur. Sie lief weiter bis zur nächsten Kreuzung. Verdammt, ein Kreisel, von dem drei Straßen abzweigten. Sie drehte den Kopf in alle Richtungen. Nichts. Wohin war der Kerl nur so schnell verschwunden? Und was jetzt? Wenn sie wenigstens ihr Handy gehabt hätte. Aber nein, sie doofe Kuh musste es ja in ihrer Strandtasche aufbewahren, und die lag noch im Rustico.

Sie stoppte. War es das? Hatte Massimo den weiten Weg auf sich genommen, um ihr das Smartphone zu bringen? Nein, das wäre idiotisch gewesen und sah ihm nicht ähnlich. Aber was wollte er dann? Sie erlaubte sich nicht, an einen etwas romantischeren Grund zu glauben, denn eine weitere Enttäuschung hätte sie nicht verkraftet. Also musste sie ihn finden, ihn fragen und damit Gewissheit bekommen. Aber wie sollte ihr das gelingen?

Sie beschirmte ihre Augen mit der Hand gegen die Abendsonne. Links? Rechts? Geradeaus? Spontan entschloss sie sich für die rechte Gasse. Unvermittelt zuckte ein stechender Schmerz durch ihren Fuß, und sie schrie auf. Verdammt, sie war in eine Glasscherbe getreten! Allegra biss sich auf die Lippen, humpelte zu einer gemauerten Treppe und setzte sich hin. Blut quoll aus einer tiefen Schnittwunde an ihrem Fußballen. Super, neben einem gebrochenen Herzen auch noch eine Blutvergiftung? Hatte sich denn die ganze Welt gegen sie verschworen?

Sie suchte in ihrer Handtasche nach einem Päckchen Taschentücher, und während sie zwei davon mit Mühe und Not um ihren Fuß band, schossen ihr die Tränen in die Augen. Jetzt nur nicht heulen, Allegra, das hat noch nie geholfen! Sie zog die neuen Sandaletten wieder an, schließlich konnte sie mit dieser Wunde nicht weiter barfuß herumwandern, außerdem hielt nur so der provisorische Verband. Und was waren schon ein paar zusätzliche Blasen?

Sie stand vorsichtig auf und biss die Zähne zusammen.

»Ruckedigu, Blut ist im Schuh«, murmelte sie und kicherte dann haltlos. Vielleicht half das Zitieren von Märchen erneut. Immerhin hatte ihr die böse Stiefmutter von Schneewittchen einmal Massimos Anwesenheit beschert, damals am Teich, als sein Auftauchen sie dermaßen erschreckt hatte, dass sie hineingefallen war.

In der Via Cesare Battisti standen auf der einen Seite Mietshäuser, auf der anderen erhob sich eine alte Backsteinmauer. Die Straße war schnurgerade. Hätte Massimo diese genommen, hätte sie ihn längst gesichtet haben müssen. Also zurück! Sie wischte sich den Schweiß von der Stirn, drehte sich um und entdeckte sein Auto.

Allegra atmete auf. Jetzt brauchte sie nur noch zu warten, bis er seinen Wagen holte. Sie hinkte zum Auto und lehnte sich an die Kühlerhaube. Auf dem Rücksitz lag seine Reisetasche.

Sie hatte unheimlichen Durst, und mittlerweile waren die Taschentücher um ihren Fuß auch voller Blut. Konnte man wegen eines Schnittes im Fuß in Ohnmacht fallen? Wer weiß, wie lange es dauerte, bis Massimo auftauchte. Ob sie das in dieser Verfassung aushielt?

Sie kramte in ihrer Tasche, zog einen Stift und das benutzte Bahnticket Siena–Pisa hervor und kritzelte »Warte hier! Ich komme gleich wieder, Allegra.« darauf. Dann klemmte sie das Papier hinter den Scheibenwischer. Weiter vorne hatte sie das grün erleuchtete Neonschild einer Apotheke gesehen. Sie würde sich Verbandsmaterial und ein Schmerzmittel kaufen, vielleicht auch etwas zu trinken, und dann zum Wagen zurückkommen, um zu warten.

Während sie die belebte Straße Richtung Apotheke entlanghumpelte und den einen oder anderen schrägen Blick auf sich zog, murmelte sie wie ein Mantra leise vor sich hin: »Die rechte Braut sitzt noch daheim.«

Die Apothekerin, eine Frau mittleren Alters mit blond gefärbten Haaren und einer randlosen Brille, nahm ihr das Versprechen ab, morgen einen Arzt aufzusuchen, nachdem sie ihr die Wunde desinfiziert und einen Druckverband angelegt hatte. Weil Allegras normales Schuhwerk in einer der Plastiktüten mit den Geschenken für ihre Eltern lag und Logan diese an der Hotelrezeption abgegeben hatte, reinigte sie ihre neu erworbenen Sandaletten oberflächlich und zog sie dann wieder an. Das Leder hatte sich mit Blut vollgesogen, sie würde sie danach wegschmeißen können.

Bereits von Weitem sah sie, dass ihr Bahnticket immer noch unter dem Scheibenwischer klemmte. Es bekam gerade Gesellschaft, denn eine uniformierte Beamtin steckte ein Knöllchen dazu. Das würde Massimo nicht gefallen. Allegra lächelte. Der stechende Schmerz in ihrem Fuß war, dank des Schmerzmittels und des professionellen Verbands, zu einem dumpfen Pochen mutiert. Die Apothekerin hatte ihr gesagt, sie solle den Fuß ruhig halten und möglichst hoch lagern, damit die Wunde nicht wieder zu bluten begann. Leichter gesagt als getan.

Allegra sah die Straße entlang. Unweit von Massimos Auto bemerkte sie ein kleines Lokal, das ein paar Stühle auf den Gehsteig gestellt hatte. Sie konnte sich dort hinsetzen, etwas zu trinken bestellen und den Wagen weiterhin im Auge behalten. Als sie sich gerade auf einen der Plastikstühle niederlassen wollte, fiel ihr Blick ins Innere der Trattoria. Sie stutzte kurz, dann hellte sich ihr Gesicht auf. Massimo!

78

»Schau an, die Totengräberin!« Massimo winkte dem Barmann aufgeregt zu. »Das ist sie«, rief er durch das Lokal und deutete auf Allegra, »ich habe dir doch von ihr erzählt.«

Die Anwesenden drehten ihre Köpfe und sahen Allegra neugierig an. Sie runzelte die Stirn und warf dem Angestellten einen verständnislosen Blick zu, doch der junge Mann schüttelte nur grinsend den Kopf und rollte mit den Augen.

»Kennst du den etwa auch?« Massimo starrte sie entrüstet an. »Kennst du eigentlich alle männlichen Personen in der Toskana?«

»Ich glaube, wir sollten jetzt gehen«, sagte Allegra erheitert. »Wie viel hast du intus?«

Er hob die Hand und hielt vier Finger hoch.

»Definitiv genug!«, meinte sie daraufhin und zog ihn vom Barhocker. »Hat er alles bezahlt?«

Der Kellner nickte, und sie wandten sich zur Tür.

»Ich wusste gar nicht, dass du ein Säufer bist«, sagte sie und verzog den Mund, als er ihr ins Gesicht hauchte und sich dann schwer auf ihre Schulter stützte.

»Ständig nörgelst du an mir herum. Darf ein Mann sich keinen Drink genehmigen? Vor allem, wenn er so weit fährt, um …«

Er fixierte sie mit gerunzelter Stirn.

»Um was?«

»Niente!«, stieß er hervor. »Wo ist denn dein Ami?«

Sie seufzte tief. »Erstens ist er nicht *mein* Ami und zweitens vermutlich mit seinen Freunden unterwegs.« Dann öffnete sie die Tür und schob Massimo nach draußen.

Die Luft in den engen Häuserschluchten roch nach Abgasen und heißem Asphalt. Massimo sehnte sich plötzlich nach einer kühlen Dusche und einem weichen Bett in einem dunklen Zimmer. Sein Kopf brummte vom vielen Alkohol. Zudem musste er ständig rülpsen.

»Und wann trefft ihr euch wieder?«, fragte er weiter und zog seinen Autoschlüssel aus der Jeans. Wo hatte er bloß sein Auto geparkt?

Allegra riss ihm den Schlüssel aus den Fingern.

»Sag, hast du sie noch alle? Du wirst bestimmt nicht mehr Auto fahren, du Vollpfosten!«

Ihre Stimme ähnelte stark dem Kreischen einer Möwe und fuhr ihm wie ein Schwert durch den Kopf. Sie sah tatsächlich auch ein wenig wie eine Möwe aus: die zerzausten Haare, der weit aufgerissene Mund. Zudem hüpfte sie so komisch auf einem Bein herum. Er kicherte.

»Fährst du mich nach Florenz?«, fragte er und schnupperte an Allegras Haaren. Sie rochen nach ihrem Shampoo, nach Sonne und Pizzagewürzen. Sein Magen vollführte einen Hopser.

»Lass das!«, erwiderte sie barsch. »Ich kann dich nicht nach Florenz fahren. Morgen geht mein Flieger.« Sie sah sich um. »Nimm dir irgendwo ein Zimmer und schlaf deinen Rausch aus!«

Dann schubste sie ihn regelrecht auf die Eingangstür einer Pension zu. Sie traten ein, und Allegra fragte nach einem freien Zimmer, während Massimo versuchte, die sich drehende Erde in den Griff zu bekommen. Er hielt sich an einer Wand fest, an der verschiedene Tageszeitungen in einem Halter befestigt waren.

»Ausgebucht«, informierte ihn Allegra wenig später.

»Kann ich nicht bei dir übernachten?«, fragte er, und als er ihre hochgezogenen Augenbrauen bemerkte, fügte er schnell hinzu: »Ich benehme mich auch anständig, versprochen.«

Dann lief er schwankend hinaus und übergab sich auf den Gehsteig.

Allegras Hotelzimmer war äußerst spartanisch eingerichtet. Ein Doppelbett mit einer hässlichen orangefarbenen Tagesdecke, ein Stuhl und ein zweitüriger Schrank, das war alles. In einer Ecke stand ihr Koffer, daneben lagen ihre abgetragenen Turnschuhe und eine dieser Stofftaschen für Touristen mit dem Aufdruck ›Siena‹. Eine Tür auf der linken Seite führte in die Nasszelle.

»Kein Sofa?« Er wandte sich zu ihr um.

»Wie du siehst«, erwiderte sie spöttisch. »Aber das nächste Mal leiste ich mir natürlich die Juniorsuite, versprochen!« Sie wies auf die Badezimmertür. »Vielleicht machst du dich zuerst etwas frisch. Ich werde unten gleich noch weitere Handtücher bestellen.«

Sie stellte die beiden Plastiktüten, die sie an der Rezeption entgegengenommen hatte, auf das Bett und ließ sich dann mit einem Schmerzenslaut nieder. Als sie die Sandaletten auszog, bemerkte er, dass sie einen Verband am Fuß trug.

»Hast du dich verletzt?«, fragte er und schnupperte dabei an seinem Hemd. Er roch nicht sehr gut, was ihn beschämte. Zudem war ihm immer noch speiübel, und sein Kopf schien auf die Größe eines Medizinballs angeschwollen zu sein.

»Barfuß durch die Stadt zu rennen war keine so gute Idee«, erwiderte sie, legte ein Kopfkissen zurecht und platzierte ihren verletzten Fuß vorsichtig darauf. Sie seufzte erleichtert, lehnte sich dann an das Kopfteil des Bettes und verschränkte die Arme vor der Brust. »Und nun sag mir, was du in Pisa zu suchen hast.«

79

Massimo trat aus der Dusche, und Allegra schreckte hoch. Sie wäre beinahe eingeschlafen. Müde betrachtete sie ihn unter halb geschlossenen Lidern hindurch. Er hatte nur seine Shorts wieder angezogen. Sie schluckte, als sich beim Anblick seines halb nackten Körpers das wohlbekannte Ziehen zwischen ihren Schenkeln einstellte. Kein guter Zeitpunkt, um in Lüsternheit zu verfallen! Einen kurzen Moment schoss ihr der Gedanke, die Situation auszunutzen, durch den Kopf. Aber selbst eine letzte Nacht voller Leidenschaft, wenn er denn in seinem Zustand überhaupt dazu imstande war, änderte nichts an der Tatsache, dass er sie zwar mochte, aber anscheinend nicht genug, um mit ihr eine Zukunft aufbauen zu wollen.

Er setzte sich aufs Bett und rubbelte seine nassen Haare mit einem Handtuch trocken. Auf ihre Frage, weshalb er in Pisa sei, hatte er nichts erwidert, sondern sich einer Antwort dadurch entzogen, dass er ins Badezimmer flüchtete. Offensichtlich fühlte er sich nach der Dusche jedoch besser. Er sah nicht mehr so käsig aus und roch auch angenehmer. Ihre Frage hing immer noch unbeantwortet im Raum, und ihr schien, als suche er den passenden Einstieg für ein Gespräch. Er setzte mehrmals an, biss sich dann aber auf die Lippen und schwieg. Sie hatte nicht vor, es ihm leicht zu machen, daher wartete sie einfach ab. Die Stille zog sich in die Länge und wurde immer bedrückender. Irgendwann hielt sie es nicht mehr aus.

»Also?«

Er wandte sich zu ihr um. Unter seinen Augen lagen bläuliche Schatten. Er wirkte verlegen, und die Sehnsucht, ihn zu berühren, wurde übermächtig.

»Eros ist an allem schuld!«, stieß er schließlich hervor und fuhr sich mit einer Hand über sein stoppeliges Kinn.

»Der griechische Gott der Liebe?«

Massimo lachte. »Ja, der eigentlich auch. Nein, Ramazzotti.«

»Ich verstehe nur Bahnhof«, entgegnete sie und unterdrückte ein Stöhnen, als sie ihren verletzten Fuß umlagerte.

»Nun«, er zuckte mit den Schultern. »Ich war auf dem Weg nach Florenz, als eines seiner Lieder im Radio lief. Da wurde es mir klar.«

»Und was?«

Er räusperte sich. »Hast du vielleicht etwas zu trinken hier? Meine Kehle ist regelrecht ausgetrocknet.«

Sie wies mit dem Kopf auf ihr Gepäck. »In der Stofftasche ist eine Flasche Mineralwasser. Mit Alkohol kann ich leider nicht dienen.«

Er verzog den Mund und stand auf. »Für die nächste Zeit habe ich auch genug von dem Zeugs.« Er warf das nasse Handtuch ins Badezimmer und beugte sich dann zu ihrer Tasche hinunter. »Himmel!« Er keuchte und stützte sich an der Wand ab. »Es dreht sich immer noch alles!«

»Geschieht dir ganz recht«, erwiderte Allegra gnadenlos.

Er griff nach der Flasche San Pellegrino und trank in großen Zügen. Dann kam er wieder zu ihr ans Bett und setzte sich. Verlegen drehte er die halb leere Flasche in den Händen.

»Ich muss dich zuerst etwas fragen«, begann er. »Du und Logan. Ist da wirklich nichts?«

»Nein, da ist nichts. Wir haben uns zufällig in Pisa getroffen.«

»Aber er hat dich doch geküsst.«

»Ja, hat er, zum Abschied, als ein Freund.«

Massimo nickte. »Das ist gut«, sagte er, blieb dann aber still, und Allegra verlor langsam die Geduld. Wenn das so weiterging, würden sie morgen früh noch hier sitzen.

»Hör zu, Massimo«, sagte sie aufgebracht. »Es tut mir ja leid, dass deine Männlichkeit anscheinend Konkurrenz so schlecht erträgt, aber das ist kein Grund, sich so aufzuführen. Offenbar hast du meinen Großvater dazu gebracht, dir zu sagen, wo ich in Pisa abgestiegen bin. Das an sich grenzt schon an ein Wunder, nachdem …« Sie räusperte sich. »Nun ja, bei meiner Abreise war er nicht sonderlich gut auf dich zu sprechen. Also, wenn du die Freundlichkeit besäßest, mir nun endlich zu verraten, weshalb du mir nachgefahren bist, wäre ich dir dankbar. An meinem gewinnenden Wesen kann es ja nicht liegen, schließlich bin ich nur die Enkelin des Gärtners.«

Massimo zuckte unter ihren Worten regelrecht zusammen.

»Es war bescheuert, so etwas zu sagen«, gab er leise zu, »tut mir leid.« Er sah sie geknickt an, und der Vergleich mit einem Welpen, der neben dem Häufchen sitzt, das er auf dem Wohnzimmerteppich hinterlassen hat, baute sich vor ihrem geistigen Auge auf. Ihre Mundwinkel zuckten, doch sie schluckte das aufkommende Lachen hinunter.

War er vielleicht beruflich nach Pisa gekommen? Oder gab es noch einen anderen Grund? Einen, den sie sich nicht auszumalen vermochte, aus Angst, dass er gleich etwas sagen würde, das alles wieder zunichtemachte. Doch eine unbestimmte Hoffnung breitete sich langsam in ihrem Bauch aus, wie ein warmer Sommerregen, der Wonne und Glückseligkeit verhieß. War Massimo vielleicht hergekommen, um sie zurückzuhalten? Und wenn ja, als was? Als Geliebte? Freundin? Oder …?

»Allegra.« Er stellte die Wasserflasche neben das Bett und griff nach ihrer Hand. Behutsam streichelte er mit dem Daumen ihre Innenseite, und sie unterdrückte ein Zittern. »Was ich eigentlich damit sagen will, ist, dass ich dich liebe und ich nicht will, dass du zurück nach Deutschland fährst.«

80

Drei Monate später

Die Oktobersonne schien durch die geöffneten Fenster und zauberte goldene Sprenkel auf den Terrakottaboden. In den hellen Strahlen tanzten Staubpartikel einen lautlosen Reigen. Allegra nieste.

»Gesundheit, Liebes. Hast du dich etwa erkältet?«

Allegra schüttelte den Kopf und schnalzte ärgerlich mit der Zunge, als eine Haarnadel in hohem Bogen durch die Luft flog.

»Mama, diese dämlichen Locken!«

Gerda di Rossi bückte sich nach der widerspenstigen Nadel und hob sie auf.

»Lass mich mal.«

Sie trat hinter ihre Tochter, griff nach der Haarsträhne, die sich aus deren Hochfrisur gelöst hatte, und befestigte sie mit zwei Handgriffen. Dann betrachtete sie das Ergebnis und lächelte.

»Perfekt!«

Vom Hof her hörte man Gelächter. Essensduft drang bis in den ersten Stock hinauf, und Allegras Magen knurrte. Maria hatte es sich nicht nehmen lassen, ein opulentes Antipastibüfett zuzubereiten: Gnocchi mit Rohschinken und Bresaola, gegrillte Auberginen, Zucchini, Peperoni und Tomaten in Öl. Köstliches Filone-Brot, dazu belegte Focaccia und frittierte Mozzarelline. Wenn die Gäste dem allem zusprachen, würde sich keiner mehr bewegen können, geschweige denn noch zu Mittag essen.

Gerda linste durchs Fenster. »Dein armer Vater«, sagte sie und runzelte die Stirn. »Er sieht aus, als würde er sich ziemlich unwohl fühlen.«

Allegra trat zu ihr und sah ebenfalls in den Innenhof hinunter. »Wenn er noch länger an der Krawatte zupft, löst sie sich bald auf.«

Sie lachten.

»Der dunkle Anzug steht ihm hervorragend, findest du nicht?« Gerda betrachtete ihren Gatten voller Stolz.

Allegra nickte. »An Massimo kommt er jedoch nicht heran!«

Massimos dunkelblauer Anzug mit dem blassblauen Hemd stand in ansprechendem Kontrast zu seinem gebräunten Teint. Seine dunklen Haare hatte er mit Gel in Form gebracht. Er strich sich gerade über seinen Dreitagebart und lachte über etwas, das Franco sagte. Allegra seufzte. Der Mann war einfach zu attraktiv! Und mit leichtem Bedauern dachte sie daran, dass es noch Stunden dauern würde, bis sie wieder allein waren und sich intimeren Dingen widmen konnten, als fünfzig Gäste zu bewirten.

Ihre Mutter schmunzelte. »Bist du glücklich?«

»Mehr als ich je zu träumen wagte«, erwiderte Allegra, und Gerda drückte ihr gerührt einen Kuss auf die Wange.

Allegra trat vor den antiken Standspiegel, der zuvor in Massimos Appartement in Florenz gestanden hatte. Bei der Wohnungsauflösung hatte er auf nahezu alles verzichtet und die Möbelstücke Carla überlassen. Nur diesen Spiegel wollte er unbedingt, weil er seiner verstorbenen Mutter gehört hatte.

Allegra strich über das perlmuttfarbene Seidenkleid mit der Stickerei am Dekolleté, das ihre Figur wie flüssiges Licht umschmeichelte. Es reichte ihr bis zu den Knöcheln, und sie fühlte sich wie eine Prinzessin.

»Ruckedigu«, murmelte sie halblaut vor sich hin und lächelte. Ob es Massimo gefiel?

Seit er ihr vor drei Monaten nach Pisa nachgereist war, damit sie bei ihm blieb, hatte sich ihrer beider Leben komplett geändert. Weil er am Montagmorgen zu verkatert gewesen war, um nach Florenz zurückzukehren, hatte sein Boss endgültig die Geduld verloren und ihn gefeuert. Er könne keinen Angestellten gebrauchen, der dermaßen unzuverlässig sei, hatte er gesagt. Statt darüber unglücklich zu sein, hatte Massimo das Ganze als Chance auf ein neues Leben betrachtet. Sie waren nach Montalcino zurückgefahren, und er hatte seinem Onkel vorgeschlagen, das Gut zu übernehmen, um die Firma wieder auf Vordermann zu bringen. Er wisse zwar nicht wie, aber Allegra sei die geborene Kauffrau, noch dazu in der Touristik, und werde es ihm schon zeigen.

Zuerst war Lorenzo von dieser Idee nicht besonders angetan gewesen. Doch nachdem Fulvia einen Operationstermin für eine Herzunterstützungspumpe erhalten hatte, war er doch froh darüber, sich ganz und gar seiner Gattin widmen zu können.

Massimos Tante hatte die Operation gut überstanden, und die beiden waren nach der Genesungsphase für ein paar Wochen herumgereist, um den glücklichen Ausgang zu feiern. Natürlich sehr gemächlich, damit sich Fulvia nicht überanstrengte. Sie brauchte zwar immer noch Schonung und ihre üblichen Medikamente, aber es war nicht zu befürchten, dass ihr Herz in naher Zukunft versagte.

Von Diego Turchi hatten sie nie wieder etwas gehört. Es war, als hätte ihn der Erdboden verschluckt. Doch niemand vermisste ihn, und im Grunde waren alle Beteiligten erleichtert darüber, dass es nicht zu einer Verhandlung kommen und die leidige Sache dadurch wieder aufgerollt würde. Fulvias Lieblingsbild war leider nicht wieder aufgetaucht. Vermutlich hing es irgendwo bei einem privaten Sammler, der nicht wusste – oder wissen wollte! –, dass es sich dabei um Hehlerware handelte. Lorenzo hatte seiner Frau versprochen, sobald das Gut wieder über genügend flüssige Mittel verfügte, einen anderen Viti zu ersteigern. Doch da ein echter Viti schwer zu bekommen und zudem wirklich teuer war, musste sich Fulvia diesbezüglich sicher noch längere Zeit gedulden.

Und noch eine Überraschung hatte es gegeben, als Allegra und Massimo aufs Gut zurückgekommen waren: Maria und Giovanni, die schon lange mehr als Sympathie füreinander hegten, hatten sich entschlossen, die restliche Zeit ihres Lebens zusammen zu verbringen. Jetzt wohnten die beiden in Giovannis Häuschen, und Maria kochte, ganz zum Leidwesen ihres neuen Partners, Schonkost und überwachte dessen ärztlich verordnete Übungen. Sein Gemecker darüber überhörte sie großzügig und mit stoischer Gelassenheit.

»Ihr habt das Zimmer hübsch eingerichtet«, bemerkte Gerda und holte Allegra damit aus ihren Gedanken. »Aber dieses Bild!« Sie rümpfte die Nase.

Allegra nahm die Perlenohrringe – ein Geschenk von Fulvia und Lorenzo – aus dem silbernen Schmuckkästchen und folgte dem Blick ihrer Mutter. Diese betrachtete gerade mit Skepsis das kitschige Madonnenbild, das Massimo für das Treffen mit Diego in Florenz gekauft hatte. Massimo hatte es eines Abends grinsend an die Wand über der Kommode genagelt. Sie bewohnten jetzt eine Zimmerflucht im Gutshaus und hatten sie ganz nach ihren Wünschen einrichten können.

»Das ist eine lange Geschichte, Mama«, erwiderte Allegra schmunzelnd. »Uns bedeutet die blau gewandete Madonna viel, und wir werden sie immer in Ehren halten.«

Ihre Mutter schüttelte nur den Kopf. »Wir sollten langsam hinunter«, sagte sie. »Bist du bereit?«

Allegra nickte. »Wie sehe ich aus?« Sie drehte sich im Kreis.

Gerda betrachtete sie eine Weile und atmete dann tief durch. »Wunderschön!« Sie schluckte und wischte sich verstohlen über die Augen.

»Ach, Mama, fang jetzt nicht an zu weinen!«

»Nein, nein, keine Angst. Es ist nur …« Sie schniefte.

Allegra hielt es für klüger, das Thema zu wechseln, nicht, dass sie noch Gefahr lief, selbst in Tränen auszubrechen.

»Kommt Jochen zurecht?«

Ihr Cousin hatte es geschafft, seinen Ausbildungsplatz zu wechseln. Jetzt würde er seine Lehre zum Einzelhandelskaufmann in der Firma ihrer Eltern beenden und konnte sie währenddessen unterstützen. Zudem hatte ihr Vater einen pensionierten Buchhalter angestellt, der stundenweise im Betrieb aushalf.

»Der Kleine macht sich hervorragend!«, erklärte Gerda und strahlte dabei übers ganze Gesicht. »Was der alles kann! Ich muss sagen, er ist beinahe besser als du.«

Allegra lachte. »Fein, das freut mich. Dann muss ich wenigstens kein schlechtes Gewissen haben.«

Ihre Mutter trat zu ihr und umarmte sie. »Liebes, sei bitte nicht töricht. Wir kommen schon zurecht. Dein Glück ist uns wichtiger als die paar Toten.«

Wieder klang Gelächter vom Hof herauf, und die Frauen lösten sich voneinander.

»Also los, Mama, stürzen wir uns ins Getümmel. Es ist doch etwas unhöflich, wenn man zu seiner eigenen Verlobung zu spät kommt.«